U0721406

缪斯之子

梁晓声文集·长篇小说 12

青岛出版社

诗人成为斗士的年代，对任何一个国家都是不堪回首的。当历史的尘埃落定，成为斗士的诗人的死，首先当令他的同胞因之心疼。怀着心疼的情感来读诗人的诗，其诗宛如圣徒蘸自己的血写成的血经；怀着心疼的情感来细看诗人竟成斗士的心路，于是明察那历史不堪回首的病症，才是对诗人斗士之死的大敬……

梁晓声

2011年8月29日于北京

第一章

夕阳红透，余霞许缕。

一声汽笛，似老翁之悲情一叹。长江——从武汉至黄石的一段江面，晚雾缥缈，倏浓倏淡……

轮船缓驶江中，锈迹斑斑，仿佛一条患了皮肤病的江豚仰浮于江面——这是1921年底一个阴霾的日子。

甲板上寂静悄悄，一男子背对层舱，抚栏而立，乃是清华学子闻一多。

闻一多，原名闻家骅、闻多，出生于湖北蕲水县（现浠水县）巴河镇望天湖畔闻家铺，堂兄弟中排行十一，大家族中称其“一哥”或“一弟”，婚后顺称其妻为“一嫂”。因其清华学友潘光旦一句戏言“闻何谓多？”遂更名“一多”。时年二十二岁，此行乃遵父母媒妁之命赶往家中与表妹高真完婚……

下雨了。雨丝如发，闻一多长衫已湿，似乎浑然不觉，思绪回到从前……

篷船撞雾而现，闻父剪臂伫立船头。

闻父:“家骅,为什么不带领着背诗?”

席篷内探出少年闻一多的头:“父亲,背哪一首呢?”

闻父:“就背杜甫的《赠卫八处士》吧!”

少年闻一多:“好……”

江上响起男童们语调稚嫩的背诗声:

人生不相见,动如参与商。今夕复何夕,共此灯烛光。少壮能几日,鬓发各已苍。访旧半为鬼,惊呼热中肠。焉知二十载,重上君子堂……

闻父:“停,这后一句怎讲?”

少年闻一多:“哪里想到二十年后,又能与君子您卫八处士相见于您家的厅堂呢?”

闻父点头:“继续。”

男童们的背诗声:

昔别君未婚,儿女忽成行。怡然敬父执,问我来何方……

小船徐远,其声亦然。

一只花色的小皮球从一客舱蹦出,滚过湿漉漉的甲板,滚向舷边……

女人的声音:“别捡了,危险!”

闻一多转身,看到一个三四岁的小女孩在舱门外,挣着身子要捡球,然而小手被一只女人的手拽住;女人的身子隐在舱内,闻一多只能看见她的半条裸臂……

女孩:“我的球,我的球……”

闻一多快步走到舷边，撩长衫，弯下腰，以手挡住滚至的球，捡了起来……

一名船工恰在此时走过他身旁，恭敬地问："您是……闻少爷吧？"

闻一多拿着球，疑惑地望着船工。

船工："闻少爷，您也回客舱去吧，看您衣服都淋湿了！"

闻一多有些迟疑地："我们……相识过的吗？"

船工："闻少爷，您四伯父，不是在巴河镇里开着一家商铺么？我在他铺子里打过杂。还是他老人家托人介绍我到这艘船上的呢！我家在武汉乡下，这样对我来回探家方便多了。我给他老人家打杂的时候见过您几次。"

闻一多："那么，是自己人了，何必在船上也叫我少爷？"

船工："越是自己人，越该分清身份嘛。要不，这大千世界人和人的关系，岂不就乱套了嘛！"

闻一多摇头道："不好，不好，人生在这个世界上，本是不该被什么老爷、少爷或下人的名分区分开来的。总之，别人若叫我少爷，小时候还听得，现在长大了，听着就不知如何是好了。"说罢苦笑。

船工："那，以后再遇见您，我称您闻先生就是了。"

闻一多认真地："闻一多。以后直呼我的名字吧。我还是名学子，哪里当得起别人称我先生。"

船工也认真地："偌大中国，不是仅有一所著名的学校叫清华么？您家乡人，谁不知您是清华的才子呢？我一个目不识丁的普通人，岂敢直呼您的名字？"

别处传来叫声："韩福禄，这边舱里有人晕船吐了，快来收拾一下。"

船工："闻先生，我得去了。您还是别在甲板上了，快进舱里吧！"

船工离去，闻一多又将身体转向了大江……

凭栏的闻一多，双手无意识地转动着球，轻而长地叹息一声，低吟出两句诗：

暮雨朝云几日归

如丝如雾湿人衣……

他的表情随之惆怅。与表妹的包办婚姻,委实是他不甚情愿的。

背后女孩怯怯的声音:“先生……”

闻一多缓缓转身,见女孩站在离他几步远处,正望着他……

闻一多:“小姑娘,有什么事吗?”

女孩:“还我球……”

闻一多低头看一眼手中的球,恍然大悟地:“噢,我都忘了,当然应还给你!”

女孩伸着手正要走向他,闻一多制止地:“别过来,船边太危险。”

他掏出手绢擦擦球走向女孩,将球还给她,同时抱起了她……

闻一多对小女孩柔声地:“记住,这个球,你也要当它是有性情的东西看待它。它是小球,所以你不能踢它,更不能踏它,你拍它时,要轻轻的。你拍得太重,它就不高兴了。一不高兴,它就会滚向一边去,不想跟你玩了……”

女孩似懂非懂地点头。

闻一多抱着她走到舱门口,将她轻轻放在舱门内,待直起身时,才见是个小舱,仅两张铺位;而一位二十六七岁的女子,一手握卷,斜坐于铺位,正面带微笑,神态端庄矜持地望着他。她身穿旗袍,看去是位生活优越的少妇。

闻一多也微笑了一下,退开。又踱回到船舷边凭栏而望。

少妇注视他的背影……

韩福禄提着手提话筒喊:“各位先生,各位女士,现在餐厅已为诸位备好晚餐,诸位文明舱的先生女士们请用餐了……”

闻一多一扭头,与少妇的目光相视。

韩福禄匆匆走过来："闻……您一直没离开甲板啊！您可真是的！"

闻一多一笑："我有换的衣服。再说我喜欢在这样的丝丝细雨中独自待会儿。"

韩福禄："该吃饭了。"

闻一多："我现在不饿。老韩，你忙去吧。"

韩福禄走开，回头望他，边走边自言自语："书读多了，人就是会变得与众不同啊！"

男女乘客，陆陆续续从闻一多背后走过，少妇一手牵着女孩，一手撑伞，也从闻一多背后走过。闻一多全然不觉，一直陷入某种沉思中……

天黑了。

船在夜行，江声汩汩——闻一多的背影还在原处。少妇的身影出现在他背后，撑着伞，替他遮雨……

闻一多仍不觉。

闻一多低声自吟："二十四桥仍在，波心荡、冷月无声……"

少妇低声道："念桥边红药，年年知为谁生？"

闻一多立刻转过身，一时不知所措地："谢谢，这怎么可以，淋湿了你自己。"

少妇："闻一多，诗啊词啊那是当不得饭的，心头愁绪，也并非靠了才子情调皆可了去。"说着，将伞递向闻一多，与他扶栏并立。

闻一多接伞在手，不免奇怪地："你怎么知道我的名字？"

少妇微微一笑："你刚才与船工交谈，我无意间听到了。"

闻一多："独自寂吟，想必也让你见笑了。"

少妇："诗人爱诗，犹如女子爱美，谁取笑这一点，谁便是在证明自己的愚蠢。难道我是一副愚蠢的样子吗？"

闻一多不好意思地笑了："我虽还算不上是诗人，但我的确爱诗。爱唐诗，爱宋词，爱古代和现代的一切好诗，就像男人爱……"

他似乎意识到自己的话多了,忽然缄口。

他将脸转向了江面——泊在江两岸的小船上,渔火点点……

闻一多:"一年湖上春如梦,二月江南水似天。"

少妇:"这是元代迺贤的《春日怀江南》。"

闻一多刮目相看地侧脸……

少妇:"你的话只说了一半,你爱诗就像男人爱什么呢?"

闻一多婉转地:"在一切的人生中,我觉得,为艺术的人生是最值得的。我的一生,将是为诗的一生。"

少妇:"已然决定了!"

闻一多郑重点头。

雷声隐隐,远处天穹上裂出一道闪电,江风骤起。

闻一多:"女士,风雨要来了,请回舱吧。"

少妇点头。

闻一多撑伞,将她送回舱口。待她进舱,闻一多请求地:"能否,将这把伞借我?"

少妇诧异地:"怎么,你还要待在甲板上?"

闻一多吞吐地:"我……只不过喜欢独自待在雨中站会儿罢了……"

少妇:"可是,现在大约快十点了……"

又一道闪电,又一阵雷声,风更大了,站在舱外的闻一多,长衫的下摆不时被风掀起……

少妇:"这一场雨来势汹汹,我的伞是难以挡住它的,你别淋感冒了。"

闻一多笑笑。刚想说什么,一阵大风将伞叶吹折……

少妇也笑了,诚恳地:"闻一多,进来坐吧。"

闻一多犹豫。

闪电、雷声、雨点……

少妇在舱内一闪身:"请!"

闻一多犹豫地迈入了舱。

一阵风将舱门“砰”地关上，紧接着，瓢泼大雨在舱外下了起来……

女孩已酣睡在一张铺位上，少妇坐于女孩身旁，指着另一张铺位说：“诗人，随便坐吧。”

闻一多局促而坐。

少妇：“我也要谢谢你。”

闻一多困惑不解地望着她。

少妇：“谢谢你替我女儿捡起了球，谢谢你用儿童诗般的语言，对她说的一番话。”

闻一多又不好意思起来，低头道：“哪里，您过奖了。”

少妇：“闻一多，实不相瞒，没见到你之前，我已经了解你不少了。”

闻一多诧异地抬头望她。

少妇：“我的弟弟也是清华学生，不过他偏攻理科。我早就听他讲过，清华有一名叫闻一多的学生，入学考试时数理化成绩不好，但文科成绩却名列第二。尤其将一篇题目是《多闻阙疑》的命题作文，写得思路独特，逻辑清晰，文采飞扬，深获文科老师们赞赏……”

闻一多：“一多惭愧。”

少妇：“我还知道，你是清华学生诗社、剧团的主要发起人，是《清华周刊》的主笔之一，是清华第一名报美术专业的学生，周刊的封面和插图，往往出自你的笔下……”

闻一多：“那些，都只不过是我喜欢做的事情，所以做来投入而已。”

少妇：“那么，响应罢课，参与学潮，也是你喜欢做的事么？”

闻一多严肃地：“那不同。一多虽然已立志将此生献给诗和美术，对政治之事，一向并无兴趣，但若事关公理和正义，一多还是不愿袖手旁观的。窃以为，‘风声、雨声、读书声，声声入耳；家事、国事、天下事，事事关心’，当是今日之清华学子的社会大立场，当是今日之中国青年的社会大立场。”

少妇：“据说，只有你闻一多等二十九名学生，坚决不肯向校方低头认错?”

闻一多微微点头。

“倘被取消毕业资格,也决不后悔?”

闻一多点头。

“倘被剥夺留美之机会,也在所不惜?”

闻一多点头。

少妇:“好一个闻一多,能在这艘船上认识你,也算不虚我此行了。”

闻一多起身,彬彬有礼地:“我想,我该告退了……”

少妇:“闻一多,你坐下。因为你是我弟弟的清华同学,因为你是闻一多,因为通过我们的一番交谈,我自认为更了解你了……”

闻一多:“可是,毕竟太晚了……”

少妇:“你因为没有买到一张卧铺票,又不愿在底舱挤着,对不?”

闻一多低头默认了……

少妇:“闻一多,你今晚就睡在那张铺位上吧。”

闻一多讶然地:“这怎么行!”

少妇:“又怎么不行?”

闻一多张张嘴,不知说什么好……

少妇:“我的先生在马来西亚经商。他认识湖北航局的一位官员,所以船上特为我们母女预留了这一小舱,你只管睡下无妨。”

闻一多:“我想,我也许会带给你诸多不便。”

说着,再次起身,彬彬有礼地微鞠一躬,走至舱门——刚将门推开一道缝,一阵风夹着雨扑入舱门,门前地上顿时湿了一片……

闻一多本能地随即将门推严。

背后少妇平静的声音:“清华学子的头脑中,想来不该也有什么男女授受不亲的思想在作祟吧?”

闻一多的手从门把手上放下了,缓缓转身,望着少妇,庄重地:“那么,一多谢了。”

大雨“哗哗”地泼着舷窗，客轮在风雨中徐徐前行……

舱内，少妇搂着女儿熟睡了……

闻一多仰躺着，头枕双手，又陷入回忆：

春光明媚的蕲水老家，遍地油菜花黄。胞弟家驷和表妹高真在深黄浅黄中奔来跑去，张网扑蝶。

少年闻一多的身影踏田埂走来，喊：“驷弟！表妹！回家吃饭啦！”

高真循声望道：“是一哥！”

闻家驷：“你叫得亲劲儿的！”学她声调，“是一哥！”

高真：“你学我干什么？我叫错了不成？”

闻家驷：“你当然没叫错，他也当然是我们的一哥。可是，任你现在叫他一哥叫得再亲，长大以后你就叫不成他一哥了，我却一直还可以叫他一哥！”

高真：“那又为什么？”

闻家驷张张嘴，欲言又止。

高真：“说嘛，说嘛！”

闻家驷：“现在不能告诉你。”

高真：“说嘛，说嘛，现在不告诉我不行！”

闻家驷拗不过她，又说：“我告诉了你原因，你可不许害羞。”

高真：“如果不是羞人的事，我就不害羞。”

少年闻一多的身影走来。

闻家驷：“那，我就给你说个明白——以后，你是要嫁给一哥做媳妇的。这是大人们商议时我偷听到的事。你成了他的媳妇，连我也要叫你嫂了，你那时还能叫他一哥么？你只能这么叫他了——夫……啊……”最后两个字，闻家驷学了一句青衣念白……

高真羞得双手捂脸，继而将双手握成小拳，不停地擂打闻家驷。闻一多走到他们跟前，大人似的：“表妹，怎么打起驷弟来了？”

高真羞视闻一多一眼，嗔道："他坏嘛，他欺负我。"

闻一多："驷弟，你为什么要欺负表妹呢？"

闻家驷："我……我……"眼珠一转，岔开话头，将手中的瓶子举给闻一多看，"一哥，你看我为表妹捕了多少蝴蝶呀！"

闻一多接过瓶子，转动地看着问："那，你们两个打算将这些美丽的小生命怎么办呢？"

闻家驷："我早就想好了，全都做成标本，也代表你的一片心意，送给表妹！"

高真："我不要……"

闻家驷打断地："你不要？那你求我带你来捉？"

高真："我……我想……我原本是想，一哥爱看书，做成书签，送给一哥！"

闻家驷："一哥，一哥，你心里只有一个一哥！还莫如我自己都用线拴了，当一只只小风筝放着玩儿！"

闻一多："驷弟，我不许你把它们都做成标本，更不许你都用线拴了当小风筝放着玩儿。表妹，我也不会接受你用它们做成的书签，将这么美丽的小生命活活弄死了，那是何等残忍的事啊！"

闻家驷和高真一时怔怔地看他……

闻一多："还是还它们自由吧！"

他说罢，打开瓶盖，于是一只只蝴蝶飞出，盘旋在黄灿灿的油菜地的上空，情形煞是好看。

但瓶中还剩下一只蝴蝶不往外飞。

高真："一哥，给我留下一只！"

闻一多却将那一只也轻轻抓出一扬手放飞了，并说："你们多不小心啊，把这一只的翅子都弄破了，看它已无力高飞了，可怜的蝶儿！"

高真狠瞪了闻一多一眼，一扭身跑了。

闻家驷埋怨地："这可是你惹她生气的吧？就留一只给她玩又有什

么不行呢！”

闻一多望着高真背影一笑：“我惹她生气的，难道不会再哄她高兴起来？”

闻家。

一群孩子们同桌吃饭。高真眼中噙泪，怏怏地不动筷子。孩子们的目光皆望向闻一多……

闻一多：“那些美丽的蝴蝶，使我联想到梁山伯和祝英台，我又怎么忍心不把它们放飞了呢？”又对坐在身旁的高真说，“表妹，别生我气了，吃完饭我读梁山伯与祝英台的戏本给你听！”

高真抹抹泪，终于拿起了筷子。

雨过天晴，一个清新的早晨。客轮不知何时停靠于黄石码头。舱中，少妇被下船人的脚步声扰醒，坐起身，见对面床上已没了闻一多，伞撑开放在铺位前的地上，床上还有一册刊物。

她起身走过去，首先收起伞，接着款款坐在铺位边，拿起刊物，见是《清华周刊》。她翻开刊物，内夹一页纸，上有铅笔素描，画的是睡着的她和女儿。

多谢昨夜恳留，为您及女儿草此素描，以博一哂。又，伞已修好。不过，是船上的韩师傅帮我修好的，一多不敢夺人之功，实告。

闻一多

少妇迈出舱，正巧见韩福禄在拖甲板。

少妇：“韩师傅……”

韩福禄抬头四顾，问：“太太是叫我么？”

少妇:“你的熟人闻一多留言这么称呼你,所以我也这么称呼你。”

韩福禄:“不敢当不敢当,我一个船上干粗活的人,哪里也配您太太这么近便地称呼!请问太太有何吩咐?”

少妇微笑道:“那个闻一多,他哪里去了?”

韩福禄:“闻少爷啊,他已经下船了。他家在浠水,得在这儿上岸,再改乘另一段巴河上的木船。”

少妇:“他不愿你叫他闻少爷,你可是又叫了!”

韩福禄:“这不是背后嘛!”

少妇绕到船体另侧,双手抚栏张望岸上熙熙攘攘的人群,分明是在寻觅闻一多的身影,却又哪里可见!

少妇若有所失地回到舱中,坐下翻看刊物,中有一页,印着闻一多的诗《二月庐记》:

面对一幅淡山明水的画屏,
在一块棋盘似的稻田边上,
蹲着一座看棋的瓦屋——
紧紧地被捏在小山底拳心里。
……

此时,平静的巴水河如绸带般闪着波光。河上,一条载客木船缓缓行驶,船口放着一大一小两个旅箱。两岸风光旖旎。

船家将橹摇得“欸乃”声声……

舱内,坐着闻一多和到蕲水接他的老人家韦奇。闻一多默默望着两岸,心事重重的样子……

柳荫下睡着一口方塘,
聪明的燕子 —— 伊唱歌儿

偏找到这里，好听着水面的
回声，改正音调的错儿。
……

韦奇：“少爷，你有心事？”

闻一多反问代答：“韦奇，我们之间，暗订一条君子协议怎样？”

韦奇一怔，遂道：“韦奇听少爷的。”

闻一多：“以后，你不要再叫我少爷了。我在清华已改了名，先生学生都叫我闻一多了。以后你就叫我一多吧！”

韦奇：“少爷，我不会那么叫你的。”

闻一多：“为什么？”

韦奇：“你们闻家一向对我不薄，我要为你们闻家的下人，做个懂规矩的好榜样。我若那么叫你，哪儿还有一点儿下人的规矩了！”

闻一多：“那，就我们两个人时，行吗？”

韦奇：“少爷行不行，往后，韦奇试试看吧。”

闻一多不悦地瞪他……

韦奇：“好，我保证在这条船上不叫你‘少爷’了。回家完婚，是大喜的事，你怎么反倒像开心不起来呢？”

闻一多收回目光，望向舱外。

韦奇：“你们闻家是远近闻名的耕读之家，闻老先生又是前清秀才，从祖上就传下了个个能诗能文的好家风；他们高家，也是黄冈的大户，而且嘛，和你们闻家一样，是尽人皆知的书香门第，高真姑娘我也见过，有模有样的，何况你俩结为夫妻，闻高两家，就亲上加亲了……”

闻一多：“韦奇，不谈这事。”

韦奇：“你如果再不回来完婚，闻老先生八成就要派我去北京把你带回来了！”

闻一多转移话题：“我父母二老，他们身体都健康吧？”

韦奇:“都好,都好。”

闻一多:“今年雨多,我的‘二月庐’没有塌墙漏雨吧!”

韦奇:“没有没有。我知道你要是一回来,就会从早到晚待在你的‘二月庐’里读书,替你上心维修着它呢,哪里会让它塌墙漏雨。”

闻一多的一只手,不禁地攥了韦奇的一只手一下:“我在清华,其实也经常思念家乡、思念父母、思念我的‘二月庐’,还经常思念你。回忆我小的时候,你带我到巴河镇去,让我骑在你的脖子上看戏的种种情形……”

韦奇:“如果少爷和高真姑娘将来在北平安家,需要个人看家护院,我愿去。”

闻一多:“你不是已经默认了我们的君子协定了么?”

韦奇低下头憨憨地笑……

船尾忽然传来哭泣声,二人的目光望向船尾,见船家十六七岁的女儿,赤脚蹲着,一边择菜,一边用手背抹泪 —— 衣服裤子,缀满补丁。

韦奇叹口气,悄说:“唉,姑娘怪可怜的,从小死了娘,是跟着爹在这条船上长大的。长大了,也就该嫁了。穷人嫁女,是件愁事。心里喜欢的男人,往往娶不起她;相中了她的,又往往不是她的心上人。‘有情人终成眷属’这句老话,在穷人家女儿们的身上常是反的啊……”

闻一多再次将目光望向船家女儿,一时表情沉郁。

岸上忽起一个男人的乡间长调,接着是男人苍凉的歌唱:

好山好水好风光,
不抵妹妹好模样,
舍得卖掉我双眼,
只为妹妹你穿上一件好衣裳……

闻一多撩起衫襟,从兜里掏出一卷钱,抓着韦奇的另一只手悄悄塞给他,低声地:“这点儿钱,是我节省下的生活费,此番回来没买到铺位,又节省了一笔钱。一会儿我们下船时,你都给船家,嘱咐为他女儿买两身衣服。”

韦奇点头。闻一多掏出纸笔,问韦奇:“你记得刚才岸上那个人的歌是怎么唱的么?”

韦奇摇头:“我哪里用心听来着呢!”

船家的女儿却说:“我也会唱。”

语调平静得出奇。说时,目光凝视远处,看也不看闻一多和韦奇……

韦奇:“那么,有劳姑娘替我们唱一遍行么?”

于是船家女儿唱了起来:

好山好水好风光,
不抵妹妹好模样……

其声凄楚哀怨。

船家在船尾突然高喝:“别唱了!一个待嫁的姑娘家,信口乱唱的什么!也不怕这位文明的先生笑话……”

船家女儿噤声了,但见一行泪滴在她颊上。

闻一多与韦奇对视,二人的脸分别转向两岸……

船靠岸了。

岸上早有闻家雇的轿夫守着轿子在等候。闻一多踏上岸,一轿夫迎上前躬身道:“闻少爷,闻老爷指派我们来接您,请上轿吧!”

闻一多:“我就不必你们抬着了,只抬两件行李箱就是了。”回头望向船上,见韦奇正向船家交代什么,船家女儿站于一旁……

闻一多在岸上刚走了几步,船家女儿的歌声又从背后唱起:

好山好水好风光，

不抵妹妹好模样，

舍得卖掉我双眼，

只为妹妹你穿上一件好衣裳！

卖掉了双眼我不在乎，

免得个看妹妹和别人去拜堂……

闻一多驻足回头，见船已离岸，船家女儿窈窕的背影立在船头，闻一多赶紧掏出笔，边听边在手帕上记，过往行人好奇地看他。木船渐远，歌声渐远……

闻一多在巴河镇街中左顾右盼地走着，韦奇快步赶上。

韦奇："一多，你怎么不坐轿子？"

闻一多："你这不是改过口来了么？书是沉重之物，我要再坐上去，那可真真是将轿夫当牛马了，我是人，他们也是人，人不可以根本不替别人想一想。"

韦奇："那就别逛街了，紧走几步快回家吧！你父母一定在家等急了！"

闻一多："我又哪里有闲情逸致逛街。归程匆匆，连件小东西都没给我的表妹带，我想在这街上挑选一件。"

韦奇："这一次可是你自己提到她的。"

闻一多："我不是不愿你在我面前提到她，而是不愿和你谈我们的婚事。"

韦奇："还不是一样的么？"

闻一多："不一样。"往前走了几步，站住，对韦奇又加重了语气说了一遍，"很不一样。"

韦奇一时莫名其妙。

闻一多在一家铺子前挑选女子饰头的鬓花，比较着一红一紫两支鬓花，拿不定主意地问韦奇："你觉得我的表妹她会更喜欢哪一种颜色呢？"

韦奇："哎呀，只要是你买了送给她的，哪一种颜色她都会喜欢的。快买下一支走吧！"

闻一多："那，还是要紫色的吧。紫色会使女子端庄，尽管我自己更喜欢红色……"

闻一多将手探入兜里，一时愣住："韦奇，我的钱都给了那船家了。"

韦奇："快走，快走！掌柜的，你不是认得我的么？就记在闻家的账上吧！"

韦奇扯着闻一多便走……

巴河镇中古戏台前，各类小贩叫卖声此起彼伏，好生热闹；几名工匠正在攀梯盘架地布置戏台，看来不久将有戏演出。闻一多经过时不由得驻足观望……

田间路上，韦奇在前，闻一多在后匆匆地走着……

来到门首挂着"春生梅阁"匾额的大院前，他们刚停下，对掩的大门忽地打开，门内拥出的男女佣婢七手八脚、各行其是地搭梯子，挂彩灯，贴剪纸什么的……

闻一多奇怪地："韦奇，春节还有半个多月呢，家里干吗这么早就张罗着装点门户？"

韦奇："装点门户？哎呀我的大少爷，就别跟我撇文腔了，这是在为你的婚事做准备！"

两位往门上贴剪纸的小女婢窃笑。

而男佣们则打趣：

“闻少爷，就等着沾光喝您的喜酒啦！”

“闻少爷，您再不回来，人家高家可就打算退婚啦！那时节，你们表兄妹亲上加亲的一段好姻缘可就吹啰！”

闻一多甚难为情。

韦奇：“你又愣的什么神啊！你倒是跟我迈脚进门啊！”

韦奇扯着闻一多，绕廊转柱，进了一重院子，又进了一重院子——各种关系的亲戚们，有的从窗口望见了他，有的在院子里碰见了他，无不与他亲切地打招呼；而闻一多几乎来不及一一回应，任凭韦奇扯着匆匆往前走……

二人终于走到一处幽静的厅堂外，韦奇通报：“老先生，老夫人，一少爷回来了！”

屋内传出闻母急切的声音：“儿啊，还不快进来！”

韦奇轻轻推了闻一多一下：“快进去啊！唉，我怎么觉得你越有学问了，倒好像变得有点儿傻了呢？”

闻一多迈入厅堂，闻母已迎在门口。

闻一多：“父母亲大人在上，不孝儿给父母亲大人请安……”

他说着就要跪下请安。

正襟而坐的闻父语调缓慢地：“家骅，我们耕读之家，主张的是追随时代进步潮流，与社会共文明，这些个老规矩，不刻意而为也罢。”

闻母：“就是，就是！儿啊，娘着实想你啊，多少次梦里梦见了你！快来坐在娘身旁……”

于是，闻一多被母亲握着手，领到母亲身旁的座位坐下；他看了父亲一眼，父亲也正严肃地望着他；他不由得垂下了目光，显然地——他这个已略获才名的儿子，对父亲是敬畏有加的。

闻母的手却一直握着儿子的手不放，目光也始终不离儿子的脸。

闻母：“儿啊，你脸色苍白，面容倦怠，想必一路之上很辛苦吧？”

闻一多刚要说什么，不料父亲开口道：“虽说路程千余里，但却毕竟是坐火车，坐轮船，不像古人，只能骑马甚而步行，若言辛苦，未免娇气。我们闻家的男儿，年轻时便当养成善于吃苦耐劳的本色。如今之中国，社会的新知识分子如你辈，只读些经史子集是不行的哦。那样么，将来报效国家的资本是不全面的，依我的眼看来，中国的苦痛还很长久，那苦痛未必就不会涉及你的身上，所以……"

闻夫人："哎呀，得啦得啦，儿子进了家门刚刚坐下，你就开始一套套地训诲起来了，也不怕儿子烦！说点儿正事不行吗？"

闻父："我说的，也是正事。"

闻一多："儿不烦，儿觉得，父亲的话极有道理，故不敢妄言'辛苦'两字。"

闻父欣慰地点头。

闻母："儿子，你如今已经二十多岁了，在清华苦读了整整十年了，知道的事情懂得的道理，明明要比你父亲还多啊！何必总顺着他的话，奉承他呢？"

闻一多："妈，我不是在奉承父亲，我是发自内心地觉得父亲的话有道理。"

闻父的表情更加欣慰，甚至不无得意。

闻母："不说那些不说那些。儿啊，我和你父亲，和你高真表妹的父母，已经商量好了，打算把你们的婚事赶在春节前操办完了，那样两家也可以从从容容地过一个春节……"

"这……"闻一多心有异议，欲言又止。

闻父："儿子，你和你高真表妹的婚事，乃是我们闻高两家家长在你们小时候替你们议定的。你们渐渐长大以后，心里都是清楚的，你也从来没有说过什么不愿意的话。如今你们都到了该谈婚论嫁的年龄了，难道你竟心生反悔吗？"

闻一多："父亲……"一抬头见父亲一脸严肃，低头不说下去。

闻父："有话便说。"

闻一多:“儿对男婚女嫁之立场,在给父母二位大人的信中毫不隐瞒地表白了。”

闻父:“信我早已看过,也读给你母亲听过了……”

闻一多:“所以我此次回来,只不过是想再次当着父母二位大人的面……”

闻父忽然地:“韦奇!”

闻一多和母亲都不禁一惊,气氛一时凝重。

韦奇闻声而入,低声地:“先生有何吩咐?”

闻父:“麻烦你给他沏一杯茶。”

闻一多暗舒一口气。

韦奇沏茶后退出。

闻父不动声色:“先喝口茶吧。”

闻一多擎杯,浅呷一口。

闻父望着闻母道:“我想单独和儿子说些话。”

闻母:“怎么,我才见儿子没一会儿,就赶我走?”

闻父:“父子之间,不唯亲情话语。我是理解你的心情的,待会儿让儿子去你屋里,你们母子尽可以聊个够。”

闻母想说什么,却没说,不得已地站起,俯身悄对儿子说:“儿子,千万别惹你父亲生气。”

闻一多:“母亲放心,儿不敢。”

闻母在婢女的搀扶下,一步三回头地离去。

闻父大声地:“韦奇!”

韦奇门外应道:“在。”

闻父:“将门掩上,不许别人打扰我和家骅的谈话。”

韦奇:“是。”——从外将门掩上。

闻一多反而勇敢地抬起头,正视着父亲,似乎准备与父亲唇枪舌剑。气氛一时又凝重起来。

不料闻父微微一笑，慈爱地："儿子，想必方才茶烫，现在肯定凉了，我看出你正渴着，再多喝几口。"

闻一多擎杯深饮，放下杯低声说："父亲，儿也常想父母，常想家。"

闻父："一路有何见闻？"

闻一多："天灾人祸，沿途流民多多，时见卖儿女者，令人心生同情。"

闻父："北平的政局还稳定么？"

闻一多："儿一向远避政治，不愿与任何在党人士结交。对'政局'二字，亦感觉迟钝，恐儿说不出什么来。"

闻父："那么，怎么又卷入一次学潮之中了？"

闻一多："那完全是当局逼迫的。还在今年春天，北洋政府就因筹集军费参加军阀混战，长期拖欠教育经费。北平国立八所学校教职员工为了中国之教育事业可以进行下去，也为了自己索薪的正当权利，宣布停课，然而北洋政府却置之不理。6月3日，马叙伦、李大钊领导的索薪团展开罢教斗争，二十二所学校六百多名学生也集于新华门前请愿，北洋军阀竟出动大批军警，殴打请愿者，致使二十余人受伤。清华学校有美国退还的庚子赔款作经费基础，没有拖欠教职薪金，起初自然与此事无关。然而'六三'事件之后，我们清华学子还能置身事外作壁上观吗？那样麻木不仁，无动于衷，同界有难而不声援的话，清华学子今后还有何脸面迈出校门以对中国社会？"

闻一多神情激动起来。

闻父却异常平静地："说下去。"

闻一多："所以，我们清华学子于6月8日通过罢课案，决定执行市学联决议，l8日罢课。而校方却将大考提前至18日进行，并宣布届时不到考场者等于自动退学。目的十分清楚，就是要破坏我们的罢课。当天晚上，我们再开全校学生大会，以424票对2票，通过又一项决议——无论校方如何胁迫，清华学子坚持罢课到底。并要求罢课终止之时，校方给以补考的权利……"

闻父："可是报上说，校方也做了让步，将大考日期推迟至22日，那一天，有三分之二的学生进入了考场，这又怎么解释呢？"

闻一多："父亲，那是校方后来狡辩而已。若拒不参加考试，尤其对于我们高四级学子，就意味着八年寒窗付之东流，出国留学之愿望也成泡影……"

闻父站了起来，踱几步，猛转身盯着儿子问："既然明白这个道理，为什么不韬光养晦，审时度势，而偏偏与二十八名激进学生坚持拒考到底？还自言什么远避政治，哼！"

闻一多也不由得站了起来，更加激动地："父亲，人可远避政治，但不可远避正义，虽涉嫌参与政治，儿亦不畏任何人指斥、任何方面压力，而要恪守敢当敢为的个人立场！我等二十九名清华学子之动机堂堂正正，而校方却在报上污蔑我等乃因学业荒疏、成绩低劣，借故逃避大考！还逼迫我们写什么所谓'自新'的悔过书！父亲，事关孩儿人生的第一次人格尊严，孩儿非受什么政治的蛊惑，乃为社会之正义而抗争，乃为人格之尊严而抗争，屈服无理惩罚，乃气节所不许也。且从不肯赴考，已经光明磊落到今天。父亲，我们是中国有个性的新国民，怎甘做高压手段面前俯首帖耳的奴隶！……"

闻父严厉打断："不要再说了。这些话，你在给我的信中都已经写到，我并没有回信对你大加指责。你语气激动，言辞咄咄地干什么？难道我是那对你实施高压的一方么?！"

闻一多一愣，低声说："父亲原谅。"

闻父："还不给我坐下！"

闻一多落座时，袖子拂翻了茶杯，茶杯落地而碎……

第二章

闻一多俯身呆望地上的茶杯碎片，不知所措。

闻父："你摔碎了我一只乾隆年间的杯盏，破了我一套好茶具的件数。"

闻一多偷瞧父亲，惴惴不安，下意识地打算弯腰捡那些碎片……

闻父："算了，一会儿让别人扫起就是了。"

闻一多："父亲，我不是故意的。"

闻父："我也没说你是故意的。"说罢，推开门迈了出去。

闻一多困惑地望着父亲。

闻父在门外头也不回地："跟我来。"

闻父背一手于后，闻一多亦步亦趋跟随着，父子二人在闻家大院左转右绕……

父子二人先后踏入闻父的书房"绵葛轩"。轩中书架上，卷籍多而整齐，几无空处。数张案上，或置琴，或置棋，四壁亦悬古色古香的书画。

闻父落座后，闻一多怀旧地东摸西看，分明心系感慨。

闻父:“自从你有了属于你自己的‘二月庐’,连每次探家的日子里,也不涉足我的‘绵葛轩’了。”

闻一多正翻开一期《新民丛报》,看登在上边的梁启超的文章,听了父亲的话,将丛报合上,放归原处,转身望着父亲说:“但儿自幼求知的欲望,毕竟是从这里开始,由这里而变得强烈,而变得不能满足的。”

闻父:“你知道我为什么带你到这里来?”

闻一多摇头。

“还记得你小时候,”闻父想了想接着说,“应该是辛亥革命武昌起义之后的一天,我和你的叔父们在这‘绵葛轩’里彻夜议论新政,评说国家时局,而你在门外偷听,被我责令面壁罚站的事吗?”

闻一多:“父亲,我不记得了。”

闻父:“我倒一直记得。我看你也不是不记得了,而是不愿承认罢了。”

闻一多笑笑:“知子莫过父。父亲,儿读书越多,越是厌嫌古代文人们惯走的仕途之路,对经商比厌嫌仕途更甚;虽认为科技于兴国十分重要,但又天生难以付诸行动,那么似乎也只有实践为艺术的人生了。儿的此种人生选择,没有使父亲大失所望吧?”

闻父:“失望是失望过的。但是,你毕竟已长大成人,你有你选择人生志向的权利。何况,即使由我来代替你选择,目前的中国,除了为艺术的人生,似乎也并没有什么另外的一条人生之路,适合你这样的青年去走了。”

闻一多感动:“谢谢父亲的理解。”

闻父:“我引你到这里来,就是要以平等的态度与你交谈交谈。正如我与你的诸叔父们在这里坦陈各种见解一样。”

闻一多高兴了:“父亲,倘儿言辞上有什么冒犯之处,父亲不会再责令儿面壁罚站吧?”

闻父也显出了很高兴的样子:“既言平等,自当虽亲子而视如同辈,摈除权威，但服良言。拿棋来，我与你边弈边谈。”

看得出，闻父的话是发自内心的。显然他希望以平等的态度，争取儿子的一份理解。

二人对弈围棋时，闻父又说：“从你给我的许多信中看，你对‘事理’二字，正在通达起来。文字的修辞方面，也是越来越有长进了。”

“父亲夸奖了。”

“就是说，你的信于见解方面，也不是没有可商榷之处；于文字方面，也不是没有可修改之词。”

“父亲博览群籍，精通经史子集，儿还当努力向父亲学习。”

闻父有点沾沾自喜起来：“你们这批中国的新知识者，倡导白话文是对的，但也不可因噎废食，全盘否定文言文的精妙。比如‘有黄犬卧于途，奔马惊而踏毙之’一句，倘以史笔记录之，该是怎样的文字呢？”

闻一多执子想了想，摇头一笑：“父亲猝然，儿一时答不上来。”他是故作不知。

闻父：“这是不必太想的嘛。‘奔马毙犬于途’，寥寥六个字，原意昭然。又比如事理方面，自由恋爱，新式结婚，是当下你们新知识者每每欢呼着拥护的潮流，我们老派人物若阻挡这潮流，确乎有些不自量力。但若像你和你高真表妹，自幼青梅竹马，两小无猜，以我们双方家长的眼来看，你们懂事后的相处，那也是相待以礼，相近以情，相敬而又相知。这样关系的一种父母包办，是否有别于完全封建的父母包办，是否可另当别论呢？”

闻一多将脸扭向一旁，握子不落了。

闻父盯着儿子：“你回答我的话。”

闻一多将脸转向父亲，迎视着父亲的目光倔强地：“包办就是包办，男女二青年，也许一生相待以礼，相近以情，相敬而又相知，只要那一个‘爱’字他们不曾彼此表达，彼此接受过，任何人强以某种形式使他们成为事实上的夫妻，便还是包办。没有什么完全封建和不完全的封建之分，更没有什么另当别论不另当别论的区别！”

“你！……”

闻父板起了脸，沉默片刻，隐忍地说：“儿子，我们闻家，世代乃诚信之家，高家也乃有荣有誉之家，何况我们两家又有姨亲关系，迁就了你自由恋爱的向往，就对不起高家，就伤害了你高真表妹，就玷污了我们闻家的诚信清名。你站在父亲的角度替父亲想一想，此事但凡有一步体面的退路，我也不会像现在这样，似乎相求于你这个儿子……”

闻一多微微冷笑：“父亲，您说的什么亲戚关系，什么对不起，什么伤害，什么玷污，什么诚信，顾全多多，唯独不顾我的内心感受！明摆着是以我的终身大事做了顾全的代价！叫您的儿子怎能不有一种被权威摆布的屈辱感觉?！……”

“那你还回来干什么?！”

闻父一拍棋盘，震得棋子纷纷跳动……

“父亲，我实话告诉你！我此次回来，就是打算当面劝说高真表妹，要她做我的同志，一道反对你们父母们的包办。而我和表妹，从此还是要相待以礼，相近以情，相敬又相知，至于那一个‘爱’字，我们何时彼此表白，谁先向谁表白，或者一生并不表白，各自心有另择，那纯粹是我和表妹之间的事，任何人的强迫，儿都万难从命！”

“儿子，我供你在清华求学十年，原指望你心怀大志，将来光耀家门，可是你却决定了什么为艺术的人生，我责备过你么？没有，一句也没有！你自言要实践什么为艺术的人生，却又参与学潮事件，只落得个至今是否将被清华除名连自己都难料的下场，我责备过你么？没有。一句也没有！古人云：‘爱亲者，不敢恶于人；敬亲者，不敢慢于人。’你对家族兄弟们常言孝悌之理，为什么在这一桩明明并不委屈你的婚事上，却一定要叛父逆母呢?！”

闻一多站了起来：“父亲，您这是欲加之罪，何患无辞！压迫的方式方法与企图使我们二十九名不屈服的清华学子乖乖就范的人们没什么两样！……”

闻父也霍地站了起来，父子二人眈眈对视……

“闻家骅，你太放肆了！”闻父气得将围棋棋盘掀于地……

闻母的房间。

闻母坐在椅上，用衣襟拭了拭泪，唉声叹气，闻家驷站在她身后，轻轻替她捶背……

闻母：“也不知你哥哥在他的‘二月庐’那儿，每天都是怎么过的？这不等于被你父亲禁闭在那儿了吗？”

闻家驷：“妈，你别难过了，有韦奇在那儿照顾他的寝食，有书为伴，他既不会受半点委屈，也是不会感到寂寞的。”

闻母：“你父亲和你哥哥，一个将诚信看得重要无比，一个将婚姻自主视同生命，闻高两家这一桩婚事，最终可怎么了结啊，妈为此操死心了！”

闻家驷：“让我哥独自在那儿想上一想也好。”

闻母：“家驷，难道我们的眼光都错了？难道你高真表妹，真的那么配不上你一哥？”

闻家驷：“妈，您想得太多了。我了解一哥，他并不是觉得高真表妹配不上他。他是一时钻入了牛角尖，不情愿接受家长包办这一种形式。清华的学子嘛，一个个都以反封建的叛逆者自居，当然不甘心自己的婚姻打上一个父母包办的印章。”

闻母：“家驷啊，你既然说你了解他，何不替爸妈去劝劝他？”

闻家驷：“父亲也这么要求我了。妈你放心，我一会儿就去。一哥对我劝他的话，还是肯听些的。”

望天湖边，“二月庐”被湖光山色衬托着，一如闻一多的诗中所赞美的情形。

闻一多的目光追随着窗外掠来掠去的燕子……

闻一多的心声："二月庐"啊"二月庐"，我一向幸运地是你的主人，想不到此次回来，却做了你的囚徒……

"二月庐"内，到处摆放着书籍；这儿那儿，有的夹着纸签，有的正翻着，有的反翻着，显然随时都会被拿起接着读……

韦奇进来，低问："一多，晚饭你想吃什么呢？"

闻一多心不在焉地："你想吃什么，我便随你吃什么，你看着做吧！"

韦奇看着他的背影叹了口气，正欲退出，闻一多转过身来，问他："韦奇，你不断长吁短叹地为哪般呢？"

韦奇："我的少爷啊！你这不是明知故问嘛！"

闻一多："怎么又叫起我少爷来了？"

韦奇："你从小身为少爷，却一点儿少爷的脾气都没有。现在你长大了，学问多了，反而闹起少爷脾气来了，那么我自然要叫你少爷啰！"

韦奇说完，走出去坐下剥豆子。闻一多也走出去，也坐下剥豆子……

闻一多："连你也认为，封建包办婚姻有理？"

韦奇："封建不封建，我不想评说。我只想告诉你这么一点，你表妹高真姑娘，她对你是一片真心地好！"

闻一多："我是她的表兄，她尊重我，这是我能感觉得到的。至于她对我是否一片真心地好么，这我可就不知道，所以我反抗双方父母替我们包办的婚姻。"

韦奇："她对你是否一片真心地好，你不知道，我可知道。"

闻一多笑了："你怎么竟知道？说来听听。"

韦奇："说就说，不是我替高真姑娘不平，这心里头憋闷！有一次，高真姑娘又来你家玩，她让我带她到你这'二月庐'来看看，我就带她来了。"

韦奇索性将手中豆子放于盆中，郑重其事地讲起来：

“二月庐”里。

高真环视着满室书问：“我表哥每次探家，总喜欢整天整天待在他这‘二月庐’里？”

韦奇：“可不，有时干脆接连几天睡在这儿。别人不给他送饭来，他就连饭也忘了吃！”

高真：“除了看书，他还做些什么呢？”

韦奇：“散步、看书；散步、看书。也不是小孩子了，却常常蹲下身瞧看湖边地上鸟儿们留下的爪印，发呆愣神！”

高真：“当真？”

韦奇：“当真，我说高真姑娘，你可思量好了，我们一哥，我看他是书读多了，快成书痴了。你将来嫁给一个书痴不会后悔啊？”

高真害羞地掩口笑道：“我可要把你的话告诉他！”

韦奇：“哎呀别别，千万别，我是在开你的玩笑嘛！”

高真：“放心吧，我知道你是在开玩笑，才不会告诉他呢。要是真的嫁给了一个书痴表哥，那我也随着他当书痴呗！”

闻一多：“她真是这么说的？”

韦奇：“我编瞎话骗你干什么呢？那天她将这‘二月庐’的书一本本全部拿起翻了一遍……”

闻一多：“可她并不识字。”

韦奇：“她是将那些破损了的书选出来，将那些书皮旧了的书也选出来，她回家时，让我将那些书装了两大箱子，随她送到她家去。她为了修补你那些书，半个多月没迈出他们高家的门！”

闻一多：“我以为……是家里雇人……”

韦奇：“你以为，你以为！”——站起，并将闻一多也扯起拽往屋里，从架上抽出了一册书给闻一多看：“瞧，多下功夫！多细致的活儿，比巴河镇纸活店里的师傅还技高一筹……”

闻一多看过那一册书，放回架上，自己又抽下另外的几册书看，册册的封面像新的一样。

闻一多："怎么没人告诉我？"

韦奇："除了我，也没有第二个人知道！"

闻一多："那你怎么不告诉我？"

韦奇："她不让我告诉你。"

闻一多："为什么？"

韦奇："姑娘们的想法，我又哪里会知道？ 你若想知道，何不去问她？"

闻一多若有所思地："是啊，是啊。"

韦奇："可你已在这'二月庐'里三天了，自己就没看出来你的书全变新了？"

闻一多："我……我不是说了嘛，我以为是家里雇人……"

韦奇："我连发了誓不告诉你的，也告诉你知道了，你怎么以为是你个人的事了，我得剥豆子了。"

韦奇嘟哝着，又到外边去了。

闻一多手持一卷书，缓缓坐在藤椅上沉思起来，往事一幕幕再次浮现眼前：

夜晚。巴河镇，正月十五闹元宵。

闻一多、闻家驷、韦奇走着，看着。闻家驷一回头，奇怪地问："咦，表妹呢？"

闻一多、韦奇也站住了，四顾寻找。

闻一多："表妹！ 表妹！ ……"

韦奇："高真姑娘！ 高真姑娘！"

闻家驷举手一指："那儿，她来了！"

高真逆着一股人群走到了他们跟前。闻一多板起脸，以兄长责怪小妹妹的口吻说:“你哪儿去了? 怎么不跟紧我们? 要是把你丢了,叫我们回去可如何交代?”

高真却不正面回答,反而伸出一只手来:“一哥,把你带的钱给我!”

闻一多:“你要买什么啊?”

高真:“先别管,快给我吧!”

闻一多掏出钱,交在她手上。

高真:“都给我!”

闻一多又摸摸兜:“都给你了呀!”

闻家驷、韦奇从旁疑惑地看她。

高真又将手伸向了闻家驷:“你的钱也都给我!”

闻家驷:“我身上没带钱。”

韦奇:“我身上倒是带着些钱,不过,是闻老先生嘱我顺便清了‘墨香阁’去年一年的纸墨钱。”

韦奇犹豫地看闻一多。高真急得跺了下脚:“我会还给你呀!”

韦奇:“可是不小一笔钱呢!”

闻一多:“韦奇,别让我表妹着急了,先给她吧。我父亲要是质问,我会替你解释的。”

韦奇只得掏出钱交给高真。高真攥住钱一扭身跑了;闻一多三人不约而同跟在其后。

某客栈门前。

一名少女,颈插自卖自身的草标,满面流泪地哀求围观的人们:“哪位好心的先生可怜可怜我,把我买了吧!哪位好心的先生可怜可怜我,把我买了吧!”

人们同情地摇头,叹息……

客栈主人也替少女向人们诉说着:“唉,她娘带着她,从北方乞讨到南方,投亲不着,流落此地。是我见她们可怜,将她们收留在我这小小的客栈,不期她娘一病不起,死在我这儿。她欠下了我店钱、借给她为她娘抓药的钱,还有我替她雇人发送她娘的钱。现在生意冷清,我也是负着债苦心经营,她不自卖自身,可叫她怎么办呢?哪位先生慈悲为怀,买了她去,不但使她有了一条生路,也是救济了一下小店啊。"

在围观者中同情地听着的闻一多们互相看看,此时都明白了高真要钱的原因。

高真对客栈老板微鞠一躬,彬彬有礼地:"店家,听来您也分明是一位慈悲为怀的人了。您的难处,也着实是可以理解的。我愿为这位姑娘还清她欠下您的钱,先给您这些,您看还差多少?"

高真说罢,把钱递向客栈主人。

客栈主人略迟疑,紧接着一把将钱掠去,急急点数……

"恩人!"

那女孩悲叫一声,便欲双膝给高真跪下。

闻一多上前一步,扶住少女,没使她跪下去,低声地:"小妹,不必这样!"

少女双手掩面,嘤嘤哭泣。高真怜悯地抚慰着少女。客栈主人数罢了钱,对高真苦笑道:"姑娘,大话是不能轻说的,你这点钱,还不够替她还清店钱。我刚才已经言明了,她还欠我……"

高真:"得啦得啦,您就说还该替她还多少钱吧!"

店主说:"十块大洋!十块!"瞪着哭泣的姑娘问,"你自己告诉她吧,是不是还该还我十块大洋?"

围观者中忽然有人高叫:"区区十块大洋,算是几个钱,本大爷发善心把她买了!"话音刚落,一个油头粉面然而目光邪淫的男人挤上前,掏出一钱袋,大模大样地朝客栈主人一递,指着高真又说,"别点了,肯定比她给你的那点儿钱多!也肯定比那北方小妞欠你的钱的一半多!就当本大爷今天先交一半买下她的定金了!另一半,三天后来领人时再给齐了你!"

客栈主人双目发光，赶紧将钱袋接过，对高真说："姑娘，让你说着了，这世上慈悲为怀的人还真不少！"说着，要还高真的钱。

高真求助地望着闻一多，未接客栈主人还她的钱。

那男人凑向少女，上上下下打量着，欲摸少女脸："北方小妞，模样看起来就是比湖北小女子眉目舒展……"

少女惧怕地往高真身后隐藏。

高真："你这人，放尊重些！"

那男人："姑娘，关你什么事？现在，她已经一半是我的人了！"

围观者中有人高叫："小姑娘，千万不能跟他走啊！他是专做皮肉生意的，会把你卖到窑子里去！"

那男人望着人们一叉腰一瞪眼："嗯？哪个吃了豹子胆，敢坏我的好事？"

众人胆怯，噤声无语。

闻一多跨前一步，义正词严地："你真是做好事吗？"

那男人："你是什么人？"

闻一多："清华学子闻一多。"围观者中有人交头接耳悄悄议论：

"望天湖边闻家大院闻廷政的长公子。"

"十三岁考入清华，他父亲是前清秀才，前几年人称他'小秀才'。"

"这就好，这就好，但愿那小妹不至落入烟花柳巷之地……"

那男人轻蔑地："谁管你学子不学子的，在我眼里，一概的学子，只不过等于是儿子、孙子……"

韦奇早已按捺不住，跨上前厉喝道："嗨！这人！出言不得放肆！"

那男人："出言放肆？我便打他这学子一顿又怎样？！"

韦奇擒住他举起的腕子，怒视道："想动武？那么就跟我来试试吧！"

只一搡，那男人连退数步，跌倒于地；站起来后，自知不是韦奇对手，从客栈主人手中一把掠去自己的钱袋，狼狈而去……

客栈主人不满地:“嗨,你这人真是横插竖挡!好端端的几全其美的事被你搅黄了,现在你怎么给我个交代?”

闻一多庄严平静而又不卑不亢地:“店家不必再啰唆了,这小妹欠你的钱,学子替她一次还清。”

高真、闻家驷、韦奇、那少女及众人,一齐将惊异的目光望向闻一多。

客栈主人:“你说话可要算数。”

闻一多:“我的话当然是认真的。”

闻家驷将闻一多扯往一旁,悄悄地:“我们哪里来那么多钱啊?”

闻一多:“四伯父的家不是就离这儿不远么?去借。”

闻家驷一拍脑门:“对,我去!”

说完,转身就走。

闻一多:“家驷!”

闻家驷站住,回头看他。

闻一多:“你去,未必能说得清楚,还是我亲自去的好。”

看着韦奇又说:“这儿的事,就交给你了!”

韦奇:“你放心,有我在这儿,哪个敢对高真姑娘和这小妹无礼,我对他不客气!”

闻家驷:“一哥,还有我哪,你快去快回!”

闻一多转身时深深地看了高真一眼,高真也正充满信赖和期待地看着他……

那自卖自身的少女以同样的目光看着他。

闻家内厅。

闻父背身背手而立。闻一多、闻家驷、高真、韦奇站成排,神色皆显不安。

闻一多、高真不禁对视。

闻父缓缓转身慢条斯理地说:“那么你们要怎样安排那姑娘呢?”

闻一多刚要开口，高真抢先道："我要带她回我们高家，让父亲认她一个干女儿，将来替她择嫁一个好人家。"

闻父："嗯，此乃至仁至善之举。如此一来，我对你们的一番审问，岂不是显得厚财薄义了么？"

闻一多："父亲，孩儿们不敢这么想。"

闻父："量你们也不敢。你四伯父家差人来问个明白，我自然也是要向你们问个明白的。"

高真："伯父，一哥向四伯父借的钱我回家后会禀告父亲，请父亲亲自还来。"

闻父："真真的孩子话。那样我以后还有何面目与你父亲谈仁论义？子曰：'见善如不及，见不善如探汤。'你们见义勇为，证明不愧为我闻高两家儿女，我心里也觉欣慰，脸上也觉光彩。家骅，你带表妹和弟弟到厨下去。就说我吩咐的，奖赏你们一顿夜宵。你们爱吃什么，只管让灶上师傅做就是了，去吧！"

闻一多等退出，高真在门外望着闻一多说："表哥，谢谢你。"

闻一多："表妹，是我该谢你啊！'见善如不及'，就是要当成榜样的意思。我觉得父亲是在暗示我，今后要以表妹为榜样。"

高真顿时害羞，娇嗔地举手欲打闻一多："伯父才不是那个意思呢，你取笑人家！"

闻一多捉住了表妹的手，四目凝视……

闻家驷趴在门上，眼凑门缝往厅内偷窥，并回头向闻一多和高真做手势。闻一多不好意思起来，遂松开高真的手，二人也蹑足走过去偷窥……

厅内。

闻父倒了两杯茶，拿着走到韦奇跟前，递给韦奇一杯，郑重地："韦奇，如果没有你保护闻高两家孩子们，他们今夜恐怕难免要被痞邪之徒欺辱了！我以茶代酒谢你！”

韦奇接过道：“那实在是韦奇的职责，先生何必言谢。”

闻父：“你在我闻家大院，已十余年矣。对我闻家老少，忠心耿耿。我闻家有你这样的忠仆，实是闻家一幸！”

韦奇：“先生言重了。想我韦奇，从前不过是江湖上一尚武之人，落难之际，蒙先生不弃，收在闻家，且信赖万分，影响以礼义廉耻，使我韦奇远避歧途。先生实在是我命中恩人、命中贵人啊！”

闻父：“彼此彼此。请！”

韦奇：“先生请！”

二人互相敬盏，各自一饮而尽。

门外，闻家兄弟与高真感动地你看我，我看你……

一手持卷，坐在窗前呆呆沉思着的闻一多。

“一哥……”

闻家驷的叫声打断了闻一多的思路，他站了起来：“驷弟！”

闻家驷：“我望着你的背影半天了，呆呆地出什么神呢？是不是又在想诗句啊？”

闻一多笑笑：“和诗句没什么关系。”

闻家驷：“这我倒奇怪了，你头脑中，几时呆呆地想过和诗句没什么关系的事？你不是常说，世间诸事，人生诸事，于你都是和诗有关系的事么？”

闻一多：“驷弟，不要取笑我，我心里有些烦闷，陪我出去走走吧！”

韦奇从厨间探出上身说：“家驷，你若不来，我还真是把你们父亲的话当成圣旨，不许他离开这‘二月庐’半步。现在可是你陪他出去的，吃饭的时候我要向你要人！”

闻家驷：“放心吧，我保证出去一对儿，回来一双儿！”

闻一多已迫不及待地走到前边去了，回头催促道：“驷弟，快走快走！”

韦奇冲他们背影喊：“我在湖里下了网，别忘了给我起两条鱼带回来！”

望天湖畔，蓝天碧水，景色迷人。兄弟二人徐徐漫步在湖畔。

闻家驷：“一哥，还记得么？当年，新思潮涌动，也推进了我们这个大家族的观念变化，一向主张请老师到我们家里来教我们读书识字的父亲，竟决定把我们家族中的六个儿辈，都送到武昌两湖师范学堂附属小学做正规的学生。而且，父亲亲自陪送我们，乘船溯长江而上，将我们安顿在武昌那一所租的房子里，还为我们六个孩子亲自下厨做了集体生活的第一顿饭……”

闻一多：“怎么会不记得，每一回忆，历历在目。我们当年像一群小鱼，从家乡的巴河支流，游进了浩荡长江。从此我们这些望天湖的子弟，开始接触更广阔的天地。”

闻家驷：“当年最伤心的就是高真表妹了，因为她再来我们家，没人跟她玩了。走的时候，她依依不舍地一直把我们送到巴河渡口……”

闻一多未说什么，又陷入了回忆……

巴河渡口，闻一多等六个孩子已在船上；高真站在岸上，泪眼汪汪的；她身旁站着韦奇。

船开了，高真的眼泪流下来……

高真追着船喊：“一哥，你们什么时候回来？”

闻家驷：“我们不回望天湖了，以后就在武昌娶媳妇了！”

闻一多：“家驷，不许胡说！你不是成心惹表妹伤心吗？”

闻家驷嘟哝着：“瞧你厉害劲儿的！开句玩笑都不许啊？”

船离巴河渡口越来越远；岸上，高真与韦奇的身影仍在，并挥手……

“一哥……”

闻一多的思绪回到现实,目光询问地望向弟弟。

闻家驷:“在你心中目中,难道父亲真是一位典型的封建家长么?”

闻一多反问:“在你心目中呢?”

闻家驷:“我敬爱我们的父亲。”

闻一多:“我也敬爱我们的父亲,可是……”

闻一多不说下去。

闻家驷:“可是什么?”

闻一多:“你八成是领了父命,前来说服我的吧?”

闻家驷:“说服不敢,只不过,我自认为,比我们的父母更加了解你这位哥哥……”

闻一多:“哦?说来听听。”

闻家驷:“你是一个爱诗的人,你又是一个完美主义者;婚姻之事,在你那儿,首先是诗性的事情,连形式,也该是接近着完美的。所以,你的抗婚,是冲着父母包办的形式去的。另外,你在清华学子中,是引领新思潮新观念的前卫人物,又怕日后同学们讥你为封建包办婚姻的驯服者……我说的对不对?”

闻一多以攻为守地:“不出我所料,你果然是父母派来的说客。”

闻家驷:“与你相比,我几乎可以说没有多少诗人气质,凡事亦不追求完美。依我想来,这婚姻之事,恐怕倒最是一件不能以形式怎样论幸福与否的事情。”

闻家驷一边说,一边观察闻一多的表情。

闻一多洗耳恭听地:“说下去。”

闻家驷:“高真表妹性情温良,贤淑识礼,而且对人间苦难深怀悲悯之心,又是那么善于体贴人,关爱人……”

闻一多:“果然是一位话语周密的说客。不过,倒也把我的心思看了个分明。”

闻一多捡起一片石子,向湖中抛出一串水花 —— 显然,他的态度已渐渐开始松动。

闻家驷也捡了一片石子,却未抛出,又捡了一片,二石相击,合拍而歌:

父兮生我,母兮鞠我,
拊我畜我,生我育我,
顾我腹我,出入负我。
哀哀父母心,儿女尽相知?

闻一多:“这最后两句,可是你强加给诗经的!”

闻家驷:“古人云:‘父母之爱子,则为之计宜深远。’我们的父母,也是同样啊!”

闻一多:“不说这些了,起网捉鱼去。”

兄弟二人起网捉鱼的情形:各溅一身水,结果还是溜了大鱼,仅得小鱼。

闻家兄弟与韦奇在吃饭,斯时银钩悬于檐角,月华如水。

韦奇举杯道:“家驷,你一来,便解脱了我,我谢你一杯!”

闻家驷:“我一哥是响鼓不用重锤,而我也只不过点到为止罢了。”

二人碰杯……

闻一多夺下了家驷的酒盅。

韦奇:“那么,我就只有自斟自饮了。”一饮而尽。

闻一多盯着弟弟和韦奇又说:“你们都别高兴得太早,我这个完美主义者,反对封建婚姻形式的坚决立场,那是绝不改变的!”

闻家驷和韦奇,不禁同时一怔。

闻家内厅。

闻父闻母端正而坐，神情肃穆。

闻一多肃立父母面前，一脸刚愎，正据理力争地侃侃而谈："一不祭祖，二不行跪拜之礼，三免所谓闹洞房之封建习俗，此三项条件，乃儿最低要求。倘蒙父母二位大人理解，何日何时与表妹成婚，悉听父母安排。否则，儿与表妹的亲事，绝难从命。虽落不孝之名，也在所不惜！"

闻父不动声色地："你的话，简直就是最后的通牒了。"

闻一多："父亲，不是什么最后的通牒，是儿最后的申诉，也是儿郑重之声明。想我清华学子，所受乃文明进步之思想熏陶，岂能在包办婚姻面前节节败退？"

闻母："儿啊，你怎么至今还指责父母是封建包办呢？难道你与表妹自幼青梅竹马的感情就不是这桩婚姻的先缘了么？"

闻一多："母亲，形式怎样，有时也会影响人心好恶的，孩儿不想继续争辩！"

闻父将手轻轻在桌上一拍："好一个不想继续争辩！"

言罢站起，剪手踱步。

闻母："儿啊，后两项条件，可以商议。这不祭祖一条，只怕我们做父母的实难依了你。"

闻一多："儿的三项条件，是一条也不让步的。祖先遗风，本在儿血液中，本在儿灵魂里，不忘，不祭无妨；但忘，祭亦虚伪！"

闻父竖起一手，制止了母子的话。

闻父："儿子，我也不争辩。双方家长言婚在先，再怎么讲，我们做父母的，也是难逃包办之嫌了。这是为父对不住你的地方。所以，为了证明为父补过的态度，就首破家族之例，你的三项条件，一并答应。"

闻一多一时被父亲的宽宏大量所动，轻轻叫了一声"父亲"，竟不知再说什么好。

闻母："可是，这也不是我们闻家单方面就做得了主的事情啊，通知了高家，他们会怎么想呢？”

闻父："至于高家嘛，也只有我亲自登门去解释了。”言罢，大步而出。

闻一多不禁扭头望父亲的背影，感激父亲的理解，难为了父亲的内疚与争取到了部分婚姻自主权利的欣然，三种心情交织于内心，使他的表情看上去矜持而又复杂。

闻父在门口驻足，也扭头望他："儿子，清华使你变了……”

闻母一声叹息。

喜灯明耀——新烛初燃，一环环渲映满室的光晕，仿佛少女的脸颊那一种淡淡的羞红……

新房里——高真罩着红盖头，一动不动端坐床畔，定如雕塑。

闻一多背手伫立窗前——窗前皓月当空，室内室外一片寂静。

高真娇嗔地："一哥，我透不过气来。”

闻一多缓缓转身，无声地走到高真跟前，瞧着高真书生气地："我忘了向我们的父母再提一个条件。”

高真："什么条件？”

闻一多："连红盖头这一种多余之事，也一并免了。”

高真一扭身显出生气的样子。闻一多伸手要替高真掀去盖头，但手指刚一碰到盖头，高真又一转身……

闻一多："哎呀，盖头上有条毛虫！”

高真一下子将盖头掀了，丢在地上。

闻一多："逗你呢！”——捡起盖头，叠好放在桌上，指着说，“你看这红烛，它并没有流下太多的泪来，证明我并没有让你独自在床边坐很久。”

高真："说来说去，还是你的理！”

闻一多又望着皓月说："你看那明月，多么圆，多么近啊！刚才我望着它时在想——如果此时此刻，我们是在月里，即使没有月宫，只有一处小房舍,比如就像我的‘二月庐’,那将多好啊！当然,更要没有结婚的种种热闹。世人真是奇怪,为什么偏要把婚事办出那么多陈规陋习呢?”转脸望着高真问,“我坚持我们的婚礼一切从简,你不会不满于我吧?”

高真摇头。

闻一多笑了,继而说:“想听我背诗给你听吗?”

高真沉静地点头。

于是闻一多吟他的《色彩》一诗:

生命是张没有价值的白纸,
自从绿给了我发展,
红给了我情热,
黄教我以忠义,
蓝教我以高洁,
粉红赐我以希望,
灰白赠我以悲哀,
再完成这帧彩图,
黑还要加我以死。

从此以后,
我便溺爱于我的生命,
因为我爱他的色彩。

高真:“我不喜欢你这一首诗！”

闻一多:“为什么?”

高真:“诗首先要以精妙的词句,来写美的事物。灰白是美的颜色么?我不喜欢灰白色！更不喜欢黑色！还有什么悲哀啊,死啊,我们这般年轻,在我们的新婚之夜,为什么要想到那些呢?不喜欢！不喜欢！”

闻一多望着高真，知错地："是啊，是不该吟这一首诗给你听，是我的不对，是我的不对。"

闻一多一时有些不知所措，径自发呆，高真忽然掩口吃吃地笑了。

闻一多："你笑什么？"

高真反而笑得更响，以至于弯下腰去，不能自已。

闻一多："你笑什么嘛！"

高真强忍住笑："我想起了我们小时候的一件事。"

闻一多："什么事使得你如此大笑？"

高真："一哥你还记得吗？那一天，你到我家去玩，而我父亲，身为县令，正端坐在堂断案，你非要看我父亲怎么审案，就拉着我的手，跑到大堂屏风后面，和我一块儿踏着凳子，趴在屏风上边偷看，结果将屏风压倒了，将我父亲压在屏风下边，将跪在堂上的一干人等都吓跑了，气得我父亲喝令衙役们要打你的板子；你吓哭了，直喊：'县官大老爷，我冤枉啊！'要不是我揽过于身，替你说情，你那一顿板子也许就挨定了！你记得么？……"

闻一多也笑了："怎么不记得，那一天，你父亲可是真的生气了！"

高真："通达事理的人，滴水之恩，也当涌泉相报。现在，你不想谢我么？"

闻一多："是该谢你。"

他从案几上拿起了替高真买的鬓花……

第三章

浠水河岸。

我们曾见过的那条木船靠于岸边，一节踏板已搭岸上，远远地，两乘轿子及两名挑夫行来，韦奇高大魁梧的身影随在第一轿旁。这一行人渐近，第一乘轿子没垂帘，轿子内坐着闻一多……

闻一多："韦奇，把我们送上木船，你就带着家人们回转吧！"

韦奇："他们可以回转，我却是要将你们小夫妻送到巴河镇，送上开往武昌的船的。"

闻一多："那又何必呢？我早已不是闻家的闻少爷了，我已经是男子汉大丈夫了，两程水路，几件行李，不需人照料也能行了。"

韦奇："又说书生气的话，不是你自己行不行，是闻家人对你们蜜月的起码态度嘛。否则，高家人挑礼怎么办呢？"

闻一多："我岳父虽曾做过晚清县令，但与我的父亲一样，骨子里也是背叛腐朽、主张革新的人士，哪里会在些细枝末节之事上挑礼呢？"

韦奇："话虽是这么说，但你父亲怎么吩咐的，我韦奇就要怎么做。你父亲嘱我一定要将你们小夫妻送上开往武汉的火轮，我便多一步不送，少一步不安。"

高真所乘轿子的轿帘撩开，高真探头前望，韦奇无意间一回头，高真赶紧缩回自己的头。

韦奇不知想到了什么，独自微笑。

闻一多："韦奇，你笑什么？"

韦奇："没笑什么……"

轿子近船落地，韦奇说："一多，我来吩咐他们往船上搬行李，你只管搀扶少夫人下轿上船就是。"

闻一多下了轿子，正欲往高真的轿子走去，却见高真已自己踏出了轿，踏着踏板往船上跑去了……

闻一多对韦奇笑道："你看，她倒自觉，根本不需我搀扶着。"

韦奇没理他，将一件行李送上船，下船后，将闻一多扯与一旁，悄说："刚才你不是问我笑什么吗？我笑你起初抗婚，仿佛头可断，血可流的气概。这一旦结为小夫妻了么，不也就这么回事了嘛！"

闻一多大窘……

高真在船上招手唤他："一哥，快上船看这船边有好多鱼儿！……"

闻一多自我打趣地："她不许我再叫她表妹，她还叫我一哥倒是叫得脆生生怪顺口的！"

韦奇在船尾对船家说："船家，让我来替你摇会儿！"

船家："你在行吗？"

韦奇挽袖子跃跃欲试地说："你看着就知道了！"

于是船家将橹把让给了他，韦奇很熟练地摇着……

船家："嗯，果然在行。"

韦奇："我这人，五行八作，都能照量两下子。"

船家朝船舱望了一眼 —— 闻一多与高真，正亲昵而幸福地并坐着望对岸风光……

船家:“舱里坐的,就是闻家的闻多少爷和少奶奶吧?”

韦奇:“嘘,小点声,他最不高兴别人称他少爷了!谁一并称他的小妻子少奶奶,他就更不高兴了!”

船家:“早就听说闻家大院有个少爷天生是风流种子,才貌双全。今日一见,果然名不虚传!”

韦奇:“风流种子倒是谈不上,那是街头巷尾的闲传,不可轻信的。至于貌嘛,我看也就是一般人。你的话只说对了一点,在才学方面,他是不甘落后的那样一种人。”

船家对韦奇诧异而视,那意思是你一名家人怎么配评价你家少爷?

而韦奇自觉娴熟而愉快地摇橹……

舱内。

闻一多斟茶不慎水溢桌上,高真拿起桌上的抹布正欲拭水,见是一方未完成的绣布,不忍心去用:“多好的绣工啊,这船家,怎么就舍得用来当了抹布呢?”

闻一多接过细看,似觉在哪儿见过,忽忆起回家所乘的木船上,船家女儿将绣花的撑子放于桌子上替他斟茶的情形。闻一多的目光又落在茶壶上,茶壶上的图案也似曾相识。闻一多环视舱内,起身离舱,见韦奇在摇橹,向韦奇使眼色,韦奇将橹交给船家,走到闻一多跟前……

闻一多悄声地:“这船,分明就是你接我回家时咱们乘的那一条船啊!”

韦奇:“噢?……”四下看看说,“还真是!”

闻一多:“但船家怎么换了人呢?”

韦奇:“待我问个明白……”

韦奇大声问船家:“哎,船家,这条船,是你的么?”

船家:“我才接手不久。”

韦奇:“那么,原先的那位主人呢?”

船家长叹道:“说起他,让人心里难受啊!好端端的一个相依为命的女儿,只因不愿嫁给不称心的男人,投这巴水河身亡了。他自己呢,也心碎了,将这条船便宜出手后,不知去向了。我是从另一人手中租下的这条船……”

闻一多与韦奇互相望一眼,一时都为之难过。

高真在舱里望着他俩,已将船家的话听了个明白,也大动怜容,起身离舱……

日暮时分。晚霞将巴水河面映得一片血红。闻一多伫立船头,高真轻轻走过去,从后将头伏在他肩上。那绣物从闻一多手中飘落河面……

闻一多感慨万端地:“欲上高楼去避愁,愁还随我上高楼……巴水河啊巴水河,你这条家乡河,你这条母亲河,你每年都吞没几个穷愁末路之人的生命啊!真教人怨你时无奈,恨你时也无奈,只好泪眼看花,无奈着将解愁宽绪的诗词来作……”

木船驶向远方,驶入血色的水波中——闻一多和高真的背影,却仍那样子伫立船头……

仿佛悲上加悲似的,一声悲鸣般的汽笛。

巴河镇码头。韦奇像义士那样抱拳朝轮船上高声道:“一多保重!少夫人保重!……”

闻一多与高真并立舷边,闻一多挥手道:“你也保重!……”

轮船在长江上行驶……

闻一多和高真凭栏而立,高真:“我们回船去吧,我有点儿冷。”

闻一多默默无言地拥着她转身离舷。

一只小“球”滚来,闻一多弯腰用一只手挡住它的滚动,捡起。

闻一多缓缓直身,见到的却不是那邂逅过的少妇和小女孩儿,而是一位胖胖的富太太和一个小少爷型的男孩儿……

富太太对男孩说:“别要了,脏。”说完,对闻一多点点头,领着男孩走过。

闻一多低头看手中,却不是球,而是一个橙子。

舱内,闻一多低头看橙子。高真坐在舷桌对面,困惑不解地望着闻一多,小声地:“你怎么了?”

闻一多将橙子放在舷桌上,抬头亦望高真,那表情仿佛是在反问:“你觉得我怎么了?”

高真:“我觉得,你心里在忧伤着。”

闻一多诚实地点点头。

高真:“是不是……还在为那个船家的女儿难过?”

闻一多又诚实地点点头。高真起身走向他,坐在他身旁,叹道:“我开始发愁了……”

闻一多侧脸看她。

高真:“我嫁给了一个迷恋诗所以多愁善感的丈夫,我以后可拿他怎么办呢?又拿自己怎么办呢?”

闻一多:“是啊,也许,以后连你都要陪着我,备受诗的折磨和摆布了……”

高真:“诗到底给了你什么?”

闻一多欲言又止。舱门外一声轻咳;闻一多起身走了出去,韩福禄站立门旁,一手背于身后……

闻一多:“韩师傅,有事么?”

韩福禄:“想必,舱里那位便是少夫人了?”

闻一多点头:“是我的新婚妻子高真,她是武昌人,我们要在武昌她的家里过蜜月。”

韩福禄:“恭喜恭喜,祝你们在天好似比翼鸟,在地如同连理枝,白头偕老!”说着,背于身后的手伸向前,送给闻一多一束鲜花。

闻一多双手接过道:“谢韩师傅,你想得可真周到。”

韩福禄:“谢我我可不敢当。”将闻一多扯往一旁,低声地,“还记得你回家时在这条船上认识的那一位年轻太太么?她前几天也搭乘了这艘船,下船时留下钱,嘱咐我,如果见着了你,就替她买束花向你表示祝贺……”

闻一多:“可,她又怎么会知道我的婚事呢?”

韩福禄:“哎,你与武昌高家的六小姐喜结良缘,全巴河镇当成新闻一样传说,谁人不知,谁人不晓哇?她准是在镇上听说了呗!”

闻一多:“韩师傅一番祝贺的话,大约不会也是她教你说的吧?”

韩福禄:“那番话么,谁都知道该怎么说,不必她教……”

闻一多持花回舱,高真问:“那是谁?”

闻一多:“这船上的杂工韩师傅,原先在我四伯父的店里当过伙计,因为念着我四伯父推荐他到这船上的一点儿恩,便送我们这一束花表示恭喜。”

高真接过花,闻了闻道:“好香。连喜糖也忘了带几颗,那我们可回赠他点儿什么好呢?”

闻一多:“这我想到了,我已经给了他一些酒钱……”

高真望着闻一多,对他的周到满意地一笑。

闻一多也微微一笑。

武昌至北京的列车上,闻一多已坐在车上,凭窗凝思。

清华大学校门。闻一多手提箱子,已走至门前,抬头望牌楼匾额。

心里默念:清华啊,我回来了!

闻一多对其十年的清华学子生活,既有迷恋,也有迷惘。《回顾》一首诗,流露了他这样的心情……

九年底清华底生活，
回头一看 ——
是秋夜里一片沙漠，
却露着一颗萤火，
越望越光明，
四围是迷茫莫测的凄凉黑暗。
这是红惨绿娇的暮春时节：
如今到了荷池 ——
寂静底重量正压着池水，
连面皮也皱不动 ——
一片死静！
忽地里静灵退了，
镜子碎了，
个个都喘气了。
看！太阳底笑焰 —— 一道金光，
滤过树缝，洒在我额上；
如今羲和替我加冕了，
我是全宇宙底王！

清华某教室内，罗隆基、梁实秋等学生在开会，研究《清华周刊》及毕业班中英文戏剧排演事宜。

罗隆基："一多虽然还没回来，但我们的《清华周刊》倘没有了一多的参与，是万万不可的。他所设计的封面，不但在清华学校而且在其他学校中也受好评。他又是最善团结不同文学观点的人，是我们《清华周刊》一名充满热忱又任劳任怨的主将。所以，此次改选，我首推一多继续担任美编和文学集稿员，不知大家以为怎样？"

众人鼓掌,并异口同声地:

“完全同意!”

“就盼着他早日回来,我们有很多活动需要他出力呢!”

罗隆基扭头问梁实秋:“实秋,听说他有信给你,不知信中谈到他的归期没有?”

梁实秋掏出一封信:“前几天我刚收到他一封信,正巧带在身上。我们的一多兄,他已满脑子都是诗了,新诗、旧诗、读诗、写诗、译诗、评诗……依我想来,他简直是在与诗共度蜜月啊!”

罗隆基:“关于一多的近况,我什么都想知道!讲给我们听听。”

于是有人从梁实秋手中掠去信,读:

> 归来已缮毕《红烛》,赓续《风叶丛谭》,校订增广《律诗的研究》,作《义山诗目提要》,又研究放翁,得笔记少许,暇时则课弟、妹、细君及诸侄以诗,欲将“诗化”吾家庭也。附奉拙作《红荷之魂》一首,此归家后第一试也……

一人问:“细君何人?怎么从没听咱们的一多兄谈起过?”

梁实秋:“这还用问,是我们大家的那位嫂夫人嘛!”

对方:“听说是一位高姓女子呀?怎么我们的一多兄称她细君呢?”

梁实秋:“细者,纤也,柔也,秀也;一言以蔽之,娇小也,温良也。那是发自内心的昵称,连这一点都不懂?”

又一人:“这家伙,竟在蜜月里充当起小妻子的家庭教师来了!还课以诗,难道也想将小妻子教成一位当代的李清照不成?”

罗隆基由衷叹道:“爱诗如闻一多者,我辈当自叹弗如啊!”

第四个人从信封中发现了《红荷之魂》抄页,惊喜地:“在这里!《红荷之魂》,我来读!”

遂清清嗓子,高声地:

红荷底魂啊！
爱美的诗人啊！
便稍许艳一点儿，
还不失为“君子”。

看那颗颗袒张的荷钱啊！
可敬的——向上底虔诚，
可爱的——圆满底个性。
花魂啊！佑他们充分地发育罢！

花魂啊，
须提防着，
不要让菱芡藻荇的势力
吞食了泽国底版图。

花魂啊！
要将崎岖的动底烟波，
织成灿烂的静底绣锦。
然后，
高蹈的鸬鹚啊！
热情的鸳鸯啊！
水国烟乡底顾客们啊！……
只欢迎你们来
逍遥着，偃卧着；
因为你们知道了
你们的义务。

读罢，大家一片静默，皆在静默中沉思……

梁实秋："鸬鹚之鸟，鸳鸯之鸟，在一多的这一首诗里，象征着未来时代的新人，他们当是些自由、活跃、负有社会责任感的青年，只有这样的青年，才配得上与花魂的高尚同入诗中……"

读诗人："听，我们未来的文学评论家，又在指导我们欣赏了！……"

罗隆基："实秋理解得极对。我和实秋有同样的理解。一多乃我清华现在唯一一位诗人，想我中国，乃诗的国度。诗在中国，实在需要有一多这样一批虔诚的传人。我提议，让我们为一多立志献身于诗的一颗美好诗心，起立表示我们——他的朋友和同学们的一份敬意……"

于是众人起立。

这时窗外有一个声音感动地说："诸友如此厚爱，一多为诗呕心沥血而死，亦倍觉欣慰，死得其所了……"

众人循声望去，正是闻一多侧身站在窗外。闻一多缓缓转正身体，一脸的感动。

梁实秋："一多！……"

他迫不及待地跃出窗子，与闻一多紧紧拥抱。

众人有的拥向窗口，有的拥出门去。

梁实秋："一多，虽然分别才只不过一个月，而且你有信来，但是我们仍然那么想念你！大家都很想念你！……"

闻一多："实秋，我也很想念你，想念大家，想念我们的清华，想念我们清华的荷塘月色啊！"

走出门外的罗隆基与闻一多拥抱："一多，你今天竟回来了，太令我们高兴了！刚才我们本在商讨《清华周刊》的事，可不知怎么一来，话题就转到了你身上……"

于是搂着闻一多的肩，与他一起回到室内。

罗隆基："一多，我们下面要商讨的是这样两件事：一、排演中英两种语言的两出话剧。大家选我做华语话剧筹备委员会的主席，我这个主席可少不了你来任一位委员，你不至于推辞吧？”

闻一多：“愿在你这位主席的麾下，全力以赴。而且，如果信任我的能力，舞台美术设计，我也可以担当起来。”

罗隆基：“最好，我正有此意，现在就这么决定了吧！”

于是大家鼓掌。

罗隆基将脸转向梁实秋说：“实秋，第二件事，你来告诉一多吧！”

梁实秋：“一多，自我们清华文学社成立以来加盟者踊跃，大家一致认为，当由你来做我们清华文学社的诗组领袖……”

闻一多真诚地：“这我可就惭愧了，以后我于诗歌的活动方面多出些力就是了。”

梁实秋：“你也不必过谦嘛，诗组领袖非你莫属。而且，几天以后，我们的文学社，还要由你来主讲一次关于诗的报告。”

闻一多沉吟。

罗隆基：“一多，这一件事，你也答应了吧！”

闻一多想了想，值得信赖地：“那么，我就遵命了，但要给我一段思考和准备的时间。”

一人起身道：“几件事我们都讨论了，也决定了；该一多答应的，他也答应了。现在，我个人对于闻一多大学兄还有一份另外的要求，不知你可不可以满足我？”

闻一多及众人的目光望向了对方。

对方：“一多兄，你在蜜月期间定稿的《红烛》一诗，除了实秋，我们大家是看也不曾看过一行，听也不曾听过一句的，我想听你亲自为我们朗诵你的《红烛》……”

“这……”

闻一多又沉吟。然而罗隆基和梁实秋已带头鼓起掌来……

闻一多埋怨地：“实秋，想必是你出卖了我，要不他怎么会知道我写有《红烛》一诗？”

梁实秋：“不关我事，你冤枉我了！”

罗隆基：“一多，既然大家鼓掌，就说明不只是他一个人的愿望，也是我们大家的愿望，你就满足了我们大家的愿望吧！”

梁实秋轻推坐在椅上的闻一多：“起来，起来，这又不是大家在闹你闻一多的洞房，你有什么不好意思的呢？”

闻一多无奈地站了起来，酝酿感情，朗诵《红烛》：

红烛啊！
这样红的烛！
诗人啊！
吐出你的心来比比，
可是一般颜色？

红烛啊！
是谁制的蜡——给你躯体？
是谁点的火——点着灵魂？
为何更须烧蜡成灰，
照后才放光出？
一误再误；
矛盾！冲突！

红烛啊！
不误，不误！
原是要“烧”出你的光来——
这正是自然的方法……

斯时窗外红霞漫天，每个青年的脸上，尤其闻一多的脸上，被映得红晕晕的……

红烛啊！
既制了，便烧着！
烧罢，烧罢！
烧破世人的梦，
烧沸世人的血——
也救出他们的灵魂，
也捣破他们的监狱！

红烛啊！
你心火发光之期，
正是泪流开始之日。

红烛啊！
匠人造了你，
原是为烧的。
既已烧着，
又何苦伤心流泪？
哦，我知道了！
是残风来侵你的光芒，
你烧得不稳时，
才着急得流泪！

红烛啊！
流罢！你怎能不流呢？

请将你的脂膏，
不息地流向人间，
培出慰藉的花儿，
结出快乐的果子！

红烛啊！
你流一滴泪，灰一分心。
灰心流泪你的果，
创造光明你的因。

红烛啊！
“莫问收获，但问耕耘。”

闻一多朗诵完，站在窗前，背对大家，并没有转身看大家。

罗隆基自言自语地：“好一句‘莫问收获，但问耕耘’！”

“闻一多！你好大的诗性！返校了也不及时见我，却在这儿哗众取宠！”

话音方落，潘光旦一脚迈进来，众人的目光都望向潘光旦……

闻一多：“潘兄！”大步走过去与之拥抱。

潘光旦：“一多，隆基，休怪我扫大家的兴，你们随我来！……”

潘光旦扯着闻一多往外便走。众人互相望望，皆随其后。布告栏前，白纸黑字，新张贴的布告，墨迹始干……

众人走来，肃静而视，潘光旦大声读之：“清华学校通告第三十四号：查本校应否取消留级办法陈请外交部批示，本月十一日奉令召示：兹据校方呈文称，该校学生会一再呈请取消留级办法，并声明悔过，陈词恳切，似可予以自新。查上年诸生等罢课避考，显违校章，于管理原则上，本难稍事通融，第念诸生等当时尚非主动，事后深知改悔，酌理衡情，不无可恕,故将留级办法暂缓执行,以观后效。转饬诸生一体遵照此令,务束身自爱,以励前修,毋负外交部培植之至意为要,此告。”

潘光旦读时,众人表情渐变,尤以闻一多神色愤然……

一同学:“岂有此理!这布告所言什么校方呈文,字里行间充满了对我们的诬蔑!”

另一同学:“去年罢课一事,当局曾经屡次说过,对于解决办法,总要双方过得去。如今根据这个部令看来,他们过去了,我们可太过不去了!”

罗隆基:“他们过去了,乃因他们对我们捏造了罪名,玩弄滑头手段,并兼以威压政策;倘我们不按他们的说法‘束身自爱,以励前修’,则将来不承认我们毕业,取消我们出国留学的资格。而我们过不去,是因为他们如此公开地污辱我们的人格,仿佛我们去年的罢课,纯系冲动儿戏!”

潘光旦:“隆基,一多,我潘光旦虽然学级方面比你们高一级,原本出国在即,但我宁愿放弃留学资格,同你们二十九名拒不悔过的学子一道斗争到底,以求人格的光明磊落!”

闻一多激动而钦佩地向潘光旦伸出一只手:“潘兄,我因有你这样的朋友而骄傲!”

梁实秋:“我想,大家还是不要意气用事的好。我们每人的前途,控制在校方手中。在校一天,校方要我们圆,则我们难以成方。常言道胳膊拧不过大腿,识时务者为俊杰啊……”

罗隆基:“这儿不是讨论之地,我们回到教室里商议商议对策如何?”

夜。某教室,窗露微光。教室内,一截蜡烛燃在一个小托钵中,闻一多独自在用毛笔写家信:

部令说我们“罢课避考”,说我们“事后深知悔改”,叫我们“务束身自爱,以励前修”,试问如去年罢课一事,全校都未受影响,只我们二十九人做真正的牺牲;我们“求仁得仁”,何悔之有?我们这样的学子,是不知自爱的么?又说“予以自新”,“以观后效”,试问我们自始至终光明正大,有何“自新”之必要?有何“后效”之必观?所以我等二十九名学生,都认为此等部令是可忍,孰不可忍!我们若受他的好处,惜乎出国留洋之机会,那便等于默默吞食了当局的诱饵,便无形承认部令。此种行为,良心所不许也,尤为我个人之不愿。贪小惠而遗玷终生,君子不为也。我若不尽最高之能量以为公理战,有负我们信奉之上帝及基督,有负教我“当仁不让”之孔子,尤负以身作则的我的朋友潘光旦。现我愿抵死力争,甘冒不韪,以触当局之虚伪,虽置罚于我而无悔……

罗隆基悄悄走入,至闻一多背后,闻一多感觉到了,回头,置笔起身……

罗隆基:“写什么呢?”

闻一多:“写给父母的家信。”

罗隆基:“偌大的清华园偶一停电,我就有种回到古代的感觉,仿佛树后池旁,随时会有花精狐魅现身。”

闻一多微微笑道:“倘我闻叩窗之声,当开门以纳,与之对诗、对弈,不啻一大快事。”

罗隆基也笑了:“那我就只好识趣避走!”话锋一转,“听说了么?大部分同学都因切身利益,或集体或暗中写了悔过书。就是潘光旦兄等共八人中,也有七个人悔过了……”

闻一多:“那么那唯一拒悔者,想必是我们的潘兄了。”

罗隆基点头。

闻一多:“圣哉潘光旦！我闻一多,也决定仍旧做因罢课受罚而留级一年之学生,以此单薄力量,支持我们的潘兄……”

罗隆基:“一多,众同学的明哲保身也大有可理解处。我来找你,是对于此事,还有些想法与你商议。”

校长室。

校长在召开校务会。一期《清华周刊》不轻不重地往桌上一抛……校长环视在座诸人,脸上毫无表情,声音极其内敛地问:“这一期《清华周刊》,诸位都认真看过了么?”

诸人默默点头。

一人道:“校长,现已查明,这一期《清华周刊》上发表的所谓《取消留级部令之研究》,悉由闻一多、罗隆基、吴泽霖、高镜莹等四名学生密谋成文的……”

校长:“这一点还用你查明么?他们不是白纸黑字共具其名的么?”

那人于是尴尬。

又一人道:“闻一多、罗隆基等四名学生,于大多数学生接受现实,纷纷悔过之后,仍持倔傲之态度,非但不表示悔过,还要在周刊上发表公开具名的文章,对外交部令,对我们校方之宽大,多用质问、挖苦、明讥暗讽之语句,故我以为,我们校方不能再姑息了,当杀一儆百!”

一人点头道:“完全同意!”

一人吞吞吐吐,欲言又止。

校长:“有话便说,何必犹豫。”

那人:“据我所知,闻一多、罗隆基二生,在我清华学子中威信超群,有很大的影响力。尤其那个闻一多,年长于同级皆一两岁,在我清华学子中广博正直之名,每被视为可敬兄长,又兼中文学业优秀,诗才显露,崇拜者多,只恐……”

校长:“说下去。”

那人:“只恐我们校方处理不当,又激起什么事端,节外生枝。那时,外交部怪罪下来,我们反而更加被动了。”

校长:“你有什么高见呢?”

那人:“这……这我还未及想好……”

校长:“那么,诸位有什么高见?”

诸人面面相觑。

第一个开口的人嘟哝:“杀一儆百,杀一儆百,还是杀一儆百的好……”

校长皱眉道:“我问的是诸位有什么高见,杀一儆百,惯常方式罢了,是算不得什么高见的。而且,真的反而陷于被动,也许我将成为第二位被清华学子所逐的校长,我可不愿落此下场,想来你也不希望我落那么一种下场吧?……”

对方连连地:“不不,校长千万不要误会……”

校长:“那么,也请你不要再重复你的杀一儆百了。”

穿长衫者:“我以为,还是不予理睬的好。他们不是认为,他们的人格受损,他们太过不去了么?何谓学生的人格?无非就是青年人血气方刚,往往不计后果非要力争的那点儿面子么……”

被人打断道:“公开在本校学刊上发表文章,贬损校方尊严,难道我们校方就可以不要那点儿面子了么?”

校长:“不要打断他,你请继续。”

看得出,校长很是赞同发言者的话……

那人接着说:“常言道,大丈夫能屈能伸,我们校方若取置之不理之姿态,也等于让他们过去一下了。表面看,我们校方似乎大失面子,实则不然……”

校长:“实则不然的道理就不必细述了,学生们制造了麻烦,我们不愠不火,从容应对地解决了麻烦,最终的高明,还是显示在我们校方一边。这点儿韬光养晦的水平我还是有的。”

那人："我正是您的意思……"

又有一人开口道："我有一策奉献——我们可将我清华学子赴安徽灾区的第二批服务团提前召回，号召所有在校学生自愿组成第三批服务团，并促早日成行。想那闻一多、罗隆基、潘光旦等激情学生，平素最主张什么悲悯情怀，每以济世救人为己任，必都踊跃报名。他们一离开清华，清华也就消停平静了。待他们回来，罢课事件的余波，也就完全淡化了。"

校长："诸位，什么叫高见？我想，这就是了！"

学生宿舍里，几只手伸向一碗内剩下的最后一个阄，闻一多顺其自然地抓起……

先抓了阄的同学，有的打开一看，摇头，一脸沮丧。

闻一多将那最后一个阄抓在手里，似乎在思考着什么，并不展开。

梁实秋出现在窗外，趴在窗台上，笑望着问："嘿，你们在干什么？"

一同学："我们这几位因拒不忏悔而被处分留一级的学生，在抓阄重分宿舍。"

闻一多："实秋，你来得正好。"走到窗前，隔窗问梁实秋，"实秋，相传李太白醉而见月于水，入水捉月，遂溺死，你以为此事可靠或不可靠？"

梁实秋毫无准备地："这……你倒是因何问我呢？"

闻一多："我已写成《李白之死》一长诗初稿，不论他为月而死是真是假，但每一想及，必使我心激动，所以忍不住问你……"

梁实秋："我以为嘛，李白者，诗人；闻一多者，诗人。诗人以诗咏诗人，所咏的是诗人的情怀，诗人的心灵，诗人的精神，托月而咏，很美，你便依你的诗心所信咏之嘛，当无不可。"

闻一多："实秋，你的意见，正合着我对诗的理念。听了你的话，我自信多了……"

背后有人大声地："咦，怎么少了一个阄呢？"

又有人大声地:“两位诗人打住！这会儿不是你们隔窗大谈诗的时候！闻一多,你抓的那个阄呢？你隐而不宣,是想捣鬼么？”

闻一多这才转过身来:“阄？是啊是啊,我刚刚也抓了一个的,可……”他看着双手奇怪地,“我的阄它怎么不见了呢？”

闻一多俯身看地上,同学们也帮他满地找……

梁实秋隔窗一指:“那个是不是？”

有人抢先替闻一多捡起,展开看了,大声地:“高等科楼上单人房一间。倒让我们的诗人占了大便宜,总共就两个单人房啊！我看准是缪斯女神暗中庇护着你的结果！”

闻一多那时憨憨地孩子般地笑,仿佛因自己“占了大便宜”而觉得对不起众人似的……

又有人高叫:“不行！不行！不能让他白占这个大便宜,不能让我们的诗人独享清静,今晚我们都去他房间里闹他一番如何？”

众人齐声地:“好！”

梁实秋在窗外慢条斯理地:“诸兄,差矣,依我想来,与其闹他一番,还莫如今晚我们都到他的房间去听他讲诗！否则,才是让他白白地占了大便宜哩！……”

闻一多:“实秋,你又调侃我！”

闻一多的单人间宿舍。显然,由于主人刚刚搬入,一切东西还未就位,而到处都是书,显得有些凌乱。

灯光下,同学们,包括梁实秋在内,或坐或立,将一间小小的宿舍拥挤得再也难容一人。闻一多站在同学之间,正侃侃而谈:

“我们所深信人类的进化是由物质至于精神,即由量进于质的。生命的量至多不过百年,他的质却可以无限度地往高深醇美的境域发展。生命的艺术化便是生命达到高深醇美之境的唯一方法。

“我们深信社会的生命这样僵枯,他的精神这样困倦,不是科学不发达，实在是艺术不发达的结果，所以断定我们若要求绝对的生活的满足，非乞援于艺术不可……”

一间教室里，黑板上书写着“关于诗及艺术在社会的位置”。

主讲人：闻一多。

闻一多站在讲台上，继续从容不迫地讲：

“我们又深信艺术的研究包括高超的精神修养，精深学理的考究，同鼓励技能的练习。前两样是艺术的灵魂，后一样是它的形体。有形体，无灵魂，当然不能成为艺术。

“总而言之，我们既相信艺术能够抬高、加深、养醇、变美我们的生命质料，我们就要实行探搜‘此中三昧’，并用我们自己的生命做实验品……”

闻一多的脸上，呈现着一种对于艺术的圣徒般的光彩。

闻一多：“我们更希望同学们也各个试向艺术讨点慰藉同快乐，我们敢保他们不至失望。我们并且极愿尽我们的绵薄之力帮助他们。我再学踞阜的雄鸡，引颈高啼一声：有艺术天能的朋友，快起来呀！让我们将我们的社会，营造得像天然的美术馆一样！”

灯突然灭了，黑暗中一阵炮响，一片大战前的严峻气氛……

第四章

1922 年 4 月 21 日，第一次直奉大战前夕，闻一多、潘光旦等十名清华学子，组成第三批灾区服务队，前往安徽灾区服务；虽然行前收到灾区发来的电报，因战事迫在眉睫嘱他们停止前往，但他们还是抱着一线或能为灾区苍生服务的希望，毅然离校……

夜。寂静的清华临街校门——一盏孤灯，如夜的独眼将幽幽的一小片光洒在路面上。就在那一小片光中，影影绰绰地聚集着些打绑腿背行李的人影，还有些兜兜袋袋放在他们脚旁，看去似兵非兵的样子。

是闻一多、潘光旦等十名学子。

果然不出校方所料，闻一多、潘光旦们不仅是些文学和文艺的信徒，而且是些人道主义的信徒，人世间的苍生一旦发出呻吟，他们就放下文学与文艺的事情不做，而义无反顾地循着那呻吟，打算去为人世间的苦痛服务。

潘光旦："怎么，我们已等了很久，还不见一辆拉行李的车出现？"

一名同学："那也只有继续等下去，否则，怎么办呢？"

闻一多："我猜想，所有的车辆大约都被军方征去运军械了，我们莫如走往城里去吧！”

又一名同学看看地上的兜兜袋袋：“走？……”

闻一多：“就当我们也是些兵士，我们的行动是在执行命令，下令的长官是安徽灾区水深火热的苍生吧！何况，不消我们一直走到安徽去，只要走到城里的火车站就行了……”

闻一多说罢，拎起一件袋子，大步往前便走。

潘光旦愣了一愣道：“一多说得有理！”

也拎起一件袋子跟随而去。他腿有残疾，却走得坚定。

众同学面面相觑一阵，都不再犹豫，纷纷拎起地上的东西急急追赶。他们的身影走在夜的寂静的路上，一名同学低声唱起了当时的一首歌，众同学渐和其声……

京奉车站内许多旅客被阻此站，闻一多等学生们在听站长作解释。

站长：“同学们，你们关怀灾区民众的心情和精神，本站长是很感动，也很支持的。当今之中国，实在是特别需要你们这样一些不忘民众疾苦的青年学子啊……”

站长说得很真诚，但潘光旦迫不及待地打断了他的话：“站长，不必表扬我们了，请快告诉我们不能通车的实际情况吧！”

站长：“情况是这样的，唐官屯以后的铁道因战事毁了一段，现在已经组织民工去抢修了，估计要等两三天才能通车。刚才，我好像听到你们中有人说上帝怎样怎样？”

闻一多回转身来：“对，我说的，我说上帝正在天庭朝下望着，看我们能否克服各种困难，挺进到安徽灾区去为灾民服务。”

“你信奉上帝？”

“我是基督徒，（指指潘光旦）他们也是。我们对上帝的信奉都很虔诚。”

站长：“我也信奉上帝和基督。我似乎听到上帝在要求我，应该帮助你们。这样吧,明天有去天津的一趟军车,我替你们跟车上的军官说说,看能否带你们到天津。那样,你们不是就可以由天津改道继续前往安徽了么?”

闻一多:“站长,我代表我们一行谢谢您了……”

闷罐式的车厢内,闻一多、潘光旦等学生坐在全副武装的士兵之间。

学子们各自暗暗端详周围的士兵,却没有哪一个士兵对学子们发生兴趣——车门敞开,他们有的望着外边飞快闪过的四月的大地,有的望着车顶棚,有的在独自发呆,而有的则凑在一起打扑克、赌钱……

闻一多的目光与小兵的目光无意间相视,闻一多微微一笑,小兵也不由微微一笑。

潘光旦:“你多大?”

小兵:“十七。”

在潘光旦问小兵话时,闻一多从书包里取出笔和本,在别人的背影的掩护之下,暗中为小兵画起速写来。

潘光旦指指同学们:“那,我们可都比你大,你是我们的小老弟噢!”

小兵笑,不再说什么,目光随之望向外面——看得出,那是一个沉默寡言的、在生人面前容易腼腆的小兵。

潘光旦像突然想起地从书包里掏出一盒没开包的烟,撕了封递向小兵:“吸支烟吧?”

小兵收回目光,摇摇头:“不会。”

潘光旦一时不知所措:“我是用自己的饭钱买的,要带到安徽灾区去慰问灾民的。”向别的士兵们伸着手又说,“会吸烟的士兵兄弟们,请都吸支烟吧。”

士兵们的目光一齐望向潘光旦,忽然一名老兵站起,一把从潘光旦手中掠去烟,东抛一支,西抛一支,并说:“会吸烟的都吸吧,不吸白不吸!”

那老兵满脸胡楂儿，与那小兵稚嫩的脸相对比，形成反差，尤其显出了那小兵的小，尤其使人觉得他根本不该端着枪去打仗。

忽然有另一个同学问："士兵兄弟们，可以问你们一个问题吗？"

士兵们的目光纷纷望向那名同学。

那名同学："你们为什么去打仗？"

正准备擦火柴吸烟的老兵，一口吹灭火柴，不吸了，目光瞪向那同学。

那同学："打仗就要有人受伤，有人死去；你们打仗，还使铁路中断，使我们不能顺利去往安徽实行社会服务，你们究竟又为谁去卖命送死呢？"

士兵们的脸一时都变得格外阴沉了，车厢内的气氛也一时显得凝重起来。

老兵将烟盒向同学们一抛，站起来说："弟兄们，听到了吧？人家学生公子问得多好啊？我们究竟为什么去打仗？为谁去卖命送死呢？"

潘光旦向那同学投去责备的一瞥。

闻一多此时已为小兵画好了速写，迅速换一页纸，又开始为老兵画速写。

老兵："这位学生公子，也让我问你一句，你们为什么不必穿军装呢？你们为什么不必像我们一样，一道军令一下，就得去卖命送死呢？因为你们都是富家子弟。起码不是穷家子弟。你们的父母，宝贝着你们，岂能舍得让你们像我们一样成为兵？可我们，我们不当兵又能怎么办?!"一指小兵，"他老父母在饥荒那年活活饿死，他小小一个少年，房无一间，地无一垄，为了口活命饭，只好当兵！"又一一指着兵们说，"他本是老实巴交的农家子弟！他也是！他也是！还有他！农民除了土地，另外还能靠什么生活？可灾年使我们农民的汗水颗粒无收，还要受地主照样逼租的欺辱，讨饭让人瞧不起，当兵反倒成了我们唯一体面的活路！诸位听明白了吗？"

士兵们纷纷将手中的烟抛还给同学们,潘光旦等同学大窘。

闻一多起身道:“这位兵大叔,请不要生气,我们学生,也有深入了解社会的必要,也有调查社会的愿望,我们更有责任,把你们的无奈告之全社会,唤起社会良心对你们命运的关注。”

潘光旦:“是啊是啊,我们这位同学,代表我们说出了我们心底的想法。”

闻一多将速写双手呈递:“我们搭你们的军车,认识了你们,也是我们之间的缘分,为您匆匆画的这张速写,您收下作个纪念吧。”

老兵:“速写? 什么速写?”困惑地接过,见画的是自己,乐了,“我这一辈子,从没照过一张相,现在老子也有自己的一幅像了,比照的大多了! 弟兄们看画的像我不像我?”

于是兵们围拢了看,都说:“像! 像!”

闻一多又将为小兵画的速写双手递向小兵:“这位兵小弟,我也为你画了一幅!”

小兵没有想到,愣了一愣才接过,于是士兵们也围拢了看,也都说:“像! 像!”

于是有的兵请求:

“也为我画一张吧。”

“为俺也画一张吧。”

“为老子也画一张吧。”

更有的兵开始掏出自己的烟分发给同学们:“烟酒不分家,吸一支我们兵的烟!”

同学们自然都摇头说不会吸。潘光旦:“我们既然不像一多有绘画的技能,那么,就让一多为士兵弟兄们画像,我们为士兵弟兄们唱歌解闷吧!”

同学们异口同声:“好!”

于是潘光旦站起,挥双臂打拍子。

长亭外，古道边，芳草碧连天……

同学们：（齐唱）

长亭外，古道边，芳草碧连天……
天之涯，海之角，知交半零落……

老兵却站起打断道：“不好，不好！”

同学们的歌声戛然而止，困惑不解。

老兵：“我们是要去准备冲锋陷阵，冒枪林弹雨的。此一去，弟兄们中，有的肯定就回不来了！不管为谁打仗，为什么打仗，总之打仗是我们兵的命。谁按月发我们军饷，我们就为谁玩命。不问为什么，也不后悔！男子汉大丈夫，当兵就不怕死，还是让我们为你们唱我们自己喜欢唱的歌吧！……”

众士兵以十倍响亮于同学们的声音齐应：“好！”

于是在老兵的带领下，众士兵唱了起来：

穷弟兄，咱们去当兵，
不为挣大洋，只为有饭吃……

天津站。晚。

军车喘息着缓缓入站。

站台上无一旅客，只有士兵排成警戒的散兵线，一派战前严峻肃杀的气氛……

车厢里，士兵们默默地站了起来，学生们也默默地站了起来，双方都有些依依不舍地彼此望着。看得出，一路上，他们通过交流结下了感情。

潘光旦:“我们该下车了。”

老兵:“我们也该下车了。”

闻一多:“士兵兄弟们,后会有期!”

老兵:“你们的命和我们的命,就像家猫和野猫的命区别那么大,恐怕是后会无期了。”

老兵说着,转身伸出了一只手:“把这位姓闻的学生给咱们画的像,全都还给他吧!”

闻一多:“这……”

一幅幅画像从怀里、背包里取出,交在老兵手上……

老兵看着闻一多,将画像一齐还到闻一多手上,又说:“闻先生……”

闻一多:“我叫闻一多。”

老兵:“我们都是些连自己的姓名也不识的人,而你们,若按过去的叫法是些秀才。今天我叫你先生也是应该的。我们再往前开拔,就是去向生死难料之地。我们如果死了,好的下场,被就地挖个大坑压插着埋了;不好的下场,暴尸荒郊野外喂乌鸦了。你为我们画的像,留在我们身上,难是一种纪念。还是留给你,才有点纪念性。所以,都还给你。”

这时,军列鸣笛。老兵催促着:“学生们,你们快下车吧!我们的车就要往前开了。”

学生们一个个心情沉重地跳下车。

最后只剩下闻一多,他呆望着士兵们,士兵们也呆望着他;双方都不知再说什么好,也已再无话可说。

潘光旦在站台上喊:“一多,亮绿灯了,快下来吧!”

闻一多深深地看了士兵们一眼,转身跳下车,不料跌倒,手中的纸页散落了一地,他顾不得站起来,便伸手去捡,一阵风刮来,纸页纷飞而去。有两位同学追着捡。

潘光旦扶起闻一多:“一多,跌伤哪儿没有?”

闻一多揉着膝部摇头。两名同学回来,他们只捡到了一张。闻一多默默接过看时,是为那名小兵画的一张。

军列又一次鸣笛,车轮滚动。

车门敞处,老兵和小兵们,向同学们一齐立正,敬礼。站台的尽头,在学生们的目送下,军列消失于夜色中……

闻一多发现铁轨间散落着几张纸页,分明是他为士兵们画的像。闻一多毫不犹豫地跳下了站台。

"一多,又有车开来了,危险!"潘光旦焦急地大叫。闻一多仿佛没听到,只顾捡着。果然有列车头亮着独眼似的灯开过来。潘光旦跳下站台,将闻一多拽向一边。列车头从紧紧抱在一起的二人身旁呼啸而过……

潘光旦:"你不要命了!"

闻一多却发现还有一张纸页,被刚刚开过去的列车头的车轮碾在铁轨上。

闻一多走过去,跪下一条腿,小心翼翼地企图揭下纸页,纸页还是被揭破了,其上老兵的速写少了半张脸……

学生们的身影,在幽幽的灯光下,朝出口走去。

站外也几乎无人,只有接他们的章元善和一名仆人,仆人手擎蓝底白十字的"华洋义赈会"旗帜。双方寒暄一番,一一握手。

潘光旦:"章先生,辛苦您了,这么晚了还亲自来接我们……"

章元善:"哪里谈得上什么辛苦,华洋义赈会幸有清华一批同学热忱支持啊,哪一位是闻一多同学?"

闻一多:"我是闻一多。"

章元善打量闻一多,自言自语:"正是我想象中的样子。"

潘光旦:"章先生,您也听说过闻一多在我们清华的学名不成?"

章元善:"不仅如此,而且有人经常在我面前谈论他啊!"

闻一多:“敢问章先生,不知是哪方面的朋友对一多……”

章元善笑笑:“恕我不能相告,起码现在不能。”话题一转,“同学们,先都到我家去吃饭休息吧!”

闻一多困惑地望着他。

远处传来“雷声”。

一同学:“听,要下雨了。”

章元善:“不是雷声,是炮声……”

闻一多:“难道是直奉二军,已经在前边打起来了么?”

章元善:“据说还没正式交火,但已是双方严阵以待,偶尔都试发几炮,探探部署。这一仗,双方都势在必打啊!”

同学们你看我,我看你。

章元善:“也没能安排一部车来接同学们,只能委屈大家步行了……”

闻一多:“章先生,我们不是来旅游的,不管前方有什么样的苦和危险,我们都会义无反顾的。”

章元善:“这正是闻一多口中必会说出的话了,不过,到我家后再议吧!”

一行人来到章元善家。饭后,章元善陪同学喝茶。

章元善:“也不知都吃好了没有?”

潘光旦:“多谢章先生招待周到。”

闻一多:“现在就议议我们怎样去往安徽的事吧。”

章元善:“既然同学们都迫不及待,那么也好。”起身取过一份铁路图,展开在桌上,指点道,“在马厂与沧州之间,是两军防线地带,也是你们无论如何绕不过去的,前两天火车因路毁出轨,轧死一名火夫,路局要去将尸体运回,尚不获军方通融。”

同学们面面相觑。

章元善:“同学们赈灾的心意已到,要不,明天还是回学校去吧?”

潘光旦征询的目光望向闻一多;闻一多默默地微微摇头……

章元善:“我的一位朋友,是直系军方的营长,他感动于同学们的赈灾之心,答应我可以允许同学们随他的属下,直接到他们的防线边界。不过,奉军那方是否允许同学们通过,就不得而知了……”

章元善掏出怀表,看了看又说:“两个小时以后,他的营就要向前方开拔了……”

整夜行驶在公路上的几辆军卡,头盔和枪支在月光下闪光。

炮声。傍山路上,士兵们在步行挺进。

一辆军卡上,挤站着同学们和士兵们。

一名同学跌倒,身体朝后压在背包上,引发一声婴儿的啼哭……

士兵们和同学们皆吃一惊,顿时站住。骑马的营长策马而至。

营长严厉地:“怎么回事,哪来的婴儿?”

闻一多和潘光旦一起从左右扯起那同学,二人都困惑地望他的背包……

那同学吞吐:“报告长官,不是婴儿。是我,是我背包里带的几个布娃娃。我想,我想,万一灾区有失去了父母的孩子,我们得学会哄他们……”

营长:“再也不许给我弄出什么声响来!”一勒马,又奔向前去。

直系前沿阵地。

营长持着话筒喊:“奉军的弟兄们,现有北京清华学校学生数人,以华洋赈灾会的名义,前往安徽灾区服务,望你们不要射击,能让他们通过……”

对方阵地悄无反应。

闻一多和潘光旦,各自扯着蓝白旗一端,一步步离开阵地向前走去……

营长在战壕里喊:"回来,回来!他们还没应话!"

闻一多、潘光旦相视一眼,仍毅然往前。同学们一个个爬上战壕,跟在后边。突然响起枪声……

营长:"卧倒!"

闻、潘二人愣愣神,这才带头卧倒。

枪声中,又一声婴儿的啼哭。

一辆卡车前,站立着失落的同学们。

营长:"都请上车吧!列车要让军车,卡车反而快,送你们直回天津。"

行驶的卡车上坐着同学们,闻一多双手捧着揉成一团的蓝白旗,其上有两处弹洞。

闻一多的堂兄闻家玺及胞弟闻家驷也是清华学子,闻一多在离开清华之前,向他们坦陈自己的感想:

"八哥、驷弟,我不久便要离开清华去美国留学了,但你们还在。依我的眼看,清华学子,当可分为四种。一曰少爷学生,贵胄子弟,出洋本易如反掌的,但年纪太轻,不便立刻实现,于是先在园内等一等。若上了别的学校,又太吃苦了。而清华有清华旅馆、洋楼、电话、电灯、电炉、自来水,看电影还有雅座,厨子听差,车接车送,既依旧做着少爷,还罩着全国第一等学校之学子的美名,恰合少爷的身份。所以他们除了打球、唱戏、雅座看电影、美钞购物、兼顾写写情书,别的什么都不知道,世间他人疾苦也毫不关心。这一种清华的少爷学生,我嘱八哥和驷弟,万勿接近他,更不可引以为友。我们闻家子弟,在家中虽也曾被少爷少爷地叫过,但骨子里,与他们是不一样的。别忘了,我们的身体里,也许流着文天祥那样的血……"

闻家玺:"是啊,家中来信相告,从我们闻家的祖谱中,果然查到

‘文’‘闻’二字原本同姓以及文天祥夫人当年率族流落望天湖畔的依据。”

闻家驷:“一哥,你只管放心赴美吧,我和八哥一定牢记你的嘱咐。”

闻一多:“清华还有一类学生,我看他们是孩子学生。清华中等科的学生,有的虽入过高等小学,也有的却仅仅入过初等小学,总之真正高小毕业,刚合中等科程度的不多。等他们在清华毕了中等科的学业,也还是稚气未脱。他们固然跟少爷学生们不同,但行为却和少爷学生们往往一样。这类学生,万不可因他们的幼稚浅薄而轻视之,但也不足以引为知交。因为,那往往会连自己也渐变得幼稚浅薄了。”

闻家玺、闻家驷点头。

闻一多:“第三种是书虫学生,一心只求学名的高低。以为中国的落后,全因像自己的学子太少。仿佛多起来了,中国的一切落后现象就会好起来了。我以前,便是这样的一个学生。啊! 离社会是越来越远,自己还不自知,还是一味地以为,自己对于社会,必是一个缺少不了的人物似的……”

闻一多不再说下去,也坐在塘畔一块石头上,凝思地望着荷花。

闻家玺:“一弟,我和驷弟都看出来了,你近来的思想,分明有所改变,那是什么事情导致,我们也不甚清楚。别人也只有猜测而已。但我和驷弟都认为,一弟你也不必太自责了。虽说国家兴亡,匹夫有责,但倘大睁了双眼细看我们的社会,面对那千疮百孔情形,我们学生也只有徒唤奈何啊!”

闻一多:“这中国社会的千疮百孔,其实已无需我们大睁了双眼细看,分分明明咄咄逼人地就在我们近旁,只不过我们从前对它关注得太不够罢了。”

闻家玺:“驷弟,一多刚才说到我们清华有四种学生,却只概括了前三种,被我们打断了话头……”

闻家驷:“不是被我们打断了话头,是他自己没再说下去。”

闻家玺望着闻一多说:“我想听你说下去。”

闻一多:“那第四种学生,是这样一些学子,他们首先是些特别热爱我们自己的中国的人。并且尤其热爱我们自己像酒酿一般醉人的文化。因着爱国,在无论来自任何方面的轻藐面前,都不至于卑贱地低下头,而一定会正视着对方说:‘无论这样或者那样,我都做中国人,中国是我唯一的国。’因着爱我们的文化,他们明了梳理和扬弃的必要。他们不甘做我们文化中腐朽的奴隶,不会将糟粕当成美食大快朵颐。所以他们愿意投身到大社会的进步的活动中去,将自己看作一支烛,有一分热,发一分光。为着我们的国的进步与文明,像林则徐自勉的话那样,‘苟利国家生死以,岂因祸福避趋之’。”

某教室。黑板上写的是“闻一多学兄赴美欢送会”。

闻一多:“大家既要求我告别之前对我们的母校留下几句赠言之类的话,那么,我便讲吧!不过,我这意见讲出来,恐怕有点骇人,也有点得罪人。但是这种思想在我头脑中酝酿了很久。美国的教授们,认为我们清华学子不懂美国,太没受着美国文化的好处。他们的意思,似乎还对我们很有一些失望和抱怨。但是我要说我们既然明了我们对于我们中国的文化都有扬弃的必要,对于怎样接受美国的文化,我们也是要本着这样的原则的。以这样的一种思想看清华,我们的清华已经未免太美国化了。清华的事事物物,我是知道得清清楚楚的。我敢于说我讲的关于清华的话是没有错的。我们清华的学子,已经开始说这个有什么用,那个有什么用了!认为经济很有用,于是都去学经济;还都争先恐后到美国去学经济!图的是回来可以当经理,当买办,过优等华人的物质生活。但是如此简单的人生的价值观,竟真的是一个优等的人的标准么?凡与物质享受无关的,便真的与人无用了吗?物质享乐主义的盛行和攀比,已经将我们入清华时的初衷改变了呀!诸位,为我举行这个欢送会,我很感激诸位。而我对这感激的回报就是——请诸位回想回想我们入清华的初衷吧,我想,那初衷原本不是仅仅为自己打算的初衷吧?”

一名看去似乎还是少年的同学打断道:“闻一多,你马上要到美国去又是为了什么呢?”

闻一多的目光望向了那少年同学。

潘光旦:“一多兄去美国,是要去学美术的!”

那少年同学:“这就不是自己的打算了么?究竟有什么区别呢?”

梁实秋:“当然有区别,是为了去追求他在《美底斯宣言》中的理想,把另种美从别国带回来,奉献给中国!”

罗隆基:“大家先不要争论,还是听一多兄说下去。”

闻一多:“我们常自诩我们清华学子善自治,并且常以为这是美国文明教我们的。一方面,学生会、学生法庭,都组织起来了。可是过后呢?会也没人到,费也没人交。可是比阔绰、比浪费,却是往往出手大方。运动啊,演说啊,演戏啊,都变成了出风头的好时机。我们在清华的生活水平,看着寻常,可是比一般中等社会人都高啊。我们还常身在福中不知福。举动浮躁,行动也浮躁,连语言也浮躁。就以我自己为例吧,其实每每表现出的浮躁,又何尝比别人少一点点呢?请诸位放心,我既公开承认我自己的缺点,我就一定改……”

罗隆基、潘光旦、梁实秋带头鼓掌。

闻一多:“个人的打算,我也并非完全没有。西方人不是说我们中国的文化传统,只不过体现着一种民族自恋么?我们自己的同学中,不是也有一种论调,认为我们自己的文化,好比是涂釉绘彩的盘子,只有摆在精神餐桌上时美观,若摆在美术馆里却只不过是盘子么?不是认为,只有西方的文化,才算得上是正宗的精神大餐么?那么我就要亲自用我的眼到西方去看一看,若他们的文化真比我们的高级,我就虚心地学回来。不许我学的,我也要想方设法地偷回来!甘冒天下之大不韪,被判偷盗文明的罪名也心甘情愿!……”

同学们笑。

月光下，闻一多走在回寝室的路上。

背后有人轻唤："闻一多……"

闻一多站住，回头，见是在欢送会上打断他话那一名少年同学：

"可以陪你走一段吗？"

闻一多点头。

二人并肩走时，闻一多问："顾毓琇，对吧？"

少年点头。

闻一多："请你原谅我刚才没有正面回答你的发问，因为你问着了我的一个大困惑。"

顾毓琇："那是什么？"

闻一多："其实我一直不明白，美国文明的真谛是什么。只不过感觉到了，影响着我们的肯定不是它的主体，而我们却连怎样做一个新型的中国人也似乎渐渐地糊涂了。"

顾毓琇："也正是我们低年级同学的困惑。"

突然，一团黑影朝他们扑来……

闻一多迅速转身，张开双臂，保护地搂抱住了顾毓琇的头。

二人缓缓分开，都有几分不好意思。

闻一多："是蝙蝠。"

顾毓琇："谢谢！"

月光下，他们各自的脸上，分明都流露着将要分别的伤感。

顾毓琇："你明天一早就要离校吗？"

闻一多点头。

顾毓琇："一多学兄，我也请你原谅我，打断了你的话。"

闻一多："别这么客套。这条路上蝙蝠多，还是走主路吧！被蝙蝠抓伤了皮肤，是会发炎的。"

顾毓琇目送闻一多的背影离去……

闻一多正在宿舍收拾东西,响起了敲门声。闻一多开门,见门外站着罗隆基、潘光旦、梁实秋。

罗隆基:“不打扰你吧?”

“哎呀,什么打扰不打扰的,就是打扰了,我们也还是要进的。”潘光旦边说边进了屋。

闻一多一边继续收拾东西,一边说:“猜到你们还会来。”

梁实秋:“一多,你明日一去,我们文学社全社有失依之感啊。”

罗隆基:“是啊,舍不得你离开我们啊。”

闻一多停了手,目光深情地望向他们:“我有留念送给你们。”

闻一多引他们走到桌前,拉开抽屉,取出用线绳扎的三卷纸:

“实秋,这是送你的。”

梁实秋展开,是《梦笔生花图》。

梁实秋:“这是你为我们《清华周刊》所作封面的原稿啊!你实该自己保存的。”

闻一多:“如果真有什么保存的价值,由你替我保存不是也很好吗?”

递向罗隆基另一纸卷:“隆基,这是送给你的。”

罗隆基接过展开,是一幅《荷花池畔》。

闻一多:“这是我前几天特意为你画的。如果说我与实秋之间的友谊,以诗为基础,那么,我与你之间的友谊,就是以那份对社会的责任感为基础了。”

罗隆基不由得与闻一多拥抱。

潘光旦抗议似的:“怎么,居然没我什么事?”

闻一多笑,默默从抽屉里又拿出一小块东西,且包在纸中……

潘光旦不满地:“为什么送我的纪念就这么小,而且用一块不起眼的纸包着,分明纪念本身不如他俩的,不要不要!”

闻一多:“送给你的纪念虽小,但是重啊!”抓住潘光旦一只手,硬塞给了他。

潘光旦剥开纸一看，是一方印，闻一多打开桌上的印泥盒，潘光旦将印蘸了蘸印泥，在一张白纸上赫然印出清清楚楚的字是——“我仰之光，我睹之旦”。

潘光旦也满意地笑了。

窗下忽然传来喊声：“闻一多！”

闻一多等走到窗前，推窗俯视——外面站的是顾毓琇等七八个同学，有人手中擎着燃烛。

顾毓琇：“闻一多，我们低年级的同学，也舍不得你离校，舍不得你离开我们清华的文学社。”

闻一多与梁实秋等三人感动对视。

顾毓琇等唱了起来：

长亭外，古道边，芳草碧连天；晚风拂柳笛声残，夕阳山外山。天之涯，海之角，知交半零落……

在一片依依不舍中，闻一多踏上了赴美之程。

闻一多在舱内读梁实秋的信：

习俗之予赠的滥调。文学社社友本不忧为，而别离之绪盘萦心间，遂成此诗，工拙弗计，可于途中一慰寂寞……

拿去，这是你的灵魂！
只这一句话能完成诗人。
我的朋友，
看渊潭久了，渊潭也看你！

嗅花香久了,香花也嗅你!
拿去 —— 这是你的灵魂!
只这一句话能完成诗人。
……

他看完信,轻轻放好。只见同舱一位比他年长的男同胞斜眼问他:“到美国留学?”

闻一多礼貌而矜持地微笑点头。

“在国内读哪所学校?”

“清华。”

对方刮目相看:“哦,那该是全中国最有名的学校了。”

闻一多又笑,放好了皮箱,在铺位上坐下。

“那么,读了两年? 还是三年?”

“十年。”

对方更是刮目相看:“十年,难以想象得很,难以想象。”

掏出一张名片相递:“这是我的名片。我在一家美国大公司里任职,经常回国替他们物色我们中国各方面的人才。为美国人服务,挣的就是美金! 世界上只有美国的钱钞叫美金。为什么呢? 因为只有美国的钱钞像黄金一样永远保值,因而尤其美丽!”

闻一多不愿再听下去,但出于礼貌地坐着,只不过在对方说时,目光望向了舱外。

对方:“请问贵姓?”

闻一多:“姓闻,名一多。”

对方:“闻一多,虽一而多,好姓,好名字。请问学的哪一专业?”

闻一多:“在清华学的是美术和文学。”

对方:“学了整整十年?”

闻一多庄重地点头。

对方连道:“可惜可惜! 太可惜了。美术,学那些对人生有什么意义呢? 即使在美国,也没有几个人因学美术学文学而住别墅有汽车的呀。不过不要紧,遇到我你算是有救了……你到了美国要学什么?”

闻一多庄重地:“继续学美术和文学。”

对方打断:“那一定是迫不得已很无奈的事了。真的,你遇到我你太幸运了。我看出你将来一定是位人才,我担保我的公司会改变你的人生,为你提供……”

闻一多终于没有耐心再听下去,起身道:“我在清华学了十年的美术和文学,既非迫不得已,也非无奈之事。我到了美国,也完全是为了我的爱好去深造。我觉得,我此生能亲近美术和文学,比遇到您还幸运。”

对方愣了愣,嘲讽:“爱好,多么肤浅的词。只有拥有了大量的美金之后,人才配谈论什么爱好!”

闻一多:“对不起,先生,舱里太闷了,我要到甲板上去透透气。”说罢,礼貌地微微弯腰,立刻迈出了船舱。

闻一多走到舷边,大口换气。背倚栏杆,目光追随着海鸥,任凭风将他的头发扬起。眼前的景象让他想起梁实秋送给他的诗。

朋友啊!
海洋里的熏风,将把“红烛”的光亮更扇亮些吧!
你就秉着熊熊燃着的“红烛”,
昂然驶进西方海岸的港湾!

朋友啊!
燃着你的烛吧!
在烛影摇曳里,我替你祝福了!

第五章

海轮依然航行于大洋。

闻一多在船上这儿那儿走着,不难看出,他要寻找一个安静的角落,然而甲板上处处是人,多是去美国的形形色色的中国男女。他们几乎站满了舷边,又几乎皆是成双成对的,在他们撑着的五颜六色的遮阳伞下对拥斜抱,耳鬓厮磨,卿卿我我,遮阳伞下不时发出女子浮浪无忌的笑声……

闻一多又转回到了他的舱口 —— 舱门关着,内中也发出女子的笑声和话语:"干什么呀你,放庄重些嘛!"

闻一多皱一皱眉,从舱口退开了。

闻一多绕向餐厅 —— 在狭窄的过道里,一个将嘴唇涂得猩红的洋女子正吸烟,并将一条穿黑色透花丝袜的长腿斜伸出去,像一道栏杆似的挡住他的路。

闻一多用英语彬彬有礼地说:"女士,请让我过去。"

洋女子乜斜着他,噘起猩红的嘴唇,向他缓缓地吹去一缕青烟。

闻一多退后一步,瞪她片刻,转身明智地离开。

背后,洋女子用英语问:"支那青年,想陪我玩玩吗?"

闻一多的背影站住了。

洋女子:"我不要钱,我有的是钱,我不是妓女。"

闻一多用英语回答:"对于西方女人,我还分不清她们谁是妓女,而谁不是。你使我更难分清了!"

闻一多说完,加快了脚步。

闻一多在"哗啦哗啦"的麻将洗牌声中困惑地走着。

闻一多吃惊地站在餐厅门外,一眼望向里边,几乎每一张餐桌都被打麻将的男男女女占据了,"哗啦"声一阵阵噪耳。

闻一多望得有些发呆——那些西装革履的或身着长衫的中国男人,以及那些油头粉面穿旗袍裸双臂的中国女人,在麻将声中,呈现着一个民族优等人们的精神的没落和颓靡——而留声机正放着绵软的歌曲……

闻一多在心里默念:中国,我的国啊,我顶礼膜拜的东方文明啊,这一切不该是你的现实,不该是你精神的样子啊!

中国职员:"闻先生……"

闻一多猛省一下,缓缓转身,面前站着一名船上的中国职员和留着漂亮胡子的外国官员。

中国职员:"闻先生,这位是我们船上的二副华尔士先生,他看了您为我们船上的日报所画的速写,很欣赏,希望和您认识一下。"

闻一多礼貌地:"闻一多,中国清华学生,前往美国留学西方美术。"

华尔士主动伸出了一只手:"我也喜欢美术,尤其喜欢中国的山水画和书法。"

闻一多矜持了一下,握了握华尔士的手。

中国职员:"这是我们船上日报按标准开给您的润笔费,不成敬意,请您笑纳。"

闻一多:"美元就免了吧。我那也是闲来无事,画以自娱。独乐乐,莫如与人乐乐。若有人看了像华尔士先生一样开心一笑,我就很觉欣慰了。”

华尔士望中国职员,中国职员翻译闻一多的话。

华尔士对闻一多更有好感地问:“那么,您有什么需要我在船上特别关照的吗? 如果有,对我将是很高兴的事。”

闻一多欲言又止。

中国职员:“华尔士先生是位待人很诚恳的美国人,我们船员都很尊敬他,闻先生有话直言无妨。”

闻一多:“我,我此刻最想发现一个安静的角落,好给我的朋友们写封信。”

中国职员翻译闻一多的话。

华尔士:“这个好办,跟我来。”

闻一多跟着华尔士走到了二副的专舱门口。

华尔士打开了门:“请。”

“这……”

华尔士坚持:“请吧!”

闻一多却之不恭,遂入。

“这纸、笔、墨水,您都可以用。您就坐在这里给您的朋友写信吧,我保证不会有任何人打扰您。”

华尔士说完,略弯下腰,离开并带上了门。

闻一多打量舱内,华尔士果然也是一个爱好绘画的美国人,贴在壁上的几幅海上速写证明了这一点。闻一多一幅幅欣赏着。

他的目光落回桌上,看到桌角一本旧《圣经》。闻一多以手轻抚《圣经》封面,不由想起当年在教堂做礼拜,受洗归主的一幕。

北京某教堂。

在优美的圣歌声中,闻一多、罗隆基、潘光旦、梁实秋等学子,接受洗礼。

闻一多目光虔诚地注视着耶稣像。

闻一多在心里默念：上帝啊，耶稣基督啊，请以你的仁慈，关爱我的同胞，关爱我的民族吧！从今天起，我将我的灵魂呈献给你了。

管风琴和圣歌声中，闻一多等学子一齐跪下，随着牧师轻声祷告。

闻一多等学子离开教堂，一个个心情愉快地走在路上。一同学略显激动："从此，我们是有共同信仰的人了！我们的灵魂现在已经安置在离天堂最近的地方了，这一种感觉真好啊！"

闻一多："诸君，我有一个建议——将来，我们的儿女，如果他们也肯接受我们的信仰的话，我们都让他们做唱诗班的诗童好不好？"

罗隆基："闻多，我猜想，你的宗教心理倾向，大约也是与诗不无关系吧？"

"是的。"

同学们皆站住，疑惑地望他。

"诗的真谛是美，宗教的真谛是善，而爱国思想的真谛是真——我今天接受了宗教的洗礼，真善美三方面，在我的灵魂里，就觉得实现了一种统一了。"

梁实秋："什么是典型的完美主义者？闻多兄便是一个例子了！"

潘光旦："连他的名字都具有完美主义者的意味！孔子曰：'朝闻道，夕可死矣。'而他的名字偏偏要叫闻多！那你一生要死几次呀？闻多兄，求完美者而完美必不可得，我想替你改改名，在你的完美追求中，加进点与完美相对立的现实的成分！"

闻一多笑问："那么，请潘兄指点迷津。"

潘光旦想了想："就改作闻一多吧。一和多是反义的，是完美和现实的并存，于是完美才不是幻想，现实才有的放矢嘛！"

众人都说："好！一字之差，其意深矣！"

"不管他自己同意不同意，我们就这么一致决定了吧！今后都叫他闻一多了。”

梁实秋:“你们真是强加于人啊!”

罗隆基:“时间是最厉害的,我敢说,要不了多久,闻一多先生自己就会乖乖地接受闻一多这个新名字的!时间即上帝,决定一切。”

闻一多笑道:“那我也要为潘兄改名字。‘檀’是老诚实在的意思,而我们的潘兄非一味的老诚……”

潘光旦:“哎呀呀,打住,请问我怎么不老诚了?”

闻一多:“你的年级,唯你一人拒不写悔过书,足见有时候你也是多么桀骜不驯。而且呢,‘檀’字是平声,说起来听起来又有些别扭!何不将‘光檀’改为‘光旦’,代表着一个光明的新开端,诸君说好不好?”

众人齐答:“好!”

潘光旦:“我怎么听着不那么好呢?光旦,人们会误以为是穷光蛋!”

罗隆基:“也这么决定了,有什么意见,自己以后和时间和上帝去理论吧!”

潘光旦无奈地笑笑。

闻一多轻轻放下《圣经》,缓缓坐下,摆正一张纸,拿起笔,蘸了蘸墨水,给梁实秋写了第一封回信。

实秋:我们这艘船已在海上航行了十五天了。这艘美国的远洋轮上物质的供奉奢华极了。但是十五天来,我的精神仍在莫大的压力下。周围连一个能与谈话的人都找不着。他们不但不能同你讲话,并且闹得你起坐不宁。走到这里是“麻雀”,走到那里又是“五百”;在甲板上散步他们双双对对地拦着你的路,想静坐一会儿他们就会扰乱你的思想。我刚上船时揣在心里的诗情,现在是几乎等于零了。到了日本海峡和神户之布引泷等胜地,我心里竟涌不出半句赞叹讴歌……

不是望见胜地一定得作诗,但是胜地若不能引起诗情,商店工厂还能吗?不独作诗的兴味没有,竟连作文的兴味也没有。只为船上的日报画了一幅写生。

我在船上读到了《创造》创刊号的一篇文章,中国之留日学生写的,题目是《最初之课》,诉说中国留学生在日本受到凌辱的感受。试想我起一种什么感想?同为黄种的日本人对我们中国人尚且如此,异种的美国人该当怎样呢?幸而船上有一位美国人二副华尔士先生,也是喜欢美术的人,因为我那一幅写生,竟对我相当友好,便更加使我坚定了这样的一种信念——艺术的女神,她以她的一双美的手,是可以将世界上一切民族一切国家爱她的人们的心,联结在一起的。

纽约港口,灯光如天上繁星,一身光辉的自由女神像渐近……

下了轮船,闻一多坐上了通往旧金山的大旅行车。一路上,草地、山脉、河流、峡谷、原始森林、美丽的村庄和幽静的小镇,沿途美景犹如一幅幅画卷令人目不暇接。

芝加哥已近在眼前。

汽车停在一幢小小的旅馆前,闻一多拎皮箱下了车,抬头望那岁月已久的英文牌匾。

从这一天起,清华学子闻一多,开始了他的美国留学生活。

小旅馆公共洗漱间,闻一多端着脸盆进入,却见一个水龙头哗哗流着水,不断从接满水的盆中溢出,而一名留学生站在那儿,口衔着牙刷发呆。

闻一多奇怪地看了一眼,走向另一水龙头接水洗脸。

他犹豫一下，走过去关上了水龙头，并说："同学，你盆里的水早已满了。"

对方看他一眼，从口中拿下牙刷，放进了盆里。

"爱情就像这牙刷，你不刷牙，你的牙齿会变黄，会生牙病。可是牙刷对人的用处再大，谁又能够一生只用一支牙刷呢？"

闻一多："对不起，我要上课去了。"

对方："请别走。瞧，牙刷在人口中，它才有意义。牙刷浸在脸盆里，它还是有意义的东西吗？你明白我的意思吗？"

闻一多摇头，退身而出。

听到对方的自言自语："偌大世界，连个能听懂我话的人都没有……"

小旅馆楼梯口，闻一多与洗漱间见到的那一名留学生同时走至；对方腋下夹着书本什么的，一套西服，领带系得中正，看去倒也是一位仪表堂堂的男子。

闻一多礼让地："你先行。"

对方："还是你先行。"

闻一多犹豫了一下，径自下楼。

对方："等等。"

闻一多已走到了门口，转身；对方却没下楼，仍站在楼梯口那儿，朝下俯视着他。

闻一多："叫我吗？"

对方点点头，大声地："如果是爱情，你礼让还是抢先一步？"

闻一多一愣，随之看了一眼手表："对不起，我也许要迟到了。"

闻一多匆匆出门。

芝加哥美术学院的一间教室里，学生们在完成着自己的油画作业——除了闻一多，其余皆白人男女生；而且，闻一多单独坐在教室的一侧,仿佛与另一侧的白人男女生之间有一道无形的屏障。男性的白人教授也只在白人男女生间踱来踱去,不时驻足指点。仿佛他已经彻底忘了另一侧还有一名黄皮肤的中国学生,连看也不往闻一多那边看一眼。

而闻一多,也仿佛忘了教室中除他自己还有另外的人。

他画得那么专一,那么认真。下课的铃声响了,白人男女生纷纷离开画架,走出教室……

闻一多却像没有听见铃声,还在那里专心致志地画着,画着。除了他,教室里只剩下教授了 —— 他拿起桌上的画册夹于腋下,径直走向教室的门,他在门口站住,也许仅仅是由于好奇,终于向闻一多看了一眼。

闻一多的注意力全在画架上,没发觉教授在看他。教授收回目光,轻轻推门而出。

闻一多所住的小旅馆 —— 小小的阁楼式房间里,闻一多面窗而坐,又在台灯的光照下写信;窗外是芝加哥千灯万盏的夜景。

实秋,我又有许多心情要写信向你诉说。美术学院在芝加哥最热闹的一条街 —— 摩西根街,去学院必穿过这条街的街心。汽车的怒潮沸腾汹涌,须立候巡警的口笛咤住了车潮,有时竟须候十分钟才敢走过,不然没有不溺死在这陆地的波涛里的。在清华时,隆基同我谈话,常愁到了美国有一天定碾死在车轮下。我现在很欢喜地告诉他,我还能写信证明我还没有被碾死,但将来死不死我可不敢保证……

房门突然被推开,有一名留学生探进头大声地:“闻一多,快走,出事了!”

闻一多吃惊地回头,那名留学生:“咱们一名留学生被汽车轧死了,大家正在商议怎么处理他的后事!”

闻一多愣愣地站起。

那留学生说罢缩回头——门半掩半开。门外闪过人影和杂乱的脚步声，只言片语的议论声：

“唉，真惨，才到美国几个月。”

“他的家乡常州，那是多么平静少人的古县城呢！他太不适应芝加哥的热闹繁华了呀……”

“可叫人怎么忍心通知他的家里呢？”

闻一多再回转头看桌上——不知何时碰倒了墨水瓶，桌面上满是墨水，信纸浸在其中。

旅馆一楼小小的前厅。

聚拢着住在这里的男女中国留学生。

闻一多俯视着，手扶栏杆，无声地走下了楼梯。

留学生中一名召集人沉痛地：“死者不但是我们的同胞，而且是我们留美学子中的一员，在这异国他乡，他没有任何别的亲人。那么，我们便是他的亲人了，我们有义务为他举行一场体面的火化葬礼啊！”

众人沉默。有表情悲伤者；有冷漠者；更有事不关己，照旧与女生眉来眼去，趁机贴贴挨挨、捏捏握握者……

召集人：“我提议，为我们大不幸的同胞加同学，有钱的出钱，没钱的出力，以表达我们海外学子对同胞加同学的悲悯心怀……”

召集人的话还没说完，已有一名男留学生走到他跟前，打断他问：“可是，亲爱的同胞加同学，钱该放在哪呢？”

召集人怔了怔，左右四顾——于是他身后闪出一名双手捧着纸糊的募捐箱的女留学生。

召集人：“看我们已经做了一个募捐箱……”

男留学生从兜里掏出一个大皮夹，抽出两张美钞，揣回皮夹，双手分别用指尖捏着美钞，举示给众人看了看，分两次塞入了募捐箱，同时说：

“五十美元,又五十美元,两个人的。”之后,矜傲地对召集人说,“我和沈小姐可以走了吧?”

召集人一时不知说什么好,有那么点不知所措。

那男留学生:“诸位,恕不奉陪,我和沈小姐还要去看一场话剧。”

那男留学生说着,朝一名女留学生举手打了个响指,很绅士地一抬肘,女留学生飘至他身边,挽起了他的手臂。二人在众目睽睽之下,扬长而去。女留学生的高跟鞋,在大理石地面上敲出一串声响。

闻一多面向窗外默默沉思着。

一只手轻放在闻一多肩上,闻一多扭头一看,见是罗隆基。

“你什么时候来的?”

“反正刚才那一幕我已经赶上看到了。”

闻一多轻轻拍了拍罗隆基搭在自己肩上的手,似乎以此表示心中有着同样的感想。

这时,一名头发很长、衣着不整的留学生从外走进。

长发留学生环视众人诧异地问:“发生了什么事,大家聚在这儿干什么?又在进行什么讨论?”

众人默然,没有谁回答他的话,他将目光望向谁,谁便避开他的目光。

他正是闻一多见过两次,行为古古怪怪,引起过闻一多困惑的那一名留学生——他的名字叫吴文斌。

吴文斌旋转着身子,专执一念地问他所盯视着的每一个人:“啊,我明白了,一定又是在讨论古老的爱情问题?古老呀,古老,人类已经讨论了几千年了,结论在哪儿,谁能告诉我,爱情究竟是美酒呢,还是毒药呢?究竟是导人上天堂呢,还是诱人下地狱?”

自然仍没有人回答他。

吴文斌:“你,你回答我。你为什么装聋作哑?”

被问者闪到别人身后。

吴文斌目光望向了闻一多和罗隆基，分开众人，踏到楼梯上，仰视着他俩问："那么，你们二位，一定是知道的了？"

闻一多和罗隆基对视一眼，无言地摇了摇头。

罗隆基："大家不是在讨论爱情的问题。"

吴文斌："除了爱情的问题，还有另外什么别的问题值得讨论吗？你们显然也是不能回答的。那么，你们又凭什么站在比别人都高的地方？"

闻一多困惑而又研究地看着吴文斌，罗隆基张张嘴，不知再说什么好。

召集人终于忍无可忍地发作了，喝道："吴文斌，别在这继续胡闹了，这会儿大家心情都不好，你知道不知道？"

吴文斌："对爱情的问题都没讨论清楚，谁的心情反而会好？"

两名同学采取了必要的行动，他们一左一右架着吴文斌的胳膊，将他架上楼去，往他的房间里送，并且一边说着哄他的话："文斌，听话，这会儿大家心情真的都不好，发生了什么事以后再告诉你。"

吴文斌却挣扎着，扭回头喊："我是维纳斯的儿子！我是爱神丘比特！我要用我的箭将你们的心统统射穿……"

一波未平，又起一波。

有一名同学厌烦地叫起来："闹剧，闹剧。谁有闲工夫在这里陪你们表演悲悯！别人去看话剧了，我兜里还揣着去看马戏的票呢……"

从衣着和派头看得出，那也是一名富家学生。

召集人冷冷地针锋相对："你的话是什么意思？别忘了你也是自愿加入留美学生会的人！"

富家学生："我自愿，是因为我预先料到，假使我没有自愿的姿态，你们也还是会费口费舌地动员我加入。因为你们需要我经常赞助的会费。"

召集人："你！……"

富家学生："我今天身上没带多少钱。"他从腕上摘下手表，二指捏着表带，轻轻放在募捐箱上，又说，"这是一块名表，足以证明两个人的悲悯心。兔死狐悲，对同胞加同学，我一向慷慨！”

他朝一名女生翘翘下巴，也很绅士地抬起肘弯，由女生挽着出门去了。

随之一些学生，纷纷掏出钱夹，纷纷往募捐箱里塞钱，然后也纷纷表情漠然地离去。

罗隆基附耳对闻一多悄语：“不幸被你言中，那些曾经混在清华的贵族子弟，和我们一样成了中国政府送出的留美学生……”

闻一多侧头亦悄语：“肯定，他们回国后，都比我们这些刻苦的学生命运好！”

罗隆基：“那是自然。”

有人大叫：“他们羞辱我们，把他们的钱还给他们！”

于是引起了一阵呼应：

“对！这是我们的尊严绝不能接受的，也是死者的尊严绝不能接受的！”

“我们不是在替死者行乞！”

“他们从来不热心参加我们留美学生会的任何活动！”

“开除他们！开除他们！”

又有人拂袖而去，门开之际，有风刮入，将托盘里的钱钞吹得飘落一地。

仍在的人们，皆将目光望向召集人；召集人一时没了主张，不知如何是好。

闻一多默默将捡起的钱钞放回托盘。

捧托盘的女生轻声地：“谢谢！”并报以颇有好感的目光……

闻一多环视着大家，平静地：“窃以为，没有足够的一笔钱，我们就不能为死者举行较体面的哀悼会，也不能寄点钱抚恤死者的老父老母。我们那些有钱的同学固然伤害了我们的自尊心，但是他们也毕竟大方地留下了这些钱。那么他们的行为便是可爱的。因为他们的可爱的行动，我想,我们应当原谅他们不怎么可爱的话语。我虽不认得我们大不幸的同学,但是我相信,诸位既然肯聚在这里,为他的后事操心,他生前一定也具有一颗宽宏大度的、原谅的心。……"

气氛一时肃静。

闻一多:"我们是中国政府派出的留美学生,有人说,美国政府对我们中国还算比较友好,然而,以我到美国之后这几个月的感受来说,我觉得那是一种优越的友好。并且让我觉得,轻蔑和歧视的现象是比比皆是的。倘言'羞辱'二字,比来自我们那些有钱的同学们的方面更甚。但我们既是中国政府公派出来到美国学习的,我们尤当以韬晦的精神化解之……"

站在楼梯上的罗隆基情不自禁地大鼓其掌。大家包括召集人皆随之鼓掌。

闻一多:"我没有多余的钱可捐,我和我的同学罗隆基,每月省吃俭用才能凑足合住的房租。"他低头看了看自己腕上的表,"手表我也是有一块的,但我舍不得把它捐了。它对我的留学生活太重要,我不能没有它,何况,它又普通,又旧,买时便是旧的。我已戴它多年了,它值不了几个钱。但是我这一件西服却是出国前做的,也许还比我的手表值些钱……"

在大家的注视之下,闻一多脱下了西服,搭在楼梯栏杆上。接着说:"现在是夏季,它本已该叠放皮箱里。至于冬季来临时,我自会有办法的。"

闻一多说完,径直上楼去了。他上了二楼以后,又扶栏补充道:"我们留美学生会所做这类事情,我以后一定积极参与。倘还有我力所能及之事,闻一多决不虚词推诿。"

他最后的话引起一阵交头接耳:

"原来是他,听说过,听说过。"

"是不是清华学生中那诗人领袖?"

“可他好像是到美国来学美术的啊！”

在议论声中，罗隆基也脱下西服，高挑着说：“我这件西服，也是出国前做的，也能多少值几个钱……”

罗隆基也将西服搭在了楼梯栏杆上。

一时间，男生们纷纷脱起西服来——一件件西服搭在楼梯栏杆上。

所有的男生都脱下了西服，衬衣外一律呈现着西服裤的吊带。

女生：“你们……你们都这样，叫我们女生怎么办啊？”

房间里，闻一多站在桌前，呆望着桌上倒了的墨水瓶造成的一片狼藉……

不知哪一个房间传来吴文斌的声音：“我是维纳斯的儿子，我是爱神丘比特……”

闻一多侧耳聆听，开门声起，闻一多回头，见是罗隆基。

二人相视，各自微微一笑。

罗隆基走到桌前，奇怪地问：“怎么搞的？”

闻一多枕着双手仰躺床上：“本来想给实秋和潘光旦兄写信的，结果有人来喊我时，不知怎么我就弄翻了墨水瓶。”

罗隆基：“却自己懒得收拾，专等我替你收拾是吧。”

闻一多：“倒也不是。”

罗隆基：“不是，那么请起来自己收拾吧！”

闻一多：“还是你代劳吧。”

罗隆基：“怎么谢我，也给我刻一枚方印吧？”

闻一多：“哪来的印章石呢？在美国买一枚印章石很贵呢！我们连西服都没得穿了，还能在美国买得起印章石？”

罗隆基一边用纸浸沾桌上的墨水一边说：“我从国内带了一枚来。你以为我在清华不好意思开口求你，现在见着你了还不好意思开口吗？”

闻一多:“行啊！可是,我要收你钱的。也算是对学美术有什么用这一问题的一种实际回答。”

罗隆基一边用抹布擦桌子一边说:“我可没问过你那么愚蠢的问题。”

隔壁又传来吴文斌的声音:“我是维纳斯的儿子,我是爱神丘比特……”

闻一多:“听……”

罗隆基:“我打听过了,我们这名叫吴文斌的留学生兄弟,他原来是学商业的,因情感生活不得志改学文学了。现在成绩甚优,用英文写的诗,颇得教授和美国同学的称道。”

闻一多不禁笑了起来。

罗隆基手拿着抹布团走到了床边:“但是可惜艺术并不能解决他的问题。什么是他的问题呢？他是有妇之夫,且为有子之父了。这个婚姻之不满意自不待言。于他只不过是经历了一种婚姻的形式,并不曾有真的情感生活。他所有的关于爱的情感都积蓄着,准备到了美国做一次火山般的喷发。果然喷发了,爱得炽烈极了,可是呢？”

罗隆基转身去洗抹布。

“可是怎样？”

罗隆基:“美国这种社会的环境,不是恋人的也熏染成恋人了。而且,又风行着恋爱的自由,自由得昨天还亲吻过你,和你同床共枕,今天就突然对你说拜拜了……”

闻一多又头枕双手躺下。

“于是我们的吴文斌君做了情感的牺牲了。他的精神受不了那一种大震动就变得有些异常了。或者干脆说吧,他是有点疯了。是的,有点疯了。”

闻一多大瞪双眼,愣愣地仰望罗隆基,显然罗隆基的讲述使他平静外表之下的心灵极为震动。

罗隆基:“可是真奇怪啊,他的成绩仍那么好。用教授们的说法是,好得无以复加了。他所作的诗呢?无论用英文作的还是中文作的风格仍那么优美。并且,不久前还在报上发表了两首英文诗作,深受芝加哥美国诗评家的好评。”

罗隆基说得忘乎所以,一失手,抹布掉在闻一多的白衬衣上。

闻一多赶紧坐起,白衬衣已脏了。

二人相互呆视。

罗隆基忍不住哈哈大笑。

闻一多:“你还等着我为你刻印章么?”说完,也不由得看着自己衬衣苦笑。

“我是维纳斯的儿子,我是爱神丘比特……”

二人闻声,神情顿敛。

美术学院。

闻一多和几名白人学生先后踏上楼梯,教授走在他们前边,白人学生们无不快步超过教授,唯独闻一多却放慢了脚步,轻轻地跟在教授后边……

教授走到门口,闻一多跟到门口;刚进入一名白人男生,反弹的教室门将教授夹着的画册及粉笔盒撞落地上。

闻一多立刻弯腰替教授一一捡起,双手相递。

“谢谢……你怎么这个样子就来上课了?”

“我……”

“难道你不知道,本校有规定,衣着不整是不能进入教室的吗?而且,你穿的是一件脏衬衣。”

“我另外的几件衬衣送到洗衣店洗去了,还没来得及去取。”

教授对他的回答很不满意:“你等于没回答我的质问,我首先问的是你为什么衣着不整?”

闻一多只得据实相告："您也许听说了，我们一名留美学生，刚刚在车祸中不幸丧生。我们要为他举行一场体面的追悼会。他家里很穷，我们还希望能给他的家里寄一点钱，以表示……所以，我把我的西服捐了。"

教授："捐了？"

闻一多点头："出国前，我只做了一件西服。"

教授一时无言地注视他。

师生二人进入教室，同学们，尤其女生们无不望着闻一多窃笑；闻一多也平静地望着他们微笑，仿佛是将他们的笑视为一种友好的表示来愉悦地接受。

教授："闻，我不算你迟到，快去坐下吧。"

于是闻一多快步走向座位，端端正正地坐下。

教授望着其他同学，明知故问："你们笑什么？笑闻衣着不整就来上课了，是吗？还笑他的白衬衫脏了一处，是吗？而他告诉我，他的另外几件衬衫送去洗了，还没来得及取回。他离开中国前，只做了一件西服。那么，为什么连我们见他穿过的那一件西服，他今天也没穿呢？"

一张张白人学生的困惑的脸。显然，他们不明白教授为什么讲起与美术无关的话题来。

教授："因为他将他唯一的一件西服捐了。大家也许听说了，昨天，一名中国留学生不幸死于车祸，死者的同胞们要为死者开一次体面的哀悼会，以表达他们的哀思。还想募捐到一些钱寄给死者的老父老母，因为死者来自一个清贫的中国人家。闻已没有钱可捐，于是他就将自己唯一的一件西服捐了。"

教室里静极了——白人学生们脸上的表情无不变得肃然，有人不由得将目光望向闻一多，其中尤以一名女生的目光显得含情脉脉。

而闻一多却仿佛置身境外，已开始调兑颜色。那女生犹豫一下，举起了手。

教授:“你有什么话要说吗?”

女生站起来道:“我不明白闻他既然无钱可捐,连唯一的一件西服都奉献了,为什么还要将自己另外的几件衬衣送到洗衣店去洗呢?难道他自己没有双手吗?那不是可以节省一点钱吗?”

教授低头寻思片刻,挠挠头:“这个问题,我没细想过,我认为你问得也有几分道理。既然你的话是问闻的,我没法替他回答。”

教授的目光望向了闻一多:“闻,你愿意回答别人的不解吗?当然,你也有权不回答。如果你不想回答,我们现在就开始上课……”

闻一多犹豫了一下,站起来平静地说:“我可以回答——不仅我自己,和我合住在小旅馆同一个房间里的,一位与我关系亲密的,也是来自清华的留学生,和我一样让别人洗衣服——因为我们都是信奉上帝的中国学子。”

一名白人男生不以为然地:“可我听不出这和上帝有什么关系。《圣经》上并没有写着让别人洗衣服才符合教义。”

教师的目光望向了闻一多——分明地,不仅白人学生们,连教授本人也听得莫名其妙了。

闻一多:“但上帝在《圣经》中教诲我们,人与人之间要以爱心相待。‘博爱’这一英文词,在我们中国就是‘仁’的意思。所以我们的古人也用‘仁者爱人’的话教诲过我们。我们的古人还说,‘勿以善小而不为’……”

另一名男生打断了闻一多的话:“闻,我们没有兴趣耽误宝贵的上课时间听你布道。你越说,我们反而越糊涂,希望你正面回答问题!”

那名白人女生替闻一多抱不平了,大声地:“你们这是干什么?老师刚才强调了,他可以不回答你们。”

发难的白人男生:“可是他已经站起来当着我们大家的面表示愿意回答了!”

又一名白人男生:“看他现在还站立着,仿佛他已经回答了似的!”

教授看了一眼手表,爱莫能助地耸耸肩:“闻,我再给你两分钟。”

闻一多:“我们住的那一条街的街头有一家小小洗衣店,雇了一名五十多岁的洗衣妇,是黑人。在你们美国,她和我一样,被视为低白人一等的有色人种。可是她的双手,却由黑变白了。那是整天被水浸泡的结果。要是洗衣店的生意不好,就将倒闭,她也就将失去那一份工作。那么,她心爱的儿子,就不能继续上学了。而她希望儿子继续上学,希望自己的儿子将来成为受过高等教育的美国男人。自从我和我的清华同学认识了她以后,我们夜里躺在床上,似乎总听到上帝在对我们说:成全她的愿望,我以我的名义要求你们成全她的愿望……我们不但自己的衣服要送给她去洗,还要动员我们更多的中国留学生,都将可洗的衣物送给她去洗……”

教室里更静了,一只不知何时飞入教室的小蝴蝶,在窗玻璃上徒劳无益地扑飞着,听来声响似乎很大很大。

闻一多:“洗一件衬衣其实花不了我几个钱,还不到一张电影票的钱,甚至少于一张公园的门票钱。为了按上帝的教诲行事,我完全可以少看电影,少逛公园……”

教授内心深受感动但表面无动于衷:“闻,你可以坐下去了。”望着学生们问,“你们对闻的回答满意吗?”

那两名发难的白人学生微微垂下头。

那名白人女生突然离开座位,跑到闻一多跟前,俯身用双手捧住闻一多脸颊狠狠地吻了一下,之后跑回座位坐下,双手捂脸径自害羞。

闻一多颊上留下了清清楚楚的口红印,他大瞪双眼呆看着调色板上五颜六色的颜料发蒙……

教授:“先生们,女士们,我已经教给了你们不少绘画的技法,但是今天,我想我也应该对你们讲讲绘画这一门艺术与人的心灵的关系了。每个人都有心脏,但不是每个人都有心灵。只有心脏没有心灵的人,不能成为好的画家，也不能成为好的艺术家。虽然我不是教徒，但我今天虔诚地为你们祈祷上帝——愿上帝赐予你们理解艺术真谛的心灵……”

小蝴蝶在窗玻璃上扑棱着。学生们已开始作画了……

教授走到窗前，推开窗，将小蝴蝶放飞出去了。

教授在白人学生那边踱来踱去。又将目光望向闻一多，闻一多专心致志地画着。

教授终于走到了闻一多这一边，站在闻一多背后。闻一多不察不觉。

教授：“你画的这是一位什么人物？”

闻一多：“我们中国的维纳斯。”

闻一多边回答边继续往画布上涂色。

教授望望画布——古柏，幽月，青石，一头卧着的猛虎……

教授：“你们中国也有维纳斯？她怎么单独和猛虎在一起？”

闻一多：“山林是她的家；山石是她的床榻；猛虎是她的宠物。”

那边的白人男女生皆停住了画笔，朝这边望着，教室里一时鸦雀无声……

教授饶有兴趣地：“那么，她的中国名字叫什么呢？”

“山鬼。”

“山鬼？她吃人？或者害人？”

“她既不吃人，也不害人。她美丽动人，心地特别善良。她受天神们的庇护，实际是一个半神半人的女子。她有能力降伏地上的许多恶魔。而在山林中迷路了或遇到难处的好人，往往会及时获得她的拯救。”

教授向那边的白人男女生招了招手：“你们，都过来欣赏欣赏闻画的山鬼吧！”

于是白人男女生们离开各自的画架，怀着强烈的好奇心围拢向闻一多。

只见“山鬼”美人鱼似的身体，除了羞处遮着几片绿叶，就像刚刚离开伊甸园的夏娃那样，其他部分都美丽地赤裸着。她撑颐合目，似睡非睡,而石面平坦的青色巨石上,为她作枕的乃是一只小鹿。小鹿也似睡非睡的样子。“山鬼”的脸,妩媚得有几分妖娆。妖娆之中,却又呈现着天真烂漫和单纯无邪。

围观的白人男女生纷纷赞叹:

“太美了!”

“难怪闻称她是中国的维纳斯!”

提过发难问题的男生脱口而出地:“我爱这个山鬼!”

吻过闻一多的那女生问:“闻,她是否像维纳斯那样爱过无数次呢?”

提过发难问题的男生:“那还用问,我想,她一定被许多男神和许多男人追求过!而且,她也肯定主动爱过他们!否则,她的美丽不是成了一种大的遗憾么?无论对她自己,还是对男神和男人们!”

教授:“闻,关于这方面,你能告诉我们一些什么呢?”

闻一多放了画笔,站起来竟有点拘谨地说:“我不知道……这方面我真的不知道……我想,就她自己而言,大约是不曾爱过的吧?”

吻过闻一多的女生颇失望地:“为什么!为什么你这么想?”

闻一多:“因为……因为我在中国时,从来也没听人讲过关于山鬼的爱情故事,我也从来没从书中发现过。我想,也许……也许她是一个快乐的独身主义者……再说她以山林为家,不与外界接触,发生爱情的机缘是很少的……”

一阵叹气声。

教授:“闻,请告诉我,你们中国的哪几片山林有山鬼的踪迹,我不打算继续教你们美术了,我要去寻找她,争取能劝说她跟我到美国来,做我的妻子!”

闻一多:“我想,即使您寻找到了她,她也无论如何都不会跟您到美国来的,尤其不会到芝加哥来。”

教授佯装认真地:“为什么?”

闻一多:“芝加哥有太多的工厂,冒太多太浓的黑烟,把厂区周围的楼房都熏成黑色的了!也有太多的汽车,整日发出太多的噪音!即使你将她用武力挟持到了芝加哥,她也会生病的。我们中国的山鬼,永远属于我们中国的山林。她是我们中国人意识中,关于女性美的一种想象。而且仅仅是关于女性美的,和爱欲无关的一种想象。所以她不像希腊神话中的维纳斯,有着太多的风流韵事,甚至连和自己的儿子丘比特也发生乱伦的关系。山鬼符合我作为一个中国男人,对女性美的崇拜心理。这种崇拜,使我宁肯变成山鬼足下的一只虎,或她颈下的一头小鹿,而羞耻于产生强行或一厢情愿地占有她的念头……”

吻过闻一多的女生:“闻,你的话太让我感动了,我又想吻你了!”

教授耸耸肩:“可是你竟没听出来,他的话好像是在批评我!”说完,忍不住笑了,轻拍了闻一多的肩一下,“我在开玩笑,你别介意。”

闻一多也笑了。

教授:“闻,你的某些艺术思想,非常有意思,再说些什么吧!”

闻一多:“在希腊和罗马的神话传说中,有天帝宙斯,宙斯还有一位天后叫赫拉,有死神。这些想象,和我们中国人的祖先是一致的。我们中国的神话中,有玉皇大帝,他也有一位皇后,老百姓叫她王母娘娘。我们中国神话中的阎罗就是死神。可是他有比死神正义的一面,比如他常常将受害而死的人重新送回人间,使之死而复生。但是西方神话中的许多神,我们中国的神话中却是没有的。比如战神、胜利女神、复仇三女神、艺术女神。我们中国没有艺术女神,不等于我们中国人缺乏艺术的想象力……”

下课铃声响起,教授征询地看学生们,学生们七言八语:

“说下去,说下去。”

“别理下课的铃声!”

闻一多:“我们中国神话传说中的有些神,西方神话传说中也是没有的。比如我们的女娲,我们的嫦娥,我们的八仙,我们的二郎神。我认为,我们全人类的文艺想象力，科学创造力，以及形成文明的能力，是互相弥补的。而我，希望自己将来是一座桥，架在中国和美国之间。当然，我有自知之明，首先只能努力做一座文艺的桥梁。”

闻一多说完，谦虚而真诚地微笑。

教授：“闻，好家伙，你占用了我们半堂课的时间，不过我并不后悔我对你的怂恿！我开始喜欢你这名来自中国的留学生了！”

白人男女生几乎异口同声地：“闻一多，我们也开始喜欢你了！”

那名吻过闻一多的女生，又友好地吻了他一次。

第六章

傍晚。

彤红的夕阳隐在一株老柳树后面，修长的枝条间隙，透射着灿灿余晖——教师正在树旁和几名学生谈什么……

教授发现了不远处闻一多的身影——闻一多侧立在教授的视线内，背着画夹，仰头呆望天空，似乎早已忘了周围的一切。

教授也不由得抬头望向天空，学生们随之一齐望向天空。

雁阵从高而蓝的天空上飞过，忽而“人”字，忽而“一”字……

“对不起，我们就谈到这儿吧！”教授言罢，大步走向闻一多。

雁鸣声声。闻一多仍呆望雁阵：我祖国的大雁们啊，你们是否也已启程离开北方的荒沼野泽，飞向南方，归来在我家乡碧波粼粼的望天湖了呢？

归来偃卧在霜染的芦林里，
那里有校猎的西风，
将茸毛似的芦花，
铺就了你的床褥

来温暖起你的甜梦。
归来浮游在温柔的港溆里，
那里方是你的浴盆。
归来徘徊在浪舐的平沙上，
趁着溶银的月色，
婆娑着戏弄你的幽影。
而我这海外的游魂呵，
也但愿能归来结成你们的伴侣，
补足你们的阵列！
你们是否引着颈也在望我呢？……

“闻一多……”

闻一多敛了乡思诗绪，回头。

“你怎么把你没画完的‘山鬼’带走了？难道真怕有人挟持了她不成？”

闻一多一笑：“当然不是。”

“那为什么？”

闻一多：“我想，诗人作诗，他当有一颗诗心，因而看什么事物，都是深怀着诗兴的。画家作画的道理，也必是一样的。所以，为了将我的山鬼画得更美，我的眼需要随时看到她；我的心，需要随时为她的美而激动；我的手，需要随时为她操起画笔……”

教授赞同地点点头：“我也正要到校外去，陪你走一段路。”

闻一多愉快地：“这是我很高兴的事。”

二人并肩走时，闻一多不时跃起身，伸臂抚掠树杈什么的。

教授：“小心跌倒，把你背着的‘山鬼’跌伤了！”

闻一多：“我的山鬼有道行，她绝不会让我跌倒的。”

教授：“闻，我看出你今天心里特别高兴。”

闻一多:“是的。”

教授:“为什么?”

闻一多坦诚地:“因为今天您竟以一位教授的身份,在全班同学面前替我的衣着不整而且不洁作解释;因为今天您还第一次走到了我的画架旁;还因为您和同学们都那么喜欢我画的山鬼,使我大受鼓舞;更因为今天我终于有一个良好的机会,向您和同学们谈谈我的中国,虽然只谈了一点点……”

教授:“也因为,今天有一位姑娘情不自禁地吻了你两次吧?”

闻一多不好意思起来。

“可以问一个私人问题么?”

闻一多:“您问吧,对您我没有什么不便回答的。”

教授:“你喜欢她么?”

闻一多一时懵懂地:“谁?”

教授:“那个情不自禁地吻了你两次的姑娘。”

闻一多:“我觉得她是位可爱的姑娘。”

教授:“那么,如果她爱上了你,你也会爱上她么?”

闻一多表情渐严肃。

教授:“对不起,这实在不是教师该问学生的问题。闻,因为我开始喜欢你了,才出于好奇而失礼地问了……”

闻一多:“尊敬的教授,我在出国前几个月,已经按照中国的传统习俗完婚了。我的妻子是我的表妹,我和她从小青梅竹马,相互有总角之亲。”

教授:“什么是青梅竹马?什么又是总角之亲?”

闻一多:“就是……就是上帝在我们是少男少女时便为我们确定了的那一种关系,好比两条红绳编成的中国结。”

教授:“中国结?”

闻一多解开一颗衬衣扣,从内掏出了项链般坠在胸前的小小中国结:“这是我离开中国前,我妻子亲手挂在我颈上的。”

教授:“我明白了。闻,你很耐人寻味……”

闻一多:“我? 耐人寻味?”

教授:“你是中国人,可是却在西方教堂里正式接受洗礼成为基督徒;我感到你是一个虔诚的基督徒,可是你胸前却不是挂十字架,而是中国结。”

闻一多:“只要心灵追求信仰,世上一切好的事物都能培养起宗教心;只要有宗教心,一切信仰都如同上帝。”

教授:“这是谁的话?”

闻一多:“我是这样想的,所以我这样对您说。”

教授的目光不禁盯视在他脸上,仿佛认为他更耐人寻味了。

闻一多:“教授,让我进一步坦率地告诉您吧 —— 我的婚姻是家庭包办的,这已经成为我不情愿的一种现实。但是我想世间任何遗憾都是可以弥补的,起码人应该有那样的能动的愿望。而我,正在尝试将诗性引入我的婚姻,以改造它的某种遗憾。我既有如此意念,当然首先要对我的婚姻抱极严肃的态度。否则,我不是成了一个意念和行为相背离的人了么?”

教授:“闻,我不但开始喜欢你,而且,而且简直开始尊敬你这个中国青年了。”

闻一多:“教授,感谢您对一名中国留学生的主动理解。”

教授:“我希望你能将你头脑中所有这些想法写成文章,交给我,我会找机会替你推荐发表的。”

闻一多:“这……教授,我不愿太麻烦您。”

教授:“用你刚才的话说,这也是我很高兴的事,就这么决定了吧! ……听说,你在清华,还是同学中备受推崇的诗人?”

闻一多:“教授,我喜欢美术,如同我喜欢山鬼这一美的形象;而我醉心于诗,也如同我膜拜山鬼的象征之美。”

教授:“如果你不反对,几天以后,我将介绍你认识芝加哥的几位文化人士。他们都是受人尊敬的诗人、诗评家、编辑。听说过爱米·罗厄尔这个名字么?”

闻一多惊喜地:“听说过,当然听说过的,教授!她是美国意象派诗人的领袖人物啊!她写过两卷本的《济慈传》,她还酷爱中国古典文学,译过一本中国诗集《松花笺》……”

他们不往前走了,站在草坪旁了……

教授:“如果我告诉她一位未来的中国诗人,对她有许多了解,她一定会很高兴的。”

闻一多默默微笑。

教授:“闻,到本月为止,七门功课,你已经有六门功课获得了超等的成绩。如果这次的人体写生你也获得了超等,那么你就将获得本学期的优等名誉奖。按以往的惯例,将可派赴巴黎、罗马进行艺术考察,观摩世界古典杰作。希望你一定画好你的中国的维纳斯,为自己争取到那个奖……”

在他们走走停停交谈着的过程中,夕阳沉落,夜幕渐垂,一轮圆月升起,月辉似水洒在他们身上——校园里已没有人走动,四周一片宁静……

教授:“闻,你知道你这名中国留学生,最使我刮目相看的一点是什么吗?那就是你似乎有着一颗永远也不会改变的中国心……”

教授低头吟起诗来:

无论这样,
还是那样;
无论贫穷,
还是富有,
我的国啊,

我都那么爱你！……

闻一多："是你们美国诗人爱伦・坡的一首诗。"

教授："一个爱他的国家的人，无论他的皮肤、头发和眼睛是什么颜色的；无论他年长或者年轻；无论他说什么样的一种语言，与我有着多么不相同的文化背景，都是足以博得我好感的人。哪怕他身上仅仅具有爱他的国家这一点……"

闻一多："教授，您是一位平易近人的美国人，我也十分敬爱您这样的一位美国人……"

闻一多回到小旅馆 —— 他手扶楼梯栏杆，一步三阶，与一个同样急着下楼的人撞了个满怀。

二人在楼梯上站住……那人又是吴文斌。

吴文斌："对不起……"

闻一多主动伸出一只手："让我们认识一下吧，闻一多。"

吴文斌："我……我……吴……"

他竟没有伸出手来。

"你叫吴文斌。"——闻一多仍伸着自己的手。

吴文斌不得已似的握了闻一多的手一下，表现出不愿多说什么，也希望尽快离去的样子，闻一多侧身让过了他……

吴文斌下了几级台阶，站定了，不转身，也并不回头地说："你是昨天知道了我的名字的吧？昨天我喝醉了酒，让你和大家见笑了。"

闻一多："不错，我是昨天知道你的名字的。我的好友罗隆基也来到芝加哥大学攻读社会学，他告诉我你先读的是经济学，后来改读文学……"

吴文斌："那么，关于我，他还告诉你些什么？"

闻一多："他还告诉我，在芝加哥大学文学系，你的成绩一直优等，名列前茅。而且告诉我,你的中文诗写得很好,英文诗也写得同样好,已经在有影响的报刊上发表了多首诗作,深获各方面的好评……我很高兴能正式认识你。”

吴文斌:“但诗人往往是些神经脆弱情感娇贵的孩子,认识我对你不一定是一件好事。”

闻一多张张嘴,还想再说什么,吴文斌却已下楼去了。

闻一多目送吴文斌身影走出旅馆的门,心中思想什么,上楼的脚步缓慢了……

闻一多掏出钥匙开了自己房间的门,打开画夹放好,往自己床上一躺,侧身撑颐,心思集中地注视起他的画来……

有人给他送来一封信和一个小邮件,他端坐桌前,迫切地撕开了。

原来是妻子的来信。

一多郎君:见字如面。这是我出生以来所写第一封信。在你的鼓励之下,我已会写许多字了。识字写字真是件使人愉快的事呢!而我的第一封信,是写给你,我远在美国的丈夫的,不仅愉快,简直幸福着了!心里幸福,仿戏中言语,昵称我夫郎君,望勿笑我。

我是避不开长辈们及仆婢的眼,亲自到巴河镇上去给你寄这一封信的。只有暗求韦奇代寄。我的字还不能写得很好,亦望我郎君不至嫌视。求韦奇随信寄去手帕一方,聊表思念,想你会同时收到……

今年家乡的雨水多,庄稼普遍收成不好,我们的收成也受很大损失。然公婆二位大人并不以为忧,公公每将你的信读给婆婆听,言道我夫在美国诗画之学精进,成绩斐然,信信必有佳音汇报,可谓家族之最大收获,最大欣慰。举家同意此理,我心甚喜，由是思念更切……

于是，闻一多比拆信更急切地操起桌上的裁纸刀，三下两下挑开邮包封口，取出丝绸手帕，展观之 —— 手帕一角，绣着两条交茎小花，余着长长一截没有剪去的红绣线……

闻一多拿起信，复躺于床 —— 他一手信，一手帕；一会儿看信，一会儿看帕……

闻一多忽然一跃而起，将信和帕塞于枕下，跨到桌前，铺开信纸，拿起了一支自来水笔……

他又改变了想法，拧上笔帽，放下，并将方便信纸推向了一旁；他拉开抽屉，取出一沓软信纸（看来，他平时写字是舍不得用的），摆正；又取出砚盒，开始滴水研磨……

有两样东西，
我总想撇开，
却又总舍不得；
我的生命，
同为了爱人儿的相思。
古怪的爱人儿啊！
我梦时看见的你
是背面的。

爱人啊！
将我作经线，
你作纬线，
命运织就了我们的婚姻之锦；
但是一帧回文锦哦！

横看是相思，
直看是相思，
顺看是相思，
倒看是相思，
斜看正看都是相思，
怎样看也看不出团圞二字。

我俩是一体了！
我们的结合，
至少也和地球一般圆满，
但你是东半球，
我是西半球，
我们又自己放着眼泪，
做成了这苍莽的太平洋
隔断了我们自己。
……

敲门声——轻而且不连续的敲门声；显然，来人轻敲两下，犹豫欲去，却又犹豫着再敲。

闻一多停住了笔，抬头望着门问："谁？"

门外人答："我。"其声低低的……

闻一多略一愣，赶紧将笔放下，将写好的几页纸收入抽屉，起身去开了门——门外站着吴文斌，臂上搭一件西服……

闻一多："我听出来了是你的声音。"

吴文斌："关于你，我也早有耳闻。你为什么只穿着衬衣从外回来，原因刚才也有人告诉我了。我俩身材差不多，这件西服虽然旧了，但想来你穿着会很合适，希望你不要当成是施舍……"

闻一多:“文斌兄,先请进来吧!”

吴文斌进门后,闻一多又说:“既然文斌兄诚挚相赠,我当然收下!”——说着,试穿起来……

吴文斌:“果然合适。”

闻一多:“文斌兄请坐。”

吴文斌朝桌上瞥一眼,见笔担于笔架,笔毫未干,迟疑地:“我怕已经打扰了你。”

闻一多:“哪里,我不过打算写封家信而已。”说着,亲热而熟稔似的双手搭于吴肩将吴文斌按坐在另一张椅上,又将坐过的椅搬来,放吴文斌对面,陪坐了下去。

吴文斌:“怎么,到了美国你还一直在用毛笔写字么?”

闻一多:“入乡随俗,已改用自来水笔了,但有时还是觉得倘用毛笔写信,似乎更意味着郑重,也许纯粹是心理的作用吧!”

吴文斌仿佛自言自语地:“写家信是多好的事啊!”

闻一多:“‘数重云外树,不隔眼中人’,得闲之时,从从容容地给家人写信,给朋友写封信,也是人生的一种愉快啊!”

吴文斌:“那须是‘但令一顾重,不吝百身轻’的朋友啊!这样的朋友关系,能有几人拥有呢?”

闻一多一笑,问道:“我为你沏一杯茶吧?”说罢,拿起了暖瓶,觉着轻,晃了晃自嘲道:“我和我的清华同窗好友罗隆基同住此室,他一不在,我竟连口热水也喝不上了。”

吴文斌:“不必客气,我稍坐片刻便走。所有接触过你的人都说你极有思想,我有个问题讨教于你……”

闻一多略一愣,随即笑道:“文斌兄开我玩笑了。不过,我高兴被你考问一番。”

吴文斌:“你说一个‘爱’字,加上一个‘情’字,何以世上百千年来,满意者少,失意者多?海誓山盟的一套,又何以随着古典心怀的渐渐消失，虽然越来越摩登，但却越来越靠不住？”

闻一多：“这……我还真没深想过。”

吴文斌：“万望赐教。”

这时的吴文斌，目光有些发直起来，从他那双一刻也不安分、痉挛般地相互摆弄的手，闻一多看出了他内心被思虑所纠缠的痛苦……

闻一多忽然想起地：“文斌兄，我听人说，你偶尔吸一支烟的，我也吸烟，正好我这里还有客人遗忘的半包烟。”

说着，起身走到桌子那儿，从抽屉里取出烟，坐下递给了吴文斌一支：“我们各吸一支如何？”

吴文斌立刻接烟，闻一多替他划火柴燃着，接着自己也吸了起来……

闻一多盯着手中烟慢言慢语：“文斌兄，倘站在我们男人的立场，依我想来，爱与美是相关的，情与诗是有联系的。”转脸望着自己的画又说，“好比这山鬼，倘仅仅视其为女人，那么她只能成为一个男人的妻子。倘视其为美之神，则尽人皆可以审美的心视之……”

吴文斌突然不耐烦地：“好了，我们不谈爱情了！”

闻一多：“如果我的话冒犯了你，希望你不要生气。”

吴文斌也朝闻一多的画瞥了一眼：“那么，是你画的啰？”

闻一多：“敬请文斌兄批评。”

吴文斌大摇其头，不屑一顾的样子。

闻一多：“教我的教授，以及我的同学们都很喜欢……”

吴文斌打断道：“这世上，许多人都很喜欢的事物，能是好的，却也可能是平庸的。”

闻一多认真起来：“请文斌兄把话说明白些。”

吴文斌：“以闻一多的才情，还需要我把话说得更明白么？”

猛地站起，从桌上抓起毛笔，刷几下，将山鬼涂黑了……

闻一多拦之不及，眼睁睁看着，然后直跺脚。

吴文斌将毛笔往桌上一掷:“闻一多,你重画吧,告辞了!”

说罢,扬长而去,连门也不随手关上……

闻一多望着画板发了会儿呆,抓起毛笔,一折两段,然后往床上一躺,独生闷气……

从走廊里传来一阵脚步声,夹杂着话语:

“因为寂寞才参加活动;参加了活动心中反觉得更加无聊!”

“我不知我们每次的活动,除了因远离中国现实的话题辩来辩去,还能否再有什么新的内容?”

“辩论就是辩论,先有鸡还是先有蛋,未尝不可以也展开辩论,干吗非要结合中国的现实?”

“是啊,中国的现实,谁管得了那么多?”

门“吱呀”开了,罗隆基进来,看了闻一多一眼奇怪地问:“怎么还没睡,在等我?”

闻一多懒得搭理地朝墙壁一翻身……

罗隆基:“哎,你这是什么表现?我在桌上留了条子你没看见啊!明明写着叫你不要等我的嘛!……哎,你哪儿来的一件西服啊?今天买的?……”

闻一多又猛一翻身,指着画板发泄地大声说:“你看我的画!……”

罗隆基朝画架看一眼,吃惊地:“谁干的?”

闻一多没好气地:“你那维纳斯的儿子来过啦!”

罗隆基:“噢?吴文斌来过?哎,我可声明在先啊,他和我什么特殊的关系也没有,我只不过和他同在芝加哥大学而已,只不过见到他主动点头而已……可他干吗要毁你的画啊?他这人虽然头脑出了点毛病,但一般不做讨厌之事的啊!而且,愉快时还是个谦谦君子呢!是你惹他生气了吧?……”

闻一多辩白地:“我没有啊,我亲爱的罗隆基同学!我正在写家信,听到敲门;一开门,便是他;他送了这件西服给我穿。你知道,除了你、实秋和潘光旦兄,我是从不接受别人的东西的。可他一片真诚,我只有欣然接受……”

罗隆基:“你穿着倒是挺精神的。那他一定是听说你带头捐了自己西服的事了。他婚外恋没受刺激之前,确是个热心助人的人。否则,大多数留学生现在也不会仍对他特别礼让,特别友好……”

闻一多张张嘴,随即沉默不语,又坐在床边呆望自己的画……

“怎么又不说话了?”

闻一多:“我还有什么好说的?我又不忍心生他的气了,可我也确实没惹他生气。”

罗隆基指指画:“那我就不明白了。”

闻一多:“我亲热地请他进来坐,他一坐下就问我……”

“爱情究竟是美酒呢?或却是毒药呢——这是他经常的斯芬克斯式的考问,还没有一个人的回答使他满意过。你认真了吧?我猜你就是认真了!你跟他认的什么真啊?”

闻一多:“除了我父母,没有人像你这样以训问的口气跟我说过话。”

罗隆基:“在清华你还跟我脸红脖子粗地拍过桌子呢!既然是你闻一多的朋友,我当然就有了以训问的口气跟你说话的资格。”

闻一多笑了:“我不是和他认真,我只不过想开导开导他,不料他就不高兴了。接着就批评我画得很平庸,再接着,就把我没日没夜完成的作业搞成这样了……”

罗隆基同情地叹了口气,坐在闻一多身旁,拍拍他肩:“一多,这你可怎么办呢?”

“交作业的日期快到了,我也不知怎么办了。”

“要不,我给你写个证言,恳求你们美术学院宽限你几天?”

闻一多摇头:“不好。那样不好。那不是使我们一名中国留学生因婚外恋精神受刺激的事,从芝加哥大学传播到芝加哥美术学院了么?……”

“是啊，那我们反倒等于对吴文斌又伤害了一次。不可为，不可为。据说这个学期，他也许又是中文系成绩最优的学生。”

看一眼手表，讶然地：“都半夜了！睡觉！睡觉！明天再议！……”

坐在窗前的闻一多的剪影，他将画架也摆到了面前，月光洒在画上。

罗隆基翻个身醒了，见对面床上被子还没展开，奇怪地欠身看看闻一多……

罗隆基：“一多，你想坐一夜啊？该睡觉也得睡觉啊！”

闻一多：“我睡不着。你睡你的，别管我。”

罗隆基：“我可陪不起你。上帝啊，你看到搞艺术的人都是些怎样的人了吧？怜悯怜悯他们吧！……”

早晨。旅馆餐厅里众留学生在排队吃自助餐，闻一多和罗隆基也在其中。

闻一多东张西望。

罗隆基：“找谁呢？”

闻一多：“看到吴文斌告诉我。”

罗隆基听了，惴惴不安起来。二人端着餐盘走向一处用目光选定的座位时，罗隆基首先发现吴文斌正独自一人守着邻近一张桌子低头用餐，于是以身体挡住了闻一多的视线：“一多，来来来，还是坐那边好……”

闻一多觉出了罗隆基神情有异，一边随他走向另一餐桌，一边不禁地回头望——这一望，恰好吴文斌抬起头来，四目相对，吴文斌冷漠地低下头继续用餐，仿佛闻一多完全是个陌生人。

闻一多：“隆基，我还是要坐到那边去。”说罢转身就走。

罗隆基退后两步，挡住闻一多的去路，严肃地：“一多，这里是餐厅。众目睽睽之下，你可千万不要一时冲动做出什么蠢事！”

闻一多不动声色，未发一言，绕过罗隆基走到了吴文斌桌旁 —— 餐厅内所有人的目光都望向闻一多，仿佛什么不测之事即将发生。

罗隆基略一犹豫，端着餐盘走向闻一多相邻的餐桌，背对闻一多和吴文斌坐下……

“文斌兄，可以吗？”

“任来任去梁上燕，孰近孰远水中鸥。”

罗隆基凝神倾听：

“文斌兄，闻一多深谢你昨晚的当面点拨。”

吴文斌抬眼直视闻一多 —— 那意思是，别奉承我，我点拨你什么了？其目光呆滞中闪烁着也许只有闻一多才看得懂的些许睿智……

“诗风贵在胸襟高洁。而画品，若非西洋肖像派的话，似以留给人想象的空间为妙境，不知文斌兄的批评是否这个意思？”

“闻一多，果然是闻一多。你的悟性不消说了，你的谦虚和涵养，更是太难能可贵啊！”

“我也有狂傲不羁、目中无人的另一面。实不相瞒，为了想明白你的批评，昨夜我几乎不曾合眼。”

吴文斌却将一小瓶往闻一多面前一推：“湖北佬，请吃辣子！”

闻一多：“好，我吃！”连忙用筷子夹了点儿，抹在面包上……

罗隆基听到此话，一颗悬着的心才算定下来了，开始大吃大饮起来。

闻一多吃着面包时，吴文斌盯着他又说：“我也深谢你闻一多昨晚的开导，所以我夜里倒是难得地睡了个好觉。”

已经吃罢的罗隆基，此时起身道：“一多，你慢慢吃，我先走一步了。”

闻一多就吃剩一小块面包了，吴文斌却夹了一大筷子辣末伸向他，大声地：“你这个湖北佬，怎么这么客气，不肯多吃辣子呢？吃！吃！这可是国内寄来的，正宗的湖南辣子！……”

闻一多瞧着不免犹豫。餐厅里剩的学生已经不多，从四面八方望着这一情形。

吴文斌:“我是湖南人,你是湖北人,自古两湖相提并论,宛如一省。你若果真瞧得起我,就把它一口吃下去嘛!”

闻一多不再犹豫,张口吃下——顿时辣得扭过头去,流出了泪水。

吴文斌粲然大笑,并说:“闻一多,你果然瞧得起我!给你面包!给你面包!”赶紧撕了一片面包往闻一多口中塞。

餐厅里只剩下闻一多和吴文斌了,二人仍在知己相逢似的交谈不休——确切地说,是吴文斌在兴奋地侃侃而谈,闻一多在洗耳恭听……

美术学院教室。

闻一多和同学们又在作画,但位置的格局已经发生了变化;那名吻过闻一多的白人女生和三名白人男生,已坐到闻一多这“半壁江山”来了。

一名白人男生:“闻,我的颜色全,你要是缺哪一种,尽管用!”

闻一多朝他一笑:“谢谢。”

吻过闻一多的白人女生偷瞧了闻一多一眼,见闻一多在用刀子刮去山鬼的形象,吃惊地:“闻,你怎么……”

闻一多亦报以一笑:“画得不好,我要重画。”

那女生困惑不解,随之竟大声向教授汇报起来:“教授,不好了,闻将他的画破坏了!”

她这一嚷,不仅教授,所有学生的目光都望向了闻一多。

教授大步向闻一多走来,众学生不约而同,将闻一多团团围住。

“闻,你这是为什么?”

闻一多平静地:“我有了另一种想法。”

“你不要忘了我对你的寄托。”教授的脸色严肃起来。

闻一多:“教授,正因为你对我有寄托,所以我决心重画我的山鬼。”

教授困惑,同学们亦然,你看我,我看你。

下课了，师生纷纷离去。那女生从书包里取出了一册厚厚的西洋画集，走到闻一多跟前，双手相赠道："闻，这一册画集送给你吧，也许对于你画好你的山鬼有些帮助。"

闻一多抬头一看，不由得站了起来："这……对于我们学生，它是太贵重了，我……"

那女生："我是诚心诚意的。我希望你能收下它。"

闻一多放下笔，用纸擦过了双手，才感到却之不恭似的接过。

那女生："还夹着一首诗，我抄的勃朗宁夫人的诗，我将代表美的画册和体现爱的诗，一并赠给你这个值得我思考的中国人……"

她一说完，转身就走，闻一多望着她，直至门关上才收回目光……

闻一多缓翻画集 —— 一幅幅大师的杰作，还有用漂亮的英文抄在一张白纸上的诗从画页中呈现。

爱神呀，上帝派给了你伺爱的职守，
派我服从你的指令，
那么你将如何
来把我的心灵差遣？
是一点点希望来为你欢唱？
或者是一段缠绵的记忆，
掺进你的歌里？
一树浓荫，为你遮凉？
是棕榈？还是松楸？
要不就是座坟墓，
预备着你唱累了睡下？
你告诉我，你将怎样选？……

闻一多独自离开校园，独自行走在异国他乡僻静街道上的背影 ——

那背影告诉我们，她对他的示爱表示，在他心中确乎地已造成了情感的涟漪和矛盾……

留美学生会举行活动的一处场所——那也许是一间教室，抑或是一家中餐馆……

形形色色的男女中国留美学生，有的看去显然是富家子弟；有的看去分明性情纨绔；有的严肃；有的吸着烟，品着菜，只不过当成一种夜生活的方式。

一名男留学生大声地："究竟是要把我们的留美学生会办成友谊俱乐部，还是讨论和介绍美国生活方式及时尚的沙龙，或者干脆只尽一点点组织旅游活动的义务罢了？总之请诸君发表高见——你告诉我，你将怎样选？……"

立刻有人叫道："先不急于决定这些，还是先决定一下，哪些人才有资格成为我们留美学生会的核心领导成员？"

有人附和："对，对，这才是首要问题！"

有人质疑："为什么上一届核心领导成员中，北平方面的学生很多，而我们上海方面的学生很少？"

有人愤愤不平："而我们广州方面的学生才有一人！这不公平！我们广州可是北伐的策源地！"

"我们为什么不能在我们留美学生中发起成立一个什么党派？像孙中山先生发起成立国民党一样！"

"拥护！'天生我材必有用'！我们这些人，毫无疑问都是中国之精英！不干则已，要干就要干大事业！将来能掌握中国命运的那一种大事业！……"

"反对！本人反对我们的留美学生会沾染一切政治色彩！政治有什么好玩的？玩不好是要丢脑袋的！……"

闻一多悄悄对罗隆基说："隆基，我不想再待下去了，我要先回旅馆了。”说罢起身,在众人只顾七言八语的情形下,悄然而退。

罗隆基怔了一下,亦悄然随退……

街道已经行人很少,闻一多和罗隆基并肩走着。

“一多,你有心事?”

“隆基,我们一道参加过几次这种中国留美学生团体的活动了?”

“三四次了吧。”

“你有何感想?”

“你呢?”

“说真话还是假话?”

罗隆基:“难道说假话对于闻一多不是大痛苦么?何况是在对我罗隆基说。”

二人驻足河边,都凭栏望着河水。

闻一多:“我有时难免会觉得,将我的眼所见之真相说出来,如果关乎我们的祖国,我们中国人,又是那么于心不忍。”

罗隆基:“我明白你情绪为什么忽然低落了。”

闻一多:“我甚至感到,在这里我们中国留美学生之间,浮躁之气恶于清华,派别既多,又各不相容,四分五裂,难以凝聚。宛如看见一个小中国,分裂的中国。而于这种表象的下面,对于自己国家现状的悲观,和人生态度的颓唐,有时简直近于游戏人生。在有些人那儿,除了追逐女生,似乎便没有别的更值得花费时间的事了……”

“我有同感。”

“想我闻一多,生于耕读之家,自幼深受诗言子曰之家风熏染,人生目标,极早便确立诗文。入了清华,又痴迷于美术,对于‘政治’二字,是一向敬而远之的。然而我以为诗人主要的天赋是‘爱’,爱他的祖国,爱他的人民。所以凡有利于振兴国家、造福民众之事,一多从不敢落后于人。有时奋不顾身,唯惭力薄。但我们崇敬的政治的事业,当是这样一种事业——本自强不息的精神,持诚恳忠实的态度,取积极协作的方法,以谋国家的改造,以图民众的幸福;这样的一种崇高的政治的事业倘有,我愿以诗人之心去紧紧地拥抱它,愿以我的诗去热情地赞颂它。可它究竟在哪里呢?难道我们反倒可以指望不是在我们自己国家苦难的伤口里找到,而竟是在美国找到么?”

罗隆基理解地用手攥住了闻一多按在栏杆上的手。

闻一多一吐为快地:“隆基,我要诚实地告诉你,对于我闻一多,只有诗和画,还能不使我心中的红烛的光暗淡下去。我集中心思于诗和画,起码还能使我觉得,是在情感上亲近着我们中华民族五千余年的文化……”

“一多,也许由于我攻读的是社会学,所以我不会像你那样,以太过理想主义的眼看世界上包括中国的林林总总的现象。但是我感动于你今天晚上的一番肺腑之言。并且我相信,你所言的那样一种崇高的政治的事业,它在中国迟早是会出现的……”

“那么,你我当届时听凭它的命令。一位爱国之神,就现在而论,就中国而论,似乎也只有孙中山先生了……”

罗隆基:“让我们一言为定。”

两名留美学子的手紧紧握在一起。

远处突然传来女人用英语喊救命的声音,二人相视一眼,循声奔去……

一条黑暗的小街——围了半圈人墙,二人奔至,挤进一看——仰躺着的是那黑人老洗衣妇,大瞪着一双死不瞑目的眼;身旁地上,散落着些硬币……

闻一多呆如木鸡。罗隆基轻搂着闻一多肩,将他引开……

闻一多悲伤地:“放开我。”

罗隆基垂下了手臂……

闻一多:“中国的穷人,美国的穷人,都是上帝的不幸羔羊,让我为她祈祷……”

闻一多言罢，默默祷告，罗隆基注视着他，不知如何安慰——但见闻一多脸上，已亮闪闪地淌着一行清泪了。

第七章

在一个深秋的下午,美术教授带着闻一多去他的朋友家里做客。教授要为闻一多引见他在诗歌界、美术界结识的颇有成就的文化名流,他认为,这对闻一多很有帮助。

在蒲西夫人的客厅里,主人把自己心爱的宝贝 —— 一件中国古瓷器拿来给客人看。闻一多拿在手中细细地端详,他身旁站着他的美术教授和别墅的主人蒲西夫人以及另外几名美国先生和夫人。

闻一多自信地断定:“夫人,我很坦率也很遗憾地告诉您,这一件是赝品。”

蒲西夫人:“但是我的心情却恰恰相反。我所拥有的这么多中国古董中,只有一件是赝品,我特别高兴啊!”

教授开玩笑地:“可是夫人,我发现您刚才的表情很有些紧张,也许是怕我带来的这名中国学生,会看出您所有的宝贝全都是赝品吧?”

另一位夫人接言道:“如果是那样问题可就严重了,蒲西夫人为拥有这些中国宝贝花掉了很多钱,她会像被当面宣布破产一样难过的。”

蒲西夫人:“是的,是的!”

于是众人皆笑。

教授:“闻,蒲西夫人只顾迫切地先请你进行鉴赏了,我也还没来得及向你介绍后来的这几位客人们呢!”

于是,郑重地一一介绍:“这位是诗人卡尔·桑德堡先生;这位是《诗》杂志总编辑,著名诗评家孟禄女士;这位是女诗人海德夫人;这位是意象派诗人的领袖之一爱米·罗厄尔女士;这位是《美术》杂志专栏评论家马克·宾德先生……”

闻一多以他一向的彬彬有礼的风度,逐一向女士们微鞠一躬,与先生们亲切握手。

教授:“闻,你看,我将我在芝加哥最好的朋友们全都介绍给你了,他们对你在美术和诗两方面的进步,必会给予无私的帮助。”

有人向教授发问:“门特,为什么你单单郑重地将闻介绍给我们呢?”

教授:“因为我只有这一名不远万里到我们美国来钻研美术的中国留学生啊!”

“仅仅因为这一个原因么?”

蒲西夫人:“让我替他回答第二个原因吧!难道你不清楚,门特对中国文化是多么崇拜么?能教一名来自中国的留学生提高美术,他认为是他的一种光荣啊!”

众人微笑。

教授:“闻有一颗特别特别……人性的心灵;他的头脑中,有着一些对艺术和人性的、非常不一般的见解。我和他之间,已经开始建立了一种互为师生的关系。总之我喜欢他。”

爱米·罗厄尔女士:“闻,你看,我已经在这样称呼你了,我可以问你一个问题么?”

闻一多将目光望向她:“我非常愿意回答您提出的任何问题。”

“闻,你是这么年轻的一位青年,并且,你是中国人,我们是美国人,和我们这样一些美国的中年人做朋友,你会不会觉得拘谨呢?而我认为,拘谨会妨碍友谊的。”

显然,她像是一位主考官在面考学生,仿佛要判定闻一多够不够资格是她的一位朋友。

闻一多:“我们中国人对友谊有一种说法是‘忘年交’。这三个字的意思是——真正的友谊是超越年龄界限的,也是超越社会地位的高低界限的。我现在正以中国学子的身份留学美国,所以我还要补充一点,真正的友谊是超越国家界限的,就像伟大的爱情超越一切界限一样。我们中国的古人十分向往也十分赞美这样一种友谊。在我们的古诗中有这样的名句‘但使情亲千里近,无情对面是山河’……”

闻一多的话刚一说完,孟禄女士也立即开口道:“闻,我也有一个问题问你……门特教授曾在电话里告诉我,你是一个持唯美艺术观的文艺青年,又说你是一个强烈的爱国主义者。那么,唯美艺术观和爱国主义这一种政治性的思想,在你头脑中是怎么统一的呢?它们时而也会发生冲突的么?”

闻一多:“一般人们,认为爱国主义是一种完全的政治的思想,可是在我的头脑中,爱国主义却是一种美的精神。一个人一定会因为强烈地爱他的祖国,而在精神上豪迈起来。这一种豪迈的精神,一定会使他的唯美的艺术追求,发展向更高更美的大境界,绝不会反过来。爱国主义、人道主义、和平主义,它们组成我精神上的另一种宗教般的信仰,使我唯美主义的艺术追求,永远不至于变成把玩细琐美感的雕虫小技。那一种雕虫小技,是我们中国民间艺匠师傅们也都起码具有的技能……”

闻一多停顿了一下,接着还要说什么,孟禄却显得有些迫不及待地又问:“如果你所面对的现实,需要你从两者之间抉择其一的话,你该怎么办呢?”

闻一多:“所以我现在要如饥似渴地研习美术,紧紧抓住一切灵感作诗,为的是有一天我也许将为我的祖国献身,而我可以死而无憾。”

闻一多的表情那么庄严,那么圣洁。罗厄尔女士放下接在细长烟嘴上的烟，率先轻轻鼓掌。众人随之鼓掌。

教授诙谐地："我抗议，我抗议！我是把闻作为朋友介绍给你们的，可你们分明在考问他！"

蒲西夫人："我支持门特的抗议。现在我以主人的身份宣布，答记者问到此结束！"

罗厄尔却已走到了闻一多和教授跟前。她首先对教授说："门特，就算是考问，可你的学生已出色地通过了。"

她用一根细长的手指指自己心窝，指指自己太阳穴，又说："这儿，这儿，他和我认识过的某些中国人不一样。谢谢你把他介绍给我。"回头看了其他人一眼，接着说，"不，谢谢你将他介绍给我们。闻，现在我可以诚实地对你说，我也开始喜欢你这位中国青年了。我喜欢你在我们这些芝加哥文化名流们面前的不卑不亢；我喜欢你头脑中的思想，尽管我还不能完全地理解。可有思想的青年，是多么值得尊敬啊！我认为思想是这样一种东西，如果一个人在是青年的时候还不能觉悟到自己应该尝试拥有它，还不能领略思想着的愉快，那么他也许一生都与思想这一种宝贵的人性元素无缘了！"

闻一多："我一定牢记您的话。"

罗厄尔："这是我的名片，你有什么需要我帮助的事尽管找我，我家的咖啡壶将随时为你的到来煮上新的咖啡。"

孟禄女士也走了过来，打趣地："罗厄尔女士，别忘了门特是将闻当成'忘年交'介绍给我们大家的，不是仅仅介绍给你一个人的。何况，你把我们想对闻说的话都替我们说了，我们不是就只好装哑巴了么？"

罗厄尔这才笑笑离开，扯着门特去往阳台了。

孟禄女士："闻，你关于'忘年交'的一番话，以及你引用的关于'忘年交'的古代中国诗句，深深地感动了我。一个不一般的美国人受了不一般的感动。刚才我不是考问你，是想多了解你。"

闻一多："不开诚布公，难以是忘年交。"

孟禄:“我愿做你的忘年交。”

卡尔·桑德堡:“闻,你怎么会对鉴别中国古物很有经验呢?”

“我成长在一个中国的诗学之家。我的长辈们,几乎无一不是中国古代文化的热爱者,收藏是他们的另一种兴趣,我的一位伯父向我传授过这方面的经验。”

海德夫人:“闻,门特教授说,只要你今天高兴,会为我们朗诵你的诗作,你……”

蒲西夫人拍手道:“先生们,女士们,我不得不再次以主人的身份宣布答记者问到此结束……”

所有的灯忽然都熄灭了——正在大家诧异之际,两名仆人先后出现,在先者,双手擎一大烛台,其上插一支粗大的红烛;在后者是女仆,双手捧一大生日蛋糕,其上小烛已全点燃,两名仆人将烛台和蛋糕放好后退去……

蒲西夫人:“诸位,今天是我的生日,也是我们的忘年交闻二十三岁的生日,希望诸位与我们分享我们生日的快乐……”

闻一多的目光望向了门特教授:“我?今天竟也是我的生日吗?”

门特教授点头:“不错,今天也是你的生日。按照你们中国的历法,今天是农历十月二十二日,这是你的履历表告诉我的。”

蒲西夫人:“闻,让我们来共同吹灭我们生日的蜡烛吧!”

闻一多:“尊敬的夫人,这太令我愉快了。”

于是二人俯首于蛋糕,相向熄烛……

众宾客齐唱“主赐福如春雨”。

歌声刚落,大家各擎高脚杯,目光一齐望着闻一多……

闻一多说:“刚才海德夫人是想问我——今天高兴不?我想说,今天是我来到芝加哥以后最高兴的一天。前不久,我们一名中国留学生受到了美国人的歧视,一家理发店的美国老板,当着他的面说,不为中国人理发。我们不少中国留学生,都曾受过这样那样的歧视。我将你们对我的真挚和友好，理解成是对中国的。我的心情既是如此欣慰和高兴，我要像门特教授对你们说的那样，为你们朗诵我的诗作。这些诗是我到美国以后写的，不久将在我的祖国发表……”

众人一时肃静……

我心头有一幅旌旆
没有风时自然摇摆；
我这幅抖颤的心旌
上面有五样的色彩。

这心腹里海棠叶形
是中华版图底缩本；
谁能偷去伊的版图？
谁能偷得去我的心？

芝加哥。闻一多所住的那一条小街，寂静悄悄，只街口有一个人影在路灯下徘徊……

夜深了，一辆私家小车驶来，驶过路灯停住——车内下来闻一多，朝灯下人影发问：“文斌兄，是你吗？”

那人转身望向闻一多，果然是吴文斌。

闻一多俯身朝司机说：“送我到这里就可以了。那是我的同学，请回去替我多谢你的主人罗厄尔夫人。”

车朝前驶去，闻一多走向吴文斌。

“文斌兄，你站在这里干什么？”

“等你。”

“等我？”

吴文斌：“我去你房间找你，想与你讨论问题，只见隆基同学在。他惴惴不安，不放心你半夜了还没回来，于是我也不放心了。于是，我在这儿等你，他在街的那一端等你……”

闻一多大动感情地：“谢谢，谢谢，谢谢你们这样关心我！”

吴文斌：“我们去找罗隆基吧！”

街那端——罗隆基的身影也徘徊在路灯下。

闻一多与吴文斌匆匆走来，闻一多大声地：“隆基！隆基！我回来了！……”

二人走到罗隆基跟前，不料罗隆基却瞪了闻一多一眼，理也不理，径自拔脚就往旅馆大步走去……

闻一多看着吴文斌奇怪地问：“他这是怎么了？”

吴文斌：“我想，他这是生你的气了。”

闻一多：“生我的气了？”挠挠头，“我也没做什么惹他生气的事啊？”

吴文斌：“你究竟去哪儿了，起码要写在纸上告知他，可是你并没有。他逢人便问，可是谁都摇头。我想，你再迟一点钟回来，他一定会急得报警的……我也像他一样担心。”

闻一多知错地：“是我不好，我怎么忘了……”

二人匆匆回到旅馆，进入房间，见罗隆基将一把椅子正对门摆了，抱臂叉腿而坐，一副要严加审问的模样。

闻一多自觉地面壁而立。

吴文斌问：“那么，我走吧？”

“你不必走，你有资格听我审问他。”罗隆基赶紧拦住了他。

“其实，我心里正是这么想的。”于是，也搬了一把椅子摆在罗隆基旁边，也如罗隆基那样抱臂叉腿而坐。

“从实招来，究竟去哪里了？”

“从实招来！”

罗、吴二人一唱一和。但看得出，罗隆基显然是闹着玩的一套；而吴文斌，却煞有介事得很。

“去蒲西夫人家里做客了。”

罗隆基紧追不舍:“蒲西夫人又是谁?”

闻一多:“一位热爱中国古代文化的老夫人,教我美术的门特教授的朋友。”

罗隆基:“除了教授和老夫人,还有其他人吧?”

“还有几位先生和女士,都是芝加哥诗文界的人士。”

罗隆基:“难道就没有一两位可爱的小姐么?”

吴文斌:“我想,肯定是有的吧?”

罗隆基暗扯了吴文斌一下:“回答!”

吴文斌:“回答!”

闻一多:“小姐是绝对没有的……”

罗隆基:“没有可爱的小姐,你都回来得这么晚,要是有,也许你这一夜就不回来了!”

“快回答!”吴文斌在一旁帮腔。

“我错了。”

罗隆基问:“蒲西夫人是怎么招待你的?”

“有佳肴,有美酒,还有糖果,总之是一次应有尽有的家庭宴会。”

罗隆基:“就没想到也该带点儿什么回来么?”

吴文斌:“是啊,问得好,问得好。”

闻一多:“自然带了。”

罗隆基一下站起:“什么?”

吴文斌也跟着站起:“什么?”

闻一多转过身,将一只手缓缓伸入裤兜,却不往外抽,反问:“你们如此这般地审问了我半天,虽然我带回来了,还会情愿给你们吗?”

罗隆基问吴文斌:“怎么办?”

吴文斌严肃地:“我想,没有什么更好的办法……”

“不算好的办法也行。”

“那就只有抢了。”

“就等你这句话,正是英雄所见略同,动手!”罗隆基边说边上前一把按住了闻一多的胳膊。

闻一多刚欲躲开去,已被二人拦住,拉拉扯扯地按倒在床上,在嬉闹声中,二人分别从闻一多兜里掏出了一盒烟和一把巧克力。

闻一多是一个离不开真诚友谊的人。在生活中,他需要友谊,就像植物需要水分和阳光一样;而他也同时是一颗传播友谊的种子,如同蒲公英。哪里有闻一多,哪里便有值得人永远珍视的那一种宝贵的友谊。当闻一多将在蒲西夫人家里做客的情形讲给两位留美同学听了以后,那一种跨国友谊的温馨情愫,便在小小的房间里如水波般荡漾着了,使他们海外学子时而寂怅的心灵,获得很大的慰藉。

他们三人各吸着一支烟,罗隆基、吴文斌傍桌而坐,听闻一多站在他们面前,略显激动地时而挥着手臂发表感想……

闻一多:“国家衰败,政府便软弱可欺,同胞便难有尊严可言。在别人的国家里,即使文质彬彬、温良谦恭,受歧视也是难免的。故我以为,我们身为国家公派之留学生,虽还不能为国家的振兴和富强做什么大的贡献,但以我们自己的每一言、每一行,来证明我们本是值得尊敬的中国人,这一种愿望,我们无论如何也是不应该放弃的!倘我们连这样都不能,我们何以对得起我们的国家?”

罗隆基点头道:“说得极是。一多,你这番话,应该对我们更多的中国留学学生说,而不仅仅是说给我们两个人听。”

吴文斌:“最可悲的是我们的某些留学学生,踏上美国这个国家的领土不久,在国内时那种崇洋媚外的心理,便大大地膨胀起来。当着美国人的面,取悦地贬低我们自己的祖国,丑化我们自己同胞的形象,还觉得自己终于值得美国人另眼相看了!”

闻一多和罗隆基的目光,不由得一齐注视起吴文斌来……

吴文斌:“你们为什么这样看着我？难道我说的又是疯话不成？”

罗隆基握了吴文斌的手一下:“不,不,怎么是疯话呢！听你说出这样的话来,使我和一多内心里多么激动啊！”

吴文斌按灭烟,起身道:“太晚了,我该回我的房间了。免得刚说了一番明白话,接着再说出一番疯话,扫你们的兴！”说完,剥了一块糖塞入口中。

闻一多拥抱住吴文斌,发自肺腑地:“文斌兄,在我和隆基心目中,你并不是什么怪异的人,恰恰相反,你也是值得我们中国留美学生骄傲的人！你用你的学习成绩证明了这一点。从今以后,我俩都愿做你忠实的朋友……”

罗隆基:“这次期中考试公布,文斌兄和你一样,总成绩又得了全优,他名列全系第一名！”

吴文斌却嚼着糖,仿佛在听谈论着别人的话。

闻一多:“文斌兄,再坐片刻吧,你若立刻就走,我和隆基才感到扫兴。”

吴文斌的目光却望向了画架,推开闻一多,走过去扯下了蒙着画架的布——画上的山鬼,已经改变了姿态,身子斜扭着,不再以正面的容颜供人欣赏了。脸儿是完全地看不见了,也只有少许的乳房的轮廓,从一边微微抬起的肘下显现着……

罗隆基:“一多他为了寻思明白你的话,当晚坐着呆想到天明。”

吴文斌:“噢？闻一多,我曾对你这幅画发表过什么看法么？我怎么不记得了呢？”

闻一多和罗隆基不禁对视一眼……

吴文斌:“但是画得很好！是山鬼吧？”

闻一多:“对,是山鬼。我想象她是我们中国的维纳斯——居于山林然而并不独占山林；令百兽驯服然而并不称霸于百兽；自由无羁然而并不放浪形骸；通身焕发着野性的自然之美,然而又是一位很容易害羞起来的女性……"

吴文斌:"我喜欢你画的这幅山鬼图。我喜欢你将她的姿态画成这样子,而不是别种样子;我也喜欢你赞美她的话。不错,她当得起是我们中国的维纳斯……"

闻一多:"我尝试运用西方油画的技法,表现我们中国审美的观念。我觉得,中国前途之危险不独政治、经济有被人征服之虑,且有文化被人征服之祸患。文化之征服甚于其他方面之征服多倍,我辈当以弘扬我们中国之文化艺术为己任!"

吴文斌:"可是闻一多,我要定你这幅画了!"

闻一多一愣……

罗隆基:"文斌兄,一多这幅画,是要参加学生画展的呢!"

吴文斌:"那么,展完了归我。"看看闻一多问,"你刚刚还说愿做我最忠实的朋友,怎么,这会儿连一幅画也舍不得赠我了么?"

闻一多:"那么,我答应你,这幅画画展罢归你。"

吴文斌:"罗隆基,你听到他的话了。他若反悔,你可要替我作证。"

罗隆基望着闻一多苦笑道:"我作证,我作证。"

闻一多:"文斌兄,我绝不反悔。"

吴文斌:"倘我死了,我要这美丽的山鬼伴度我的灵魂升上天国。生不能有缠绵悱恻之爱情,死有动人如许的山鬼为俊友,亦一大幸事也。告辞了!"

吴文斌说罢扬长而去。

罗隆基摊双手道:"我除了说替他作证,还能再说什么呢?"

闻一多:"每当我听到他说一句明白话,就会暗暗欢喜不已,替他在心里祈祷他学业之外的思维一直清晰下去;而每当我听他说一句糊涂话,我的心就会紧紧抽搐一下,感到一阵刀剜般的疼。他毕竟不是一名仅靠了家里的钱来混个洋文凭的留学生,他确乎是我们中国留美学生中的一名才子啊!如果我们能以真挚的友谊疗好他因情爱受到重创的心灵，莫说要我闻一多一幅画，就是要我十幅百幅，我也肯废寝忘食地画了赠给他！……”

罗隆基：“一多啊一多，你的心里，既忧着国家兴衰，又虑着民众疾苦，还要揣着一名不幸的学子的悲悯，你的痛苦和惆怅怎能不比别人多呢？”

闻一多：“但是我也有医治的良方，那就是对诗和美术的执着。”

闻一多说罢，竟吸着一支烟，搬来椅子坐在画架前，操起了画笔……

闻一多被一口烟呛得咳嗽起来。

罗隆基剥了块糖，一手递给他，一手夺下他的烟，规劝地：“别吸了。我只不过偶尔凑趣吸着玩玩的，我看你已经快要养成吸烟的习惯了。”

闻一多望着糖摇摇头道：“我也有权利在某一方面放纵自己一下吧？”说着夺回烟叼在嘴上，落笔画了起来。

罗隆基望着他无可奈何地叹气。

清华园内，一扇学生宿舍的窗里透着灯光。

室内，潘光旦在灯下勤读——敲门声。

潘光旦拿起桌上的手表看看，大声地：“梁实秋先生，敲门的礼貌就免了吧！”

门一开，迈入的果然是梁实秋。

梁实秋笑道：“你怎么知道是我？”

潘光旦：“这么晚了，除了你，还有谁忍心来打扰我！”

梁实秋夺下潘光旦的书，看看封面，是厚厚的一本外国人著的《优生学》。

梁实秋：“真的不攻文学史，而要修《优生学》了么？”

潘光旦：“思来想去，文学强不了国，富不了民。我认为，我辈学子，将来肩负强国富民的重任，还是要从提高我们民族的整体素质去尽些努力，才对得起清华，对得起这方方面面人才匮乏的一个时代啊！”

梁实秋:“一多又来信了,信中对你改修《优生学》,提出了他的看法。”

潘光旦:“快念给我听听!”

梁实秋:“与其说是一种看法,莫如说是一种严厉的告诫,只怕你会不高兴起来呢!”

潘光旦一拍桌子:“这是从何说起!一多的话,无论顺耳逆耳我总是要听的,而且要认真考虑,还不快掏出信来!”

于是梁实秋缓缓掏出信,清了清嗓子,低声念道:

实秋、光旦:

你们好!前信中坦言了对郭沫若诗《女神》之评价,近日抽暇写成一篇文章——《女神之时代精神与地方特色》。我对郭氏的《女神》,既有赞赏推崇之一面,亦有否定与批评,那就是,它不独形式十分欧化,而且精神也十分欧化的了。我总以为中国的新诗应是“新”的,不但新于中国固有的诗,而且新于西方固有的诗。他要做中西艺术结婚后产生的宁馨儿。我认为诗同一切艺术应是时代的经线,同大地纬线所编织成的一匹锦……

潘光旦夺信道:“等不及你慢条斯理地念,还是由我自己看吧!……”

由郭氏的《女神》,我联想到了我们中国现在的青年。“五四”后之中国青年,烦恼悲哀真像火一样烧着,潮一样涌着,觉得这“冷酷如铁”“黑暗如漆”“腥秽如血”的社会现实,真的是一秒钟也羁留不得了!他们讨厌这现实,也讨厌自己。于是急躁者归于自杀,忍耐者力图革新。革新者又觉意志总抵不住冲动,刚抖擞起来,又跌倒下去了。但是他们太溺爱生活了,爱它的甜处,也爱它的辣处,决不肯脱逃,也不肯降服,心里是塞满了叫不出的苦,喊不尽的哀,心都快塞破了。他们是我辈的镜子,照出与他们相似的弱点。然而我以为,希望还是在青年身上。倘非,又能在别的何处?故我对于中国,虽每失望,但并不彻底的悲哀。由此又联想到实秋信中所告,潘兄放弃文学史,转修《优生学》之事。《优生学》是西方科学,我自不敢反对,但是,倘潘兄研究优生学的结果,假使从什么科学的逻辑上证明我中华民族应淘汰灭亡,我便只有先用手枪打死他……

潘光旦:"你看你看,这家伙白纸黑字写着,他竟要用手枪打死我!"

梁实秋:"我的潘兄,你也别断章取义嘛,一多的话是有前提的,假使……"

潘光旦蒙冤地:"可我什么时候打算用优生学的逻辑证明,我中华民族应淘汰灭亡?这是莫须有的罪名嘛!我要回信辩诬!我要回信辩诬!"

梁实秋:"要辩诬,首先则要搞清楚,是谁诬了你?"

潘光旦:"谁?看来你知道,快告诉我是谁?"

梁实秋:"是你自己。"

潘光旦:"我?我潘光旦生是中华人,死乃中华鬼,我会荒唐到诬蔑自己的地步么?"

梁实秋:"你呀,忘了上次关于民族劣根性的讨论会上,你论辩之中说出一句话——优胜劣汰乃世界千古不变的法则,于是有人抓住你这句话借题发挥起来……"

潘光旦恍然大悟地:"是了,是了,难道这一件事,竟会漂洋过海,传到美国芝加哥,传到一多耳中么?"

梁实秋:"我们清华荷塘的水清着,还是浊着,是满塘荷色,还是凋红残绿,我们远在美国的清华学子们都关注着、感应着,正如我们通过来鸿往雁,详细了解着他们的一切忧喜,仿佛和他们共呼吸着一样。所以,那件事远在芝加哥的一多有所耳闻,是一点儿也不奇怪的。"

潘光旦:"如此说来,我当真有必要向一多澄清了?"

梁实秋一笑:"你呀你呀,我的潘兄,未免太爱惜自己在一多心目中的形象了吧?他明明是在开玩笑,你何必多此一举?"

潘光旦:"那我也要亲自给他写封信,不过不是作什么解释,而是与他认认真真地交流一番我修习《优生学》的心得体会……"

外边忽起喊声:"潘光旦,大家恭候你多时了,你怎么还不到场,非得来请?!"

潘光旦:"糟糕,你一来,我将今晚讲演之事给忘了!"

梁实秋:"那么我也去听。"

潘光旦拿起厚厚的《优生学》,二人匆匆离开房间。

清华某教室,听潘光旦讲演的同学济济一堂。

潘光旦在所有目光的注视之下从容自信地走上讲台,梁实秋未发现空座位,贴墙而立。

潘光旦:"诸位,大家非要求我正式地汇报一次修习优生学的心得体会,我只有从命。我刚刚读过我们的学兄闻一多从芝加哥寄给我和梁实秋的一封信——他在信中说,我研究优生学的结果,假使证明中华民族应当淘汰灭亡,他便只有先用手枪打死我……"

此话一出,不复有人交头接耳,气氛顿时肃然。

潘光旦:"梁实秋君认为,那是闻一多在信中对我调侃。我也读出是闻一多的调侃之词。然又不完全的是调侃。我觉得,在他的话的后面,一颗爱国的心,是炽热得烫人的。我和闻一多是什么样的关系,不多说诸位也是知道些的——'同情罢考'的风波当时,他曾用文字这样写到过我:'圣哉光旦,令我五体投地!圣哉圣哉,我的朋友潘光旦!我之敬意,不可名状!'——可是,倘我以炎黄子孙之身份假科学论断之名,而谤我们的国家，辱我们的人民，我深知，即使他不会真的就用手枪打死我，我们之间手足般的友谊，也将不复存在了！……”

灯忽然灭了……

黑暗中有人叫道：“又断电，亏我们还是在清华！”

“准是有人又在宿舍里用电炉，烧了保险丝了！”

“谁预备蜡烛了？怎么不事先预备蜡烛？”

“预备了！预备了！”

“蜡烛在这儿！”

于是黑暗中烛光闪烁，有人用手护着走到潘光旦身旁。

潘光旦：“立在讲台上吧！”

那同学：“不，我倒情愿为你擎着。”

潘光旦：“这一本厚厚的《优生学》，不消说，是外国人写的书。这书中反复强调的一个道理是——优胜劣汰。倘以这一法则检验于动物界、植物界，自然是科学的结论。而引申于人类，还是正确的么？尤其是，当某些强国，某些霸族，以凶悍的方式企图剿灭某些弱国，某些懦族，并且仿佛还在推进文明似的，它就是反动的、反人类的了。然而诸君，倘弱国自甘其弱，懦族自甘其懦，那么结果也就确乎的只能是‘人为刀俎，我为鱼肉’了！诸君，我研究这一本外国人写的《优生学》，从字里行间，处处看出，充满着对落后国家落后民族的蔑视与嫌恶，仿佛连野草都不如，仿佛连虫豸都不如，仿佛连犬畜都不如！而我的全部心得体会那就是——我们的中国，必须强大起来！我们要尽最大的努力，诠释一部符合我们中华民族自己理性的优生学，将它奉献给世界上一切受欺辱的国家和民族，使之成为一本经验之书！……”

梁实秋率先鼓掌。

对于中国，清华的功绩，在“五四”以后，最重要的一点那就是，从它走出了一批忧国忧民的青年学子。他们相互激励，相互促进，对每桩事情，都是那么认真，那么严肃。连他们间的深厚的友谊之花，也是开在爱国精神的园林中的。

依然是清华园——梁实秋的房间。

梁实秋在给闻一多写信。

一多，此刻夜已很深，我却毫无睡意，因情绪好而促使给你写此信。潘兄刚刚就一本厚厚的外国人写的《优生学》，在同学间作了一次讲演，由你信中“假使……便要用手枪打死他”的话谈开去，深使听者感动和鼓舞。你前信中批评我负气辞去《清华周刊》文艺编辑的举动有失冷静，我也愉快接受。尤其你信中说我们“以诗友始，但是还要以心友终”的话，我会永远记住。由是我想到了我们几位清华挚友之间友谊的可贵。它是建立在相互坦诚的基础之上，故而难得。又，我去上海时曾晤郭沫若君。他对你就《女神》的公开批评，很是感激。想来他已有信致你了吧？……

芝加哥美术学院。

这应该是一个中午，或我们想象是一个中午，阳光明媚；茵绿的草坪上，像散布的羊儿般，这里那里坐着卧着些男女生……

我们从他们中发现了闻一多，他背靠一株大树，伸直着双腿在看信。

一只手从树后伸向前，用草茎轻轻拨弄他的耳朵；闻一多抚了一下耳朵，那只手缩回。

如是三番，隐者窃笑。

闻一多：“哪位朋友？”

吻过闻一多的那名白人女生出现了，但是她却没有绕到树前来，而是就地一卧，于是她的上半身就近在闻一多旁边了。

闻一多:“没想到是你。你叫什么名字?”

“古斯汀……”

闻一多:“这听起来不像一个美国名字,像一个德国名字。”

古斯汀:“事实上我是犹太后裔,只不过出生在德国,父母就给我取了一个德国名字。现在我的一家已经是美国居民了,父亲在芝加哥郊区经营一片农场。”

闻一多:“你带笔和纸了么?”

古斯汀从书包里掏出笔和一个日记本递给闻一多。

闻一多翻开,见那日记本没用过。

闻一多:“这可以么?”

古斯汀:“当然可以。任你在上边写什么,画什么,而且我要视为纪念保存着。”

闻一多:“古斯汀,你的名字,如果按音译翻译成中文,也可以是这样三个字……”

闻一多说着,在日记本上写下了“古思亭”三字。

古斯汀:“中国字很好看,可它们是什么意思呢?”她高跷着的双脚,在树的另一侧优哉游哉地替换着——显然,她身上还具有某种少女的单纯无邪的特质。

闻一多逐一指点着三个字讲解道:“这个字是古代的古;这个字是思想的思;这个字是……”

他一时不知该怎样解释,画了一个飞檐的小亭子……

古斯汀:“明白了。一所美丽的建筑,人们可以在里边休息和避雨。”

闻一多:“对。但它同时还是一种纪念的标志。它对于中国人往往也是深厚情感的寄托方式。你看,按照中国字的意思来理解,你的名字多么富有诗意啊!古思亭,怀想古事、追思历史的一处亭台……”

古斯汀:“为什么不可以在古思亭里想今天的事,想现在的事呢?难道那就没有了诗意么?”

她问得那般天真。

闻一多:“当然可以。当然也有。现在么,你送我一册那么好的画册,而我却刚刚才知道你的名字……”

古斯汀:“我还抄了一首勃朗宁夫人的诗给你呢!”

闻一多:“是啊,还有勃朗宁夫人的诗……”

他一时显得沉郁起来。

古斯汀:“你刚才在看家信么?”

闻一多:“不,是我们中国的一位诗人写给我的信。我写了一篇评他诗的文章,寄回国内发表了,他就给我写来了一封信,对我的某些批评表示心悦诚服……”

古斯汀:“他很出名么?”

闻一多:“大名鼎鼎。”

古斯汀:“你怎么敢批评名人?”

闻一多:“因为我也是诗人。诗人眼中只有男人,女人,各种性格的人,各种职业的人,或者同是诗人的人,却没有什么所谓名人。”

古斯汀:“闻,你是不是有一颗很高傲的心?”

闻一多:“难道我会给你这样的印象么?”

古斯汀坐了起来,也和闻一多一样,背靠着大树了……

古斯汀:“闻,你刚才说到女人,那么你对女人怎么看呢?”她目视前方;前方正有一对相互依偎的恋人的背影在她的视野里。

闻一多:“女人是美之树。人类一切文艺的灵感,皆起源于对女人的审美。文艺家用自然界中一切美的景物,诸如星星、月亮、彩霞、秋水、花朵,来比赋女人身上的种种美点。证明倘世上没有了女人,文艺家们关于美的理念非但难以形成和总结,恐怕连一切的人面对自然界的美景美物,也失去了审美的兴味……”

古斯汀:“那么,你怎么看我呢?”她正望着前方那一对恋人——而他们正亲吻着。

闻一多却扬头望着树冠，沉思默想地："我希望有你这样一个可爱的妹妹，抑或将来有你这样一个女儿也好。我的弟弟来信告诉我，我妻已经怀孕数月，可是我的父亲写给我的信中，却只字不提。我想，他是要等我的妻子生产后，看究竟是男孩儿还是女孩儿。倘是女孩儿，他就会失望。我极敬重是前清秀才的父亲的学养，但我又极反感他重男轻女的封建家长意识。如我果得一女，我想，也许我会给她起名叫……"

一只羽毛球飞来，落在闻一多身上，闻一多这才发觉古斯汀已不在旁边。

一名男生走来将羽毛球讨走。

闻一多起身四望，却哪里还有古斯汀的影子！他看见教授朝自己走来。

教授："闻，刚才古斯汀是和你在一起么？"

闻一多点头。

教授："你们交谈了些什么？"

闻一多："诗，她的名字，还有我即将做父亲的感想……"

教授："闻，我与她的父亲也是老朋友了。我视她为我的女儿一样。她还不曾爱上过任何人。但是我看出，她爱上你了……"

闻一多张张嘴，话未出口，已被教授用手势制止。

教授："我认为我很清楚你是一个什么样的中国青年，也很清楚那几乎是毫无结果的，但是我希望……"

闻一多："教授请放心，我明白我应该怎样做。"

教授："你的画完成了么？"

闻一多："肯定会如期完成。"

教授轻摇了一下头，离去……

闻一多轻叹一声，又仰头望树冠，不知名的果子结满枝。

一首诗又萦绕在他脑际：

温婉的微笑将变成苦笑，
不如在爱刚抽芽时就从枝头剪下。
让我们永为素然的经纬线，
永远皎洁不受俗爱的污染。
你友情的微笑对我已属梦想的非分，
更不敢祈求叫你展示一点爱的春晖。
将来有一天也许我们重逢，
你的风姿更丰盈，而我则依然憔悴。
我将毫无愧色地爽快陈说，
“我们的缘很短，但也有这一回。”
我们一度相逢、来自西东，
我全身的血液、精神，如潮汹涌。
但只那一度相逢，旋即分离
留下我的心永在长夜里怔忡……

枝头恰落一颗青果，被闻一多的手接住……

第八章

小旅馆闻一多和罗隆基住的房间里，二人已然入睡。

响起了敲门声。

罗隆基："一多，有人敲门……"

闻一多没反应。

敲门声再起。

罗隆基："谁？……"

门外亦无反应。

罗隆基轻轻起身，将门开了一道缝——是着睡衣的吴文斌。

吴文斌："我想和闻一多聊聊……"

罗隆基："嘘……"闪出门，反手将门掩上，低声地，"他不知在哪儿独自喝了点儿酒，醉意醺醺的，一回来就和衣躺下，现在酣睡过去了……"

吴文斌表情失望。

罗隆基："我看他也是不知为什么心情怪不好的……有什么话明天再说吧，啊？"

吴文斌喃喃地："明天？……明日复明日，明日何其多……"

罗隆基这才发现他赤着脚："你看你，怎么连拖鞋也没穿？"

吴文斌:“我赤着双脚,感受到地面的冰凉。结果,连颗心也凉透了。人们却以为我满脸的迷惘,是一种神秘的笑容……”

罗隆基:“这样站久了可不行,明天会胃疼的,快回房间去吧,啊?”

罗隆基搂着他肩,伴他往房间走……

吴文斌:“睡了,都酣睡过去了,连闻一多也酣睡过去了……真静啊……”

吴文斌隔着半开半掩的房门说:“其实,我只打算告诉闻一多一句话——我想走……”

罗隆基:“走?回国?不要留学学位吗?你成绩那么优异,怎可半途而废呢?……睡吧,明天我让一多主动找你,啊?”

吴文斌:“睡……那么,我便也睡……”

罗隆基:“这才对。”替他关上了门。

罗隆基侧耳听听室内动静,沉思片刻,苦笑着摇摇头,离去。

罗隆基回到房间,走至闻一多床前,替他将一只手从胸口放下,并替他盖了一角被子……

罗隆基躺下,侧身睡去。

窗外,一片游云遮月——渐渐地,将弦月完全吞食了……

突然一声坠物落地的闷响——接着一声喊:“不好啦,大家快起来呀,有人跳楼了!”

接着一阵杂乱的脚步声……

罗隆基猛醒,跃下床,急推闻一多:“一多,一多,快醒醒!”

闻一多醒来,怔忪坐起。

罗隆基:“出事了,外边喊有人跳楼了,我怕会是吴文斌!”

闻一多、罗隆基匆匆下楼梯——闻一多在楼梯上往睡衣外穿上西服。

楼外—— 一群衣履不齐的学生们围成半圆，皆默望地上。

罗隆基："谁？"

一个声音回答："吴文斌……"

闻一多一时呆住……

罗隆基生气地："还都愣愣地看着干什么?！快叫救护车啊！"

另一个声音回答："已经有人去了。"

人墙内，闻一多扶起了嘴角流着血的吴文斌，使他的头靠在自己的胸怀里。

吴文斌："闻一多，原谅我没先跟你打一声招呼……"

闻一多流下泪来："文斌，为什么？为什么？你最近不是心情很好吗？不是还经常唱歌的吗？你为什么非要这样啊？"

吴文斌："闻一多啊，你真傻，你真傻……我那是……装了样子骗你的，也骗别人，为了回报你和别人对我的友爱……其实……我做不到你所希望的那么理性……一个心碎了的人，也只有这一种……不争的选择……"

闻一多将吴文斌的头紧紧地搂抱在怀里，哭了。

救护车鸣笛声自远而近。

罗隆基分开众人，蹲下对闻一多说："一多，救护车来了，你要冷静，不能耽误时间啊……"

两名护士将吴文斌与闻一多分开，把吴文斌抬放在担架上。

闻一多抓住吴文斌一只手，随至救护车前。

吴文斌："闻一多……你可，答应过我的……山鬼……"

担架抬上车之际，两只手分开，仍闻吴文斌说："山鬼……"

车门关上，车开走。

闻一多、罗隆基，几乎所有人的脸上都淌着泪。

闻一多看自己的手 —— 血染其手，罗隆基掏出手绢递给他，闻一多视而不见，往西服上揩着血，所穿依然是吴文斌送给他的西服。

此时天已拂晓，街上开始出现少许行人……

一辆出租车也出现。

闻一多突然招手用英文喊：“出租车！出租车！”

出租车停靠行道边，闻一多跑过去。

“一多！你干什么去？”罗隆基追赶了几步。

闻一多已入车内，车开走。

同学们困惑地你看我，我看你。

出租车停在美术学院门口，闻一多下车，大步疾奔。

一间作展厅的大教室里 —— 包括古斯汀在内的学生们，正在各自忙碌地布展，门被推开，闻一多大步而入。

众学生愕然看他。

闻一多却用目光四下里寻找自己的作品，旋转着身子大声喊：“我的‘山鬼’呢？我的‘山鬼’呢？”

古斯汀一人默默用手指了指 ——“山鬼”已悬挂在墙上。

闻一多大步奔过去，取下画框，迟豫片刻，举起它朝地上一摔。

画框立时散坏……

包括古斯汀在内的众学生惊诧地望着他。

闻一多蹲身小心地扯下画布，卷起，他起身看大家，张张嘴，欲作什么解释，却终归还是什么也没说，猛转身大步而去。

众学生面面相觑。

闻一多转身急速下楼。

古斯汀奔到窗口，伏身望外 —— 晨光里闻一多奔跑的脚步是那么急切。

医院。

匆急而至的闻一多拦住一名护士询问——护士的手指朝上一指。

闻一多跑至电梯口,指示灯显示须等,闻一多转身又跑……

某急救室外守候着罗隆基等几名同学。

罗隆基拦住闻一多,悲伤地:"一多,他走了。我真迟钝,他夜里找过你的,还赤着双脚……当时他就说他想走,可是我竟没……"

闻一多轻轻推开罗隆基,脚步缓慢地推开了门……

吴文斌的尸身已罩上一张白单。

一名正在收拾医疗器械的护士朝闻一多遗憾地摊手,耸肩。

闻一多跪下,撩开白单一角,凝视着吴文斌的脸:"文斌,我把山鬼给你送来了!它当然属于你,它当然应伴你去往天国……"

闻一多将画布放在吴文斌尸身上,双手捧白单一角,捂住自己的脸。

作为展厅的教室门口,学生及各位来宾鱼贯而入。

门特教授陪蒲西夫人以及闻一多曾在她家结识的一概朋友进入展厅……

门特教授陪他们参观作品,不时讲解……

蒲西夫人迫不及待地:"可是闻的山鬼挂在哪儿呢?我们都希望先欣赏那中国的维纳斯……"

大家点头。

门特教授:"当然应该挂在我指定的地方,最显眼的地方,请跟我来……"

教授一行人走到那面影壁前,其上空白,只有说明纸还在,英文写着两行字是——《山鬼——中国的维纳斯》;中国留学生闻一多。

众人的目光全都不解地望向教授。

教授皱起了眉……

教堂里。

中国留学生们按照基督教俗在向吴文斌的遗体告别……

闻一多不禁在遗体前双膝跪下。

“山鬼”画幅用白绫扎着，竖放在吴文斌遗体胸前，吴的双手仿佛握着它。

闻一多交叉合掌，望着耶稣像默默祷告：

“我的救主啊，你为何如此忍心，毁灭我中国一颗文艺的种子？难道他的才华不是连你也应该承认的么？既然你毫无怜悯，那么请你明示，对我闻一多的命运，又预先作了怎样的安排？告诉我吧，现在就告诉我吧，我并不怕你神威的摆布，但我希望精神上有所准备……”

教授的办公室。

教授在判卷时响起了敲门声，教授：“进来。”

闻一多进入：“教授，请允许我解释……”

教授：“你不必解释了，我一切都知道了。”

闻一多：“教授，但我还是对您感到很内疚，觉得辜负了您的期望。”

教授：“那天，蒲西夫人等朋友也到学校来了，他们在很大程度上是为你的作品而来的……”

闻一多：“这就使我更加感到内疚了。”

教授：“你为什么那样做的原因，我已经替你向他们解释过了。你的做法连上帝也难以责怪，所以他们更能充分地理解。”

闻一多嘴角微微一动，表情于是略显明朗。

教授：“闻，我和朋友们一致认为，你身上有很古代很古代的，某些可敬的中国文人的精神气质；你的情感方式，也是那么与众不同……不过不说这些了，我找你来是想当面告诉你三件事：一、你的论文作业，仍是我的学生中最有思想见地的。起码，以我的水平看是这样。”

闻一多：“谢谢您的勉励。”

教授:“二、由于你拒绝参加理化考试,也由于你最好的一幅画没有参加美术临摹作业的评分,所以,这将决定了 —— 你毕业时不能获得学位,而只能获得毕业证书……”

闻一多:“我是为绘画这件事来到美国的,不是为了别人看中的学位。所以我不后悔。”

教授:“不后悔?”

闻一多点头。

教授:“如果你现在后悔,有所改变,一切都还来得及挽回。”

闻一多:“教授,我不想改变什么,也不想挽回什么。”

教授:“最后一件事 —— 你美术专业各科成绩全都超优等。你要知道,我在本院执教已十余年了,除了你,还没有一名专业各科成绩全都优的学生,按照学校以往的规定,这样的学生将有资格被公费派往法国进行艺术观摩……”

闻一多终于微笑了一下:“教授,这比获得什么学位更令我惊喜!”

教授:“但是你却与那一奖励方式无缘。因为本院同时规定,那一奖励方式只相对美国本国学生……”

闻一多:“教授……可是……”

教授打断他:“这一点我也是才知道,因为是以前没有遇到的情况。我已经替你极力争取了,但规定就是规定。在美国,改变一项规定是很难的,好比你们的李白用诗说的‘难于上青天’……”

闻一多:“明白。”

教授:“除了明白,再就不想说别的了么?”

闻一多摇头。

教授:“我知道,你心里在想,这是歧视。”

闻一多:“是的,教授,我心里确实这样想。”

教授:“美国有种族歧视,一点儿都不奇怪。希望没有,那是对美国过分理想主义的看法。不过,我认为,像你这样的中国人,无论在美国的什么地方，只要美国人了解你，他们中的大多数就会自觉地放弃歧视，像改掉自己的恶习一样。”

闻一多：“教授，也让我告诉您——如果您哪一天到中国去，你在中国结识的朋友，将比我通过您结识的美国朋友还要多！”

教授深深地看了闻一多一眼，向往地：“我经常梦想那样的一天。”

不久，梁实秋赴美国科罗拉多大学留学英语；而闻一多这一名艺术气质的中国留学生，虽在芝加哥不乏彼国人士给予的可贵友情，但终究不能适应芝加哥这一座被工业化污染得十分严重的城市，再加上两名中国留学生先后不幸死去，使他多愁善感的心倍觉惆怅，于是决定转往科罗拉多大学艺术系，去与清华校友梁实秋相聚……

站台上，闻一多与罗隆基依依惜别……

罗隆基：“见了实秋，一定替我问好。”

闻一多点头。

罗隆基：“我已经给实秋写去信了，宣布将你移交给他了。”

闻一多不由得拥抱住罗隆基：“放假以后，我和实秋一道来看你。”

罗隆基：“也许我会去柯泉看你们，捎带也领略一下那座美丽西部城市的风光。”

闻一多：“一言为定，我和实秋在柯泉恭候你。”

罗隆基：“实秋是个爱整洁的人，什么东西都放得有条不紊，但愿你不要像和我住在一起似的，东西到处乱放乱扔的！”

闻一多不好意思地笑起来。

罗隆基：“你看，谁来了？”

闻一多扭头一看，见教授大步而来。

闻一多迎上道：“教授，我们不是讲好了，您千万不必来送行吗？”

教授：“可是，如果连送都不送你，我想，我今夜肯定会彻底失眠的。”

闻一多：“这是我清华的校友罗隆基，他在芝加哥大学攻读社会学。”

罗隆基与教授握手:“经常听一多讲到您对他的关爱,我为此替他感到幸运。”

教授:“怎么就你一个人来送他,我想闻一多应该有很多很多朋友,至少会有一个班的人来送他。”

罗隆基:“这是因为只有我一个人知道他今天下午走,否则会有一个排来送他的人。”

教授:“闻,主持科罗拉多艺术系的利明斯姐妹,也是我的两位老友,我已经写信向她们介绍你了。她们生活在一起,六十多岁了都没有结婚,除了艺术,觉得任何其他的事情都无足轻重。她们会友好地对待你的。”

闻一多:“教授,您为我做得太多了!”

有人在附近打站台上的电话,闻一多的目光不禁望过去……

教授:“古斯汀在她父亲的农场里,她不知道你今天离开芝加哥是不是?”

闻一多默默点头。

教授立刻掏出小本子和笔,匆匆写了一个电话号码撕给闻一多:“快去给她打个电话吧,你应该向她告别一下……”

恰巧打电话的人离开;闻一多快步走过去。

教授掏出烟来吸,和罗隆基一起望着闻一多……

教授:“闻是你们中国人中的一个好人,是吧?”

罗隆基:“他还是一个非常热爱我们祖国的人,而我们特别尊敬他这一点。”

闻一多若有所失地缓缓走了回来。

“闻,没打通?”

“通了……”

“她竟不愿和你多说什么?”

“她反复只说一句话。”

教授:“什么话?”

闻一多："我一定要送你……"

开车铃响。

罗隆基替闻一多拎起了皮箱："一多，你该上车了……"

教授张开了双臂，与闻一多拥抱。

"闻，我会想念你的。"

闻一多："教授，我会经常给你写信的。"

闻一多上了车，罗隆基将皮箱递给他。

"一多，一路平安。"

"隆基，保重啊！……"

列车徐徐开动。车上车下，三人都举起了告别的手……

列车奔驰在芝加哥郊区的原野上 —— 下午的阳光洒满原野，使原野望去金灿灿的，如同梵高的画……

闻一多对面坐着一位留胡子的老先生，已在与闻一多交谈。

老先生："在美国遇到一名中国留学生，这真有点儿不可思议。"

闻一多："那么您或许该记住我的名字 —— 闻一多，因为这个名字将是一位中国诗人的名字。"

老先生："诗！中国人也知道什么是诗吗？"

闻一多笑道："中国诗人们写了几千年诗以后，美国才立国啊！"

老先生凝视了闻一多片刻，大笑起来，拍着闻一多的肩说："中国小伙子，你可真会吹牛！不过我喜欢听你吹吹牛。这样会使我们的旅途愉快起来是不是？"

闻一多便打开皮箱，取出罗厄尔夫人赠给他的《惠草集》，双手呈递道："您请看，这是你们美国著名诗人翻译的中国的诗。"

老先生愣了一下，半信半疑地接过去看。

老先生："哦，太优美了！太令我惊讶了！年轻人，送给我吧！"

闻一多摇头道："您看，这是译者赠给我的，扉页有她的赠言，所以我舍不得送给您啊！”

老先生只得遗憾地将诗集奉还，而闻一多接过，立刻放入皮箱。

老先生突然指着窗外说：“咦，小伙子你看那是怎么回事?!”

闻一多望窗外，但见灿烂的原野上，一匹白马与列车并驰 —— 马背上是一身牛仔装的古斯汀，擎在她手中的红丝巾与她的黑长发向后扬起……

古斯汀：“闻——一 ——多！闻——一 ——多——”

闻一多立刻想升起窗子，却升不上去，焦急地：“先生，请帮帮忙！”

老先生立即相助，窗子依然纹丝未动。

二人泄气作罢，闻一多只得隔窗摆手。

老先生：“你的……恋人？”

闻一多：“不……是朋友……”

列车驶上桥梁，古斯汀勒马奔驰在河畔，她在闻一多视野里越来越远……

柯泉 ——科罗拉多大学。

拎着皮箱的闻一多，一边走在校园里，一边好奇地东张西望……

闻一多站立在一间教室门旁 —— 下课了，学生们走出，闻一多一眼瞅见了梁实秋。

闻一多：“实秋……”

梁实秋：“一多……”

二人紧紧拥抱在一起。

梁实秋：“噢，上帝！我的红烛，我的红烛，你带给了我一种怎样的惊喜啊！……”

就这样，闻一多仿佛从天而降，忽然地出现在柯泉，出现在梁实秋面前。而这一种说来自来，说去就去的行止作风，又是那么符合青年闻一多的诗人性情——一种最不愿被俗事和俗规所左右的性情……

他们二人意气风发地走在回小旅馆的路上，仿佛两个高兴异常的少年——不难看出，相聚于异国，给二人带来了无尽的欢喜……

梁实秋的房间里，一切摆放有致，显示着主人的爱整洁、有秩序。

梁实秋："这一张空床，我还一直催促主人搬走呢，岂不好像单等着你来睡它的么？"

闻一多往床上一躺："要喝茶！要喝你最好的茶，渴死啦！"

梁实秋："当然要喝我最好的茶，闻兄但请少安毋躁。"于是去沏茶。

闻一多却又一跃而起，推开窗，朝外望着说："实秋，我喜欢柯泉！想想这种滋味吧！——一个对色彩美极其敏感的人，终日从芝加哥的四层楼上往窗外一望，那如波涛的屋顶上，只见林立的烟囱开遍了可怕的'黑牡丹'，街道上往来着川流不息的电车、汽车、货车，永远奏着惊心动魄的交响乐！几乎只有深夜，我的耳、眼和心，才得以享受到短短几小时的宁静……"

梁实秋："茶可以饮了。"

闻一多坐在梁实秋对面，轻抿一口，说道："好茶，果然好茶！中国人，不喝中国茶可是件不幸之事！"

"一多，怎么也不预先通知我？"

"难道你没收到隆基的信？"

梁实秋："我几天前才转移到这家离学校近的旅馆来住，信肯定寄到原址去了。"

"这家私人旅馆的主人，待我们中国房客如何？"

梁实秋："主人约尔翰先生是一位退休的中学校长，待我很亲切。其实，我是他的第一名房客。"

闻一多："那我就是第二名了。"

梁实秋："你也可能是最后一名房客。约尔翰先生并不靠房租为生，他的退休金足够他安度晚年。他的四个女儿都在别的城市，有一个还在英国，他是怕寂寞才出租房间。起初还犹豫着不肯租给我这个中国人呢。两天后却对我说，第二名房客也希望是个中国留学生。”

“哦，为什么？”

梁实秋：“他对中国发生了大兴趣。”

闻一多笑道：“他能那样，自然是你的功劳了！”

梁实秋亦笑道：“一多，对你的突然降临，我想起了杜甫一句诗。”

闻一多：“请讲。”

“自来自去梁上燕。”

“相亲相近水中鸥！”

“你我二人友情的写照。”

“来，实秋，为诗，为画，为柯泉的美好风光，为我们的友谊……”

梁实秋：“干杯！”

于是二人微笑着以茶代酒，轻轻碰杯……

闻一多：“我决定转校到柯泉的科罗拉多大学，完全是听凭你的召唤。”

梁实秋：“我？我何曾向你建议？”

闻一多：“你寄给我十二张柯泉的风景图片，其中一张的背面还写着‘你看看这个地方，比芝加哥如何？’，你还不承认你是在诚心向我发出吸引的信号么？”

梁实秋笑道：“我那也不过是想向你炫耀一下柯泉的风景宜人罢了。”

“风景宜人，固然对我有颇大的吸引力。但更主要的原因是，我虽然痴迷上了绘画，对诗的强烈之热爱，却并没有因此而淡薄。今后，我们不是又可以在诗一方面相砥砺、相酬唱、相应和了么？和梁实秋在一起的日子，对于我来说，是和诗离得更近的日子啊！”

梁实秋看一眼手表道：“老约尔翰到芝加哥看女儿去了，他给我打电话说今天一定回来。以往都是他亲自为我安排晚餐,我们做一顿中国饭菜等他回来如何?”

闻一多立刻表态:“有理!”

梁实秋:“即使你不来,我原本也是这么打算的。我还特意去买了面呢!”

闻一多:“可我,在做饭方面,实在是外行。我只会煮鸡蛋,连煎鸡蛋都煎不好。”

梁实秋:“我也是外行,我们就将就做一顿中国饭菜当成用中文作一首诗嘛!”

厨房里。闻一多很窘地说:“面和得太硬了,我觉得,烙葱花饼是不易成功的了。”

梁实秋:“我曾听人说,软面饺子硬面汤。汤就是汤面,说得更明白就是面条的意思。那就擀面条吧!”

闻一多:“可是,在哪儿擀呢?这块切菜的案板太小了,擀不开的。”

正在水池里洗菜的梁实秋说:“擦干净桌子,在桌子上擀!”

戴眼镜的梁实秋,低着头,一刀一刀又慢又小心地切菜……

同样戴眼镜的闻一多,伸着臂,俯着身,将一块面儿乎擀得布满了一桌面……

闻一多:“实秋,看看我擀得行不行?”

梁实秋过来一看,吐舌道:“哇,你以为你是在铺桌布么?”

闻一多挠头道:“实不相瞒,我刚才还真忘了是块面,心里竟在想,这块桌布怎么铺也还是小啊!”

梁实秋动手揭了揭,还哪里容易揭得起来呢!

这时锅冒蒸汽,闻一多掀开盖道:“水开了!”

“闻一多先生,我认为,我很认真地认为——我们想擀面条的预定计划也彻底地失败了!”

闻一多沮丧地:“我说过我是外行的嘛!我放弃努力了,你收拾残局吧!”说罢转身就走……

梁实秋:“哎……你!”

闻一多刚迈出一步又赶紧退入,背抵门道:“我想是你的约尔翰先生回来了,如何是好?”

梁实秋也不由得挠头,忽有好的想法似的:“那就抻面片儿!我在家时见厨子们抻过,面片也很好吃的。”

闻一多:“可我不会。”

梁实秋:“跟我学,快一起动手!”并用切菜刀在闻一多擀的薄面上交叉着划开……

闻一多向梁实秋学着往沸水里抻面……

背后一个声音:“先生们,你们在干什么?”

二人一回头,正是约尔翰先生;没想到的是,约尔翰先生就是在列车上与闻一多坐对面的那老美国人……

约尔翰:“嘿,中国书生!欢迎光临老约尔翰的家!”

梁实秋:“你们认识?”

闻一多:“我们同一次列车。”

梁实秋:“约尔翰先生,尽管这里是您的厨房,但我仍要对您说——此刻谢绝参观,因为我们正在做的事情,对于美国人,是一桩民族的秘密!”

约尔翰:“唔?那么我只好离开啰?先生们请继续,请继续……”

三人共进晚餐——桌上摆了一盘凉拌菜,一盘摊鸡蛋,还有各自一盘面片(滤去了面汤,而且也未加菜,可谓清水煮面片)。

约尔翰:“先生们,我发誓,一点儿也没有抢夺你们功劳的企图。但今天我又有了一名新房客,值得庆祝一下。那么,你们不会反对我开一瓶酒吧？”

闻一多、梁实秋几乎同时地：“拥护！”

约尔翰开了酒，倒了三杯，摇头，庄重地：“我不得不再次声明，这顿晚餐的主要成就是二位中国先生的，我只不过想略微地添加一点儿内容，略微地，同意吗先生们？”

闻一多、梁实秋点头。

约尔翰转身之际，闻一多用叉子挑着面片悄问：“可这算什么？会好吃吗？”

梁实秋也悄声地：“我们只有装出好吃的样子，否则等于‘己所不欲，强加于人’。我不是说过要当成一首用中文写的中国诗吗？你这位诗人应该相信诗的感染力。”

没想到约尔翰所谓的“略微添加一点儿别的”，竟取来了不少罐头和肉肠之类食品。

约尔翰重新坐下，掖好餐巾说：“现在，我觉得我们可以开始了。”

闻一多、梁实秋也赶紧掖好餐巾。

约尔翰用叉挑起面片，好奇地看着，继而询问地望向闻一多和梁实秋……

梁实秋：“这叫‘中国软玉’，很好吃的。不过，正确的吃法，应该是这样。”他往面片上浇酱油、醋什么的调料……

闻一多照办。

梁实秋吃了一口，跷起大拇指，约尔翰浇过调料后问：“先生们，我是否可以再加一点奶油？”

闻一多、梁实秋相视一愣。

梁实秋：“那就看各人的口味了。我想，是可以的吧？”

于是约尔翰往面片里拌奶油，吃一口，竟也跷起大拇指：“好！好！‘中国软玉’，果然好吃！”——接着举起了杯，“先生们，你们看，中西结合，结果会多好啊！！”

闻一多、梁实秋几乎同时地:“是的,是的。”

约尔翰用餐刀切摊鸡蛋……

闻一多:“亲爱的约尔翰先生,这一道菜,在我们中国叫‘收获的季节’——金黄色象征秋天农作物的颜色……”

约尔翰叉起一块摊鸡蛋,瞧着煎黑的一面皱眉,接着也让闻一多、梁实秋看。

闻一多:“黑色象征土地……”

约尔翰:“世界上无论哪一个国家的人,都不会把土地收获到仓里去,而我也不会把土地吃进嘴里。”他仔细地将煎黑的一面削下才塞入口中……

梁实秋:“中国烹饪艺术讲究色、香、味俱全。是故意煎焦的,纯粹为了颜色对比的效果……”

闻一多:“您的吃法无疑是正确的。我们自己也不会连‘土地’一块儿吃下去。但是中国的地主喜欢连‘土地’一块儿吃下去。”

约尔翰听了,突然哈哈大笑,竟至于笑得伏在桌上。

闻一多、梁实秋也忍不住笑了。

约尔翰突然止笑,瞪着闻一多和梁实秋说:“但是我要诚实地告诉你们——‘中国软玉’不好吃。拌了奶油,尤其不好吃;‘收获的季节’也不好吃,尽管我不是中国的地主,并没有连‘土地’一块儿吃下去,但还是吃出了一股烧焦后的‘土地’的味道……”

闻一多、梁实秋相视,都不好意思起来。

约尔翰举杯站了起来:“但是小伙子们,我完全理解你们的好意。你们是为了使儿女不在身边的老约尔翰高兴,才做你们根本不善于的事情的。而这使我心里非常感动……来,让我们为友好干杯!”

闻一多、梁实秋也举杯而起……

闻一多:“约尔翰先生,我们两名中国青年,祝您身体健康!”

约尔翰:“谢谢,谢谢!”

三人碰杯，各自一饮而尽。

约尔翰看着梁实秋问："知道我今天为什么回来晚了么？"

梁实秋摇头。

约尔翰看着闻一多说："下了火车，我去了柯泉的各个书店，想买到那本我们美国人翻译的中国诗人的诗集。而且，我竟幸运地买到了最后一本。孩子们，饭后我请你们朗诵我们美国诗人翻译的中国诗人的诗，好吗？"

闻一多、梁实秋不约而同地："好！"

书房。

老约尔翰在宽大的躺椅上，梁实秋坐在他旁边的写字椅上，捧着诗集，用英文读……

闻一多站在他们面前，用中文朗诵苏轼的《明月几时有》。

约尔翰沉浸在诗意中的表情……

柯泉郊外。

一辆小车沿公路驶来。前排坐的是利明斯老姐妹俩，后排坐着闻一多和梁实秋。

汽车盘旋上山，缓缓停住。日落时分，风景壮美，四人默默欣赏。

坐在驾驶座上的姐姐头也不回地说："闻，我们并不仅是带你们来玩的。这次纽约青年画家美术展上，你送去的十几幅画虽然只有一幅得了奖，而且只不过得的是荣誉提名奖，但是作为科罗拉多大学艺术系唯一的中国学生，你的画引起了普遍关注，连《纽约时报》上都这样评论——'中国青年画家的作品占展会重要部分'。你是我们姐妹唯一的中国学生，我们对你寄予很大的希望。但愿你将来成为画家，并告诉人们，你在科罗拉多大学艺术系研读过，教你的是利明斯姐妹，两个除了艺术，对其他一切事情都是粗心大意的老处女……"

姐姐接着说："孩子，你的眼睛要像照相机一样，把这一切自然的景象都深深印在脑海里……"

梁实秋："我带了相机，我现在就替他拍下来！"

妹妹回头，阻止道："不，梁，你不要用照相机替你的朋友拍。姐姐刚才已经说过了，你的双眼应该就是一架照相机。诗人不应该采取很容易的办法，看着风景照片赞美大自然。他要到大自然中去实际感受其美。画家也是这样。画家的眼所看到的一切，要印在他的头脑之中。当他作画的时候，等于是将印象的底片，冲洗在画纸或画布上，这是一种特殊的艺术训练……"

闻一多："老师，您的意思，是不是也包括反对写生呢？"

姐姐仍头也不回地替妹妹回答："不，孩子，你理解错了！恰恰相反，写生是必须的，而且对于画家应该是一件经常的事。但是画家写生，并不同于摄影师拍照。照相机是对大自然的平面翻版，而画家的写生是一个多元素的过程。色彩画写生尤其是这样。在那样一种过程中，大自然所呈现的色彩、意象、状态等等，都渗入了画家的主观感觉，画家的主观精神与大自然的客观呈现交融了……"

妹妹又回头道："闻，还不下车去支起你的画架？"

于是，闻一多和梁实秋下了汽车，并且分别搀扶老姐妹下了车。

闻一多选择视角支画架；梁实秋为老姐妹拍照。

老姐妹俩走到闻一多背后，姐姐说："闻，你面对落日，此刻想到了什么？"

闻一多略沉吟，吞吐地："我的祖国和我的家乡。"

妹妹："唔？"

闻一多："太阳落下去了，第二天就会升起。我的祖国衰朽了，却不知什么时候才能振兴。许多人和我一样，离家乡越远，心离家乡越近。但世界上的每一个人，离太阳的远近都是差不多的。就像我们中国古人说的那样——天无私覆，地无私载，日月无私照。"

妹妹:“这是很好的联想。”

姐姐:“梁,你呢?”

梁实秋正欲拍照,放下照相机回答:“我联想到了我们中国古代‘后羿射日’的神话故事。那故事讲古代天上忽有十日,烤焦了大地,于是有一位叫‘后羿’的勇士,用弓箭射下了九日……”

闻一多:“老师,您呢?”

姐姐:“我想到了孤独。如果天上果然有十个太阳,并且皆能造福于人类,那我就不会想到孤独了。”

妹妹:“我想到了死亡。”

闻一多、梁实秋不禁愕异地望向她。

妹妹:“在我看来,天上何止有十日?每一天都有一个新的太阳在东方诞生,在西方死亡。日复一日,无休无止。我觉得我今天所见的太阳,并非昨天那个,也非明天那个。它们互为兄弟姐妹,它们各自的生命只有白天那么短。然而它们的生命是宇宙万物中最伟大的生命。”

闻一多:“老师,您的意思是——每天的太阳,都像一支刚刚点燃的红烛?”

妹妹:“孩子,你的比喻,把我的话表达得更明白了。我喜欢你的比喻,很有诗意。”

梁实秋和闻一多意味深长地互望了一眼……

姐姐:“闻,你要记住这样一点,在诗人和画家的心目中,世上万物不但是有生命的,而且,是有性别、有气质、有它们某时某种情况之下的心情的,要用心灵去感觉它们。灵感正是这个意思。你明白我的话么?”

闻一多:“老师,我明白。”

月光下,他们的车返回。

四人高声唱着英文歌曲;一对老姐妹显得像两个少女般快乐。

他们的车消失在山路拐弯处,而歌声久久回荡……

第九章

梁实秋在房间里往相框里镶什么……

闻一多不敲门便闯了进来:“饿了,有什么吃的?”

梁实秋:“喏,那儿有两片面包。杯里还有牛奶。但是别喝。”

闻一多:“为什么不许我喝?”

梁实秋头也不抬地:“凉了,爱护你。你胃不好,不如喝杯热水。”

闻一多抓起一片面包,边吃边问:“你在干什么?”

梁实秋:“你看!”

闻一多:“这是清朝官服袍上的锦褂啊!多少年以后,可算正宗的古董。”其上有海浪、旭日、白鸟,如一幅美丽的刺绣画。

梁实秋:“你的两位新老师,过几天不是要请我们到她们家中去做客么?”

闻一多:“是啊。”

梁实秋:“那我们该怎么去呢?”

闻一多:“这话问得多奇怪啊!我们并没长着翅膀,自然不可能飞去的。我们不是鱼,柯泉不是江河,我们自然也不可能游去的。我们只有走去,或者奢侈一下,打辆的士去啊!”

梁实秋："你没明白我的意思——第一次做客，而且我们又是两位来自中国的学生，带件主人也许喜欢的小礼物，总归是必要的吧？"

闻一多："对，还是你想得周到。"将面包塞入口中，欲拿起画框。

"先生，请擦一下您的手。"

闻一多双手习惯地要往睡衣上揩……

"先生，您穿的是睡衣，不是您作画的五彩衣。"

闻一多："上帝啊，一个人要是生活在你眼前，简直是一种不幸。"伸出双手，"那么擦手巾呢？"

梁实秋将擦手巾搭在他手上。

闻一多应付了事地擦擦手，将手巾扔在有半盆水的盆里。

梁实秋抗议地："先生！那是我的洗脚盆，而且盆里是我昨天晚上的洗脚水……"

闻一多"友邦惊诧"实则反唇相讥地："怎么，时时处处顾及生活细节如梁实秋者，洗脚水也是不及时倒掉的么？"

梁实秋双手往腰间一叉，气得干瞪眼说不出什么。

闻一多却已拿起了画框："很好。作为一件小礼物，这很有中国特色。"

梁实秋得意地笑："我从画框中拆下一幅柯泉的风景画，再将它剪下来镶好，颇费了番心思呢！"

闻一多："谢谢！"拿着就走。

梁实秋："哎你！……"

闻一多在门口站住，回头佯装困惑地眨眨眼："难道你不是为我准备的么？"

梁实秋："怎么成了为你准备的呢？我是为我自己准备的！"

闻一多振振有词地："到我的老师家去做客，你自己倒只为你自己准备了一件礼物，那我这个学生送给老师什么？倘我竟没礼物可送，那一比照显得我多么不晓礼数？你这个人真不好处！归我了！"说罢出门。

梁实秋:“强盗!”追出门去。

梁实秋推门直入闻一多的房间,但见一片杂乱无章。

梁实秋:“不知我进入的是一位浪漫派诗人的房间,还是一位打算立刻逃亡的野兽派画家的藏身之所!”

闻一多却已在用毛笔往画框上写字……

梁实秋:“哎,你往上边写什么啊?!”急奔过去。

闻一多搁笔道:“两位利明斯女士存念!你们的学生闻一多敬送。”

梁实秋看着无可奈何:“可憎!可憎!真真气煞我也……”

闻一多笑道:“我的小楷大有进步,是吧?”

梁实秋东看西看,目光被书架上的一块印章石所吸引,拿了起来。

闻一多:“鸡血石,我带到美国的印章石,仅剩这么一块了。隆基让我给他刻章,我都没舍得贡献给他。”

“经验告诉我,一个人保留到最后的,往往是最好的。”

“它的确是我带来的印章石中最好的一块。”

“那么它归我了。”梁实秋说罢,也拿了就走。

闻一多:“哎,实秋,实秋……”

梁实秋在门口站住,回头道:“闻一多先生很懂礼数,我梁实秋就差于他么?”

闻一多眼睁睁看着梁实秋出了门,然后离开房间,走到了梁实秋的门口,推门,门从里边锁着,敲门,梁实秋不应。

闻一多:“梁实秋先生,我敢肯定,我的两位老师会更喜欢我的礼物……”

室内,梁实秋大声回答:“闻一多先生,现在你还能分清楚,究竟你带去的礼物是你带的,还是我以我的名义带去的礼物更是你的么?”

闻一多自言自语:“可也是。”

利明斯姐妹家门前,闻一多按门铃。

门一开,首先涌出一股烟,闻一多、梁实秋不禁都后退一步。

妹妹利明斯一边在门后咳嗽,一边连道:“快进,快进!”

闻一多、梁实秋相视一眼,狐疑而入,但见满室青烟,姐姐利明斯双手抖弄一块桌布,东一下,西一下,如同女巫作法。

妹妹解释:“她本打算为你们的到来烤一炉点心,可是将面烤成了炭。”说着,已是泪流满面。

梁实秋:“这也是您的学生经常做不好的一类事情,所以您一点儿也不必在他面前觉得难为情。”

姐姐停止了抖弄桌布,束手无策地问闻一多:“闻,你们来得正好,快帮我们想一想,怎样才能使烟散出去得更快。”

闻一多:“别急,别急,让我稍微想一想。”望着敞开的窗,认真思考……

梁实秋忍笑道:“我虽然比不上您的学生闻那么聪明,但却知道,在这种情况之下人们通常会怎么做……”

梁实秋走去敞开了房门:“形成空气对流,烟才散去得快。”

果然……

姐姐:“梁,你也很聪明。”

妹妹:“你们先请坐。”

趁姐妹两个一个铺桌布一个关门时,闻一多对梁实秋悄说:“你太自我表现了吧?别忘了是在我的老师家里。”

梁实秋:“你的意思是,我头脑里仅有的一点儿聪明,也应在必要时首先奉献给你?”

姐妹俩走到他们对面坐下时,茶几上已摆着两件礼物了……

姐姐利明斯:“那是什么?”

闻一多:“两位老师,是我们送给你们的小小礼物。”

姐妹二人各拿起一件欣赏。

闻一多:“两位老师,你们更喜欢哪一件呢?”

姐姐:“我还是更喜欢这一件!”她拿的恰是画框。

闻一多得意地看了梁实秋一眼:“那么另一件是梁送给你们的。”

姐妹俩交换了看。

姐姐又说:“这块美丽的中国印章石我也喜欢!”

妹妹却将印章石夺了去,起身道:“虽然两样你都喜欢,但两样都应该摆在我的房间里。你什么时候想欣赏了,可以到我的房间看上一会儿。”说罢,往房间走。

姐姐:“亲爱的妹妹,为什么?为什么?为什么应该那样?……”

妹妹:“因为我是你亲爱的妹妹,这就是我充分的理由。”

姐姐看着闻一多和梁实秋,耸肩:“在你们中国,姐姐也永远要让着妹妹的么?哪怕她们都已经六十多岁了?”

闻一多、梁实秋相视,都忍不住笑了。

梁实秋对闻一多悄语:“你要虚心向你老师学习,以后要处处让着我才对,而不是反过来。”

闻一多不好意思起来。

妹妹利明斯从房间里出来,已是一身外出的打扮。

姐姐:“你为什么换了衣服?”

妹妹:“让我来征求一下你们的意见——我们到公园里去欣赏大自然怎么样?并且,在公园附近的饭店里吃饭。”

三人你看我,我看你。

妹妹:“你们尽可以充分发表你们的想法,但是我已经决定了。”

姐姐对闻一多和梁实秋说:“看她多么专制啊,都是我把她惯的。”看看妹妹又说,“专制的小姐,您既然已经决定了,我们还有什么想法可发表的呢?……”

片刻一静,之后四人开怀大笑。

依然是姐姐驾车，行驶在去往公园的公路上。

妹妹利明斯高举一只手，挑在手上的围颈丝巾迎风招展，似一面旗。

也许是因为当年到美国研习美术的中国学生太少有了；也许是因为闻一多坦诚率真自尊自强的性格，使接触他的美国人不能不对之产生好感；也许还因为当年普遍的美国教育界人士，对来自古老中国的留学生们的新奇印象在起作用……总之，无论在芝加哥大学艺术系，还是在科罗拉多大学艺术系，唯一的中国留学生闻一多，都受到直接教他的老师的厚爱……然而，一年后，闻一多还是离开柯泉，去往纽约了。

梁实秋在日记里写道：

柯泉一年很快结束了，我到哈佛大学继续读书，一多要到纽约，临别不胜依依……

小旅馆。

两辆出租车停在台阶两旁，车头各朝西东……

门开，约尔翰先生左手握着闻一多的一只手，右手握着梁实秋的一只手；闻一多、梁实秋另一手各拎皮箱……

二人放下皮箱，分别与约尔翰拥抱……

约尔翰轻拍着他们的背说："孩子们，用你们中国话说，我们的缘，就这么结束了么？"

闻一多："亲爱的约尔翰先生，我会想念这幢美国房子的，更会想念您的。"

梁实秋："我们将永远记住在您家里度过的愉快时光。"

约尔翰："我也会想念你们的。"

闻一多与梁实秋拥抱……

梁实秋："保重。"

闻一多:“闻一多和梁实秋在一起的每个日子,对于他都是编在友情花环里的。”

梁实秋:“而我,将来总是要写许多书的,其中一定有一本是《我与闻一多》。”

约尔翰:“孩子们,不要像一对情侣似的依依不舍了。”

闻一多、梁实秋不由得都笑了。

约尔翰:“我可要谢幕了。”分别对二人很绅士地弯了一下腰,退入家门,将打开的家门关上了。

闻一多、梁实秋各自拎起皮箱,踏下台阶,走向两辆出租车。

二人在各自的车门前站住,又不约而同都向对方转过身……

放下皮箱,二人再次拥抱……

梁实秋:“一多,我对你有一个意见。”

闻一多:“请说。”

梁实秋:“诗人和画家,在日常生活方面,必定杂乱无章么?”

闻一多:“我在你的影响下,不是已经有所改变了么?”说时,一手悄悄往梁实秋兜里塞入折纸……

楼内。

约尔翰先生凭窗望着,摇头笑了一下,自言自语:“诗真是难以琢磨的东西,竟将两个中国青年搞成这样!……”

车内的梁实秋,手伸入兜,掏出折纸展开:

忽然一切的静物都讲话了,
忽然间书桌上怨声沸腾:
墨盒呻吟道:“我渴得要死!”
字典喊雨水渍湿了他的背;

信笺忙叫道弯痛了他的腰;
钢笔说烟灰闭塞了他的嘴;
毛笔讲火柴烧秃了他的须;
铅笔抱怨牙刷压了他的腿;
香炉咕喽着:“这些野蛮的书
早晚定规要把你挤倒了!”
大钢表叹息快睡锈了骨头;
“风来了! 风来了!”稿纸都叫了……

“什么主人,谁是我们的主人?”
一切的静物都同声骂道,
生活若果是这般的狼狈,
倒还不如没有生活的好!
主人咬着烟斗迷迷的笑,
“一切的众生应该各安其位。
我何曾有意的糟蹋你们,
秩序不在我的能力之内。”

梁实秋笑了,将其折好,揣入西服的内衬兜里。

在纽约,闻一多结识了许多新朋友,他们是中国留学生中热忱百倍的中国戏剧复兴运动的推动者。当一个国家的现实绝无自豪可言的时候,她的海外学子们,也几乎只有通过扩大传统文艺魅力影响的方式,在异国他乡来当保护尊严的盾……然而这一种安慰并不能持久,闻一多敏感的诗人的心,患上思国思乡的病……

太阳啊,刺得我心痛的太阳!
又逼走了游子底一出还乡梦,

又加他十二个时辰底九曲回肠!

太阳啊,火一样烧着的太阳!
烘干了小草尖头底露水,
可烘得干游子底冷泪盈眶?

太阳啊,六龙骖驾的太阳!
省得我受这一天天底缓刑,
就把五年当一天跑完那又何妨?

太阳啊 —— 神速的金乌 —— 太阳!
让我骑着你每日绕行地球一周,
也便能天天望见一次家乡!……

闻一多本可在美国留学五年,但强烈的思国思乡之情,促使他三年以后就提前结束了留学生活……

轮船,夜。甲板上烟火一明一灭 —— 闻一多一手扶着舷栏,在侧身吸烟斗……

闻一多在心里默念道:中国,我的祖国啊,我的母亲,你的儿子闻一多回来了,他正在回国的海程上。他天生是中国的一棵草树,长久离开中国的土地他的生命就会枯死;他从骨髓里是一个属于中国的人,长久离开中国他的灵魂就无法安置!中国,我的祖国啊,我正在回来,我正在回来!我要回来为你做很多的事,我要用我的诗将你从昏昏沉睡中大声地唱醒!我要用我的生命作一秉红烛,把你周围的黑暗照亮……

闻一多在垫在双膝上的小本上持笔写字。

实秋：

我在归国的轮船上给你写此信。确切地说，是在上等舱的过道间给你写此信。并且，也只有写在这种小本子的纸上。与我一起回国的，还有我们的留学生余上沅、赵太侔二君，他们皆是纽约中国的留学生组成的戏剧社的热心参与者。

我们三人登船之前决定，只买三等舱。这样我们每人可以节省下一百元钱，作为我们回国后三个月的共同花费。我们一致有一个很大的雄心，要用我们的所学，推动“国剧运动”，进而弘扬我中华文化。并通过文化之精神的影响，开启我中华民族的心智，唤醒吾国吾邦自强的灵魂……是的，我们正是带着这样一个远大的理想回国的。我们正是追着这样一个美好的梦回国的。明天，6 月 1 日，我等所乘轮船，即抵上海码头了。实秋，有太多的话对你说，而你远在美国。所以我也只好借着上等舱过道的灯光给你写信，权当在这沉沉的海上长夜与你交谈……

海上漫长的十六天，终于就要熬到头了。实秋，实秋，6 月 1 日，可是全世界儿童的节日啊！我想上海，一定处处是孩子的笑脸吧？我们怎么偏偏会在儿童节回到祖国呢？该不会意味着我们的一切愿望，都只不过是儿童天真的一厢情愿吧？……

穿靴子的巡警站在闻一多身旁，并用警棍指着闻一多。

闻一多抬起头来……

巡警口中挤出了一个字的英语：“票！”

闻一多站起，夹笔合上小本，揣入兜里，之后掏出票给巡警看。

巡警蔑视地：“三等舱？”将票扔在地上。

闻一多捡起了票，怒视巡警。

闻一多：“你为什么把我的票扔在地上？”

巡警：“滚回三等舱去！滚！”

过道一端出现余上沅、赵太侔的身影，见状跑来。

余上沅："一多，怎么回事？"

闻一多："我只不过觉得闲闷，借这儿的灯光给梁实秋写封信，可这家伙查过我的票之后，把我的票扔在地上……"

赵太侔捡起了票："一多，别和他一般见识，咱们走。"

余上沅："许久没见你，我们担心，所以到处找你……"

二人推拉着闻一多离开。

他们背后巡警的声音："讨厌的中国猪！"

三人同时站住，同时转身，同时怒视——然巡警已扬长而去，只见其背。

甲板上三人的身影相聚，默默无言……

闻一多又在吸烟斗，烟火一明一灭，一明一灭。

余上沅："一多，别吸了。十六天来你已经吸得太多了……"

闻一多仿佛没听见。

赵太侔从闻一多嘴上掠去了烟斗，往舷上连磕——一片火星飞散。

啪——烟斗断了，一半掉进海里，烟嘴那截掉在甲板上……

赵太侔捡起，歉意地："一多，对不起。"

闻一多接过，瞧着说："烟斗是木做的，船舷却是铁的，二者相击，木做的烟斗，岂有不断的？"仰望太空，轻叹道，"月，还是故乡圆啊！"

余上沅却哼唱起了岳飞的《满江红》：

怒发冲冠，
凭栏处、潇潇雨歇。
抬望眼、仰天长啸，
壮怀激烈……

赵太侔以口哨伴之。

闻一多:“我等中华学子,除了舞文以励国家,弄墨以自勉之志,再还能做什么呢？再还能做什么呢？”

哼唱声口哨声戛然而止。余上沅、赵太侔的目光一齐望向闻一多……

余上沅突然地:“睡觉！睡觉！回三等舱睡觉去！……”

上海码头——轮船靠岸,长途乘客纷纷下船,与接站者彼此招手呼叫,闻一多等三人随人流上岸……

突然传来报童的声音:

“号外！号外！看今日成立上海总工会！”

“看二十万工人举行总罢工！”

“看数万学生举行联合罢课！”

“看中国人民要求严惩日本凶手和英国巡捕！……”

几名报童在刚刚踏上码头的人们中穿梭奔跑,尖声叫卖。

人们纷纷买报。

一名报童叫卖着正从闻一多等三人面前跑过,被闻一多一把扯住。

闻一多:“告诉我们,究竟发生了什么事？”

报童话语飞快地:“日本纱厂资本家唆使本国特务枪杀了中国工人运动领袖顾正红,中国工人抗议示威,途经英国巡捕房,又遭英国巡捕枪击,死伤十余人！……”

余上沅:“哪一天的事？”

报童:“前天的事！先生们,要知详情,就请买报,别问来问去的,耽误我卖钱！……”

赵太侔赶紧掏出零钱塞在报童伸出的手里；报童给了他们一份报,拔腿叫卖着跑开。

三人立刻聚拢了看报。

报上关于“五卅”惨案的通栏大标题映入眼帘,三人边看边缓缓坐在各自的皮箱上……

码头已别无他人——空荡荡的码头只剩下了闻一多们，他们的背后是那艘异国轮船……

报落在离他们不远的地上，被海风吹得打旋，飘上空中，再落在地上。

忽然传来一阵口号声，接着是急促尖锐的哨声、骤然的枪声……

上海的街道上——遍地传单，三人的脚踏着传单缓缓走过。

街两旁的店铺关门闭户，情形肃杀。

一队头戴钢盔、荷枪实弹的中国士兵押着一批被捕的学生和工人走过，脸上流血、衣服被撕破的学生、工人们仍大呼口号，顿遭枪托和警棍殴打……

闪在路边的闻一多三人只有眼睁睁地看着，而后漫无目的地前行……

余上沅边走边说："我们在船上的最后两天只吃了一顿饭，这会儿我是饿极了。"

赵太侔看了一眼闻一多："我也是……"

闻一多却两眼瞪着地上，余、赵二人随着他的目光看去——但见地上被几摊血染红，周围的传单亦被鲜血染红……

三人坐在一家街头小门面前……

店主边擦桌子边说："三位先生，请光临别处吧，我这小店也正式响应罢市号召了……"

赵太侔："我们是从国外回来的留学生，刚下船……"

余上沅："是啊店家，我们在船上最后两天只吃了一顿饭……"

赵太侔："那也不算是一顿饭，其实每人只吃了一个面包……"

店家半信半疑。

余上沅望着呆呆沉默的闻一多说:“一多,你也开口说句话啊?”

闻一多:“店家,他们说的是实话。”

店家:“那么,你们从哪个国家回来的?”

赵太侔:“美国。”

店家:“不是英国?”

三人摇头。

店家:“真不是英国?”

余上沅掏出了船票:“你看,这船票为证。”

店家接过船票看了看即还:“票上是外国字,我看不懂。”

闻一多:“店家,我们真是从美国回来的。”

店家:“好,我就相信你们。”——扭头对店里一女孩吩咐,“阿珍,将剩下的馄饨煮三碗!”之后,掏出烟来。

余上沅:“一多,你兜里不是也有烟的么?快敬店家一支啊!”

闻一多默默掏出了烟……

店家看着,摇头道:“不吸洋烟。从前是因为贵,现在是因为恨。凭什么他们日本人、英国人,可以在我们中国的城市里想开枪杀人就开枪杀人?想抓我们中国的学生和工人就随便抓?三位先生,你们是见过世面的人,告诉我他们凭什么?……”

闻一多的手将烟盒攥扁了,扔进了垃圾筐里。

店家:“你想吸,就吸一支咱们中国的烟吧!”

闻一多接过烟,店家擦火替他点燃……

赵太侔:“店家,你提的问题,答案很简单——因为我们中国太弱,所以他们在中国的地界上处处霸道。”

店家:“那我们就得让他们知道我们中国人不是好欺负的!那我们就给他们来个全上海甚至全中国的统一大罢课!大罢工!大罢市!……”

闻一多大口大口地吸烟。

叫阿珍的姑娘从店铺里端着托盘出来了，依次将三碗馄饨放在三人面前……

阿珍："先生们别听我父亲信口开河，他是家门口的英雄，嘴上发泄发泄罢了。你们坐在这儿之前，还在抱怨罢市多么多么耽误生意。"

店主："女儿你怎么这么说我，好像我是两面派！我只不过心里边还这么寻思——工人都是中国人，学生也都是，还有做生意的，无论买卖大小，也都是做啊！这罢工、罢课、罢市，住在租界的洋人们，其实日子不受什么太大的影响啊！他们倒是太太平平地躲在租界里看热闹。开纱厂的日本人是会受点损失的，但是参加罢工的工人们，到头来还不是都得被他们变着法儿除了名么？反正中国儿女多的是，他们再招一批新工人就是了。而又有多少中国人正巴望着替他们做工啊！……"

闻一多三人你看我，我看你。

阿珍："照你这么说，在我们自己的国家里，我们就拿欺负我们的外国人毫无办法了？"说着，从兜里掏出了些传单，向三人分发，"这上边揭发的，是开纱厂的日本资本家在厂里凌辱我们中国女工的种种粗暴行为，希望你们都能认真看看。你们虽然刚从国外回来，但毕竟也是学生。我不指望三位先生支持我们的罢工，但希望你们都能给我们纱厂女工一点点同情……"

店主："阿珍！你这就是在煽动啊！要是让别人检举了，是要掉脑袋的呀！……"

阿珍瞪了父亲一眼："掉脑袋也是掉我自己的脑袋！"一扭身跑入店铺里去了……

闻一多三人顾不上吃馄饨，各自看起传单来。

店主："三位不是饿了么？快吃，快吃吧！别看那东西了，被人发现我可担当不起！"说着，想一一夺去传单……

闻一多三人都不给。

余上沅:“店主,我们要看!”

店主一跺脚:“哎呀你们!这不是在屋里,这是在街上啊!”

传来一阵脚步声 —— 五六名士兵扛着枪,列成纵队,踏着地上的传单。

三人都不由得揣起了传单——士兵们站住,目光望向这边……

闻一多三人低头吃馄饨……

士兵们走来,审视他们。

一名士兵指着墙上的标语喝问店主:“这是怎么回事?”

店主惴惴地:“别人贴的,别人贴的,不关我的事!”

士兵扇了店主一耳光:“他妈的,就贴在你眼前还不关你的事!”

店主:“我撕!我撕!……”

为首的士兵瞪着眼问闻一多三人:“干什么的?!”

闻一多:“学生。”

为首的士兵:“站起来,让老子们搜身!”

闻一多横眉冷对,不动。

店主:“三位快站起来呀!”——一副大祸即将临头的样子。

余上沅:“我们是刚从美国回来的学生。”

为首的士兵:“少废话,站起来!”

其余的士兵们立刻用枪指向闻一多们。

店主息事宁人地:“哎呀,这位兵爷,别误会,千万别误会!他们确实今天早晨刚刚下船,与这两天发生的事一点儿关系都没有!何必非搜他们不可呢?……”

赵太侔缓缓站了起来,不卑不亢地:“我们是取得了美国护照的,也就是说受美国驻华大使馆保护的。您不信请验过我的护照……”

赵太侔从西服内衣兜掏出了护照,矜持相递……

为首的士兵愣了愣,接过护照,装模作样地看了一眼,还了之后说:“以后几天,少他妈出门,免得撞在爷们儿的枪口上!”

余上沅:“我们只在上海停留一两天,然后就要各回家乡去。”

为首的士兵:“弟兄们,坐下歇歇脚吧!”

于是士兵们纷纷落座;而为首的士兵看着店家,手指敲着桌子……

店家明白其意,一连声地:“几位兵爷请稍坐,我去给你们下几碗馄饨。”

闻一多冷冷瞪着为首的士兵。

为首的士兵:“你他妈瞪着我干什么?”

闻一多:“你脸上有血。”

为首的士兵下意识地抹了一下脸,看看手,一拍桌子:“你他妈的敢耍笑老子!”

余、赵二人吃了一惊,同时抬起头。

余上沅:“老兄别生气,你左脸上不是有颗痣嘛,起初我也以为是血点子呢!您看我这位留洋同学不是戴着眼镜么?……”

赵太侔操湖北口音说:“听老兄口音是湖北人啰?我们三人都是湖北的。”——指指闻一多又说,“我这位同学,自家和岳父家,可都是湖北的大户人家,咱们老乡之间,动不动就吹胡子瞪眼的不太好吧?”

这时店家和女儿阿珍各端托盘送上了馄饨。

店家:“来了来了,馄饨来了!”首先将一碗摆在为首的士兵面前,讨好地,“刚才听说您是湖北人,那么肯定是得加点儿辣子啦!”

为首的士兵横了闻一多一眼,凶巴巴地:“加!加!”

于是店家替他往碗里拨辣子油。

他夺过调料盘,自己拔开瓶盖道:“这才够劲儿!这才够劲儿!……”又往余上沅和赵太侔碗里拨,“两位老乡也要多多地加!哈哈,老乡见老乡,两眼泪汪汪啊!……”

上海某小旅馆内,闻一多坐在椅上;余上沅、赵太侔仰躺于床。看来,他们已经沉默多时了……

敲门声,无一人动,无一人应。

门开了,店小二走入说:"三位先生,替你们买来烟了……"

见三人未有任何反应,店小二将烟放在桌上,悄然退出;门刚一关上,三人一跃而起,三只手几乎同时伸向烟盒……

三人各自大口大口吸着烟……

余上沅:"太侔,多亏你那几句湖北话。"

赵太侔:"还莫如说多亏那兵脸上长了一颗那么丑陋的痣!想想羞耻啊,在自己国家的大都市里,却要靠冒充获得了美国国籍来保护自己……"

余上沅:"太侔,不这么想,那怎么办呢?我们兜里都揣着传单,真被搜出来也许会连累店家父女的……"

赵太侔:"替外国人镇压自己本国的学生和工人,对同胞那般凶残,你说他们还算是中国的兵吗?!"

闻一多站了起来,走到了窗前。

余上沅望着他的背影问:"一多,你感觉好些了吧?"

赵太侔:"一多,你怎么一言不发?你一向可不是这样的。"

余上沅:"一多,我看,我们还是各自先回自己的家乡吧!"

赵太侔:"对,我也是这样想的。一多,你的意见呢?"

闻一多猛地推开了对扇窗,朝外伸展着双臂,心潮激荡而且大声地:

天鸡怒号,东方已经白了,
庆云是希望开成五色的花。
醒呀,神勇的大王,醒呀!
你的鼾声真和缓得可怕。
他们说长夜闭熄了你的灵魂,
长夜的风霜是致命的刀。

熟睡的神狮呀，你还不醒来？
醒呀！我们都等候得心焦了！
……

一声凄厉的汽笛长鸣，从上海至武汉的轮船驶在长江上。

闻一多曾见过的韩师傅在向人们分发报纸……

韩师傅："先生们，女士们，请读报，读报，请读闻一多发表在报上的长诗……"

舷边的闻一多一回头，恰与韩师傅四目相对；韩师傅刚欲打招呼，闻一多微微摇了摇头。

韩师傅走到他身旁，悄声说："闻少爷……"

闻一多："怎么又忘了我对你说过的话？"

韩师傅："那就叫你闻一多，别怕，为着你写出这样一首诗，在这条船上，我会舍命保护你。"

闻一多："我不是怕别的，只不过怕被人刮目相看罢了。"

韩师傅："明白。"走开并继续分发报纸，"看报，看报，看闻一多发表的长诗《醒呀！》……"

有接了报的人念道："在美国时，此诗已交给同人所办的一种刊物，但目下正值帝国主义在上海制造惨剧，故将这一首诗提前发表于报，希望可以在同胞中激起一些敌忾，将激昂的民族气变得更加激昂……"

几名同看一报的学生中，忽有一男生大声朗读：

我叫五岳的山禽奏乐，
我叫三江的鱼龙舞蹈。
醒呀！神明的元首，醒呀！

我献给你长白的驯鹿，

我献给你黑龙的活水。
醒呀！勇武的单于，醒呀！

一名女生：

我有大漠供你的驰骤，
我有西套作你的庖厨，
醒呀！伟大的可汗，醒呀！

让这些祷词攻破睡乡的城，
让我们把眼泪来浇醒你。
中华我的国啊，你可明白我们的要求？
我们的灵魂为你的伤口战栗！

那女生读不下去，掩面而泣……
闻一多伸展双臂，迎着江风，大声地：

醒呀！请扯破了梦魔的网罗。
神州给虎豹豺狼糟蹋了！
醒了吧！醒了吧！威武的神狮！
听我们在五色旗下哀号……

凄厉的汽笛长鸣。

第十章

武汉码头 —— 一列密集的散兵线排列于岸，士兵们背对着大江，一顶顶钢盔在月光下闪闪发光；而江面上，闻一多所乘轮船正缓缓驶来……

岸上，一军官下达了口令："向右转！齐步 —— 走！"

士兵们齐刷刷地转身 —— 一张张冷漠的脸……

士兵们伏于栏杆，冲锋枪口一齐瞄向轮船……

轮船驶近。岸上传来通过扩音器的严厉警告："本船乘客请注意听了，由于正平息汉口工人和学生暴徒进行的骚乱，任何人不得下船上岸，待天亮自有分说，敢违抗者，格杀勿论！……"

"格杀勿论！……"

"格杀勿论！……"

回声在江上荡漾……

聚在舷边的人们，各个一脸无奈，敢怒而不敢言……

有人悄悄议论："什么暴徒，什么骚乱，明明是镇压汉口工人和学生支持上海罢工罢课的正义行动！"

"唉，欲加之罪，何患无辞啊！"

另一舷边,韩师傅在对闻一多说:“其实,船上的通讯室,早就接收到了信息……”

他似有禁忌,不再说下去。

“韩师傅,请告诉我实情。”

“怕你知道了,心里受不了。”

“说吧,我受得了。”

“已经死伤的人数比上海还多,工人、学生们急眼了,当局和外国人也急眼了。……”

旁边的学生中忽然有人指着说:“看!看!外国的军舰靠岸了!外国的水兵也上岸了!……”

闻一多扭头望去,果见持枪的外国水兵们的身影,正接连不断地跑上岸去。

市内传来哨声、警报声、口号声、枪声。枪声过后,一片寂静……

韩师傅:“明明是自己国家的工人和学生受到了外国人的迫害,却反过来帮着外国士兵镇压自己的同胞,哪儿还有一个正经国家的样子啊!”

学生中几名男生冲动地:“咱们跳下江,偷偷地游上岸,与岸上的同学们并肩战斗去!……”

“对!同是中华学子,他们不怕流血牺牲,我们也不怕!……”

探照灯扫过轮船,扫向江面,几名男生已脱了外衣,准备往江中跳……

闻一多大声地:“同学不要跳啊。”

一名同学回头瞪了一眼也大声地:“你以为我们和你一样怕死吗?”言罢跳入江中。数名男生随其跳下……

一名女生:“我也会游泳!我也不做胆小鬼!”

韩师傅一下子紧紧拉住她:“姑娘你可千万听劝啊!这时候不能拿自己的命不当回事啊!……”

探照灯扫着江面，江水中学生们的白衬衣分外显眼，雨点般的子弹射向江面——学生们的白衬衫顿时皆变颜色，一个个转眼成为浮尸……

船上一片惊叫。

闻一多和韩师傅破口大骂："岸上开枪的士兵，我 × 你们八辈祖宗！你们还有没有半点儿中国人的良心啦！"

嗒……嗒……嗒！……

子弹竟朝船上射来——韩师傅身中数弹，往后仰倒，被闻一多扶在怀里。

那名言"不做胆小鬼"的女生，一下子跌坐地上，吓傻了。

闻一多："你们快带她躲进舱里去！"于是她的同学们拖了她便跑。

甲板上顷刻只剩闻一多和倒在他怀里的韩师傅……

闻一多："韩师傅！韩师傅！……"

韩师傅已死去。闻一多怒视岸上。

闻一多的家乡。轮船变成一只小小的玩具船，飘荡在水盆里。闻宅的一间内房中，高真坐在桌前认认真真地临楷，女儿闻立瑛蹲在水盆边，双手捧脸，看着玩具船发呆……

女儿："妈妈！妈妈！……"

高真停笔，回头："女儿，什么事？"

女儿："船怎么不开了呢？"

高真："你整天玩它，让你摆弄坏了呗！"

女儿："爸爸从美国寄它回来，就是让我玩的嘛！"

高真走过来，从盆中捞起小船，托着它陷入沉思……

女儿："妈妈，爸爸回来，别告诉爸爸是我玩坏的，行吗？"

高真看着女儿一笑："行，我就说是我弄坏的。"

女儿："那爸爸也不会相信呀！"

高真:“你怕爸爸生气是不是?”

女儿点头。

高真:“爸爸不会生气的。你爸爸是个可聪明的人了,他一定能修好它。”

女儿:“妈妈,我爸爸怎么还不回来呀?”

高真:“快了,就快了。来,妈妈领你出去玩……”

高真将小船放在女儿手里,牵着女儿的手走了出去……

高真驻足一丛红豆前,陷入思夫心境。

女儿伸出小手,偷摘了一颗红豆欲塞口中。

高真发现,阻止地:“别吃!红豆是不能吃的!”

女儿天真地:“那为什么种它呢?”

高真:“是为了看的。”

女儿:“那,也比不上花儿好看呀!”

高真:“等你长大了,你就知道,它有比花更让人喜爱之处。听妈妈的话,别吃,扔了吧,啊?”

女儿一背手:“不嘛!”

高真佯嗔地:“不听话,妈妈生气了。”

女儿:“妈妈别生气,咱们把它们种到土里吧!”

高真笑了,抚摩女儿的头:“对,咱们把它种上。也许,以后会长出一株来的……”

高真用一截枯树枝在土上挖了个坑,女儿将手中那一颗红豆放入坑中……

高真正拨土掩着,忽听家中婢仆们一阵传告声:“快告诉老爷夫人,一多少爷回来了!”

“一多少爷回来了!”

“快告诉老爷夫人!……”

高真:“天啊,你爸爸他回来了!”抱起女儿就走。

"绵葛轩"。

闻父正在读报,可见报上横一条竖一条的醒目标题,皆与"五卅惨案"内容相关。在那样一间古色古香的阁架上摆满了诗经子集的书房里,闻父那样一位身着老秀才服的人在读那样一份报,给人一种极不协调的感觉……

韦奇迈入禀报:"先生,家骅回来了!"

闻父惊喜地:"唔? ……"

闻父起身,拿着报往门口走; 刚走几步,想到了父亲的身份尊严,退回,复坐下; 手中的报不知往哪儿藏,一时心急,胡乱折了几折,掖入怀中……

韦奇:"先生,还露着一角呢。"

闻父于是又往怀里掖掖,吩咐:"取一卷书给我。"

韦奇从架上取了一卷书递给闻父。

闻父翻开,看着道:"去迎住他,叫他先来见我。"

韦奇:"先生,他哪一次从外地回来不是先见您的啊,这一条规矩我想一多他是忘不了的。"

闻父:"那不一定,兴许在美国受了太多洋思想的影响,我们中国人的礼教观念就淡薄了……"

韦奇:"那,我就去迎住他。"

韦奇刚一转身,见闻一多已出现在门口。

韦奇:"先生,少爷已在门外了……"

闻父佯装看书看得入迷。

韦奇走过去俯身又说:"先生,你看那是谁?"

闻父这才抬起头:"家骅! ……"

闻一多:"父亲!"上前数步,双膝一跪。

闻父离座搀扶:"儿子,你是留过洋的新派学子,这种父子大礼,就不必照例行事了吧！”

闻一多：“父亲，儿远渡重洋，离家去国，至今已三载有余。虽身在异国，却经常思念中国，思念亲人，思念望天湖和家乡的土地。我拜父亲大人，也等于是在拜国、拜祖、拜家乡啊！……”

闻父：“我儿既然这么说，那么，我就受你之拜了。”

于是端坐受了闻一多三拜。

闻父：“我儿一路辛苦，为父要亲自替你沏一杯家乡的好茶。”

言罢起身走到阁架前取茶，掖在怀里的报纸掉在地上……

闻一多刚要捡，被韦奇用目光制止。

闻父恰此际转身，也一眼发现了掉在地上的报，略一愣，看着韦奇道：“韦师傅，那是你兜里掉下的吧？”

韦奇：“是的，先生眼力真好。”捡起，揣入自己怀里。

闻父：“韦师傅，烦你嘱咐各类家人们，如今世事纷乱，国无宁日，都要好自为之，万勿涉嫌政治风云，卷入党派是非。闲暇之时，可叫识字的读读爱国之诗，以明清浊分界之志，修成气节。”显然有说给闻一多听的意思。

韦奇：“记下了，先生。”

闻父：“家骅，你怎么仍站着？坐下啊，坐下嘛！”

闻一多落座。

闻父内心激动，手抖抖的，连壶也持不稳。

闻一多：“父亲，还是我来吧。”

韦奇：“你们父子说话，我来。”

韦奇沏好茶，退下，掩上了门。

闻父的一只手紧紧抓住了儿子的一只手：“儿啊，父亲想你啊！”

闻一多将自己的一只手放在父亲的一只手上：“父亲，我也想你。”

闻父：“途经上海，没见到你驷弟么？”

闻一多：“见到驷弟了，他平安着。”

闻父:“这我就放心了,这我就放心了!”

门外,高真抱着女儿,侧立门旁聆听、等待。

女儿:“我们为什么不进去见爸爸呢?”

高真:“嘘,爸爸在跟爷爷说话儿。”

女儿:“可我还没见过爸爸呢。”

高真:“那也要等爷爷和爸爸说完话儿。”

女儿噘起小嘴,突然大声地:“爸——爸——”

书房门转瞬被打开,闻一多一步跨了出来,门内站立着闻父。

闻父看着高真,歉意地:“我一个人占有家骅的时间太长了,太长了。”

闻一多:“细君……”

高真两眼顿时充满泪:“一多,这是咱们的女儿,已经三岁了,爷爷按家谱给她起乳名叫立瑛……”

闻一多从高真怀中抱过女儿,在自己身体的掩护下,另一只手紧紧抓住了高真的一只手。

闻父欣慰地望着。

高真脸上淌下泪来:“女儿,这就是爸爸呀,快叫!”

女儿瞪一双大眼睛看着闻一多,反而紧闭双唇不叫了。

闻一多用自己的脸偎女儿的脸蛋。

女儿躲避着:“扎,扎……”

闻父:“家骅,你母亲来了……”

闻一多与高真扭头,见母亲在婢女搀扶之下走来。

高真迎上前替了婢女。

闻母:“家骅,你可回来了!……”

闻父从闻一多怀中接过了孙女。

闻一多:“母亲!……”

闻母:“先别说别的,先告诉我,在上海停留了几天?”

闻一多:“好些天……”

闻母急切地:“那么,见着你驷弟没有啊?”

闻一多:“见着了,驷弟还陪了我一天。母亲,驷弟一切平安无事,刚才我已经告诉我父亲了,你千万不必担心他什么……”

闻母:“上海刚刚发生了那么惨的事,工人、学生们,遭捕的遭捕,关的关,杀的杀,我又怎么能不担心啊!我这几天每夜做噩梦,梦见你驷弟……”

闻母一扭头,哭了。

闻父:“家骅回来了,家驷也平安无事,你应该高兴才是嘛。我看,还是让家骅先回自己房里歇息着吧!……”

闻一多:“母亲,到我房里去细说吧。”

闻母点头。

于是,闻一多从父亲怀里抱过女儿,相陪在母亲一侧,离开了“绵葛轩”的小院……

他们走入闻一多房间的小院,高真推开门道:“婆婆,您请进。”

闻母看看闻一多,往房间里推着闻一多说:“儿子,你歇息,咱们母子过后再聊……”

闻母将闻一多与高真一并推入房间,替他们关上门,缓缓地走了,边走边自言自语:“一个回来了,一个平安着,这就好,这就好……”

室内。

抱着女儿的闻一多,终于有机会与高真相互凝视。

女儿手中仍拿着她的小船,并说:“我的小船坏了……”

高真:“女儿,别让爸爸抱着了。”

女儿反而将父亲的脖子搂得更紧。

高真伸出了双臂:“来,那就让妈妈抱着……”

女儿竟将头一扭。

高真:"这孩子,怎么变得这样了!"

闻一多:"别说她,我愿意抱着她。"

女儿又说:"我的小船坏了……"

高真:"爸爸没回来时,总说想爸爸;这会儿爸爸抱着你了,怎么连声爸爸都不叫呢?"

女儿看母亲一眼,注视着父亲的脸,竟问:"你能把我的小船修好么?"

闻一多:"能,能,当然能啊!……"

高真却走到桌前,背对闻一多父女。

闻一多走到高真身旁,低声问:"你怎么了?"

高真不语。

"你怎么了嘛?"

"你就没有句夫妻间的亲热话跟我说吗?"

"细君,你……辛苦了……"

高真猛转身,瞪着闻一多幽怨地:"这算一句什么话……"

她说罢,又一扭身背对着闻一多,似乎赌气的样子。

闻一多:"你又要孝敬公婆,自己又要读书识字,还要抚养我们女儿的成长,你……是辛苦了嘛!……"

高真:"我要听的不是这种话。"

闻一多:"不算是夫妻间的亲热话么?那你要听的是什么话呢?"

高真:"自己想。"竟抹起泪来。

闻一多:"好女儿,看你妈妈不高兴了,不知为什么生我的气了。先自己玩会儿,让爸爸哄哄你妈妈,行吗?"

女儿看了母亲一眼,点一下头;闻一多将女儿放到地上,女儿遂到盆边玩小船去了……

闻一多走到高真背后,双臂从后揽住高真的腰,与之耳鬓厮磨地:

“你究竟要听的是什么话？教我说。”

高真双手抓着闻一多双手，偎在丈夫怀里，仰起泪湿的脸，与闻一多脸贴着脸，耳语般地说：“要你说寄给我的，诗那样的一种话……”

闻一多回头看女儿一眼，温柔地：“女儿就在近旁，怎么好意思呢？”

高真在闻一多怀里一扭身子：“我要听！”

闻一多：“那，我就说给你听……”

爱人啊！
将我作经线，
你作纬线，
命运织就了我们的婚姻之锦；
但是一帧回文锦哦！
横看是相思，
直看是相思，
顺看是相思，
倒看是相思，
斜看正看都是相思，
怎样看也看不出团圞二字。
……

不料女儿一边在盆里玩着小船，一边接着以唱童谣般的甜稚声调说：

我俩是一体了！
我们的结合，
至少也和地球一般圆满……

闻一多回头惊诧地:“女儿,她怎么也……”

高真:“我将你托人捎给我的信,当成读啊写啊的识字课本,平时字帖上练的也是你的诗,在屋里反复背的也是你的诗,女儿自然也就记住几句了……”

闻一多:“三年了,我终于又能拥有你了!”

闻一多将妻的身子转向自己,双手捧住了妻的脸。

高真:“你比走时瘦了很多啊!”

闻一多缓缓地低头吻向妻子。

高真幸福地闭上了双眼,也像女儿被抱着那样,双手搂住了丈夫的脖子……

燃着的红烛。

闻一多在烛照之下修那小船——他已将它拆得七零八散,看那样子,分明是难以重新组装起来了……

高真悄至他背后,见状掩口扑哧一笑。

闻一多也回头笑了:“我得承认,我有点儿无能为力了……”

高真:“那就睡吧。”

闻一多:“可女儿明天还要玩儿呢!”

高真:“女儿,女儿,见了女儿,心中就只有女儿了!”转身又拿出自己的练字本说,“三年来,我已经写满过几十本了!”

闻一多:“写得很好。我为你判一判吧!”

于是闻一多从笔架上取下了笔。

高真打开了墨盒……

闻一多蘸墨判帖,在认为写得有骨韵的字旁画圈,判了一页,一页……

高真:“看来,写得好的还是不多。”

闻一多:“当予鼓励的字不少嘛!”

高真指到："这个……还有这个，难道写得不好么？"

闻一多摇头："这个字，偏旁大了点儿；这个字嘛，下半部分又小了些……"

高真："可我觉得写得好！"握闻一多持笔的手，指使在那两字旁画了圈……

烛泪行行，燃了半截的蜡烛，已移至床畔。

温馨的烛辉之下，闻一多背倚床头，一手从女儿头顶弯过，手心贴着女儿一边的脸腮，而诗人的心境，那一时刻显然并未沉浸于幸福之中，他紧锁双眉，目光凝视着烛苗……

高真站在床前柔声地："你有心事？"

闻一多贴着女儿脸腮的手抬起，伸向床头柜抓烟。

高真朝女儿翘翘下巴……

闻一多缩回手，手心又贴着女儿的脸腮，同时深长地叹了口气。

高真："我问你，你已经从美国回到上海了，为什么……"

闻一多："为什么不赶快回家乡？"

高真："我听到你对父亲说，在上海住了不少日子……"

闻一多："是的。我太担心驷弟了啊！"

高真："驷弟一名中规中矩、饱受教养的学生，究竟有什么值得你担心的？"

闻一多猛地用双手抓住高真左右臂，使她面对自己，瞪着她的脸悲愤激动地："你知道上海发生了什么事么？！他们在光天化日之下开枪杀人啊！……"

高真一时惊呆。

女儿动了一下，闻一多赶紧拍女儿。

高真："他们？他们是谁？又杀什么人？"

闻一多声音极低沉而极悲愤地："先是日本纱厂的资本家唆使日本

流氓，暗杀了上海工人领袖顾正红；后来又是英国巡捕房的巡捕，开枪射击抗议示威的上海工人和学生！我们一行三名留美学生是6月1日抵达上海的，而惨案就发生在5月30日。我们亲眼看见了马路上的摊摊血迹。6月1日的上海，处处仍是阴风凄雨之兆，连我们都受到了盘查，你说我能不担心驷弟的生死么？……”

高真：“我大门不出，二门不入的，又见不着一份报，接触不到人，居然一无所知。”

闻一多：“半个多月的海上颠簸，加上担心，我病倒在小旅馆里。及至见了驷弟，隔日便强撑病体回家乡，而船到武汉，竟不许靠码头，更不许乘客登岸！我又亲眼目睹了枪杀青年学生的情形！船上一名中弹的员工，就死在我怀抱里！……”

高真喃喃地：“太可怕了，太可怕了，中国岂不是没指望了么？”

闻一多瞪着她的脸说：“想我闻一多，作为诗人以爱国为本能，以忧国为己任，可这样腐朽的政府，颓败的国家，分明是——中国人爱她，她不爱自己的子女呀！……”

“爸爸……”

身旁娇娇的一声——夫妻二人看时，见女儿不知何时醒了，一动不动地躺着，两眼惊惧地瞪着闻一多。

闻一多不禁将女儿抱起，紧搂怀中：“乖女儿，睡吧，睡吧……”

女儿闭上双眼，便又依偎于父亲的怀里。

闻一多将睡着的女儿轻轻放下，转对高真低声说：“你也先睡吧。”说着，下了床，并将烛台一并取走。

高真望着走向桌子的闻一多背影，不由问道：“你要干什么？”

闻一多站住，然而没有回头。

高真：“你要干什么嘛？”

闻一多：“写诗。”

高真：“都半夜了……”

闻一多："你先睡吧。"

闻一多走到桌前，放下烛台，打开砚盖，将茶杯里的水倒一点儿在砚上，站着研了起来……

高真呆望闻一多背影，闻一多坐下，铺开纸，持笔蘸墨书写起来……

一行秀丽的小楷出现在纸上——《七子之歌》……

高真起身，悄悄接近，取走茶杯，弃旧茶放新茶，沏了轻轻放在桌角。

闻一多全神贯注，仿佛根本没察觉。

高真望着他的背影，一步步退回。

一行行诗句落于纸上……

蜡烛已燃至根部，烛泪淌向桌面的四面八方。

闻一多伏睡在桌上。

天亮了。

高真的手一页页拿起桌上的纸，伫立桌前看诗：

你可知"妈港"不是我的真名姓？……
我离开你的襁褓太久了，母亲！
但是他们掳去的是我的肉体，
你依然保管着我内心的灵魂。
三百年来梦寐不忘的生母啊！
请叫儿的乳名，
叫我一声"澳门"！
母亲！我要回来，母亲！

高真走出，从闻父怀中抱过女儿。

闻父进入屋里；闻一多醒了。

闻父："家骅，这是……谁的诗？……"

闻一多吞吐地:“这……是……”

高真:“是一多自己夜里写的。”

闻父:“哦? ……我只知道你们新派文人学子是主张新诗的,而我一向以为新诗怎么也不如旧诗古词那样的格韵隽永,今日看来,倒也拨人心弦……”

闻一多、高真相视一笑。

闻父:“家骅,我……”

闻一多:“父亲有什么教诲,只管对儿当面明示。”

闻父:“你已经也是做父亲的人了,以后我的话,就只当是父子之间谈心好了。没什么要紧之事,只不过想再和你聊聊罢了……”

闻一多:“父亲,那么我们走吧。”

父子二人走着,背后传来高真对孩子说话的声音:“这一首诗,是关于澳门的。澳门也是中国的领土,也被外族夺去了……”

闻父站住,闻一多自然也站住。

闻父:“她从来不关心这些事的。”

闻一多:“也许说她从来听不到这些事更正确。”

闻父:“反正我们说的都是一个意思。”

闻一多:“不,不完全是一个意思。而且,我认为作为我的妻子,应该也关心我以强烈的感情关心着的某些事。”

闻父:“但是我不愿意在我们这个大家族里,女人知道太多外界的事。”说完拔脚便走,走了几步,倒背双手,头也不回地又说,“别忘了我们是世代的耕读之家,如果连女人们都开口闭口是报上的话,与我们这个大家族的气氛是不相宜的。”

闻一多:“父亲,我早就想批评您了,您有令人不快的重男轻女的封建思想。”

闻父:“你的不快不是已经在信里写过吗?”

闻一多:“但毕竟没有当面批评过。”

闻父:“够了,这不是父子间这么谈话的地方,让别人听到了,成何体统!”

闻父说完,又拔脚便走。从步态可以想见他的怫然之色。

而在父子对话同时,高真领孩子们诵诗之声,一句句传来。她领孩子们诵的是如下几句:

我好比凤阁阶前守夜的黄豹,
母亲呀,我身份虽微,地位险要。
如今狞恶的海狮扑在我身上,
啖着我的骨肉,吮着我的脂膏……

高真的声音:

母亲呀,我哭泣号啕,呼你不应。
母亲呀,快让我躲入你的怀抱!
母亲!我要回来,母亲!

孩子们随诵之……

闻父:“还不把窗关了,这样我们怎么交谈?”

闻一多起身去把窗关了,归座端坐。

闻父:“你还写了一首诗是《醒呀!》,对吧?”

闻一多:“父亲怎么知道。”

闻父:“你以为我就只读诸子百家、唐诗宋词,根本不看实事报道的么?”

闻一多笑了:“父亲,己所欲知,何禁人知。”

闻父举起一只手制止儿子再说下去,自己却语调缓慢地:“诗,倒也是好诗。可你在清华的后几年,在美国的三年,不是立志将来要从事美术的么？”

闻一多：“我曾想，通过美的传播，是可以影响民众素质，从而达到兴国愿望的。”闻父微微点头。

闻一多：“但是后来我开始否定自己的想法了。比之于美术的影响，看来还是诗的作用更大些。”

闻父的头不禁转向了闻一多，看陌生人似的看着儿子。

闻一多：“现在，我连自己的第二种想法也开始否定了。只不过您的儿子仅擅长诗画，别无作为。但我在美国，确实研究地阅读了美国包括整个西方的社会发展史、政治制度演变史。看来要为兴国尽知识者的力量，还是首先要从推动政治制度的改良做起……”

闻父：“所以，你竟参与了留美学生们组织的什么‘大江会’，那件事是怎么回事？”

闻一多：“父亲，您……”

闻父：“又要问我怎么知道的，是吧？实话告诉你，先是你们的《清华周刊》上发了消息，接着许多报作了报道。”

闻一多：“对于某些报的报道，父亲不可太过认真，它们往往歪曲实质、断章取义的。”

闻父：“所以我要当面听听你作何解释。”

闻一多：“那并非是什么政治党派，只不过是思想结社。名为‘大江会’，是取长江奔流不息，后浪推前浪之意。加入者，皆留学生中追求进步思想、品行端正之人……”

闻父竖起一只手打断道：“思想联盟为主义，结社而又言非党，这在逻辑上解释得通么？”

闻一多：“父亲，我们这些人，一不为谋仕途，二不为沽名钓誉，实因目睹国情每况愈下，为民族所忧，相誓竭诚奉献，互勉互励而已……”

对扇门突然被推开，闻家驷一个人进来。

闻一多：“家驷！……”

闻父:"你?!……你怎么……"

闻家驷:"父亲!哥哥!这个大学,我不读了!上海,我是不回去了!震旦的镶金文凭,我也不稀罕要了!……"

闻父愣愣地望着闻家驷……

闻一多起身让座:"家驷,坐下慢慢说,先饮杯茶,稳稳情绪。"说着便去沏茶。

闻家驷激动地挥舞手臂:"我不坐!也不饮茶!同胞惨遭杀戮,帝国主义和反动政治内外勾结,沆瀣一气,屡屡镇压学生对工人运动的同情,特务们在大学里罗织罪名,暗排黑名单,你倒说说看,震旦已成了他们的眼中钉、肉中刺,这种大学我再读下去,岂不是越读人格越懦弱,思想越麻木了么?!……"

闻父望着闻一多,冷着脸道:"都是你做的好榜样!"

闻家驷:"不错!哥哥当初不写什么悔过书,我现在也是决不做枪口和棍棒之下的好好学生的!"

闻一多:"父亲,驷弟的立场,我很理解。您刚才和我谈到政治、政党和主义,驷弟和我一样,对那些多么地不感兴趣,您心里是很清楚的。但有一种主义,我觉得在今天的中国,人人都应当理直气壮责无旁贷地去追求和实践,那就是爱国的主义!倘这就是政治了,那我们中国的新青年,就不怕涉嫌政治!驷弟,我支持你!你如果决定了,上海不回去也罢!在家乡做一名清贫而有尊严的小学教师,教孩子们文化,播爱国之思想,也不失为一种有价值的人生!"

闻父猛地拍了一下桌子:"放肆!"接着霍地站起,指着闻一多道,"你!究竟你是家长,还是我是家长?!……"

闻家驷:"当然您是家长。但我刚才表明的态度,也便是一种对家长的公开的声明!……"

闻父猛转身瞪视闻家驷:"你!你们眼中哪还有我这个父亲!……"

闻父愤怒而去。

兄弟二人相视，扑抱在一起。

闻家驷："哥哥，我们怎么生逢一个如此没落的时代？"

闻一多："我想，中国难免要来一场天翻地覆的大变革的！"

闻家驷："看来，父亲是真的动怒了。"

闻一多："是啊。不过你别忧烦，先安下心来住一段日子，一切从长计议。"

韦奇在门外道："家驷，你怎么经过老夫人门前也不进去一下？她正生你气呢，还不快去问个安！"

闻一多："快去吧，母亲她非常牵挂你。"

看着闻家驷随韦奇匆匆离去，闻一多在"绵葛轩"来回踱步……

塘边。闻一多抱着女儿，与闻家驷边走边聊。

闻一多："父亲这个人，一生心性清高，引导我们远离政治，主张靠品学做人，以才能立世，这一点，也是他身为父亲，在当今动乱时代教子方面的明智之举啊，希望你不要见怪于父亲。"

闻家驷点头，对立瑛说："小立瑛啊，怎么一见着爸爸，就黏在爸爸身上了呢？自己走走好么？"

立瑛双手一搂闻一多脖子，摇头。

闻家驷："那，就让驷叔抱抱。"

立瑛又一个劲儿摇头……

闻一多："我愿意抱她，我愿意抱她——过些日子我离开家乡，不知又要多久才能回来，才能再抱着我的女儿。"

立瑛："爸爸，你为什么还要走啊？不走不行吗？"

闻一多："女儿，爸爸不走不行啊！为家，为国，为你，都得走啊！"

立瑛将闻一多脖子搂得更紧，与父亲偎着脸说："爸爸，我舍不得你走……"

闻一多亲了女儿脸蛋一下："只要爸爸在外地一安定下来，立刻接你和妈妈去。”

兄弟二人来到了“二月庐”前。

闻一多：“‘二月庐’，‘二月庐’，我久违了的‘二月庐’啊，身在异国时，几回回梦里梦见你……”

闻家驷：“哥哥，咱们进你的‘二月庐’坐一坐吧。”

二人进入。

闻一多：“没想到窗明几净，一切有条不紊，比我是它的主人时更是读书修习的好地方了。”

闻家驷：“一定是嫂子在韦奇的帮助下，经常来规整打扫。她还带小侄子们到这里来读读写写，当作课堂。”

女儿看到窗外鲜花开放，一下子挣脱了爸爸的怀抱：“爸爸，我要去采花。”边说边跑了出去……

闻家驷：“哥，我想去法国留学的事，你跟父亲透口风了么？”

闻一多：“虽然家乡连年受灾，收成有限，经济情况也开始拮据，但父亲已经同意了。”

闻家驷：“哥，太感激你了！”

闻一多：“要论感激，你我兄弟，还是要感激父亲啊！其实，他忧国忧民的心情，与我们是一样的，只不过他平时不流露罢了。”

闻家驷：“我一定找机会向父亲认个错。”

闻一多：“驷弟，我是住不了多久的，有几位留美回国的清华同窗，与我约好了日期，相聚北京，打算齐心协力做一些文化方面的事情。毕竟，这是我们目前最适合做的……”

闻家驷点头。

闻一多：“驷弟，我辈有受高深教育之良好机会，属我中国人中幸而又大幸者。故当对家庭、社会、国家民族多一份责任心。我走后，诸侄暑假归家时，驷弟当经常读严肃的报给他们听，且将社会种种不平等情形，政治现状如何腐败,用浅近语言告之,以使诸侄将来成为对中国时事有正义立场之人。在品行方面,不妨代行家长之责,有所要求。尤其说谎自私等恶习,当教诲知其丑陋羞耻。”

闻一多说着站了起来。

闻家驷也站起来道:“哥,倘我去往法国,我们兄弟家乡一别,不知几年后方能再见面,弟也像立瑛侄女一样,舍不得与你分开的啊!”

第十一章

小立瑛倒背双手,瞪着充满童趣的幽怨的大眼睛,眼中渐渐充满泪水……

闻一多:“好女儿,爸爸向你保证,只要在北平一安定,立刻就写信让你和妈妈到北平去。”

女儿的泪水滚落下来。

高真:“这孩子,又不听话了。”

闻一多:“别跟我们女儿急。”走到女儿跟前,蹲下,低头,语调柔情似水,“来,乖女儿亲手给爸爸戴上礼帽。”

女儿嘤声抽泣了,然而双手移到身前,将礼帽戴在闻一多头上。

闻一多不禁抱起女儿,语调仍是那般柔情似水:“乖女儿,不哭,不哭。这世界上,有些爸,就是命中注定了要经常出远门的嘛,他们的乖女儿,要渐渐习惯这一点才是啊。”一边替女儿拭泪,一边转对高真说,“我已经跟父亲讲好了,省几个钱,不雇轿子了,让韦奇一个人送我就行了。”

高真点头。

闻一多:“再说,我也是这么大的男人了,哪里还好意思让人抬着呢?”

高真:“我明白你,天要下雨了,带着伞。”

闻一多:“你就别送了。众人眼中,依依不舍的,不好。就让女儿代替你送我吧。”

高真点头。

闻一多深情地望了她一眼,转身便走。

高真随至角门,目送闻一多的背影拐过一堵宅墙,不见了。她往角门外跨出了一只脚,却又缩回了。

高真转身跑入房间,抵门垂泪。

闻宅大门台阶上,闻父、闻母及闻家驷在送闻一多,韦奇挑担等在台阶上。

闻一多:“乖女儿,让驷叔抱吧。”

于是闻家驷从他怀中抱过立瑛。

闻一多:“父亲、母亲,你们多多保重。驷弟,去法国以后,要经常给家里写信。”

闻家驷:“哥哥一路保重。”

闻一多摸了女儿的脸蛋一下:“乖女儿,要听妈妈的话。父亲、母亲、驷弟,我走了。”

闻一多踏下台阶,朝前走去。

韦奇挑起担子,跟在身后。

立瑛流着泪小声地:“爸爸……”

闻一多显然听到了,站一下,却没回头,接着又往前走。

北平某胡同院内,闻一多、余上沉、赵太侔三人站一房间内,齐聚窗口,或望天,或听雨,或蹙眉沉思……

余上沉:“这雨,怎么下起来就不停?”

闻一多:“我离开家乡那天下雨,一路上下雨,到了北平,北平竟也下雨。"

赵太侔:"这才是,南北雨丝不曾住,愁丝反比雨丝长。"

余上沅:"我们三人租下这个小院子住,已经多少日子了?"

闻一多转身离开窗口,走向一张床,双手抱于脑后仰倒下去之后说:"半个多月了吧?"

赵太侔:"我管账,所以有责任通报两位,我们凑在一起的钱快花光了。"他说完,也转身走向另一张床像闻一多那样倒下去。

余上沅伸手接着房檐的滴水说:"车到山前必有路,柳暗花明又一村。我现在别的都不去想,只巴望一件事……"

闻一多:"什么事?"

余上沅:"巴望你寄出去的几首诗,都能早日发表。那样,我们也可花你的稿费,再维持几天集体生活。"

赵太侔:"岂料想,我们从美国回到中国,将要落至靠吃一多兄的境地?"

余上沅接了一手心水,一边浇插在罐头瓶里的花,一边调侃:"不是将要靠吃于他,是将要靠吃于他的诗,此乃人生一美事也,不亦乐乎?"

赵太侔:"照这么说来,倒多亏一多兄在这种情况下,每天还有心思读,还有情绪写!"

闻一多:"不读,不写,又便能怎样?"喟然一叹,"只可惜我那几首诗即使发表了,也是换不来几个钱的。靠诗生存,世上的诗人都会饿死的,何况诗人的朋友呢?"

忽然有人拍响小院的门:"闻一多,闻一多,送信的,请带印章。"

赵太侔一跃而起:"一多兄,你果然有稿费来了。"

余上沅眉开眼笑:"怎么样?还真被我说着了吧。"奔到桌前,拉开抽屉,翻了一阵,寻着印章,拿着对闻一多说,"给我一个表现的机会,我代劳了。"说罢,冒雨而出,从窗前奔过……

闻一多也已坐起,望着赵太侔欣慰道:"今天,咱们下一顿馆子!"

赵太倅:“看你的稿费多少再定。若小小的一笔,我主张还是买来煮粥,细水长流为好。何况,还有下个月的房租……”

闻一多:“不管那些,也不管钱多钱少,总而言之我们今天一定要下一顿馆子。”

余上沅的身影从窗前跑回。

余上沅沮丧:“不是稿费,是挂号信,美国寄来的。”

闻一多、赵太倅一时沉默。赵太倅复又双手抱着脑后躺下去了。

闻一多接过信,看着低声地:“是我跟你们讲过的那位门特教授写来的信。”

余上沅脱了西服挂起,什么也没说,只诧异地回头望着闻一多。

房檐滴水声清晰,听起来让人心烦意乱。

闻一多已拆开信,又低声地:“美国著名诗人爱米·罗厄尔逝世了,就是那位翻译了一部中国古典诗集的女诗人。”

余上沅默默走到床边,也躺下了。

闻一多走到桌前,坐下,铺开稿纸,吸着一支烟,拿起了笔。

余上沅:“一多,还有烟吗? 没有我立刻给你买一盒来。”

闻一多沉思。

余上沅:“问你话呢?”

赵太倅欠身抓起烟盒看看,见还有几支烟,冲余上沅小声说:“够他吸到晚上了。”

赵太倅突然地:“哎呀,床这儿怎么漏雨了?”

闻一多和余上沅都没理他。

赵太倅:“一多,这可是你睡的床!”

余上沅朝墙内一翻身。

闻一多深吸一口烟,下笔疾书。

赵太倅只得起身用盆接漏雨。

房檐滴水与漏雨敲盆声此起彼伏,似协奏曲。

闻一多时而吸烟，时而落笔疾书。

现在，我以一颗中国文化人的诗心，真挚怀念一位美国人、一位著名的美国女诗人。不仅因为我在美国留学时，她曾给予过我难得的友情和鼓励，还因为她用她优美的译文，将中国古代诗的魅力，介绍给了美国人，也间接介绍给了全世界。中国的诗人们实在应该感谢她，中国实在应该感谢她……

拍击院门声再次响起。

余上沅："听，又有人来了。"

赵太侔："上沅，反正你的衣服已经湿了。"

余上沅打断地："那么，别人的衣服也该湿一湿，否则不公平嘛！"

赵太侔："一多，为了公平起见，我们两个人之间，应该有一个人去开门。"

闻一多终于放下笔："好吧，我使你们二人失望了，那么这一次我去。"

闻一多起身正欲出门，余上沅叫住他："你又何必也淋湿衣服呢，撑着伞吧。"

闻一多用目光四下巡视："伞在哪里？"

赵太侔耸肩……

闻一多挥手："算了。"

闻一多在门口随手取下墙下的一顶破草帽遮着头冲出门……

"闻一多，闻一多！"

已不但有拍击院门的声音了，还有喊声了。

闻一多从窗前奔过而应道："来了，来了。"

余上沅："可别来了位讨债的，或和我们一样急需帮助的人。"

赵太侔："那可说不定。"

闻一多开了院门,意外地:"志摩!"

徐志摩在伞下笑道:"怎么这么许久才来开门,不会是正有红颜知己在,嫌恶打扰吧?"

闻一多:"志摩兄取笑了,快快请进。"

二人经过窗前时,但听闻一多又说:"知己倒确乎地都是知己,不过不是红颜,而是须眉,并且都正在愁闷着……"

闻一多引徐志摩进入房间,余上沅、赵太侔二人已迎立门旁。

闻一多:"上沅、太侔,这位就是《晨报》副刊编辑、新月派著名诗人徐志摩。实秋从美国写信给他,请他在北平关照我们。正是志摩兄将我介绍给胡适之先生等北大教授,大家在一起热忱讨论如何促成我们办起北平艺术剧院之事……"

余、赵二人与志摩握手,并分别说:

"幸会。"

"心仪已久。"

闻一多:"请坐。"

徐志摩:"你们也都坐啊!"

闻一多三人坐下,目光皆在徐志摩脸上。

徐志摩笑道:"你们都这么看着我干什么?仿佛我是替你们算命的!"

三人不好意思地笑了。

赵太侔:"你是贵宾临门,我们希望从你脸上看到福音。"

徐志摩:"你们若视我为贵宾,我就大不自在了。剧院的事,困难多多,非近期所能实现。不过,我带来一个信息,对于诸位,或不失为一个小小的喜讯。"

余上沅:"快讲快讲,我们来到北平,至今还没有人带来过喜讯。"

闻一多:"是啊,不顺之事倒是接二连三。"

徐志摩:"年初因发生学潮,原先的北平美术专门学校不是停办了吗,现在经教育部章士钊部长关切,专门教育司长刘百昭亲任筹备委员会主任,决意恢复。不知诸位,可肯屈就加盟此一大有益于美术青年之事?”

闻一多三人你看我,我看你,渐渐地脸上都浮现出了微笑。

由是,三位留美归国之学子,皆成为北平美术专门学校筹备委员会之筹备委员,闻一多并被聘为教务长。不久,闻一多出于对徐志摩推荐之谊的感激,遂加入新月派新诗阵营。

教室里,学生并不多,仅二十余名,女生则更少,三五名而已。

学生们的目光都望向教室门,门开处,身着长衫的闻一多,腋下夹着教材,并不看学生们,脚步也不曾稍停,直奔讲台而去。

闻一多刚把教材放在讲台上,但听有同学响亮一声:“起立!”

于是学生们齐刷刷地站起。

闻一多目光这才望向学生们,表情似乎显得略吃一惊,语调调侃:“教授们上课的阵势,都是如此这般的么?”

学生们不由得你看我,我看你。

一名学生:“学校的条例规定是这样的。”

闻一多想一想道:“你说得对,条例中是有这样的规定。而且,形成条例的时候,我也参加了。不过,凡我的课,以后就不必了吧。不必了我反倒自如一些。我心情放松课就讲得好些。课讲得好些你们就受益多些。于是我对得起你们,也对得起教师的一份薪金。你们呢,则对得起你们宝贵的青春时光,也对得起供你们上学的父母。怎么,都没听懂我说的话么?诸位,都请落座吧,都请落座吧!”

学生们先后坐下。

闻一多踏下讲台,走至窗前,虽然身向同学们,目光却望着窗外。

同学们的目光自然皆望向他,期待着。

几秒钟的静寂。

闻一多:"我在美国,结识过一位私立中学的校长,六十多岁了,是位老妇人。一天,我应邀去参加那一所学校的开学典礼。老妇人对她的学生们讲的第一句话使我非常困惑。她说,先生们,女士们,你们应该自觉地意识到,你们已经是美利坚合众国的公民了。典礼结束后,我问她,他们不过是你的学生,你为什么称他们先生们、女士们呢?按照美国公民法,他们明明还不到拥有公民权的年龄啊?你又为什么说他们已经是美国公民了呢?老妇人严肃地回答我:'公民法是按照生理年龄规定人的公民权和公民义务的,而常识告诉我,在美国这样一个国家里,人的思想意识的形式,其实是早于生理发育阶段的,所以,我希望我们美国的孩子,能够接受这样一个道理:只有当一个国家的下一代,在是少男少女的时候,就明白他们和一个国家唇亡齿寒的关系,那么一个国家才能在这样的一代人的维护之下,继续保持它的强大,或者由弱变强。'这又使我联想到我们中国民间的一句老话,穷人的孩子早当家。同样道理,一个贫穷落后的国家的青少年,倘不能自觉地意识到应比强国的青少年们更加勤奋向上,那么这样的民族也就只有永远落后,这样的一个国家也就只有永远贫穷……"

闻一多的目光终于从窗外收回,望向了同学们。教室里,那一刻极静,极静……

闻一多挥手:"讲远了,讲远了。不过也不算多余的话。"

闻一多重新踏上讲台,庄重地:"先生们,女士们,我们开始上课了。诸位,无论对于一个人,还是一个民族,一个国家,有些事的意义,是根本没有必要在当下进行辩论的。比如相对于目前的中国,我认为它首先需要的是一个好政府,和一支强大的军队。比如相对于在座的诸位,你们毕业后首先需要的,是一份职业,和一份起码能够解决温饱问题的薪金。美术能成为你的职业吗?我很负责任地回答你们,能。美术能使你们有一份起码解决温饱问题的月薪吗?我也很负责任地回答你们,能。前提是你们要舍得付出学的心血来。那么,美术能使你们成为富人吗?我老老实实地回答你们，大约是不能的。纵然有人能，那也是例外。听了我这样的回答，诸位，你们后悔吗？”

几秒钟的静寂。

闻一多踏下讲台，在同学们间走来走去，又问：“你们后悔吗？”

一名女生小声地回答：“不悔。”

闻一多：“请你告诉大家，你为什么不悔？”

那女生欲站起。

闻一多：“不必站起，坐着说吧，声音请大些。”

那女生：“因为我热爱。”

闻一多：“我们中国乡下，无论是南方还是北方，许多少女都善于刺绣、剪纸、钩编，若问，她们不会说热爱，往往回答两个字：‘喜欢’。若她们有了一笔足够学费的钱，大抵也是不太会坐在这里的，而会置办嫁妆，心满意足地嫁人。那么，你能告诉我们，你的热爱和她们的喜欢，到底有什么不一样吗？”

女生低头思忖片刻，望着闻一多摇头。

一男生小声地：“热爱美术，就是热爱美。”

闻一多回头望着那男生道：“你的话也很对。美术的天地，好比一座花园。但是在特殊的情况下，比如外寇入侵，国将不国，家将不家，那时花园里恐怕也要架起大炮来，散紫翻红之间，恐怕也要成为肉搏的战场，那时我们又该怎么说服自己，我们今天所学，依然是无怨无悔的呢？”

学生们皆开始沉思。

闻一多走上讲台，环视学生们：“诸位，这世界令人们讨厌令人们诅咒之事，如灾难、战争、黑暗的统治、腐败的政治，无论来势多么猖獗凶猛，无论持续的时间多么长久，也总是要过去的。这世界，它必然是朝着大多数人都向往的目标发展的。有一天，军阀割据的局面清除了，内忧外患清除了，贫穷也大面积地清除了，普遍的人们安居乐业了，到那时，人们会强烈地需求什么呢？诸位，需要美呀，需要美对人们的生活方方面面的影响,从欣赏服装、家居的美观到收藏的兴趣,到心灵情操的陶冶。是的,那时人们的这一种需求,将会像身体对维他命的需求一般不可缺少。而那时谁来满足需求呢?先生们,女士们,希望就寄托在你们身上呀。那时你们将通过美术的实践告诉世人,即使在战争的岁月,在灾难的年代,在人人都因为当下的生存问题而愁苦的日子里,你们仍热爱着美术,不仅由于自己天性的喜欢,还由于一个民族一个国家将来必然的需求。而一个丧失了对美的感觉的民族和国家,是愚不可及的,是像瞎子一样的民族和国家。而你们为了它在明天不会那样,你们今天不但要在学校里付出学的心血,跨出校门,还要靠着韧的精神,甘处清贫的人生,甚至可能连爱情的机缘都差错过去了。在你们没有取得成就之前,还要遭人白眼,视你们连车夫小贩都不如,嘲笑你们误入歧途,认为你们的人生,是自甘地被'美术'二字毁了。连你们的亲爱者,也会那么地不理解你们。当初人生之路千条万条,走不上富贵之路,起码还可走一条小康之路,怎么偏偏选择美术?诸君,在中国,在今天,你们坐在美专的课堂里学美术,那是要有连小康人生都放弃了的最坏的思想准备,你们仍无怨无悔吗?"

几名学生小声回答:"无怨、无悔!"

闻一多:"我没听清楚你们的回答。"

众学生异口同声地、响亮地:"无怨!无悔!"

闻一多脸上渐渐浮现出了微笑。

闻一多:"我的准备献身于美术的美的信徒们,请原谅我发自内心地这么称呼你们。那么,我们现在不但是师生之关系,而且是同志之关系了。今后,你们中谁有了什么困难,便是我们大家的困难,望能坦率相告。诸位,让我们开始上课!"

闻一多转身,在黑板上写下一行隶体字是"西洋美术史"。

……

下课后,闻一多走在一条小巷子里,背后传来学生的声音:"先生,闻先生……"

闻一多驻足，缓转过身，见两名男生三名女生急匆匆走到跟前，围拢了他。

闻一多：“有什么事？”

五名学生一齐点头。

闻一多：“那，请一旁说，不要阻碍别人经过。”遂将学生们从小巷中央引领开。

“说吧。”

“你说。”

“你说。”

“哎呀，商量好了是你说的嘛，不要让先生着急。”

终于，一名学生鼓足勇气：“先生，您在课堂上讲的话，是发乎内心的，还是为了博得我们的好感，随便说说的？”

闻一多表情庄重起来：“哪些话？”

另一名男生：“难道先生的话，有真有假么？”

闻一多：“我对人的缺点所嫌恶者，第一是遇事没有正直的立场，第二便是说假话以取悦他人。”

一名女生：“那，先生说，今后我们中谁有了困难便坦率地告诉您，而您愿排忧解难的话，是发乎内心的真话？”

闻一多：“我愿对我在课堂上说的每一句话，负个人品质的责任。”

另一名男生：“我理解，就是说到做到的意思吧？”

闻一多：“你们究竟有什么事，直截了当吧！”

第一个开口的男生：“先生，我们这一位女同学，家中生活相当贫困。她交了学费之后，目前已经陷于无钱饱腹的地步了。”

闻一多：“噢？”目光望向那女生。

那唯一没有开过口的女生，转身抹一下眼角，一副楚楚可怜的模样。

闻一多：“这……”

另一名女生：“先生要是实感为难的话，就算我们白开口了吧！”

一名男生:“我看出先生是很为难的,那我们就跟先生说再见了。”

“先生再见。”

“先生再见。”

“先生抱歉,使您为难了。”

五名学生纷纷鞠躬,一齐转身便走。

闻一多望着他们背影,举举手,张张嘴,一个字也没说出来。

闻一多的房间里,一只放在床上的皮箱,打开着。几件不值钱的衣服散乱一床,箱内更没什么值钱物了,而闻一多还在翻着。

他将箱盖关上,坐在床边,无声叹气。

“一多!”

余上沅和赵太侔结伴而入。

余上沅:“咦,你这是在干什么?”

赵太侔:“怎么愁眉不展的?”

闻一多的目光从余上沅脸上,转移到赵太侔脸上:“太侔,我记得,你有件狐领的呢大衣,是不是?”

赵太侔:“在美国的冬季,你明明见我穿过的嘛!”

闻一多打断地:“还在吗?”

赵太侔:“当然还在了。”

闻一多:“好,在就好,在就好。太侔,我们到你房间去说话。”

赵太侔疑惑间,已身不由己地被闻一多搂着肩带了出去。

余上沅更是疑惑,自语:“这家伙搞什么名堂?”也离开了。

赵太侔房间,狐皮领大衣穿在赵太侔身上。

闻一多:“还半新着,更好,更好。”

赵太侔脱下大衣一边叠一边说:“到了冬天,你如果想借着穿,陪嫂夫人逛北平,我肯定舍得借的。”

不料闻一多却将大衣夺了去，并说："我现在就要它。"

赵太侔："现在大夏天的你借它干什么？"

闻一多："我不是借，我要买下它。你情愿卖得卖，不情愿卖也得卖。至于价钱，由你开。"

赵太侔："一多，你，你不是头脑发昏了吧？你抽哪股风？"

闻一多："你知道的，我们还没发薪，我家里寄来的一点钱，也都添置家具了。你嫂子不久便要带着孩子来北平。总之我和你们一样，头顶着教师名衔，却差不多是穷光蛋。所以我现在是没一分钱给你的。但我一定要买下你这件呢大衣，等我有了钱再给你！"

拍掌声。

二人回头，见余上沅倚门而笑……

余上沅："太侔，你知什么叫巧取豪夺了吧？所幸我没有一件狐皮大衣，不然遭此下场的，说不定是我。"

闻一多："太侔，别听他对我的攻击。我出此下策，实在是情有所急，万般无奈，以后会向你解释的。"

余上沅走过来，搂着赵太侔肩，看着闻一多又笑着："赵太侔呀赵太侔，吃一堑，长一智吧，谁叫你我有他这么一位朋友呢？以后我俩都长点心眼吧，否则，非连遭他的打劫不可。"

闻一多："上沅，你别一味胡说，我明明是买太侔的，怎么在你看来是打劫了呢？太侔，多谢，多谢！"

闻一多携衣而去。

余上沅、赵太侔对视……

赵太侔："你怎么想？"

余上沅："嫂夫人到来之前，我们的一多兄神神秘秘，这其中必有故事。"

市内街道上，闻一多脚步匆匆，余上沅、赵太侔盯梢尾随。

他们望见闻一多进了一家当铺……

余上沅："看来，我们的一多兄，故事大了。"

赵太侔："他会闹出什么故事？"

余上沅："浪漫之心，诗人皆有之。"

赵太侔："你是说，他为红颜而为？我不信，打死我也不信。"

教室。

刚刚下课，学生纷纷走出。闻一多规整讲义和教材。

闻一多抬头，见那五名学生在讲台前。

闻一多："你们怎么还不走？"

两名女生中那名装可怜模样的，将一个信封放讲台上，怯怯地："先生，您的钱，还给您吧。"

闻一多一愣："为什么？"目光在学生脸上一一扫过，又问，"为什么？嫌太少么？"

五名学生皆摇头。

闻一多盯着那名女生："究竟为什么？还愁学费是吧？不要愁，安下心来上学，我会去对校方说，争取为你免了学费。"

那名女生窘迫："先生，您误会了，不，是，是我们骗了您。"

闻一多一愣。

"你说。"

"你说。"

"讲好了你对先生解释的嘛！"

学生们间又你推我，我推你。

一名男生鼓足勇气地："先生，跟您坦白了吧！我们，我们为的是证实一下，您言行一致不一致。可听别的班的同学说，余上沅和赵太侔两位老师讲了这钱是怎样来的，我们才恍然大悟。"

闻一多："骗我？"拍了一下讲台，"岂有此理！简直岂有此理！"

五名学生皆垂下了头。

“先生,我们知错了。”

“先生,我们好后悔。”

“原谅我们吧,先生。”

闻一多瞪着他们,在讲台上大步地踱来踱去:“原谅你们,那样也太便宜你们了。不,我一定要惩罚你们!不惩罚不足以使你们吸取教训!学生捉弄老师的行径是我最不能容忍的。这不是什么师道尊严的问题,而证明着学生的无聊和庸俗。都给我抬起头来。”

五名学生缓缓地抬起头。

闻一多:“你们自己说,你们该不该受到惩罚?”

五名学生:

“该。”

“我们没料到先生会那么认真!”

“先生,我们已经认错了,您就别生气了,打算怎么惩罚我们,我们都是认的。”

闻一多:“怎么惩罚你们,我倒要好好想一想!”走到窗前,低头沉思……

学生们目光怯怯地望他。

闻一多:“不惩罚你们不足以平息我心中的气恼!你们都给我认真听着,三天以后,晚上七点,你们都得准时到我家里去!”

一名男生:“干活?”

闻一多表情严厉地:“吃晚饭!”说罢,夹起讲课桌上的东西,准备往外走……

一名女生:“先生,我们还不知道您家住在哪里。”

闻一多在门口回头,语调冷冷:“既曰惩罚,那就休想我会告诉你们住址,自己打听。”

门一关,五名学生相互望着,一时间个个转忧为喜。

小院中,一房间里传出有节奏的剁菜声。而余上沅在往扫得干干净净的院子里洒水,之后又吹着口哨擦窗。

院门开处,闻一多抱着女儿首先进入,转身对门外的高真说:“瞧,这就是咱们在北平的家院,还不错吧?”

余上沅停止吹口哨,对剁菜的赵太侔小声说:“太侔,嫂夫人到了。”

于是,两人迎向院门,高真恰好进入。

余、赵二人同时地:“嫂夫人好!”

闻一多:“这位是上沉,这位是太侔,我与你多次谈过他们,你应能记得。”

高真微微一笑:“上沉姓余,太侔姓赵,你们是留美同学,是清华校友。另有梁实秋、罗隆基、潘光旦,都是你在家里常挂在嘴边上的人。”低头想想,又说,“对了,还有赵景超、顾毓琇两位,总之他谈起你们这些好朋友,就像老财主细数万贯家财。”

余、赵忍俊不禁。

闻一多:“这是什么话呢?”

高真:“这是大实话呗!”

余上沅:“在我听来,充满诗意啊!”

赵太侔:“嫂夫人,反过来也是一样的,他对于我们,也像老财主的万贯家财呀!”

大家说着话时,门外的车夫将两件皮箱拎入院子。车夫离去后,余、赵二人各拎一只皮箱,陪闻一多夫妇往一房间走去……

大家进入房间后,闻一多说:“这间屋子以后做我的书房,另两间是卧房和客厅。”指着窗外又说,“那间小小的是厨房。”

高真目光所见之处,窗明几净。

高真看着闻一多说:“你信上不是说,和上沅、太侔合住一个小院吗?我们将三个屋子都占了,可叫他们住哪里?”

余上沅:“嫂夫人不必操我俩的心,知道你要来北平团聚,我和太侔已经另找了住处。”

高真:“那多不合适,都坐下说话。”

赵太侔:“嫂夫人,我俩不另找住处才不合适呢,而且也显得我俩太不懂事了呀。再说,我们的住处离这里很近。”

余上沅:“只要嫂夫人不烦,我们会经常来坐坐。”说罢向立瑛伸出了双手,“来,让叔叔抱抱。”

立瑛摇头,如初见父亲时一样,双臂搂住了闻一多的脖子。

高真:“这孩子,见了父亲,恨不得自己变成一只小袋鼠,她父亲变成一只大袋鼠。”大家都笑了。

在大家的笑声中,闻一多摘下帽子,放在一旁。

立瑛终于离开父亲怀抱,偷偷拿起礼帽,趁大人不备,转身跑出。

高真:“院子,屋里,到处干干净净的,看哪儿都让人心情舒畅。没想到他和你们同住一段日子,被你们影响得也爱清洁了。”

闻一多低头一笑。

赵太侔:“哪里,是我们受他影响。”

余上沅:“说谎。嫂子,别听太侔的。他明明是在替一多护短。事实上,一多他一如既往地邋里邋遢,我和太侔是无可奈何地深受其害!你看着到处干干净净,是我的功劳!我尽了一下午的义务呢!”

闻一多抱拳道:“多谢多谢,容当后报!”

高真看着闻一多长叹:“你呀,你呀,可叫我说什么好呢?”

赵太侔:“嫂子,那你倒是应该先去看看一多兄他亲手布置的客厅,看了准令你对他刮目相看。那可是别人的头脑里怎么也产生不出来的天才诗人的想法。”

高真:“是么?”起身道,“那我倒真的忍不住现在就要去看看了。”

闻一多随之起身,阻止:“别,别,你别这么急呀,我还没完全布置好呢!”

高真:“难道你还不知道我天生是个急性子?”——说着已走向

外边。

闻一多伸展双臂，挡在客厅门前："等我完全布置好了以后嘛！"

高真："也许我能预先参与些意见呢，等你完全布置好了以后，我还有什么好说的？"

余上沅："嫂夫人，你现在真想一看究竟？"

高真点头。

余上沅朝赵太侔使了个眼色，二人忽然一左一右拽着闻一多两条胳膊，把闻一多从门前扯向一旁。

高真上前推开门，表情大愕，不由得倒吸一口气，并退一步。但见整间屋子，四壁连同顶棚，彻底裱糊成为黑色，窗棂也不放过地刷成黑色。而地上，摆着颜料桶、刷子什么的。

闻一多嗫嚅地："不让你急着看，你偏急着看……"

高真沉着脸："我现在就已经没什么可说的了。"

闻一多："等我完全布置好了，你会接受的。"

余上沅："是啊是啊，嫂夫人，在这方面，还是得相信一多兄的能力，他要刷成黑色，就一定有他的道理。"

赵太侔嗅了嗅鼻子，恍然醒悟似的："坏了，厨房锅里炖着的鸡八成已经焦了。"

正这时，院门外有叫声："闻先生，闻一多先生！"

闻一多："准是我的学生们来了。"转对高真请求，"你可别因为客厅的事不给我留面子啊！"

高真一扭身："偏不留。"

闻一多开了院门，五名学生拥入，七言八语：

"先生，我们遵命都准时来了。"

"先生，为我们准备了哪些好吃的？"

"呀，好一股炖鸡的香味啊！"

"先生，快去看看，鸡汤是不是炖干了呀？"

闻一多:“来来来,先都来见过今天晚上对我最重要的人,这位是我夫人高真。”

五名学生齐刷刷地鞠躬,异口同声:“师母好!”

高真端庄大方地:“同学们好,欢迎大家前来做客。”

余上沅师道尊严地:“怎么,眼中只有闻先生和闻师母,都不认识我是不是?”

五名学生齐刷刷地鞠躬,异口同声:“余先生好!”

余上沅:“罢了罢了,免礼,跟你们开玩笑呢,来来来,赵太侔老师独自在厨房包饺子,咱们都洗手帮他。”

于是与学生们聚在院中的水龙头下一起洗手。

卧室里。

闻一多抱着女儿坐在椅子上,高真端端地坐在床上。床头柜上,花瓶里插着一大簇红艳艳的纸花。

闻一多:“北平不比南方,什么季节都有卖鲜花的。所以,我只好买一束纸花,因为你是那么喜欢花。”

高真:“我看见了,也明白你是专为我买的。”

闻一多低头问女儿:“乖女儿,爸爸的礼帽呢?”

立瑛:“不告诉你。”

闻一多:“为什么?你也生爸爸的气了。爸爸不是遵守诺言,一安定下来,就把你和妈妈接来了么?”

女儿往他怀里依偎,双手又搂抱住了他的脖子。

高真:“你一出门,先戴礼帽。女儿亲爱你,所以要藏起你的礼帽。”

闻一多将女儿抱得更紧了,自言自语:“我们一家三口,终于又团聚在一起了。”

厨房里,忽起一阵开心的笑声。

闻一多夫妇,也不禁相视一笑。

第十二章

闻一多的书房里 —— 一张圆形小餐桌和长写字桌对接在一起，高真撤下最后的碗盘；闻一多抹桌子……

一名女生：“先生，我来吧，我来吧……”

闻一多：“还是我来，你们都是客人嘛！”

余上沅和赵太侔，一个将茶具端上桌子，一个斟茶……

赵太侔：“饺子都吃得一个不剩，鸡也只剩下骨头，到现在我还没听到你们一句评论呢！”

一名女生抿嘴一笑……

一名男生：“恕学生实言，不敢恭维。”

闻一多：“我吃来都不错，都不错。”

余上沅：“一多，你在赏诗评画方面的能力，我自然是不敢低估的，但你品味烹饪的水平，那又另当别论了。”

赵太侔：“听你这话的意思，是我瞎忙了一通，而你们是凑合着吃？”

余上沅：“我的教授先生，还需要我们都把话说得那么明白么？”

闻一多衔着烟斗，愉快地望着，听着……

高真进来，坐下笑问：“你们在争论什么？”

赵太侔:“嫂夫人,你给说句公道话,难道我做了一桌子的菜,就没一样值得夸赞一句么?”

高真:“实事求是地说,每样菜都比我做得好吃,饺子馅也比我调得香。”

赵太侔:“听到了吧?听到了吧?高水平之人下结论了,你们还有什么疑义?”

闻一多终于开口,慢言慢语地:“我的夫人,虽然姓高名真,但厨上的技能,是真真地不太高的,所以我作为她忠实的食客,品味的水平也就始终高不起来。”

赵太侔张口结舌。

余上沅和众同学粲然而笑。

高真推了闻一多一下:“你怎么可以这样扫太侔的兴呢!你应该郑重地谢谢太侔才是。”

余上沅:“嫂夫人偏心,难道我就不该谢谢了么?我擦窗子扫院子,也忙了一下午啊!”

高真:“都该谢,都该谢。”

闻一多起身道:“上沅、太侔,你们二位,我就不说什么谢的话了,说谢反而远了,但我要郑重地谢谢我这五位学生。”——目光转向学生们,又说,“先生们,女士们,多谢诸位光临。因你们是学生,没允许诸位沾酒,望勿心怀不满。现在,我尊夫人之命,以茶代酒,谢你们给我的夫人,也给我们这三位做教师之人,带来的愉快!”

闻一多说罢双手捧起了茶杯。

众学生也皆起身捧杯在手。

闻一多:“诸位请!”

学生们异口同声:“先生请!”

闻一多豪气地:“共饮,干!”

皆一饮而尽……

余上沅："时间已经很晚了，我看，我们就告辞吧。嫂夫人一路辛苦，也该早点儿休息。"

高真："我心里高兴，不觉得怎么累。大家谈兴正浓，就再坐会儿吧。"

赵太侔："该走了，该走了。不过呢，走之前，我代表大家，对一多有个要求。"

余上沅："我猜着是什么要求了。一多，为我们朗诵一首你的新诗，之后，我们便走。"

高真："我看，他也有些醉了，哪里还能朗诵得了！"

赵太侔："嫂夫人何必阻止呢！我们正是要听他带着些醉意朗诵的，这一个要求不满足，那我们可是要住下的！"

余上沅与学生们鼓掌。

闻一多烟斗离唇，仍那么慢言慢语地："我没醉。我哪里便会醉了。不过呢，不朗诵我自己的诗了。刚刚我心里正在默背李白的《将进酒》，心潮为之澎湃，就朗诵它吧！……"

高真望着他摇头苦笑。

众人肃静。

于是，闻一多以铿锵之声，朗诵《将进酒》：

君不见，黄河之水天上来，
奔流到海不复回；
君不见，高堂明镜悲白发，
朝如青丝暮成雪……

闻一多夫妇送客人们出院门。

闻一多："再见，再见，你们就不必送我了……"

高真一边插院门一边说道："还说没醉，这不明明是醉话么？……"

闻一多："君不见，黄河之水天上来，天上来，不复回……"

闻一多脚步已经有点儿不稳，高真搀他回到卧房。

月光下女儿立瑛熟睡在小床，闻一多走过去，附近端详，欲吻之。

高真将他扯开，悄声地："别弄醒了她……"

闻一多牵着高真的手道："来来来，跟我来……"

高真："哪儿去呀？！"

闻一多："来嘛……"

闻一多牵着高真手，将她引到了客厅门外。

高真挣脱手："我不进去，我才不愿进入你那黑匣子里边去！……"

闻一多："你不进，我可不高兴了。"

高真："你强迫我进，我还不高兴呢！"

闻一多放了高真的手，推开客厅门。

闻一多："那么，我不强迫你进，我请你进——夫人，请……"

高真才一迈入屋里，即欲退出，并说："好端端一间屋子，被你搞成这样，气死人了！"

闻一多阻拦道："夫人不要生气，少安毋躁，少安毋躁！"边说，找到蜡烛，递给高真，接着划火柴点着蜡烛……

高真："你见过谁家将招待客人的屋子刷成黑色的了？"

闻一多却一边用刷子在桶里搅着颜料，一边说："我不管古今中外的别人家怎样，我也根本不在乎别人怎样看我。闻一多我行我素！"

高真："那你就不想想，什么人会乐意来你这黑匣子里做客？"

闻一多："'自来自去梁上燕，相亲相近水中鸥'；有朋友闻一多活得好，没有朋友闻一多也不是活不了！"

闻一多说着，手中刷子在黑壁上一挥，于是出现一道金色之弧……

高真："你疯了？你是个喜欢胡涂乱抹的孩子呀！……"

闻一多："你怎么说我疯了呢？我只不过，真是有点儿醉了，怎么这面墙仿佛变高了呢？高了我也是够得着的！……"

闻一多舒臂一挥，黑壁上又出现了金灿灿的一道光。

高真左躲右闪,看得目瞪口呆。

闻一多带着宋江在酒楼题反诗般的一种醉态,脚步浮移,神情亢奋,一会儿持笔,一会儿挥刷,一会儿进前细描几笔,一会儿退后疾挥几刷——于是黑壁上一会儿出现极工之线条,一会儿出现写意之色朵……

高真擎着蜡烛,口中不禁“呀,呀”连声;也主动地为丈夫转移着光照了。

黑壁上出现着云、浪、松、竹、龙、凤、车马和古代人物……

高真情不自禁地:“这里,我觉得这里还少什么……”

闻一多:“夫人说得极是。”略一思索,画出了一条鱼,加了几道水波。

高真:“哪有鱼儿能在半空游的道理?”

闻一多:“闻一多喜欢的鱼就能。”

高真一笑:“单是两种颜色,怎么看也还是有些单调。”

闻一多:“唔,你真这么认为?”

高真点头。

闻一多:“那就依你之见,再点染两种颜色!”

闻一多说着,将一支笔塞在高真一手里,“来饱蘸一些银色!”——接着,站立高真背后,左握高真擎烛之手,右擒高真持笔之腕,摆布木偶似的,使笔在黑壁上随其意而落,并说,“咱们来使这一处世界下着洁白的雪……”

“有雪岂可无梅?来来来,咱们再画上一树傲寒的红梅。家是我们共同的家,客厅自然也是我们共同的客厅,当由你我夫妇来共同使它独特而美观起来!……”

门外传来女儿的声音:“爸爸,妈妈,你们在干什么呀?……”

夫妇二人停止举动,一起回头——女儿在门外揉眼……

高真:“一多,我知道你今天心里高兴,可是,我想已经过了半夜了……”

高真打了一个哈欠。

闻一多:"到此为止,睡觉,睡觉!"——从高真手中抽去笔,掷于色桶,抱起女儿。

高真搀扶着丈夫走回卧室。

闻一多一到床边,抱着女儿倒头便睡——女儿一只手臂,搂着闻一多脖子。

高真坐于床沿。扭身望着父女二人亲亲爱爱的睡状,摇头苦笑——但那苦笑中,幸福意味多多……

早晨的第一缕阳光斜射在客厅的一面墙上。

阳光缓缓移动,并且在墙上占据的面积越来越大——如同光束移在环行幕上;最后,整个房间充满阳光,照耀得墙上的画幅,像刚刚重新描绘过的敦煌壁画一般。

高真拉着女儿的手站在门口,母女二人带着惊奇的表情欣赏着。

女儿:"妈妈,谁画的?"

高真:"爸爸。"

女儿:"妈妈,我喜欢这间屋子,真好看。"

女儿挣脱手,走入屋子,旋转着身子,不知先欣赏哪一面墙的样子。

女儿:"妈妈,是不是很好看?"

高真只顾欣赏,未回答女儿。

女儿:"妈妈,你怎么不说话?你不喜欢吗?"

高真低头笑道:"喜欢。"

女儿:"妈妈,我长大了也要当画家。谁家要请我画墙,我都肯去。"

高真抱起女儿说:"傻孩子,画家并不是只给别人家画墙的人。"

女儿:"可我就要当专给别人家画墙的画家,而且呢,专给穷人家画墙。穷人家有了好看的墙,穷人的忧愁就少了。"

高真:"我看不一定。穷人忧愁,归根到底是因为他们穷。"——高真一边说,一边抱着女儿走向书房,也就是昨晚招待客人那一房间……

高真将女儿放在桌前的椅子上:“乖女儿,自己先在这儿练着写几个字,啊?”

女儿:“妈妈,我爸爸真是给学生讲课去了么?”

高真:“妈妈怎么会骗你呢?”

女儿:“那,爸爸出门时,找到他的礼帽了么?”

高真微笑摇头。

女儿:“那,爸爸生我的气了么?”

高真:“爸爸没生你的气。爸爸知道你把他的礼帽藏了起来,是怕他又出远门了。”——吻了女儿一下,想想又说,“你多么爱他,爸爸也像你爱他一样爱你。好了,练习写字吧,妈妈要去将那个房间布置一下,说不定你爸爸晚上就会带一些客人回来……”

美专一间教室里,黑板上悬挂着《伏尔加纤夫》。

闻一多在讲课。

“诸位,上一堂课我们讲了西方唯美画派,这一堂课我们要讲西方现实主义画派。画家的眼,不是天生与众不同,只见这世界的美,而无视这世界其他一切景象的眼。不,画家不是,也不应该是这样一批怪人。画家所见,都需经过他的心灵加以一番深切的感受,然后才由画笔之下产生出来画。当这个世界上丑陋多于祥和、美好,苦难多于幸福,善良遭到欺凌,正义受到压迫,而勤劳成了被剥削的代名词,画家的心灵里,便自然而然地涌动着不平、同情和悲悯。这是画家听命于的另一艺术的原则——人性和人道主义的原则……”

学生们全神贯注地聆听着。

晚。

燃烛……闻家客室里,几乎满满地坐了一屋子人;窗开着,有人在吸烟，有人在饮茶，有人在站着侃侃而谈，有人在抱臂倾听……

高真端入一盘切好的西瓜，之后微笑退去……

闻一多家的这一间格调特异又摆设简单的客厅，成了当时北平不少文化人士相聚的沙龙。这些诗人和教授学者们，这些中国早期留洋归来的年轻的文化精英们啊，只要中国的局面稍显稳定，哪怕是短短几个月的稳定，他们那种渴望以文化报国，以教育强国的良好愿望，便试图趁机生长出片片新叶……然而，现实总是一次次冷酷无情地撕碎他们的憧憬。

深夜的北平，突然枪声大作。

信号弹凌空而起。

紧随而来的是爆炸的火光，尸横街巷的情形……

京报社。

士兵扑来，包围门前；一军官策马而至，挥鞭一指。

众士兵奔上台阶，以枪托砸门——门开，一身着长衫者昂然伫立门内，怒视曰："我是《京报》主笔邵飘萍，《京报》和我本人违反了哪一条国家法令，你们荷枪实弹围剿报馆？……"

马鞭一挥，排枪齐射，邵飘萍血染长衫，捂胸倒下……

士兵们闯入报馆，一轮抄捣之后，将许多报和书堆在报馆阶前，纵火焚烧。

火光中，邵飘萍死不瞑目，血顺着手指淌，可怜手中还握着笔……

南北各报标题：

昨日国军撤出；奉军占领北平

赤化罪名席卷北京；新思想旗手李大钊罹难

闻家客厅。

窗扇在风雨中忽开忽合，砰砰作响。

近窗的两面墙，壁纸已淋湿，已刮破，有部分翻垂于地；而被雨浸着的部分，各种色彩杂混一片，模糊狼藉。

列车在原野上疾驰。

车厢里拥挤不堪，拖家带口守着大包护着小包的逃难者一个个愁眉不展。

闻一多夫妇坐在双人座上，他怀里抱着女儿；而女儿不住地咳嗽。

坐在他们旁边过道的是一家四口：夫妇俩和一男一女两个孩子；两个孩子都比立瑛大几岁……

女儿又一阵咳嗽，高真从袋子里掏出一个西红柿给女儿："乖女儿，吃个西红柿压压咳嗽吧，啊？"

女儿听话地接在手里，刚咬一口，发现那一男一女两个孩子眼馋地望着她咽口水，她含着一口西红柿咽不下去了……

闻一多悄问高真："还有么？"

高真也发现了那两个孩子的馋相，又从袋子里掏出了两个西红柿给他们。他们一接在手里，也不道谢，立刻张大口便吃……

当父亲的看去是个小买卖人，可怜兮兮地："这位先生，谢谢你们了！"

闻一多："都是父母，又同在路上，不必言谢。"

那当父亲的："今天这个大帅打那个司令，明天那个司令打这个大帅，公说打得有理，婆也说打得有理，可叫老百姓怎么活呀！……"

高真："你们这是……往武汉去投亲？"

那当母亲的："武汉哪里有亲啊，赶上了一趟火车，也不管是开到何方去的，逃命要紧呗……"

闻一多："你们……不逃的话，不安全？"

那当父亲的左看右看，压低声音道："我们不过是开小小杂货铺的小百姓，从来跟政治不沾边的。可她一个弟弟，在《京报》当临时的记者，不知怎么,就被说成是邵飘萍的同党,一个夜里给抓了去,死活不知。我们那小小的杂货铺,第二天也被抄了个底朝天……不是怕受牵连,性命不保么……”

闻一多皱眉听着,习惯而又心烦意乱地掏出烟斗叼在嘴上,刚欲划火柴,被高真的手阻止了。

“忍忍,跟前都是大人孩子……”

“乖女儿,让妈妈抱一会儿。”闻一多说着将女儿放在高真膝上;接着,又一一抱起地上两个孩子放在自己腾出的位置上。

闻一多叼着烟斗,往车厢过道走去。

闻一多站在车厢过道,划着火柴吸烟斗。

闻一多的心声:“孙文先生,您去得太早了!叫我们中国的老百姓,还能指望谁们呢?……”

“先生。”一个女人的浪声浪气的声音。

闻一多回头,见是一个涂脂抹粉的妓女……

妓女:“先生,给支烟抽行不?”

闻一多厌恶地又将头转了过去……

妓女的手从后轻搭在闻一多肩上:“哟,不愿理我呀!连支烟都舍不得给我们女人抽啊,这么小气呀!”

闻一多一斜肩,躲开妓女的手,从嘴上取下烟斗,冷冷地:“我不吸卷烟。这个,你接受得了么?”

妓女:“哼,真不识相!”扭动腰肢,离开了过道。

闻一多又转望窗外,深吸一大口烟斗,呛得一阵咳嗽。

“二月庐”里,闻一多叼着烟斗在给弟弟家驷写信。高真在小院里熬药……

家驷吾弟:见字如面。

我给你写此信时，已辞北平美术教师之职，全家返回蕲水数日矣。奉系军阀攻占北平，实行白色恐怖，北平文化知识人士，已无半点思想自由言论自由之空间。我的朋友赵太侔、徐志摩、丁西林、叶公超、饶孟侃等也已对北平时局深觉压抑，先后南下去往上海。唯余上沅因事羁绊，暂作滞留。没有思想自由及言论自由之地，加之友人纷去，那地方对我便如同沙漠。偌大中国，南有上海，北有北平，我辈文化知识人士，弃憎上海而聚北地，乃避上海之邪狞势力；今弃北平而往上海，实为相同原因。然上海北平两地，今日此地杀戮，明朝彼地镇压，呜呼，哪里又真的是文化知识人士摆放灵魂之地呢？……

高真端一小碗药进入，放于桌边，轻声地："已经不烫了，喝了吧。"

闻一多："不。"

高真："女儿病着，你又连日咳嗽，还不服药，还继续吸烟……"

闻一多扭头瞪着高真道："这会儿你别烦我，好吗？"

高真怔了怔，猛转身离去。

闻一多再吸烟斗时，已灭。拿起火柴盒欲重点燃，已空。

闻一多攥着烟斗，望着写了一半的信发呆；片刻，起身走到外边，却见高真的背影坐着拭泪。

"别生我的气，我心里实在太烦闷。"

高真停止拭泪，然而并没转身，也没回头，仿佛反而坐得端正了。

闻一多："我出去走走。"

高真的背影仍没反应。

闻一多望着她的背影站了片刻，缓缓走了出去。

望天湖——晚霞如火，映在湖中。闻一多远远走来，湖上吹来的风，轻抚着他的长衫下摆。

远船鼓帆,近舟荡橹。

闻一多长舒一口气,两船之间,忽然对起渔歌。

一老者历尽沧桑的声音:

望天湖上徒望天,
一条破船伴一生;
只盼鱼虾进我网,
换得粗粮小半升……

姑娘嘹亮而又悲哀的声音:

望天湖上徒望天,
生在破船到如今;
我命好比破渔网,
还我债者娶我身……

歌声一停,周围归于岑寂。

不知过了多久,闻一多才心事重重地回到了闻宅。

韦奇见着他,小声地:"一多,你到哪里去了? 怎么弄成这个样子? ……"

闻一多:"我在湖边散散心,不成想跌了一跤。"

韦奇:"刚才,你父亲请来的老中医,给立瑛诊了诊病……"

闻一多急切地说:"医生怎么讲?"

韦奇欲言又止。

"说呀!"

"医生讲,症状不太好,只怕发展下去会成肺炎……"

闻一多不再问什么,急往前走。

闻一多轻轻推开自家屋门——见女儿伏在床沿，看着地上一只盆，高真坐于床边，一手爱抚着女儿的头……

高真和女儿同时抬起头，女儿高兴地："爸爸快来看鱼！"

高真："你这是怎么搞的？"

闻一多："跌了一跤。"

高真："湖边都是平平的沙滩，你竟也会跌跤，亏你还是个大人！"

闻一多坐在女儿另一边，也和高真那样，望着盆中鱼，一手抚爱女儿的头。

高真："我给你找换的衣服。"起身去打开箱盖。

闻一多："告诉爸爸，哪儿来的这条鱼？"

女儿："问妈妈。"

高真一边翻找衣服一边说："韦奇在厨间帮忙，见买的鱼中有这条活的，就用盆端来了给女儿看着玩儿。"

闻一多："爸爸认得这条鱼。"

女儿："骗人！"

"爸爸真的认得这条鱼——爸爸在湖边走时，看见这条鱼被水冲在沙滩上，是爸爸救了它，使它重新回到湖里。它呢，为了谢我，就来到我们家，让你看着开心……"

女儿："可……它是怎么来的呢？"

闻一多一愣："是啊。问得有理，这倒难住爸爸了……"

女儿："爸爸使它重新回到了湖里，打鱼的人不还是用网把它打上来了吗？它不还是要被人买了吃掉的么？"

闻一多："是啊，是啊，这又成了一个问题……对了，这不是一条普通的鱼，这是一条神鱼，就是我们在北京的家里，客厅墙上画的那种神鱼。所以它想来到我们家里让你看着开心，它就能……"

"爸爸，那，神鱼是不会死的吧？"

“当然。神鱼嘛,怎么会死呢!”

女儿爬起,扑向闻一多怀抱:“爸爸,我想家了……”

闻一多:“乖女儿,你不是正在家里么?”

女儿:“我想咱们北平的家了,想那个小院子,想咱们墙壁上画了好多画的客厅,还想那些喜欢我,一来了就读诗给我听的伯伯、叔叔……”

闻一多亲吻了女儿一下:“是啊,爸爸也想咱们北平的家了……”

“可……咱们为什么要离开北平那个家,回到蕲水这个老家呢?”

“这……因为你妈妈想咱们蕲水这个老家了呀!”

“妈妈,是吗?”

高真:“你爸说是那么回事,就算是那么回事吧!”回头瞪了闻一多一眼。

女儿:“爸爸,咱们什么时候再回北平那个家呢?”

闻一多:“爸爸向你保证,等我乖女儿的病好了,咱们就回北平那个家。”

高真将一叠衣服往闻一多身旁一放,又说:“刚才忘了,上海有封来信。”

闻一多:“在哪儿?一定是潘光旦的来信,我知道他也回国了!”

高真:“说到你的朋友们,眼睛都发亮!在桌上呢,自己拿去。”

闻一多放下女儿,急至桌前,拆信看信。

闻一多激动地:“潘光旦请我到上海去,共议事业!”

高真和女儿闻言皆愕。

晚上,一家三口已在床上,女儿熟睡着,怀抱闻一多礼帽;高真背靠床头,在看一卷什么诗卷,样子显然不愿理丈夫。

闻一多低声地:“近些年来,家道中落,早已是入不敷出。父亲这位大家族的当家者,嘴上从来不说什么,心中却是有无尽难处,无尽忧郁的。这一点,你也应该看得出来。前两天,母亲说,为了节省开销,应该遣去几名用人。可父亲还反对,说这种艰难岁月里,遣去用人,他们又哪里去再找一条出路呢？只要闻家人还吃得上饭，就不能遗弃他们……”

高真无语，似听非听……

闻一多：“我十三岁时入清华，二十三岁留美，已花去了家中不少钱；驷弟如今留法，也是家中一个大的经济负担。现在我已二十七岁，已是丈夫，已是父亲，撇开一切知识者和国家、民族的关系不谈，单论一位丈夫和父亲的家庭义务，你也是应该理解我的啊！如此长期地赋闲在家乡，我闻一多成了什么呢？我心里每天又在苦闷些什么，烦愁些什么？你就一点儿也猜不到么？”

高真无语。

“也许，到上海不久，我便会谋着一份稳定职业的啊！……”

高真终于放下了书卷：“可眼下女儿正病着！”

“不是还有你这位母亲么？”

高真赌气一扭身，搂着女儿躺下了。

闻一多沉思片刻，下床打理行装。

顾虑到女儿的难舍难分，两天后的夜里，闻一多悄然离开了家乡。

高真搂女儿睡着——女儿怀中依旧抱着他的礼帽。

月光洒在母女二人身上、脸上。站在床边的闻一多，轻推高真：“醒醒，醒醒，我要走了……”

高真却没睡着——她赌气一撩胳膊，拨开了闻一多的手。

闻一多发愣。

闻一多欲从女儿怀中抽出礼帽，孰料女儿反而将礼帽抱得更紧，口中喃喃着梦话：“爸爸别走……爸爸别走……”

闻一多欲俯身吻女儿，但并没有吻下去便直起了腰。然后，无声地从床边退开……

闻一多一狠心，转身蹑足向外走——目光落在那只养鱼的盆里，盆放在高凳上，鱼已死，翻着白肚。

闻宅的大门轻开一道缝 —— 闻一多的身影闪出门，见韦奇已扶担等候阶下……

闻一多踏下台阶道：“我们走吧。”

韦奇：“你忘戴礼帽了。”

闻一多：“没找着，不戴也罢。”

月光下，二人离去。

二人行走在家乡的田径上；万籁俱寂，担子在韦奇肩上颤，发出有节奏的“吱扭”声……

上海火车站。

潘光旦驻足翘望——闻一多随人流而出。

潘光旦一眼发现他，也不招呼，两臂左右拨开人流，突然地就站在闻一多跟前。

闻一多因撞了他而道歉：“先生，对不起。”

潘光旦：“一多！……”

闻一多扶扶眼镜，定睛一看：“潘兄！”

两位清华挚友，紧紧拥抱。

闻一多大动真情地：“潘兄，我想极你了！”

潘光旦夺下他的皮箱，一手握其腕，扯着便走：“跟我来，咱们回家！”

潘光旦家。

潘光旦仍握着闻一多手腕走向客厅。

“一多，有一份惊喜在客厅里等待着你。”说罢，闪到一旁。

闻一多看潘光旦一眼，猜想而又猜想不到地开了门。

坐在沙发上的顾毓琇放下手中一份杂志，微笑得有几分腼腆地站了起来。

闻一多：“毓琇！”

顾毓琇:“一多兄!”

二人紧紧拥抱。

潘光旦在一旁看着笑。

闻一多看着潘光旦笑问:“你这家伙,路上怎么不告诉我?”

潘光旦:“路上已经告诉你了,你此刻还享受得到这一份惊喜么?”

顾毓琇:“一多兄,你清瘦多了!”看着潘光旦问,“是不是?”

潘光旦:“是啊,我几番攥着他手腕,觉得他连手腕都瘦了!”

闻一多:“我连手腕都瘦了?”低头,自攥手腕。

潘光旦:“那可不。你呀,先什么都不要想,和毓琇安心地在我家里住些日子,我当你们的仆人,为你们服务。”

闻一多:“你信上不是说,要我来是共同商讨到吴淞国立政治大学任教的事么?”

潘光旦:“你看你,叫你先什么都不要想,你还是一开口就离不开这个事那个事!”一边说,一边走向盆架浸毛巾。

顾毓琇:“一多兄,潘兄如何安排,你我暂且一概听他的就是了。”说着,执闻一多手,重新坐于沙发。

潘光旦将湿毛巾递给闻一多擦脸。

闻一多还毛巾时,又问:“吴淞的国立政治大学,现在校长是谁呢?我若去了,能为学生开哪一门课呢?”

潘光旦:“无可奉告,无可奉告!”

三人都笑起来。

几天后,闻一多受聘为吴淞国立政治大学教授兼训导长。又几天后,收到妻子高真来信。

训导长办公室内,闻一多在看信。

一多：立瑛病重，每抱着你的礼帽，泪眼汪汪想爸爸。晚上睡觉，也必抱着你的礼帽，梦中常“爸爸，爸爸”地叫着哭醒……

门开了，一名校工进入，在门口说：“闻先生，您大概忘记开校务会的事儿了吧？校长叫我来请您，大家都在等着呢……”

闻一多：“开会？……哦，对了！”急揣起信，“快去告诉大家，我立刻就到。”

会议室。

包括潘光旦、顾毓琇在内的教授们都在等。

校长：“我们的训导长这是怎么了？”

潘光旦：“校长，我来时，见有几名学生因住宿问题纠缠住了他……”

校长：“唔？学生们的住宿出了什么问题？即使有问题，也不是该找训导长解决的啊。”

顾毓琇：“是啊，但学生们既然找到他头上，他也只有耐心听听啊！……”

校长：“那，我们不等他了，先开会吧。”

闻一多此时推门而入，抱歉地：“诸位，实在对不起，来迟了……”

校长：“快请入座吧。”

闻一多刚在顾毓琇身旁坐下，校长就问：“学生们的住宿情况，究竟出了什么问题？”

闻一多一怔。

顾毓琇踩他脚，潘光旦向他使眼色……

闻一多：“唔……也没什么特别的问题……”

校长：“诸位，现在的吴淞国立政治大学，教授中多是清华同窗。闻一多先生加盟之后，应更显清华同窗们投身教育事业的集团实力。校誉提高，实是清华同窗们的执教水平向社会的显示；倘校誉不振，也必连累清华同窗们的能力评说，兹事乃大。故本校长，尤望清华同窗之诸教授，不遗余力，孜孜以求……"

闻一多神情恍惚。望着他的潘光旦和顾毓琇交换眼色。

散会。三人一起走在校园里。

闻一多："你们知道学校附近有没有照相馆？"

顾毓琇："出了校门右拐，走不多远有一家小小的照相馆。"

闻一多："那，失陪了。"转身便走。

潘光旦、顾毓琇互看一眼。

"一多……"

闻一多站住，转身。

潘光旦："一多，你没什么事瞒着我们吧？"

闻一多摇头。

顾毓琇："一多兄，我们都觉得你有心事。倘被苦恼纠缠，何不说出，我和潘兄也可帮你化解啊！"停顿了一下，又说，"难道，我们不都是你的莫逆之交么？"

闻一多不禁轻轻拥抱了顾毓琇一下，又拍了拍潘光旦的肩："闻一多苦恼了，不向朋友们倾诉，还会对哪些别人去说呢？你们放心，只不过家中来信告诉我，女儿想我了，我照张照片寄回就是……"

顾毓琇："我替你抓了几服养胃的中药，放在校工那儿了，嘱咐每晚代你煎熬，你可一定要按时服用啊！"

闻一多："一定。"又转身匆匆而去。

潘、顾二人久望其背影。

潘光旦："据我看来，一多绝不是一个应该早早做丈夫做父亲的人；可他的大家族，却又一意孤行地使他早早成了丈夫和父亲。这样一来，便苦了他了。"

顾毓琇："是啊，偏偏他又是孝子，偏偏他一旦做了丈夫和父亲，又想要像他作诗一样,作得完美,作得无懈可击……”

潘光旦长叹一声。

小照相馆里。

闻一多端正而坐,但表情却那么忧郁。

“咔嚓”一声。

照相老师傅:“好了。”

闻一多:“何时可取?”

照相老师傅:“最快三天。”

闻一多:“能不能快些?老师傅我求您了,我女儿在老家想我想得可怜!我多给你钱……”

闻一多从兜里掏出一把钱塞在照相老师傅手中。

照相老师傅看着道:“钱就不必多给了,我也只能答应您提前一天……”

照相老师傅欲还钱,闻一多推开他的手,真诚地:“老师傅既然理解,那就千万请收下……”

闻一多走入一条小巷中,前后无人。

“爸爸!……”

闻一多转身,高真牵着女儿的手出现;女儿挣脱,扑奔向闻一多。

闻一多也扑奔向女儿。

然而短短几步距离,相向展开双臂的父女,却怎么也抱不到一起。

“爸爸!爸爸!爸爸……”

女儿脸上流着泪。

闻一多猛然坐起于床,却是一梦 —— 窗外,一轮明月幽幽,床前一片月光。

第十三章

闻一多走出教室，遇潘光旦、顾毓琇夹着教案并肩走来。

顾毓琇："一多兄，对这一批学生们的印象如何？"

闻一多："你们怎样评价？"

顾毓琇："别管我们怎样评价，先直言你的看法。"

闻一多："普遍都很努力，也都是可塑之材，教之欣慰。"

顾毓琇看着潘光旦说："你请客。"

闻一多："你们葫芦里卖的什么药？"

潘光旦笑道："我认输。"

顾毓琇："谈到这一批学生，我俩打赌：潘兄认为，你是个完美主义者，有时未免太过理想化，所以判断你对这一批学生的评价也许不会太高。而我与他相反，认为你自从回国以后，其实对许多事的态度已变得较实际……"

闻一多："中国之事，无论教育，还是其他方面，都需有人从实际着手，不浮不躁地做起。从前那个是完美主义者的闻一多，未免浅薄啊！"

顾毓琇："我听到同学们都称赞你讲课讲得激情澎湃，举例深刻。"

潘光旦："哎呀，你就别说佩服他的话了！你越那么说，他越谦虚，越会作自我批评，叫我们听着竟然不知再说什么好！都跟我走，我既打赌输了，今晚我请客！”

三人正边说边走，校工拉住了他们：“闻先生，您的信！”

闻一多接过信，潘光旦从旁看着道：“嘿，是嫂夫人写来的吧？你才到上海不久嘛！何至于鸿雁频频啊！”

闻一多笑道：“无非是告诉我，收到了我的照片，女儿的病好了。”说着拆信。

顾毓琇挽起潘光旦道：“人家夫妻间的信，你也从旁看的么？我们先走，让他自己看完信，免得他跟我们走着却三心二意！”

二人离去。

闻一多看信。

潘、顾二人走出校门，仍不见闻一多跟上，觉着奇怪。

潘光旦：“这家伙，准是立刻回宿舍写信，把我请客的事忘在脑后了！”

顾毓琇：“我们找他去！”

潘、顾二人推开闻一多宿舍的门，见闻一多乱了方寸地胡乱往皮箱里塞东西。

潘光旦：“一多，你这是？……”

闻一多转身，早已是泪流满面……

顾毓琇：“一多兄，你怎么了？家中出了什么事？”

闻一多双唇抖抖地说不出话。

潘光旦从地上捡起信纸，看片刻，递给顾毓琇。

顾毓琇看片刻，望着闻一多说：“一多，你要想哭，就大声地哭出来吧！”

闻一多终于说出话：“我……我要回家……趁女儿的尸身还没下土，我要再看她一眼……”

潘光旦和顾毓琇，一左一右走到了闻一多身旁。

顾毓琇："那，我现在就去给你买票，也许能买到明天的。"言罢，极其同情地看了闻一多一眼，转身而去……

潘光旦："都是我的罪过，不该那么急催你到上海来……"

泪流满面的闻一多摇头。

潘光旦："一多，你……你恨我吧！"

闻一多突然拥抱住潘光旦，脸埋在他肩上，自己的双肩一阵剧烈耸动。

许久，才听到他发出一上一下低低的难以遏制的哭声。

闻一多的画外朗诵之声：

我没回来，
乘你的脚步象风中荡桨，
乘你的心灵象痴蝇打窗，
乘你笑声里有银的铃铛，
我没回来。

我该回来，
乘你的眼睛里一阵昏迷，
乘一口阴风把我灯吹熄，
乘一只冷手来掇走了你，
我该回来。

我回来了，
乘流萤打着灯笼照着你，
乘你的耳边悲啼着莎鸡，
乘你睡着了，含一口沙泥，

我回来了。

闻一多幻见女儿张扬着双手从远处迎他跑来,闻一多迎去;女儿的身影消失……

"爸爸!"

女儿的身影又从背后传来,闻一多转身,又是幻见女儿张扬着双手迎他跑来的身影;迎去,女儿的身影又消失……

"爸爸!"

"爸爸!"

随着凄切的唤声,女儿的身影出现在左边,出现在右边,出现在四面八方。

家。

高真病在床上。

门骤开,闻一多入内。

"立瑛埋在哪儿?"

高真扭头,双手捂脸,无声而泣……

一丘新土小坟前,闻一多垂首而立。

也许你真是哭得太累,
也许,也许你要睡一睡。
那么叫夜鹰不要咳嗽,
蛙不要号,蝙蝠不要飞。

不许阳光拨你的眼帘,
不许清风刷上你的眉。
无论谁都不能惊醒你,

撑一伞松荫庇护你睡。

也许你听这蚯蚓翻泥，
听这小草的根儿吸水。
也许你听这般的音乐，
比那咒骂的人声更美。

那么你先把眼皮闭紧，
我就让你睡，我让你睡，
我把黄土轻轻盖着你，
我叫纸钱儿缓缓的飞。

闻一多单膝跪下，抓起预先准备好的纸钱挥洒，纸钱漫天飘舞，女儿轻轻的幽怨的声音回旋耳际：

“爸爸！”

“爸爸！”

闻一多左顾右盼。“女儿，女儿，是你在地下呼唤我么？”

正在丧女的哀伤难以排遣之时，国共合作时期的武汉国民政府，在汉口、九江收复英国租界，大得人心，举国为之振奋。

“绵葛轩”阁架上的陈列之物以及四壁的字画，已少了许多，处处空白。

闻父背着手，在望一对条幅，其上写的是：

鱼龙寂寞秋江冷
故国平居有所思

闻父："韦奇。"

"先生，我在。"韦奇随声而入。

闻父："这个，也取下来，典了去吧。"

韦奇："先生，您不是说过，这是一幅名家的真迹吗？"

闻父："是啊，在闻家传几代了……"

韦奇："那不是很可惜么？"

闻父转身看韦奇一眼，目光环视，落于空白处时，神色黯然。

韦奇："不必再跟二先生他们商量商量了么？"

闻父摇头："已经商量过了。"又连连挥手道，"摘了去吧。"

韦奇用挑竿挑下条幅，一一卷起，扎好，用块红布包了；而闻父一直不看。

韦奇一抬头，与闻父四目相对；闻父隐掩地转过身。

韦奇："先生，那，该还什么价呢？"

闻父："这一二年里，你没少替闻家出入典当之所，对于时下行价，你心里已有点儿谱了，你看着办吧！我是完全信得过你的，这一点你知道。"

韦奇："那，韦奇斗胆替先生做主了。"

韦奇出来，与正进来的闻一多相遇门口。

闻一多："你夹的什么？"

韦奇欲言又止。

闻一多发现了墙上新的空白，心中一急："父亲，您不能……"

闻父背着身，竖起一掌制止道："不要多言了。"

闻一多："韦奇，你先别走。"

闻父转身道："韦奇，照我的话去做。"

韦奇出门时，暗向闻一多摆手。

闻一多瞥见，欲言又止。

闻父："古瓷字画虽稀，也并不值得父子间为之争议什么，不过皆身外之物罢了。当藏则藏，当去则去，不足论道。”

闻一多：“我明白了。”

闻父：“家驷最近有信写给你么？”

闻一多：“他在法国一切都好，学业勤奋，生活俭朴，请父亲放心。”

闻父：“你给他回信时，转达我的意思——国家兴亡，匹夫有责，古人的话自然是气概豪迈的。青年忧国爱国，精神也自然可嘉。但是，倘自己学无所长，业无所精，到头来，那爱国的满腔热忱，也不过就成了一逞匹夫之勇的行为。须知，谭嗣同的献头取义，与匹夫的洒尽鲜血，对于一国之兴亡的警醒作用，意义很不同的。”

闻一多张了张嘴，将话吞回。

闻父：“你好像对我的话不以为然？”

闻一多：“我一定向驷弟如实转达父亲的话。”

闻父：“听来还是不以为然。你不以为然就不以为然吧。你已经是任过教授之人了，我们父子之间，孰是孰非，可以互不强加的。”

闻一多：“父亲，我要告诉您，我将到武汉去。”

闻父：“唔？”想了想，同意地，“也好，你们夫妻，刚刚失去爱女，悲伤郁结于心，我是看在眼里的。立瑛之死，我和你母亲也是格外伤心的，你们到你岳父家去住些日子，免得在这里处处触景生情，这也是我打算劝你们的想法。”

闻一多：“我不是到岳父家去，自然也不会带着细君。”

闻父：“那你到武汉去干什么？”

闻一多：“朋友相告，武汉方面国民革命军总政治部邓演达，欲聘我担任政治部艺术股股长兼英文秘书。”

闻父默默地看了闻一多许久；闻一多迎视着父亲的目光，毫不躲闪。

闻父：“你什么意思？”

闻一多：“我没别的意思。既然我已经正式答应了前往应聘，怎能不告之父亲？”

闻父：“可是依我听来，你的意思分明是，我这位父亲同意也得同意，不同意也得同意。”

闻一多：“父亲刚才自己也说，我已经是任过教授的人了，那么，似乎不必凡事再由父亲替我做主。”

闻父：“你忘了我们闻家子弟绝不涉足军政的遗训了么？”

闻一多：“依我理解，这一条遗训的本意，乃是教诲我们闻家子弟，不为官位而钻营于政界，不为权柄而混迹于军旅。今我去往武汉，所受之职不过小小一个股长。我认为现在是国家图强之举急需各类人才效力报国之际，故而不担违背先人遗训之罪名。”

闻父：“这么说，你已很坚定了？”

闻一多：“儿意已决。”

闻父转身，缓缓走向一把椅子，坐下，不再看闻一多，神情凝重而愠色怫怫。

闻一多望着父亲，经久地沉默。

闻一多：“如果父亲再没什么教诲之言，儿退下了……”

闻父缄口，一动不动，闻一多一转身走向门外。

闻父：“站住。”然并未抬头。

闻一多驻足门口并未转身。

闻父：“我的话，你可以越来越不以为然了，你妻子的态度，你不可以不考虑吧？你征得她的同意了么？”

闻一多：“我想她会理解我的。”

闻父：“这么说，你还没跟她讲。”

闻一多：“今天就要跟她讲。”

闻父：“身在军旅，又意在报国，赴汤蹈火的关头总是要面临的，你已经做好了舍生取义的准备了么？”——仍未抬头。

闻一多：“儿并不崇尚匹夫之勇。如临担当正义之关头，纵如谭嗣同一样的死法,亦在所不惜……”

又是一阵沉默。

闻父低低的声音:“既然如此,那我再无话可说。我会交代韦奇将你一直送到武汉……”

闻一多终于回头,转身。

闻父坐姿如故,但见其老泪正落襟上,一滴,两滴……

闻一多不由得走到父亲跟前。

“父亲,我不是想成心惹您生气……”

闻父:“我并没生你的气。”

闻一多双膝一跪:“父亲,于国,于家,儿都有一份责任啊!我想……以后驷弟留法的经费,应该由我来担负才对,再不必父亲操心筹措了……”

闻父:“你起来。”

闻一多站起。

闻父扭头以袖拭了拭泪,凝视闻一多,表情又恢复了尊严:“记住,从今以后,再也不必跪我。你孝敬父母的榜样,早已做得很好,包括你的婚事,也是由于有孝心而顺从了父母的。这一点,我心里也清楚。而且每一想到,不无内疚……”

闻一多:“父亲,高真既已为我妻,我将会在夫妻关系上永远对得起她,决不做……”闻父竖掌制止。

闻父:“家驷给我写的信中,言及准备回国参加公费留法学生的考试,我相信,他定能如愿以偿。所以他,你也不必太过担心什么,常与他通通信,替我多多地关怀他就是了。”

闻一多:“我也相信,以家驷的学业成绩,考取公费留法资格,是十分有把握的。”

闻父:“你妻不是又有身孕了么?”

闻一多点头。

闻父:"今后,你只要尽到为人夫,为人父,为人友,为国家文化知识人士的种种责任我就欣慰了。'爱子,教子以义,弗纳于邪'。可知这是何人的话?"

闻一多:"《左传〈隐公三年〉》所载石蜡之语。"

闻父点头:"生老病死,人间常道。哪一天我和你母亲到了寿终正寝之时日,你若身在近地,能赶回来看上我们一眼,自然很好;若身在千里之外,不能及时赶回,也不必哀哀抱憾终生。我此刻便代表你母亲,提前谅解你……"

闻一多也流下眼泪来:"父亲……"

闻父:"你别打断我,想我闻延政,不过一前清秀才,沧海桑田,国废科举,已成于国于民无用之人。所幸五子中你和家驷,自幼勤学苦读,终成国家新文人知识者,此我大慰。尤其你们兄弟两个,今后当互励互勉,无论中国之局面再怎样风云变幻,动荡不安,宁肯固守清贫,也万勿为一时一世之荣华富贵,做下有辱闻氏子弟清明正气,遭万夫所指之事。这番话,我早就想对你说的。今日一并说了,以后父子再见,我也就不会再说它了。"

闻一多:"父亲,儿一定铭记于心,将来也一定要使儿女们铭记不忘。"

闻父挥挥手:"那,你就去吧。"

闻一多低头退出。

武汉。国民政府办事处。

闻一多在韦奇陪送之下行来,驻足高阶下,仰望道:"应该就是这个地方了。"

韦奇放下皮箱,作义士长别般拱手道:"那么,我回去了。"

闻一多:"你已从蕲水送我到武汉了,何不陪我进去一下呢?"

韦奇犹豫了一下:"也好,沾你的光,亲眼见识搞革命的军人们都是怎样的。”

闻一多一手抢先拎起皮箱，一手挽起韦奇，不无兴奋地登阶而上。

左右两名警卫同时伸出手臂：“先生，有何贵干？”

闻一多：“我是受总政治部邓演达主任之聘，前来报到的。”

另一个问：“您是闻一多先生吗？”

闻一多点头。

对方：“长官已通告您今日到来，命令礼貌放行。不过……”

闻一多：“需要看我什么证件？我什么证件也没随身带着……”

另一人：“那倒不必。看您的样子就像位写诗的人。”指指韦奇，“不过他不能进，这是警卫规定。”

韦奇笑了：“我说我回去嘛！”

闻一多：“你先别急着走，就在这儿等我一会儿。几分钟后我出来接你，一定让你亲眼见识见识搞革命的军人们都是怎样的一些人士。”

韦奇：“那是开玩笑的话，不见识也罢。”

闻一多：“总之你得等我！”大步走进去。

韦奇在台阶上坐下，掏出一包卷烟。

一名警卫：“这位公民，你不能坐在这里，更不能在这里吸烟。”

韦奇扭头奇怪地：“在跟我说话？我不叫公民，叫韦奇。”

两名警卫互相看着一笑。

韦奇还是收起烟包站了起来：“不许我坐这儿，不许我在这儿吸烟，是吧？”下几级台阶，问，“那么我待在这儿可以了吧？”

一名警卫做手势，示意他再往旁边站。

韦奇往边上站了站：“行了吗？”

另一名警卫默许地点点头……

韦奇：“哎！两位兄弟，请教一个问题，你们告诉我这革命和起义有什么不同？”

两名警卫突然都将身子站得笔直，并同时立正敬礼。原来是有一行几名军官登阶而上。

军官们进去后，韦奇又说："你们还没回答我刚才的问题呢！"

一名警卫将手拢在嘴边告诉他："不许说话，否则军纪处分！"

韦奇："往靠近革命的地方一站，就连话都不许人们说了么？"

另一名警卫同样地："不是指你，是指我们自己！"

韦奇："明白了。那你们就别说，只听我说吧。要论这革命和起义是一回事呢，那么我还做过你们的榜样呢！我祖父曾在太平军里做过统领长啊，可谁料到，太平军的下场会那么悲惨呢！结果不是清军杀败了我们，是太平军自己人搞垮了自己人。要论这革命和起义不是一回事呢，那么就我韦奇所知，为革命争城夺地一死一大片的，还不是像当年的太平军一样，尽是些日子过不下去的农民弟兄……"

两名警卫突然又挺直身子，肃然立正敬礼，原来是一身军装、头戴军帽的闻一多出来了……

闻一多下阶走向韦奇，韦奇陌生地望着，又往旁边站，一时竟没认出他。

闻一多："韦奇，为什么躲我？"

韦奇定睛看清，笑了："是你呀，军服一穿，军帽一戴，认不出来了……"

闻一多笑了："看，我有了邓演达主任亲笔批的条子，现在你可以随我进去了。"

韦奇："就不了吧。"

闻一多："怎么又不了？"

韦奇："见识了你，也见识了他们。"指指阶上两名警卫，"等于见识着了嘛！现在，我有点儿明白了……"

闻一多："唔！明白了什么？"

韦奇："我明白我们太平军当年为什么败得那么惨了。当年像你这样的文化人，参加太平军的太少了……"

闻一多："那也不是主要的原因。"

韦奇："我常想，当年我父亲的父亲他们一块儿参加的太平军怎么一起就无可阻挡，一败就不可挽救了呢？从小想到现在，总算开窍了一点点……"

闻一多："韦奇，这个问题一言难尽的啊！我刚报到，马上就有工作了，不能陪你聊下去了。既然你又改变了主意，我也不勉强你，在此和你告别了。"

闻一多双腿一并，举手向韦奇敬了个礼。

阶上的一名警卫纠正道："长官，错了，应该右手。"

闻一多望了那警卫一眼，与韦奇同时笑了。

闻一多："那就再来一次。"

又敬一礼，转身奔上台阶。

韦奇望着他的背影，笑道："天生当教授的材料，居然也成长官了，看把他高兴的！"

闻一多登上台阶，推开一扇门，进入一个很大的房间。房内立一块很大的画板，已固定了画布；一应画具，也摆好在一张桌子上；还有两名女兵，背对着他，在窗前低声说笑……

两名女兵停止了说笑转过身来，同时敬礼道："报告长官，我们随时听候您的命令。"

闻一多困惑地："我，没什么事命令你们……"

一名女兵："邓演达长官命我们前来协助您完成一幅宣传画。"

闻一多："那，你们一定是画过的了？"

两名女兵一齐摇头。

闻一多略显失望地："那你们去吧，我这里不麻烦你们。"

另一名女兵："可是……"

闻一多摘下帽子往桌上一放，一边解军衣扣子一边说："请你们回复邓演达长官，就说我一个人会画得更快些，保证按时完成。”

两名女兵一时不知所措，你看我，我看你。

闻一多将脱下的军衣往椅背上一搭，望着她们又说：“多谢了，可是我真的没什么事让你们做的。”

两名女兵只得怏怏离去。

门外传入她们中一人的话语：“不过是小小的股长，军衔才是尉官，神气什么呢？”闻一多摇头一笑。

闻一多挽起衬衣双袖，执画笔在手，站到画板前，沉思之后又放下画笔，操起了一柄板刷，饱蘸红色颜料，猝然在画布上落下一笔……

天黑了。闻一多在窗前吸烟斗，烟斗一红一灭……

门外一串女人的笑声。

一个男人的带有乞求性的话语：“宝贝儿，求求你，今晚赏给我次机会吧！”

女人：“也不是我不肯呀，你不是找不到一个没锁的房间嘛！”

门开了，男人的声音：“这里没锁，看你还有什么可说的！”

男人的身影随声闪入，并往里拉扯女人。

女人：“不嘛，你坏！”

男人：“好男人也会心甘情愿为你变坏！”

男人将女人扯入，掩上门，背抵门搂抱住女人，狂吻。

男人：“宝贝儿，宝贝儿，我可想死你了……”

女人挑拨的娇声。

闻一多复转身面窗。

男人：“看那儿有块木板，让我把它放倒当床……”

闻一多：“我不允许，因为那是我画的画。”

一对男女这才发现他的身影，呆若木鸡。

闻一多：“再说油彩也没干，会染脏了你的军装。”

那男人："你是谁？"

闻一多："我是谁对你们无关紧要，你们还是另找别的地方吧！因为我没画完，一会儿还要接着画。"

灯亮了，着军装、分头抹得油渍渍的一名中年军官的手，缓缓从墙上滑落，看去是女军秘的女人，狼狈地抚头发，扣衣扣，抻裙子……

桌子上的画笔横七竖八，并多了半块咬出月牙的饼。

画布上，一幅宣传画已近完成。起始所落之一笔红色，涂为一个捂着胸口、鲜血染衣、倒在同胞怀中的牺牲者，看去似船工老韩。"驱逐外寇、打倒军阀、拯救中国"之黑体字口号分外醒目。

那男人："你究竟是谁？"一边问，一边走向闻一多。

闻一多缓缓转身，嘴唇轻衔烟斗，一手擹之。

二人相互打量。

那男人："我在问你话！"

闻一多："奉国民革命政府之命，为它作画写诗的人。"

那男人："立正！"

闻一多的身子往窗台一靠："我不愿意！"

那男人举起了一只手。

闻一多："你敢！"

那男人的手僵在半空……

门轻轻一响，那男人回头，见一角裙裾已闪出去……

男人美梦落空，恼羞成怒，脸都歪了，气急败坏地："你！你你你为什么不立正？"

闻一多："我为什么要立正？"

那男人："因为你只不过是名中尉；而我，是少校！高于你两级军衔！对于你，我是长官！你跟长官说话那就应该立正！这是军中规定！否则就是目无长官！"

闻一多："对于我闻一多，在这幢楼里，只有一人可算长官，那就是亲笔写信聘我来的邓演达先生。即使和他说话,他也不要求我必须立正。"

那男人一愣,张了张嘴,未说出话。

闻一多:"不过,既然已投身军界,您又高我两级军衔,我倒愿意从此刻开始视您为长官。"

那男人:"闻一多? 你初来乍到是不是?"

闻一多不作正面回答,而说:"长官,向您报告两点:第一,闻一多不识军衔,所以没能一眼就从您的肩章上看出您的军衔比我的高两级,恭请长官原谅;第二,如果长官没有什么指示的话,可否请长官离开这个房间,因为下级闻一多还要继续画那一幅画,而那是我必须按时完成的任务。"

对方忽然尴尬地笑起来,笑罢,一手按着闻一多肩,做亲密状地说:"闻……你叫什么来着?"

闻一多:"闻一多。"

对方的手从闻一多肩上放下,轻拍自己脑门:"我怎么一眨眼忘了你叫闻一多呢! 闻一多刚才我们不过……那个……是一场小误会嘛! 以后咱们是朋友了! 在这幢楼里,上上下下少有不买我账的,实话告诉你,我是有背景的。我的后台不是一般人物。只要你以后肯多听我的点拨,我保你官运亨通。要不了多久,也能当上位校官神气神气……"

闻一多一笑:"我不是为了当官才投身军界的。"

对方:"哎,这话既不坦诚,也很迂腐。不为当官,那到军界来混个什么劲儿呢? 什么革命呀,保卫国家民族是军人的天职呀,那都只不过是一种标榜,平时说说罢了。若太认真,难道我们还真的值得为什么国家民族去掉自己的脑袋不成? 现如今,从全世界看,革命在许多国家不过是一种时髦,一种时尚,既刺激又仿佛很光荣的时尚,投身此种时尚潮流中跟着玩玩,对我们也没什么损失,不是吗? 玩得漂亮,后半生就吃革命这碗饭也未尝不可!"压低声音又问,"你知道革命对于我们男人最起码的好处是什么吗?"

闻一多:“是什么?”

对方:“与新类型女性的接触面大大地扩展了,女人比我们男人更爱追逐时髦啊!女人就不想经历一番刺激么?她们也是分外想的啊!但是追求时髦寻求刺激的女性,那得有资格。而有此资格的女性,在今天的中国,品位就一定不同一般,比如孙中山先生的夫人宋……”

闻一多:“长官,孙中山先生在我心目中是近代民族伟人,他的夫人在我的心目中是目前中国最杰出的女性之一。闻一多提醒长官万勿出言不敬,否则,说不定我会冒犯您的。”

对方尴尬片刻,又是一阵掩饰尴尬的笑:“好好好,那咱们就不以孙夫人为例了。让我告诉你个明白,咱们国民革命军中女学生不少,只要你经常对她们大谈国家啊,民族啊,使命啊,责任啊,她们往往就会被感动得眼泪汪汪的,那时她们什么都肯为革命,也为你本人奉献!……”

闻一多:“长官,我向您保证我今天什么都没看见,因而您不必太对我表示关怀。请允许我现在开始接着画我的画。”说罢,大步走至画前,操起了画笔。

一阵舞曲传来。对方望着闻一多背影发了一会儿呆,径自一笑,跟过去,从闻一多手中夺下了画笔,纠缠不休地:“老弟,你听,今晚的舞会已经开始了,何必一人在此涂红抹黑的?来来来,人生难得几回乐,跟我去放松放松嘛!”

闻一多极不情愿,但又不便发作,被对方攥腕“挟持”而去。

一楼大厅。

军乐队在演奏舞曲,军官、雅士、名流、女人成双成对,贴颊偎身,翩翩起舞;下级军士们充当侍者,手托杯盏和小毛巾,在舞影间穿梭服务。

那名将闻一多“挟持”来的少校,身临其境,立刻变了个人似的,朝这边点头微笑,朝那边招手致意,一副风流倜傥、彬彬有礼的模样。

闻一多冷眼旁观。

一名充当侍者的下级军士来到闻一多跟前:“长官,喝点儿什么?有英国的葡萄酒,法国的葡萄酒,美国的威士忌,还有日本清酒。”

闻一多:“有咱们中国民间的米酒吗?”

对方:“这,这种场合,怎么会有那种酒呢!”

闻一多:“这种场合,又怎么会有那么多种洋酒呢?”

对方:“外国公馆和外国公司派人敬献来的。中国人一革命,他们就对我们友善起来了。”

闻一多:“是么?”

那名少校双手各牵一位女郎来到闻一多跟前,对一女郎笑道:“我这位同志加朋友,今晚就拜托给李小姐了。他不知为什么有点儿闷闷不乐,希望李小姐很快能使他高兴起来。”揽着另一女郎,旋转而去……

被称作“李小姐”的女郎,双手软绵绵地往闻一多肩上一搭,朱唇一绽,做出一种迷人的微笑:“这位军官哥哥,闷闷不乐所为何事啊?”

闻一多:“与国家兴衰无关,也与民族荣辱无关,纯粹是为了个人的事。”

女郎:“噢,我明白了,那一定是为感情方面的事?是红颜撒手人寰,还是情场失意的痛苦?”

闻一多:“小姐,请把手从我肩上放下来,我再告诉你。”

女郎娇嗔地:“这么看不惯我的双手啊?”双手顺着闻一多胸前滑落。

闻一多:“我在中国别处,闻到过血腥之气;而这里,又弥漫着太浓的荷尔蒙气味。我对两种气味在中国的混合过敏,这也可以说纯粹个人的事吧?”

女郎:“荷尔蒙是哪一国产的香水儿?我可从没用过那么一种牌子的香水。”

闻一多:“小姐,我还有要事在身,恕不奉陪。”言罢,肃然一躬,转身便去。

女郎悻悻地:"这种人,真不通趣!"

闻一多在舞曲声中回到自己作画的房间,一进门,长长地舒了一口气,仿佛能将使自己"过敏"的那一种"气味"从胸中呼出似的。

在舞曲声中,他晃了晃头,定了定神,并且深吸一口气,又仿佛准备举起重物或打一套太极拳似的……

他从桌子上挑选了一支画笔,抬头之际,见两名曾派来听他吩咐的女军士中的一个,站在门口,正默默望他……

闻一多:"你来干什么?"

女军士:"还是邓演达长官命我来的。他说他知道你一写起诗、作起画来,就会连饥渴都忘了,所以……"

她的目光瞥向桌上的半张饼……

闻一多:"我现在只想一个人完成我的画,无论什么人命你来的,都请你离开吧。"

女军士:"不,长官……"

闻一多:"既然你视我为长官,那么我命令你离开!"

女军士反而走向桌子,规整桌上的画笔。

闻一多生气地:"放下!"

女军士手握一把画笔,呆呆地看他。

闻一多一指门,严厉而又大声地:"离开。"

女军士将画笔"啪"地往桌上一拍,双腿一并,立正敬礼:"是,长官。"一个标准的向后转,出去了。

闻一多重新站在画板前,握笔难落。

乐曲声,似乎更响了……

画板上似乎交替迭现如下画面:

上海街道上士兵殴打工人和学生……

舞厅醉生梦死的一对对舞影……

船工老韩的死……

舞厅女人们的红唇粉面……

《京报》主笔邵飘萍遇难情形……

那一名令闻一多极其嫌恶的少校的嘴脸……

“三一八”惨案的情形……

闻一多望着，退至一墙，靠墙而立，表情郁闷至极。

一只手，在墙上摸索开关，关了灯。黑暗中，闻一多掏出烟斗，划着火柴……

闻一多走到窗前，吸烟斗，望窗外的万家灯火。外面传来一阵学生们的歌声：

打倒列强，打倒列强，
救中华……
我们要团结，我们要团结
冲向前……

歌声由远而近，压过了乐曲声……

响起了开门声，灯亮了……

闻一多转身，见是一身着军装的中年男人。

闻一多：“演达先生……”

邓演达将托盘放在桌上，温和地：“我聘请你来，不是要你来当革命的钟点工的。看在我亲自送来的分上，吃点儿东西吧。”

闻一多：“演达先生，我虽已投身军界，还是习惯于称我尊敬的人为先生……”

邓演达：“这不应该是个问题。因为邓演达和闻一多之间，无论在何时何地，关系都永远是平等的。”

闻一多：“可我现在既不渴，也不饿。”

邓演达:"可我却不能坐在我的办公室里也这么想 —— 那个为宣传国民革命画了十几个小时的闻一多,肯定既不渴,也不饿……"

邓演达说完,弯腰捡地上的画笔。

闻一多随之默默地捡。

二人直起腰时,四目相对,彼此睇视……

邓演达:"我以前听说的闻一多,没这么大脾气。"

闻一多不无惭愧地:"闻一多的修养,越来越显得不够了。"

邓演达:"这其实也不应该是个问题 —— 倘若全中国之人今天都变成了修养一流的君子人士,于中国反倒是天大的怪事了。"走到画前,欣赏地,"画得很好。中国今天特别需要这样的画,尽管我本人家里挂的是山水。"发现了被画笔戳穿的地方,指着问,"那能修补好么?"

闻一多:"能。"

邓演达:"不习惯军界环境,是吧?"

闻一多:"我不习惯的倒也不是……"

邓演达:"不必说明,我知道你不习惯的是什么。所谓革命新军中,既有大批爱国青年,也有善投革命之机的旧军阀势力,还有个人野心家、流氓无产者、市侩以及伪装革命,实则是革命之危险敌人的人。但于中国,目前也只有这种样式的一种革命可以进行。而今天,有革命总比没有革命好……"

闻一多点头。

邓演达:"据我看来,国共合作,难以持久。藤麻是不可能拧成一股绳的。也许,我们病入膏肓、气血两亏的中华,还将经历更多的劫难啊……"

闻一多恳切地:"演达先生,我闻一多于政治的见解接近于儿童,不过每以儿童爱慈母般的一颗心爱着我们苦难的国家而已,您指的劫难究竟是什么?望能指教一多……"

邓演达叹了一口气:"老实说,我也不知道。我只是有一种'山雨欲来风满楼’的预感罢了。”擎起端来的一杯牛奶，“喝下去，否则我什么都不跟你说了，立刻就走。”

闻一多接过杯，一饮而尽；放下杯，注视着对方仿佛说道：“我已经喝了，先生请说下去。”

邓演达：“闻一多，你作为诗人，能以儿童爱慈母般的一颗心爱国，这已难能可贵。一个苦难的国家，需要有人用生命拯救它，也需要有人用诗鼓舞它。——恕我不能多说什么了，我还有些军务要及时处理……”

突然一声枪响。邓演达本能地将闻一多掩护身后……

喊声：“抓刺客！”

走廊里一阵混乱的脚步声……

又一声枪响——房门缓开，一中弹人倚门倒地。

几名警卫：“报告长官，这个人混了进来，攀到您办公室的阳台上伺机行刺！”

邓演达转身看了闻一多一眼，大步而去。

闻一多望着警卫们将尸体推出，地上流下一道血痕……

闻一多绕过血痕，也离开了房间。

曾舞影翩翩的一楼大厅，一片狼藉……

闻一多伫立楼梯上，呆望着。

第十四章

武汉江畔。

报童奔跑叫卖:“看报看报,刺客混入革命军司令部!……”

一身戎装,凭栏望水的闻一多拦住报童,买一份报,立刻便看。

报童的叫卖声中,闻一多缓缓而行。

拉二胡的盲叟与小女孩跪于一处,小女孩见闻一多走来,连连磕头。

小女孩:“军官老爷,赏几个钱吧,赏几个钱吧,我们已经两天没吃东西了。”

闻一多翻遍身上所有的兜,没钱。

闻一多无措地四顾,见那名姓李的校官与一女郎相挽走来。

闻一多略一犹豫,迎上去。

校官:“‘国家兴亡,匹夫有责’,‘捐躯赴国难,誓死忽如归’。我李荣既已投身军界,便早将生死置之度外了。今日你我在这里仿佛闲庭信步,也许明天,也许后天,我便血沃中华,肝脑涂地了!”说得悲壮而豪迈。

女郎:“你的话太使我感动了!”

校官:“爱国的话语,人人都是会讲几句的。而我李某,却定要做言行一致的爱国者。”

闻一多:“李校官。”

校官:“啊哈,闻一多,巧遇巧遇。我还是不得不纠正你,见了军衔比你高的军官,除非对方是一位将军,否则习惯上不以军衔相称。比如我又不是一位将军,那么你就不应称我李校官,而要称我李长官。”

闻一多:“谢谢你的纠正。”

校官:“对我你怎么能说你呢?要说您。你是下级,我是长官嘛!不习惯是不是,渐渐你就会习惯的。”

闻一多勉强一笑。

校官:“有事吗?”

闻一多:“您带钱了么?”

校官:“钱?有,有!要多少?”说着掏出大钱包。

闻一多:“够请四五个朋友吃一顿饭就行。”

校官从钱包里夹出两张钞票递给闻一多:“够吗?”

闻一多:“够,够,今后就会还您。”

校官:“这不就见外了嘛!我说过的,我们应该成为朋友。现在,我们不是已经是朋友了嘛!”

闻一多:“很高兴您这位长官朋友借钱给我。”又强作一笑,点头离去。

闻一多回到老叟和女孩跟前,将钱给了女孩,并说:“往前走不远,左拐,有家小小的饭馆,扶爷爷去好好吃一顿饭吧!”

女孩又磕头。闻一多转身大步离去……

邓演达办公室。

邓演达在用毛笔批阅文件。

门外:“报告!”

邓演达放下笔:“进来!”

一名军官进入,双手捧着一套军服,军帽上还有一封信。

军官:“艺术股股长闻一多不知去向,留下了他这一套军装和给您的一封信。”

邓演达愣了片刻,低声说:“放下吧!”

门刚一关上,邓演达立刻拿起信,急切地抽出信纸看起来。

闻一多画外音:

> 演达先生,一多乃一布衣,与军界规矩,格格难入,故生去意。有负先生厚望,内疚不已。心中惴惴,无颜面别。知遇深情,容当后报……

身着长衫的闻一多,已在武汉至上海的船上。

潘光旦家。

闻一多缓缓从沙发上站起,凝视着潘光旦,转而又凝视顾毓琇。

顾毓琇:“真的。”

闻一多:“你们骗我,我不信,因为我一度离开了吴淞政治大学,一度离开了你们,你们想惩罚我一下吧?”

顾毓琇摇头:“北伐军竟封了吴淞政治大学,这是我们全校同人谁都没想到的。”

潘光旦:“一多,不仅你不再能成为吴淞政治大学的教授,我和毓琇,也都是失业知识分子了。”

闻一多:“为什么?难道我们在学校一边传授文化知识,一边向青年们宣传爱国主义,连北伐军也不能允许么?北伐军不是一支反帝反封建的革命军么?”

潘光旦:“毓琇,还是由你来把我们听到的一些情况告诉他吧。”

顾毓琇:“我们听说,北伐军内部要起巨大的分裂。也许,蒋介石要调转枪口,视共产党为敌了。”

闻一多:“联共,不是孙中山先生的一条遗训吗?”

顾毓琇:“但是孙中山先生不是已经去世了吗?政治之事,波谲云诡,莫测多变,怎是我等文化之人所能悟得透的呢?”

潘光旦:“一多,毓琇明日就要离开上海,暂回家乡去了。我闲在家里无所事事,也会相当寂寞。你不如留住在我家,陪我一段日子。”

闻一多缓缓跌坐于沙发。

顾毓琇:“我也有此建议。如今时局凶险,你的性情,你的诗,也许会给你带来难料的结果,我和潘兄同样不放心。所以,我支持他把你扣押在他家里一些日子。”

顾毓琇说时,闻一多一直感动地注视着他。待他说完,又将感动的目光望向了潘光旦。

潘光旦:“你回到蕲水老家去,还不是要被郁闷侵蚀着灵魂么?你不但属于你的家人,也属于朋友们啊!我们两个郁闷之人在一起,不是更容易用我们的乐观,战胜处处包围我们、打击我们的失望么?”

闻一多:“行,我听你们的。我累了,觉得身心疲惫。”

闻一多往后一仰,头抵沙发靠背,以手抚额。

“四一二”的枪声……

一条血流顺着人行道缺口淌入下水道。

潘家。

闻一多、潘光旦各坐一隅互相望着。

夜是那么静,仿佛因大屠杀而万籁寂静。

钟摆声是那么清晰、单调,仿佛每一秒钟的声音,都被它伸长了。

潘光旦自说自话地:“该上弦了。”

闻一多:“别,它的声音早已使我头痛欲裂。”

潘光旦站住,退回原处,复坐下。

闻一多却猛然起身欲往外走。

潘光旦拦住他:“哪儿去?”

闻一多:“想出去走走。”

潘光旦:“不许。”

闻一多一顿足:“潘光旦,你等于是将我囚禁在你的家里了呀!”

潘光旦:“随你怎么认为。”

枪声,先是单发的枪声,接着是扫射的枪声。

潘光旦:“你听,外边在继续杀人。”

闻一多:“那我也要出去!我要出去看一看中国人枪中的子弹,怎样射穿另一些中国人的胸膛,我要出去看一看中国人的大刀,怎样砍下自己同胞的头颅!”

潘光旦掏出钥匙,干脆将房间从内反锁了,再次退回原处坐下,默默瞪着闻一多。

闻一多:“我们像两个惊弓之鸟般的胆小鬼。”

潘光旦:“你还莫如直说我潘光旦才像。我不耻于担此污名。因为我不愿看到子弹射穿你的胸膛,大刀砍下你的头颅,而之后有人作出解释杀一位诗人其实是误杀。”

闻一多冷笑:“误杀?解释?……”

潘光旦:“是啊!果而那样,其实根本不会有谁来向闻一多的好友潘光旦解释什么。中国从来不怜惜她的诗人遭到多么可悲的下场。屈原是个例子。李白是备受压抑的。而杜甫,除了别的诗人们尊敬他,对于他所处的时代,他几乎是个多余之人。”

闻一多望着好友,听着他的话,默默然呆立在门口。

潘光旦:“我困惑,我困惑我所钻研的社会进化论学理啊!按照物竞天择、适者生存的原则,世界上的一切物种该是优胜劣汰,人类也不例外。可是在我们的中国,为什么情形常常反过来?为什么那些优秀的勇敢的追求进步与光明的人,每遭迫害与杀害?这样一种‘反淘汰’的丑陋现象，虽然在别国的历史上也屡屡发生，但是在中国，却未免延续得太长太长了，可悲啊！”

潘光旦说时，闻一多默然离开门口，退回到床那儿，枕手仰躺了下去。

电话铃骤响。闻一多猛地坐起，与潘光旦对视。潘光旦犹豫了一下，走去抓起电话。

潘光旦：“是我，潘光旦。想听，想听！”

潘光旦将听筒按在胸前，向闻一多招手。闻一多走过去，伏在桌上。

潘光旦：“毓琇打来的，说《新闻报》上有一条消息，他想要读给我听。”

闻一多点头。

潘光旦对话筒说：“那就开始吧，大声点儿，我这几天耳鸣。”

潘光旦说完，举着话筒，二人同时附耳聆听。

话筒中传来顾毓琇的声音：“直鲁联军张宗昌部，欲与南京国民革命军李宗仁部大战于蚌埠，那一带一百八十里内，已断绝人烟，所有乡镇居民，逃离一空。家具皆以绳索相连，沉于附近水塘内，以避战火。门窗俱无，以棺材或巨石堵塞。一至夜间，灯火全无，鸡犬猪等，觅食野地，无人看管。而白日，玫瑰芍药犹自墙隅自开，新栽稻秧，翠蔼可喜。然一百八十里内，不见人影……”

闻一多与潘光旦不禁相视一眼。

顾毓琇的声音：“潘兄，你和一多还好么？”

潘光旦：“好，好，我们都平安无事。用一多的话说，像两个惊弓之鸟般的胆小鬼似的活着。一多就在旁边，你跟他说。”

闻一多接过了话筒。

顾毓琇的声音：“一多兄，不知为什么，在所有朋友中，我最牵挂你的安危。请牢记，到目前为止，清华还仅仅出了你一位有影响的诗人！”

闻一多：“毓琇，我很好。潘兄整日将我像一个孩子似的看管着，我一定听他的话。毓琇，凶险时代，你也要多多保重啊！”

闻一多缓缓放下电话，又与潘光旦对视。

潘光旦：“上海街头的血迹还没干，又相互火并起来。并且以国民的名义，还打着革命的旗号。”

闻一多拉开抽屉，取出纸铺在桌上。

潘光旦：“你？”

闻一多低声地：“写诗，我也只有写诗，我这对时代对国家和民族完全多余的诗人只有写诗，只有写诗。”

潘光旦退开，坐回原处，表情肃然地望着闻一多。

笔迹落在纸上。

静夜！我不能，不能受你的贿赂。
谁稀罕你这墙内尺方的和平！
我的世界还有更辽阔的边境。
这四墙既隔不断战争的喧嚣，
你有什么方法禁止我的心跳？
最好是让这口里塞满了沙泥，
如其它只会唱着个人的休戚！
最好是让这头颅给田鼠掘洞，
让这一团血肉也去喂着尸虫。

潘光旦：“一多，把你已经写下了的，读来我听听。”

闻一多头也不抬地将写满诗句的几页纸往桌边一拂，不料散落地上。

潘光旦起身捡起纸页，退回原处坐下看。

埋头写着的闻一多。

看得心潮难平，不由得又站起的潘光旦，一边踱来踱去一边接着看。

潘光旦走到闻一多背后，一手重重地按在闻一多肩上。

闻一多停了笔。

“没写完。”

潘光旦：“你的诗永远也没有句号。”

而闻一多放下笔，离开桌子，去到床那儿躺下去。

潘光旦：“一多，这几页纸因你的诗句而烫手。”

闻一多：“但愿谁的手能握一把碎冰，探入我胸膛，除一除我心焰的热度。”

潘光旦情不自禁地读了起来：

如果只是为了一杯酒，一本诗，
静夜里钟摆摇来的一片闲适，
就听不见了你们四邻的呻吟，
看不见寡妇孤儿抖颤的身影，
战壕里的痉挛，疯人咬着床榻，
和各种惨剧在生活的磨子下。
幸福！我如今不能受你的私贿，
我的世界不在这尺方的墙内。
听！又是一阵炮声，死神在咆哮，
静夜！你如何能禁止我的心跳？
……

闻一多一阵咳嗽。掏出手绢捂口，潘光旦放下诗稿，快步走过去，坐在他身旁。

手绢上星星点点的血迹。

闻一多手缓缓握紧手绢，自言自语：“潘兄，请你这位研究进化论的学者告诉我，我们梦想的中国她在哪儿？我们追求的美好的社会在哪个方向？为什么外国人横行于中国，可以任意杀戮我们中国人，中国人自己还要互相残杀，使哀鸿遍野，民不聊生，使千万同胞雪上加霜？”

潘光旦双手拽住了闻一多那只握手绢的手，眼中流下泪来：“一多，我们以后再讨论这些国事！从现在起我不许你吸烟。明天我要带你到医院去！后天我要带你离开上海！我家在杭州郊区有一处老房子，我要陪你到那里去休养休养。”

闻一多：“与其强壮而不进行思想地活着，莫如让这生命之烛干脆早些熄灭了罢。”

潘光旦：“这是什么话！这是什么话！”

起身走至桌前，将桌上的烟斗和烟丝盒收入抽屉，想想，连各类笔也一并收入抽屉，锁上。

潘光旦一扭头，见闻一多又躺下。

“闻一多，我潘光旦只有一个叫闻一多的挚友！清华因为闻一多这个名字而感到欣慰！多少闻一多的朋友将与你的友谊看得弥足珍贵！我有资格代表朋友们说，我们不允许你如此悲观！我们不允许你轻视自己的生命！我们不允许你咳出血来而不在乎！”

闻一多低声地：“诗是我心，友谊是我肝脾，这两样对于闻一多的生命，缺一不可。”

潘光旦脸上淌着泪：“那你就应该听我的！”

闻一多：“好，我听你的。”

潘光旦关了灯：“那么，现在，现在我们睡觉。”

潘光旦最后一句话，越说声音越小。

黑暗中，叹息一声的潘光旦，难以合目。黑暗中，闻一多同样呆瞪屋顶。

从什么遥远的幽冥之处，似有女儿如怨如泣的呼唤传来。

“爸爸……”

“爸爸……”

“爸爸……”

忘掉她，象一朵忘掉的花，
那朝霞在花瓣上，
那花心的一缕香 ——
忘掉她，象一朵忘掉的花！

忘掉她，象一朵忘掉的花！
象春风里一出梦，
象梦里的一声钟，
忘掉她，象一朵忘掉的花……

清泪从闻一多眼角溢出。

闻一多、潘光旦对坐在列车内，列车缓缓停于一个小站，站台上灾民们争先恐后往车上挤。

混乱的人群中一位女子的侧面引起了闻一多的注意，她是闻一多在轮船上见过的那位女子。

闻一多掏出手绢擦了擦车窗玻璃，女子被挤得陀螺一般旋转着身子，她的正面对着车窗时，似乎也认出了闻一多；四目隔窗久久凝视，闻一多张了张嘴。

而潘光旦在低头看书，没注意闻一多怎样。

列车缓缓开动。

闻一多起身。

潘光旦放下了书本，奇怪地看着闻一多。

闻一多离开座位，俯身于别的窗口，不顾人们诧异的眼神。闻一多一个一个地换着窗口外望。

那女子周围已没有人,她还呆呆地定定地站在原处,目光却望着列车的前部,再也没与闻一多的目光迎视在一起。

那女子臂上的黑纱那么显眼。闻一多急走向两节车厢连接处,却只来得及再望到一次她的身影。

潘光旦出现在他背后:"你怎么了?望什么呢?"

闻一多:"像是一位结识过的人。"

杭州西湖。

游船上,闻一多为潘光旦画像,签了名,递给潘光旦。潘光旦看着被漫画化了的自己,哈哈大笑。

潘光旦扯闻一多入一酒肆,双双登上窄梯二楼,刚一就座,有人(当然皆中青年知识分子)认得潘光旦,互打招呼,于是潘光旦介绍闻一多,于是众人将两张小桌并了起来,坐于一处。

堂倌上来酒菜,众人彼此敬饮。

天黑了,二人不无醉意,脚步都有些飘浮,相搀携着走在街上。

有结伴的妓女纠缠他们。

有乞讨的孩子追随他们,他们各自掏出铜板分给孩子们。

闻一多忽然大声:

红灯下我陪人们醉酒,
沙发上我献给人们两支香烟,
我陪着人们坐车子,走路,吃饭。
仿佛一天天我也有我的贡献。
给绅士们让着路,向熟人们点着头。
看那打扮入时的女子,我表示我的惊羡,

要行乞的孩子们跟来了,我抛下一枚铜板,
不要误会了,这就是我的贡献。
我能哭得像婴儿,在一刹那间,
这一刹那间才是我最伟大的贡献!

在那一个夜晚,在杭州的一条街上,闻一多一边大声吐叫着他诗句化了的内心苦闷,一边不时地挥舞手臂。

潘光旦大声地:"中国要清醒的人们醉生梦死,要醉生梦死的人们永远醉生梦死,那么我们酒醉给她看!"

闻一多:"而且,我们还要告诉她知道,我们并不怕死!"

在那一个夜晚,在杭州的那一条街上,两位留美回国的学人,两位失业了的教授,脚步飘浮,相互搀扶地走着,走着,街上已没有行人,市声已彻底安静,幽冷的路灯,像一只只独眼,居高临下地注视着他们。

"潘兄,我亲爱的朋友潘光旦,你怕死么?"

"一多,我亲爱的诗人闻一多,我怎么会不怕死呢?我们还都这么年轻,我们想为中国做的事情,还根本没开始做起。"

闻一多又大声地:

不要害怕,不要怕啊我的朋友,
哪一天只要命运肯放我们走,
不要怕,虽然得走过一个黑洞,
你大胆地走,让我掇着你的手,
也不用问哪里来的一阵阴风!

闪电,闷雷,这一个暑夜将下雨了。

闻一多手指夜空,继续大声地:"天公,你为什么只闪电?你为什么只响雷?你怎么不为中国痛痛快快地大哭一场,用你那滂沱的泪水也为我们的中国心冲个澡！”

潘光旦：“快下雨！快下雨！别让我的朋友着急！”

仿佛在回应他们似的，又一道闪电，又一串闷雷，雨果然下起来了，而且顿时就是瓢泼大雨。

两位失业的教授在雨中搀扶地走着，走着。

二人回到寓所，门上插一封信。潘光旦取下信，开了门。

二人进屋后，两只落汤鸡似的互相望着。

闻一多：“潘兄，我们是不是，太颓唐了呢？”

潘光旦：“你认为呢？”

闻一多醉意已过，不无羞惭地：“我想，起码我自己是有一点意志消沉了。我知道这不好，我闻一多既非唯一为中国苦闷的人，更不是唯一不幸的人，我何至消沉若此呢？而我还当过教授，为人师表。”

潘光旦扯了条毛巾递给闻一多，之后一边脱去西服一边说：“人难免有消沉的时候，我们大可不必为醉了一次而羞耻。何况，连李白都主张人生难得几回醉，你快洗个热水澡。”

“你先。”

潘光旦：“还是你先，你体质刚刚恢复了些，我怕你会着凉，我要看看这封上海家里转来的信，我走时嘱咐家人要把信及时转到杭州来。”

潘光旦说着，将闻一多推入浴室。

潘光旦拆了信看。

闻一多穿睡衣从浴室走出，见潘光旦在吸着烟来回踱步。

闻一多：“禁我吸烟，怎么不禁自己。”

潘光旦从桌上抓起烟盒，抽出一支给闻一多。

闻一多接过道：“考验我？”

潘光旦：“我自己都戒不了烟，何必要求你把烟彻底戒了呢？现在我宣布对你开禁了，吸吧！”

潘光旦亲自替闻一多点燃了烟。

闻一多深吸一口："真是有点久违了。你怎么看起来很高兴似的？"

潘光旦微笑地："我心里确有高兴事，随信而来的。"

"快说，你高兴之事，也是我高兴之事，让我分享你的高兴。"

"南京第四中山大学复函了，初拟聘你为外国文学系副教授。"

"第四中山大学，聘我？"闻一多始料不及。

"就是以前的南京东南大学，你不是跟我谈过有去任教的愿望吗？"

闻一多："我也只不过是跟你谈过，并没有正式与他们联系。"

潘光旦："是我给他们写信替你联系的。同时所聘的副教授还有严济慈、竺可桢、李四光等，你们这样一些人物合在一起，正所谓强强互补，优优相映，可为中国共谋一番教育的事业啊！"

闻一多无语凝视潘光旦。

潘光旦："你干吗这样看着我，莫非你又不愿去了？"

闻一多仍无语凝视他。

潘光旦急了："你倒是开口说话呀！"

闻一多："那么你呢？何去何从？"

潘光旦略一愣，遂笑道："先别管我，我潘光旦自有打算就是了。"

闻一多："恐怕不是自有打算，而是重友轻己了吧？潘光旦啊潘光旦，面对你这么无私的朋友，你叫闻一多还有什么话说呢？"

潘光旦："闻一多啊闻一多，帮朋友是一个人的一种权利也是一种义务，人有享受友谊的时候，便当有为友谊尽义务的时候。这不是你的一条座右铭吗？"边说边进入浴室去了。

闻一多跟到浴室门前："那是闻一多对自己的要求。"

潘光旦在浴室回答："就不许潘光旦接受过来，也作为对自己的要求么？"

闻一多："如此说来，我们共勉就是了！"闻一多说着，竟走进了浴室。

浴室里传来对话："你这家伙，怎么穿着浴衣又进来了？"

闻一多:“朋友中一人曾告诉过我,潘光旦这家伙,自幼养成了喜欢让人搓背的贵族习惯。我要言行一致,替朋友一尽此劳。”

潘光旦:“出去出去,弄湿了浴衣,我可没有第二件给你换!”

闻一多:“我穿你的就是了嘛!老实点,诗人闻一多为你搓背,定是你以后大大的一个谈资啊!”

潘光旦:“搓得好,搓得好!闻一多,有了这一种本事,你将来再也不用怕失业了!”

南京第四中山大学,一教室内黑板上一行美术体大字:“欢迎诗人闻一多”。

闻一多步入教室,也没往黑板看一眼,站到讲课桌前,放下教材便开始讲课。

闻一多:“诸位,时局动荡,四土不安,闻一多竟有缘向诸位传授关于英美诗歌、戏剧及散文方面的知识,实乃一幸。我认为,学生当以学习为主,学校当以学生为主,教师当以教育为诗性的事业。我定奉此三项原则,竭诚为诸位服务。现在,我们开始讲英美诗歌的起源。”

闻一多转身要往黑板上写字,这才发现黑板上的那一行字。

闻一多扶扶眼镜,定睛细看,低声地:“谢谢诸位。”并深鞠一躬。

闻一多:“想我闻一多,不过留美三年,不过写了些诗,浪得诗人虚名,其实没什么了不起。不久前我又写了一首诗,题目是《口供》,不妨背给诸位听听,也算是我对诸位欢迎我上课热情的一种表示。既然我们这一堂课讲的是诗,我背一段自己的诗给你们听想来不是什么罪过。”

闻一多在讲台上边踱步边背诗:

我不骗你,我不是什么诗人,
纵然我爱的是白石的坚贞,
青松和大海,鸦背驮着夕阳,

黄昏里织满了蝙蝠的翅膀。
你知道我爱英雄,还爱高山,
我爱一幅国旗在风中招展,
自从鹅黄到古铜色的菊花。
记着我的粮食是一壶苦茶!

可是还有一个我,你怕不怕?——
苍蝇似的思想,垃圾桶里爬。

如闻一多们的一批文化知识分子,乃是将“济世”和“治学”当作自然使命的。相对当时内战不息、百业维艰、众生苦难的旧中国,他们这一种使命感格外强烈。“铁肩担道义,妙手著文章。”李大钊的两句诗,最能体现他们所追求的文化精神。“济世”在他们那里,便是“启蒙”,“治学”在他们那里体现为教育。只要这两方面,有一方面留给他们有所为的空间,即使是非常狭小的空间,他们也会无怨无悔,孜孜不倦。

闻一多在课堂上侃侃而谈。

闻一多在课下被学生们围住,耐心而谦和地回答众问。

闻一多在小院里沉思,似有感想,回到房间奋笔疾书。

闻一多在图书馆书架之间翻阅。

各类署名闻一多的报刊,如《新月》月刊,刊有他的文章——《白朗宁夫人的情诗》和《近代英美诗选》等。

1928年9月,二十九岁的闻一多难拒诚聘,离开第四中山大学,赴武汉就任武汉大学教授兼文学院院长。

闻一多与教授们开会。

闻一多:“东润先生,你是不是可以为中文系开中国文学批评史这一课?我是读过森斯伯里的英国文学批评史的,但是那时我们中国只出现过陈中凡先生的中国文学批评史。陈先生已经作出了最大贡献,但终究只尽了启蒙的责任,无法应用到大学的讲坛。”

朱东润:“能不能给我一年的时间,做些充分的准备?”

闻一多:“可以,当然可以。为了对学生们负责,我们文学院是应该有这一种期待的耐心的。而且,我个人认为,东润先生这一种认真的态度,很值得提倡,也很值得我们大家学习。”

校役进来:“闻先生。”

“什么事?”

“有人找您。”

“请到会客室稍坐。”

“他说还有要事在身,急着走。”

“你看见了的,我们正在开会。”

“他是,是市长先生的秘书,他说是市长派他来的。”

朱东润:“你还是先去应酬一下吧,我们继续讨论就是。”

另一名教授:“是啊,快去吧。我们的大学,毕竟在武汉市的地界内,关系僵了不太好。”

众人七言八语促之。闻一多皱着眉离开会议室。

闻一多随校役来到会客室。

校役小声说:“客人就在里边坐着,已经等得不高兴了。”

闻一多进入,一位三十多岁、西装革履的男子从沙发上站起。

那男子:“求见闻院长一面,真是如持沙漏而候啊!”

闻一多:“我恰在开会,让您等待了,实在是对不起得很,请坐,请坐!”

二人落座后,那男子递上一张名片。

闻一多:“那么,姚秘书到此,有何公干呢?”

“是市长派我来的。”

“校工已经这么告诉过了。”

那男子:“市长是您的清华同窗。”

闻一多:“这一点,我没来武大之前,就已经听说过了。”

那男子:“那么,闻先生任职武大之后,为什么……”

那男子装出欲言又止的模样。

“请说下去,直言为好。”

“您应该明白我的意思,何必直言?”

闻一多:“姚秘书是不是责怪闻一多不曾主动去拜见过市长先生?”

那男子默然一笑。

闻一多:“市长先生对闻一多也有这种责怪的意思么?”

那男子:“啊不不不,市长绝对没有闻先生说的那个意思!我么,当然也是没有的。没有,没有……”

闻一多也一笑:“我与市长虽曾同是清华学子,但在清华时,没有什么交往。现在,他乃一市之长,公务必然繁多,我又没事情向他汇报,就更不便前去打扰了,还望姚秘书替闻一多在市长面前解释。”

那男子:“闻先生多心了,我再说一遍,市长他是绝对没有责怪闻先生的意思的。非但没有,听说闻先生改吸烟斗了,还让我给闻先生送两包古巴烟丝来。”

那男子说着从包里取出烟丝。闻一多接过,放在茶几上:“再请姚秘书替我多谢市长。”

那男人:“闻先生想必知道,古巴烟丝,市面上是见不到的。”

闻一多:“这个我知道,无论在中国还是在外国,只有达官贵人们才吸得起古巴烟丝。不过,市长派您来,不会是只让您送两包古巴烟丝给我吧?”

那男子压低了声音:“闻先生,市长其实有事求您。”

闻一多:“求我?”

“市长希望您推荐他在武大兼任教授。”

闻一多沉吟。

那男人盯着他的脸期待他的态度。

“市长他,希望还能多挣一份教授的薪金不成么?”

“如实相告,市长才不在乎教授那每月几百大洋,市长要的是教授的名分。有了教授的名分,市长在全体民众心目中,不就非是一般的一位市长了么?”

闻一多点头:“是啊,可市长他想教什么,又能教什么呢?”

那男子:“这就全凭闻先生看着办了。市长要的只不过是教授的名分么!难道市长还能真来上课不成?”从皮包里又取出一封信,双手呈递,“这是市长的亲笔信,请闻先生过目。”

闻一多抽出信纸,看罢,将信纸塞入信封,放在两包烟丝上。

闻一多:“烦请姚秘书回去告知市长,这一件事……”

那男子喜出望外地:“包在闻先生身上了?”

闻一多微微一笑,摇头道:“闻一多束手无策。”

笑容僵在那男子脸上,继而变成一副羞恼的表情。

闻一多:“一多受武大师生信赖,以浅学陋识而惴任文学院院长之职,本已惭愧,何敢再将武大之校誉,学生之利益,当作礼品,拱手相赠呢?纵使武大真要聘几位不任课的名誉教授,也须经校委会讨论酝酿,聘那等有真才实学,足以使武大校名生辉,使师生引以为荣的人物吧?”

那男子倏地站了起来:“这么说,你是不肯给个面子了?”

闻一多也站了起来:“闻一多爱莫能助。”

那男子:“你!”拿起茶儿上的烟丝和信塞入包内,狠瞪闻一多一眼,往外便走。走到门口,回头又说:“我会对市长说,你讽刺他没有真才实学。”

闻一多淡淡一笑:“一多所言仅仅是一个事实,并无讽刺的本意。倘姚秘书非要那么汇报,一多也只有徒唤奈何而已。”

那男子掼门而去。

闻一多皱眉沉思。踱到窗前,望着外边那男子的身影钻入汽车。

第十五章

又是一艘海轮行驶在苍茫的海上。

大学毕竟不纯粹是君子相敬而处之地，结党营私的现象也是司空见惯的。武大换了一位校长之后，于是有人趁机窥伺起文学院院长的职务来。时值已经归国的梁实秋受聘于青岛大学主持外文系，于是闻一多辞去武汉大学文学院院长职务，与好友同赴青岛。

客舱里，梁实秋手持一卷《新月》在读，而闻一多倚床坐在他对面，认真听着。

梁实秋："闻一多先生的新一本诗集《死水》，以一种'老成懂事'的风度，为人所注意。这一本诗集中的诗，在文字和组织上所达到的诗的纯粹性，以及必将为中国建立一种新诗完整风格的成就，较之国内任何诗人皆可尊敬。这不是一本热闹的诗，那是当然的。这是近年来一本标准的诗集！由于其风格所暗示，现代国内作者向那风格努力的，已经很多了。在将来，它将成为一本更不能使人忘记的诗集，闻一多先生也将成为一位更不能使人忘记的诗人！"

梁实秋抬头看着闻一多说："一多兄，自从我归国后成为《新月》编者的一员，一直铭记你我在清华共同立下的志愿，要为中国的诗从古典走向现代一尽微薄之力，所以对于评论诗歌的文章，一向是很重视的。”

闻一多：“这是第几期？”

梁实秋看看封面：“第三卷第二号。”

闻一多：“这位沈从文君，你可认识？”

梁实秋摇头道：“不过我已注意到他的几个短篇，有与众不同的诗境小说的才气。只是他那一种写小说的才气，现在还没有引起足够的关注，我打算以后写文章评评他的小说。”

闻一多：“我的诗的短处，都被他的文章说中了。所以我相信他所提到的长处也是由衷的。有这等水平的读诗的人喜爱看我的诗，实在是我这个写诗的人的一种幸运。只是，他对我的诗，评价太高了，反而使我有些不安。”

梁实秋：“我却觉得是恰如其分的。”

闻一多兄长般微微一笑：“实秋看我这个人及我的诗，恐怕总难免是加入了太多个人的好感的吧？”

梁实秋：“此言谬矣。难道你真的不知《死水》诗集一出，在中国文坛产生了怎样的反响吗？”

闻一多：“这几年，我辗转效力于中国的教育事业，写诗反而变成了近乎业余的爱好。对于别人如何评说我的诗，知之甚少。”

闻一多一边说，一边走到了舱外。

梁实秋放下《新月》，跟到舱外，接着说：“那么，就让我来告诉你。《七子之歌》发表以后，中华基督教青年会全国协会教育总干事刘湛恩先生将那一首诗收入到了他编的《公民诗歌》集中。有一名叫吴扬的青年读后，十分激动，又推荐此诗转载于《清华周刊》第三卷，并写了附识，说：‘读《出师表》不感动者不忠，读《陈情表》不下泪者不孝。古人之言屡矣。余读《七子之歌》，信口悲鸣一阕复一阕，不知清泪盈眶，读《出师》《陈情》时，故未有如是之感动者。今录出之聊使读者一沥同情之泪，勿忘七子之哀呼而已。’难道，那位真挚青年之评价，也是太高了么？”

闻一多：“那位青年的那一段文字，我在《清华周刊》上曾读到过的。你不提，我便彻底忘了。实秋，你还记得他的名字是哪一个字吗？”

梁实秋：“弘扬的扬。”

闻一多：“吴扬，吴扬，显然是笔名了。”

梁实秋点头。

闻一多：“国运衰落，领土沦丧，官吏腐败，众生维艰，迫得爱国的青年们，直想大哭大叫一番啊！”

梁实秋：“而你的诗，替他们表达了爱国忧国的心情。这也是闻一多的诗意义的一方面。还有一位苏雪林君，近来在《论闻一多的诗》中，引用志摩的一段话评论你的诗。”

闻一多：“噢？志摩那段话怎么说？”

梁实秋：“那是志摩在上海暨南大学演讲稿中的一段话。志摩在痛论中国当前之种种病症后，作了一番比喻。他说，这情形好比海湾和大海是相通的，但后来因为沙地的凸起，这一湾水渐渐隔离它，从原来的海，而变成了湖。这湖原本也天得几股山水的来源，但后来又经历峡谷的变迁，这部分水的来源也断绝了，结果这湖干涸成了一片小潭，乃至小潭的止水，长满了青苔与萍梗，变成眼看就将要完全干涸掉了的一个东西。这是我们受教育的市民阶级的相仿情形。现在所谓的知识阶级，也无非是这潭死水里比较泥草松动些，风来还多少吹得动点儿的一洼臭水。别瞧它矜矜自喜，可怜它能有多少前程？还能有多少生命？这便是志摩演讲稿中的原话。”

闻一多钦佩地：“实秋，你的记忆好生了得，竟一口气复述了下来。”

梁实秋：“因为我觉得他所作的比喻，也是很形象了。”

闻一多：“那么，你又怎么看的呢？”

梁实秋：“水因为不流，所以水草泛生，又帮助吸干这有限的水。同样的，中国的活力因为断绝了与世界的互通，所以发生了种种本原性的病症。这些病症又反过来侵蚀本原,帮助消尽这点仅存的活力。但是志摩他是将死水比作中国的知识阶级,而你以死水象征腐败颓废的全中国。”

闻一多不由微微点头,凭栏仰望海空飞翔的海鸥。

梁实秋:“一多,但我有一个问题一直想要当面问你。”

闻一多侧身望着梁实秋,期待着……

梁实秋:“如果你承认你以死水象征腐败颓废的全中国,腐败颓废着的,是否也包括我们中国的民众?”

闻一多掏出烟斗和烟袋,一边沉思,一边在烟袋里按实着烟斗。

梁实秋:“如果也包括生存维艰的民众,对于民众,是否有欠公正呢?”

闻一多提起长衫一角,点燃烟斗。吸了一口烟后,痛心而又平静地:“在当前之中国,我最见不得的另一种现象,也是民众欺凌民众的现象。”

梁实秋:“这是司空见惯的现象。”

闻一多:“但这实在不应该是司空见惯的现象啊!试想,贪官污吏已经在鱼肉着生存维艰的民众了;乡村的恶霸地主已经在剥削压迫着农民了;贪婪的政府,已经在通过五花八门的税收,企图榨干民众的最后一滴血汗了。日本人开的纱厂,已经不将我们中国女工当人看待了,而那纱厂里的中国工头,却还要仗着日本人的势力,一有机会就欺辱我们同胞中的姐妹,克扣她们少得可怜的工资,调戏她们取乐,甚而奸污她们,视她们为另一种妓女似的。而那中国工头,很可能刚从乡村混到城市里不久。在乡村的时候,也很受恶霸地主的剥削和压迫。只不过由于甘当日本人的走狗,才做上了一名被雇用的工头。在日本人的眼里,他也只不过是一条狗。他一旦成了那样一条狗,对自己的同胞竟尤其凶恶。被富人叫作臭苦力的中国男人,欺辱软弱无助的中国女人的现象,天生膀大腰圆的街头巷尾的二流子小痞子,在一街一巷称王称霸,欺辱四邻的现象,不是比比皆是么?对于他们的行径,是谈不大上腐败的。因为腐败得有腐败的资格。比如惯于吃喝嫖赌和吸大烟的人，祖上总是曾为他们多多少少留下点产业供他们挥霍的。而我所说的那些现象，只可以叫作俗恶。官场的腐败，民族精神的颓废，再加上民间鸭鸡相啄的现象，除了令人想到《死水》，再实难令我能联想到别的啊！实秋，你还记得我们当年在清华共同起草的那一篇《美底司的宣言》么？”

梁实秋点头。

“那时我们对于诗，进而言之，对于一切艺术的理解，多么单纯啊！”闻一多不胜感慨。

“是啊，单纯得像天真无邪的少女对于圣洁爱情的那一种美好向往。”

“那时我们以为，诗以及一切的艺术之最高真谛，便是奉献给人们以美的享受。可是面对一潭死水，我的笔下，再难流淌出纯美的诗句了。仿佛天真无邪的少女，渐渐长大成待嫁闺中的女子，却不知那圣洁的爱情该给予谁。那时的我们，未免太过自信，踌躇满志，以为仅仅靠了实行美的教育，便可以令中国改变现状。如今我终于明白，这是一厢情愿的，非得有一股摧枯拉朽的伟力，将中国这一潭死水掘开几处缺口，泄尽污浊的水层，清除肮脏的塘泥，重新引来清澈的水流才行。”

梁实秋：“那么，也就只有暴力的革命了？”

闻一多：“可是，实秋你是清楚的，理念上我并不赞成暴力的革命，甚而持反对的态度。一个国家在自己解决自己国家问题的方式上，选择尸横遍野，血流成河，牺牲千千万万人，尤其青年们的生命的途径，无论怎样看，代价毕竟太大太大了，是一件太可怕太惨烈的事情啊！”

梁实秋：“如果只需要一个人心甘情愿地祭献出他的生命，就可换得天下太平、百姓安居乐业呢？”

闻一多拍拍梁实秋的肩：“哪里有这等易如反掌的事？这样想，便证明着我们这样一些中国的知识分子，和一些中国的正在实行暴力革命的革命家革命者们的区别了。也许在不再耽于幻想这一点上，他们倒是对的吧！”

“但你还没有正面回答我的话。”

“那么，我是愿意做那样一个心甘情愿的人的。”

“就像普罗米修斯那样？”

“对，就像普罗米修斯那样。如果需要两个那样的人，你不准备与我一道么？”

梁实秋：“我没想过。”

闻一多：“可你刚才问我的话，证明你明明是那么想过的。”

梁实秋：“但我确实没想过那样的一个人或两个人中的一个，也该是我自己。我和你有一点很不一样。”

闻一多：“哪一点？”

梁实秋：“你血管里有英雄主义的血液流淌着，而我的血管里完全没有。我血管里流淌着的，是完全的寻常文人的血液。所以，我如果回答你我肯定和你一道去做普罗米修斯式的英雄，那就是我在对朋友撒谎。但我信你的话，如果连我也不信，那么我简直就不配是闻一多的朋友了！”

闻一多凝视着梁实秋说：“实秋，你知道我有多么珍视你我间的友谊吗？”

梁实秋狡黠一笑：“我不知道，请你也做个诗人的比喻吧！”

闻一多搂着梁实秋一肩说：“古今中外的许多女子，往往自少女时起便有了一个藏宝盒。那盒子以及盒子里的东西，在别人看来也许是没什么宝贵价值的，然而对于她们自己，却可能是她们生命的一部分。那些东西呢，也许又只不过是一封初恋的情书，一枚自制的书笺，母亲甚或祖母留给她们的一支普通的发饰，出嫁前女友赠她的绣花手帕，等等。她们死了，别人以为她们那盒子里定有金银珠玉，打开一看，很是失望，不能明白那些东西与她的生命为什么有那么重要的关系。”

梁实秋：“你明白么？”

闻一多:"我也不明白。不过别打断我,听我说下去。我虽不是女子,却也有一个小宝盒,在我内心里,盒子里只有一样自己珍惜的东西,那就是友谊。好比那盒子里有一颗颗可以串成项链的珠子。一颗是潘光旦,一颗是罗隆基,还有几颗分别是余上沅、赵太侔、顾毓琇、赵景亮、孟侃等朋友。"

梁实秋:"竟没有一颗是我么?"

闻一多:"别急,还有两颗。一颗是我自己,我收藏自己,为的是能与这污浊的时代隔开一些,免得沾染了污浊自己还不知道。另一颗便是你。在盒子里,你在最靠近我的地方。因为我觉得,你比别的朋友更加了解那个真本的闻一多。而且,你的率真诚实,又往往表现得最可爱,最令我感动,也便可敬起来。比如你心里想着,你并不能与我一道去做什么普罗米修斯,你便一定会当面说出来。而我,一方面,连自己也常常深信,血管里当然流淌着随时准备为正义献身的英雄血。一方面,又不免地经常有些自我怀疑,我真的是我自己深信的那样么?如果某一天正义真的要求我、呼唤我去洒自己的一腔热血祭献它,我是否反而会畏缩不前了呢?"

梁实秋:"我想,你不会。在清华,在'六三'学潮中,你已表现了你不会那样。"

"那不足以证明什么,那只不过是一般正义的表现。倒是……"闻一多犹豫不再说下去。

"倒是什么?"

"倒是那些为着他们的革命的信仰,高呼着革命的口号,面对枪口和大刀,脸不变色心不跳,慷慨赴死的人们,无论从古代的还是现代的英雄定义评判,都是当得起真正的英雄的。虽然我对他们所实行的暴力革命持很不相同的政治主张,但我内心里,是以钦佩英雄那一种敬意钦佩着他们的。更多的时候,甚至深怀着对他们的心疼。我实在不忍看到中国之一批批热血青年,一批批仁人志士,用自己的鲜血来染这个国家的土地。不知为什么,我总在希望,救国也许另有办法。”

梁实秋:“在我的记忆中,你我二人,从没有深入讨论过这么沉重的话题。”

闻一多:“是啊!我们在一起,用了太多的时间和精力,讨论诗,讨论文学,讨论艺术。仿佛这些讨论明白了,中国就自然而然地变个样子了。而直至现在,也没讨论出个究竟,中国却是越来越不成样子了。”

梁实秋:“你因而惭愧。”

闻一多长长地叹了口气,点点头。

梁实秋:“既然我们今天接触这个沉重的话题,我倒真想听听你的看法,你认为除了暴力的革命,救国还另有他法么?”

闻一多又长长地叹了口气:“我不知道啊。我请教过隆基,隆基不能回答我。我也请教过潘兄,潘兄也不能回答我。我经常夜不能眠,独吟‘春色不随亡国尽,野花只作旧时开’的诗句,替我们中国思来想去,却总也想不出个所以。我在美国时,还通读《世界发展史》《美国发展史》及《英国历史》,对照于中国,也分明都不能成为改变现在中国的方法。于是我至今茫然,常对自己说,不要去想,只想自己的处境就行了。多少六朝兴废事,尽入渔樵闲话。也许,这反而是今天身为中国文人知识分子的明智吧?”

梁实秋:“这虽然有些偷安的嫌疑,可是,倘若我们连这一点明智也失去了,我们又将拿自己如何呢?”

闻一多:“是啊!‘鱼游沸鼎知无日,鸟覆危巢岂待风。’李商隐这两句诗,最是我等形状的写照啊!”

忽然,二人近旁有人怯怯地叫:“闻先生。”

二人同时望去,见是一名女学生。

“是在叫我么?”

“您是闻一多先生?”

闻一多与梁实秋对视后点头。

女学生："我猜想，和梁实秋教授在这一艘船上亲密交谈的，定是闻一多先生无疑。果然是，太令人高兴了！"

梁实秋："你怎么会认得我？"

女学生："我们原是上海暨南大学中文系的学生，听过您的课。"

闻一多："你们又是谁？"

女学生："我们几名在上海暨南大学读书的北方籍学生，获知成立青岛国立大学，而且已聘了梁实秋和闻一多两位先生担任教授，就都一起慕名转学到青岛大学了，万没想到居然和两位先生同船。"

闻一多笑了："你的同学们在哪儿，何不找来都认识认识？"

女学生："他们都在两位先生的舱里恭候呢，让我来请你们，想请二位先生在我们的书上签名。"

闻一多、梁实秋又对视一眼。

梁实秋："我们不在，你们已经进了我们的舱间了，这是一种偷袭式的占领行为嘛！"

女学生不好意思地笑。

闻一多："那我们还有什么别的选择呢？只有赶快实行反'占领'了！"

于是闻、梁二人，跟在女生身后向自己的舱间走去。

舱间里，两张床的床边，肩并肩面对面整整齐齐地坐了两排学生，有的在独自看书，有的在悄语：

"你后悔吗？"

"不。"

"我也不。想来想去，我们北方籍学生，还是转回到北方读大学好。何况青岛是个美丽的地方，而上海，自从'四一二'以后，我就一直感到压抑得喘不过气来。"

一名学生插言道："听说过了么，闻一多和梁实秋，都是顽固的国家主义者。"

这一句话引发了七言八语，一名正在看书的女生抬起头问："'国家主义'那是一种什么主义？倾向于国民党，还是倾向于共产党？"

"国家主义？那不是近代西方一种很反动的主义吗？"

另一名女生合上书本，疑惑地问："怎么反动？"

"主张强权政治、铁腕统治，认为只要能使国家强大，任何政治手段都不但是合理的，而且是必需的。"

"那不是和蒋介石所宣扬的那一套一样了么？"

"不一样不一样，他们企图弘扬的国家主义，其实只不过是文化爱国主义。在美国，以他们为首的一批留学生，还郑重地成立了一个组织，叫'大江国家主义'，号召光大中国文化，使之像长江一样奔流不息，继而由文化的昌盛带动民族精神的振兴。"

"但我也听说，他们反对学生过分热衷于政治活动倒是真的。对国民党、共产党两个互相仇恨水火不容的党派，在大学里或明或暗地发展学生，都持很不以为然的态度，认为是污浊了大学神圣的知识殿堂。"

那名首先问话的女生："我倒不关心他们对政治是什么态度。我求学是为了使自己成为知识女性，以后成为职业女性，而不是传统的家庭妇女。只要他们不是徒有其名，不误人子弟，有真才实学传授给我们，我就会非常尊敬他们。"

"若单论学识方面么，他们自然都是有自己独到见解，担得起教授名分的人。"

"那就好。那也不枉我们慕了他们的名望而由上海转学青岛啊！"

闻一多的声音从外传入："此言差矣。闻一多和梁实秋，哪里有什么名望，值得青年学子们来慕呢？"

话音方落，闻一多和梁实秋已出现在舱门口。

坐着的学生一齐都站了起来，所有的学生都向门口转过了身，并且一齐鞠躬：

"闻先生好！"

“梁先生好！”

梁实秋笑道：“刚才还在背后臧否着我们，怎么转眼间齐刷刷鞠起躬来了？”

一名女生：“我可没有参与，臧否两位先生的是他们！”说时环指男生。

一名男生冤枉地：“我也没参与！我只不过替两位先生解释一番你们奉行的‘大江国家主义’。”

闻一多看了梁实秋一眼，坐下后和蔼地问：“那么，你是怎么解释的呢？愿听其详。”

梁实秋也坐下，望着那名男生说：“不要有什么顾虑，但讲无妨。我刚才的话是开玩笑，一多先生对你们青年是很宽厚的，无论你们对他的看法对或根本不对，他是都不会往心里去的。”

另一名女生：“梁先生，听您的话，仿佛您和闻先生，都已是老气横秋的老教授了似的。”

梁实秋看闻一多一眼，两人都不禁笑了。

梁实秋：“一多，我们还都没老么？”

闻一多：“这位女同学批评得对，你我当然都没老，大家别一直站着呀，都请挤着坐下。”

梁实秋：“你们几位男同学，干脆脱了鞋，坐到床上去嘛！”

于是那几名男生照办。

闻一多注视着感到冤枉的那名男生说：“你干吗往别人背后躲呀？我还要洗耳恭听你怎样替我们解释‘大江国家主义’呢！”

那名男生局促不安地：“只有您自己才最有权解释，还是我们听您自己解释吧！”

闻一多：“实秋，你解释解释吧！”

梁实秋：“那是我和一多先生留学美国第二年的事。那发表在《清华周刊》上的‘大江学会宣言’，是一多先生参与起草和定稿的，我只不过是名随从。因为诸多清华校友都加入了,我随波逐流,自然也就热忱加入了。其实我对政治之事一向思想淡泊,不似一多先生,一关系到振兴中国命运的任何话题、任何事情,便热血沸腾起来。如今,三四年过去了,当年是‘大江’会员的清华校友,奔波于各自的人生,四处离散,早已没有了什么活动,其实已是自行解散。只有一多先生参与起草和定稿的宣言,如今仍不失为洋溢爱国激情的一篇好文章。一多先生记忆强,大家如果想听,一多先生肯定愿意背给大家听。”

于是学生们鼓掌。

闻一多:“‘五四’时代我受到的思想影响是爱国、民主的。觉得我们中国知识化了的青年,有义务、有责任团结起来思考救国之路。‘五四’以后不久,我留美,仍还是关心着国内之事。关于‘大江学会’的宣言,当时稿拟了不少。其实,我出力微薄,几乎都是我的清华好友罗隆基的手笔。他虽不作诗,不写小说,却善写措辞严谨的政论文章。我记得,‘大江’的宗旨为‘本自强不息的精神,持诚恳忠实的态度,取积极协作的方法,以谋国家的改造’。而且强调‘大江’非社交式的盟社。社交式的盟社是没有主张的,而我们当时是崇奉一定的主张的。社交式的盟社,是力求在升平之日互相提携的,我们当时却是要为改造中国一同奋斗的。简言之,前者求共安乐,后者是要共患难的。而且呢,记得我在当时,为了格外强调共患难,在罗隆基先生持笔的文章的后边,还信笔加上一句话是,若‘大江学会’日后有以‘互相提携’‘彼此引援’为目的者,天厌之!天厌之!”

闻一多说时,学生们表情渐渐变得肃然。说完,气氛一时为之凝重。而闻一多含着烟斗,目望门外,海鸥不时从他视线内掠过,他似乎陷入了对往事的回想。

梁实秋以肘轻轻碰他,悄语:“瞧你,一经你补充,话题就变得这般沉重,大家都不知说什么好了。”

闻一多收回目光,望着学生们,歉意地:“是么?我已经令你们都不知说什么好了么？我补充完了，无话可说了！该你们大家说了。哎，你们也别不说话了，你们都不说话，我和实秋先生有多尴尬！”

梁实秋打趣地：“是啊是啊！我本来并不尴尬，但是你们看我的表情，受一多先生的牵连，不是也有几分尴尬的意思了么？”

学生们这才都无声地笑了。

一名男生：“梁先生，请问您为什么有时候称闻一多先生为闻先生，有时候又称他为一多先生呢？”

闻一多：“看，你引火烧身，现在回答这个难以回答的问题吧！”

梁实秋：“这个问题一点也不难以回答啊。诸位，事情是这样的，我并未受他的牵连陷于尴尬，我就称他一多先生。这是只有我俩明白的暗号，提醒他该换一个轻松的话题了。”

学生们又都无声地笑了。

闻一多也笑道：“换，换，咱们换个轻松的话题。”

一名女生犹豫着要不要开口发问。

闻一多：“你有话就说嘛，在这个小小的空间里，我们的言论绝对是自由的。”

那女生：“请问，您和梁先生现在是否都放弃了您当初崇奉的‘大江国家主义’了呢？我们今天的学生们，若也有一颗强烈的爱国心，又该为国家做些什么呢？”

闻一多和梁实秋对视一眼，气氛一时又显得凝重起来了。

闻一多起身，吸着烟斗，来回踱着陷入沉思。

闻一多站住，望着那名问他的女生，语调缓慢地：“今天的中国，情形并不比我和梁实秋先生留美的那几年好一些。恰恰相反，更糟糕了。悲惨的事件，一件接着一件。罹难者中，有许多便是你们学生。我心疼你们，我再也不愿看到你们倒在血泊中，也不愿想到你们的父母为此痛不欲生。教育兴国、实业兴国、文化兴国，似乎很是遭到一些人士的讽刺和嘲笑，讥为是自欺欺人。而我想，一个国家也好比一个人，它若病了，救治的方法，也无非是中医或西医。中医是一种缓慢见效的方法。教育是造就新人的途径，实业是渐补，文化是能调养一个民族的气血的。所以，若大家都有一颗强烈的爱国心，便要先使自己成为对中国的教育、实业和文化有用的一批新人，而不必似乎迫不及待地去用生命和鲜血蹈什么主义，倘若少流鲜血，少牺牲爱国青年的生命，而中国的富强将推迟十年，甚或二十年、三十年，我觉得也无妨。我相信历史的演进自身必有一条规律，为了过于急追地加快它的进程，而牺牲千千万万人的生命，不该成为正当的理由……"

这时，轮船长鸣一声。

一名从舷窗望着外边的学生自言自语："已经看得见我们青岛了……"

梁实秋又用臂肘碰了碰闻一多；闻一多领悟地："又说多了，又说多了。哎，咱们不是默契了要聊些轻松的话题么？"

梁实秋笑道："是你自己总把话题搞得这么沉重这么严肃啊！"

一名男生："如此动荡不安的时代，不沉重的话题，实在是已经剩得不多了。所以，严肃反而显得宝贵了。否则，岂非意味着全民族的麻木不仁了么？"

闻一多深深地看了那男生一眼："你叫什么名字？"

那男生："吴扬。"

闻一多、梁实秋对视……

闻一多："口天吴，弘扬的扬？"

那男生点头。

闻一多："是笔名吧？"

那男生点头。

闻一多："我早就知道你的名字。"

吴扬："我也早就认识了您，从您的《死水》集中。先生，请为我签上您的名字吧。"

闻一多接过吴扬递来的诗集一看,正是自己的《死水》。

闻一多接过梁实秋的笔,想了想,在扉页的空白处写下两句诗——“肝胆一古剑,波涛两浮萍。”并签上了自己的名。

闻一多又说:“吴扬,谢谢你了。你当明白我为什么谢你。”

吴扬接过诗集,看了看扉页上的字,望着闻一多说:“学生吴扬一日为您的学生,愿终生向您执弟子之礼。”

闻一多:“还是让我们做忘年交的好!”

梁实秋:“你们不是都有闻先生的书等着让他签名么?此时不让他签,更待何时啊?”

于是学生们纷纷举书递向闻一多:

“先生,请您给我写几句勉励的话。”

“先生,请您给我画一个小小的图案!”

“先生,您带着您的印章了么?据说您的印章刻得很好!”

梁实秋:“这倒是一个名不虚传的事实。但我知道闻先生的印章一定在皮箱里,取出来太麻烦他了,莫如先让他签名,以后成了师生,再让他补盖上印章也不迟。大家以为呢?”

学生们点头。

闻一多在自己的诗集《红烛》上签名。

闻一多:“你们知道么?我的第一本诗集《红烛》出版时,我正在美国留学,而实秋先生还在清华尚未毕业。一切出版之事,都是实秋先生一手替我操办的。并且,他还向他的父亲打了借条,为我的诗集的出版借了一百大洋。到现在他还为我欠着他父亲的债呢!”

梁实秋:“好在是父子关系,家父不曾催逼。也好在不是什么高利贷,还不起也是可以耍赖的!”

学生们笑了。

闻一多:“所以,我的《红烛》一章你们是不是也应该请实秋先生签上名啊?”

梁实秋："我签，我签，我很乐意在闻先生的诗集上签自己的名。"

梁实秋从闻一多手中接过《红烛》及笔，签了名，自我欣赏地看着说："作诗，我是比不上闻先生了，但是论字么，我是敢于和你们如此尊敬的闻先生一比高下的……"

学生们又笑。

一本梁实秋的文集《古典的与现代的》递在闻一多手上。

一名女生怯生生地："先生，您也肯在梁先生的文集上签了您的名么？"

闻一多："当然！在实秋的文集上签我的名，对我同样是很乐意的事！"

梁实秋摇头道："不平等，不平等，太不平等了，连我的书，也要先请闻先生签上他的名字，为什么不先请我梁实秋签上我的名字呢？"

闻一多："别介意他的抗议，抗议也没用。第一，我长他两岁，在我们的关系中，我是兄，他是弟，不是手足，胜似手足；第二，实秋先生这文集的封面，还是我设计的呢！所以，理应我先签，他后签……"

吴扬："闻先生，您说了许多话，到现在才听到您终于开了一句玩笑！"

闻一多："我的玩笑是有限的，舍不得随便浪费，要学老百姓过日子那样，细水长流。要为我和你们以后的相处有所储备啊！"

学生们又都笑了。

闻一多将签了名的书递向梁实秋："给，现在也请你签上大名吧！"

梁实秋接过一看，笑道："你连我的名字都替我签上了，还让我签的什么名呢？"

闻一多看了一眼，果然如此，却伸出一只手道："那你倒省事了。不过我也不能白替你签了名呀，总得给几个润笔费吧？我的字是挺值钱的，看在我们亲密的关系上，对你梁实秋杀价，打七折，不，干脆打个对折吧！"

梁实秋:“同学们看到了么?闻一多有时候是多么不讲道理啊?”

一名女生:“先生,您开了第二句玩笑了,不会过后又痛惜自己今天晚上太大方了吧?”

闻一多郑重其事地:“反正我的玩笑都是为我的亲爱者蓄谋的,就好比香茶要为受欢迎的客人沏上。我的学生们无一不是我的亲爱者,一个晚上多开几句玩笑也是舍得的,舍得的!”

学生们和闻一多、梁实秋都笑起来。

一名男生拿着一本书吞吐地:“先生,我喜欢潘光旦的这一部《冯小青》,您可不可以……”

闻一多:“《冯小青》的封面也是我设计的,潘光旦又是我和实秋先生的好友。拿来,我签,实秋先生也要签!”

那男生高兴地:“先生真好说话!”

二人刚签罢名,一名女生递上了四本书,有点激动地:“先生,我特别崇拜徐志摩,请您……”

闻一多接过,一一看着说:“《猛虎集》《巴黎的鳞爪》《落叶》……”

梁实秋:“都是闻先生设计的封面。”

闻一多:“实秋,我们的志摩兄有这么漂亮的女生崇拜者,真让人嫉妒是不是?不过我们还是签上我们的名字吧,谁叫我们也是他的好友呢?”

梁实秋:“你也代笔将志摩的名字签上吧!”

闻一多一边签名一边又说:“实秋你记着,以后给志摩写信时替我讨要润笔费!他出了这么多书,稿费一定颇丰,那么我对他就不打折了。”

这时,又有一男一女两名同学自窗口经过,分别抱着一摞书、一摞手稿和笔记之类的。

“一多,祸事来了。”

闻一多抬头望望,身影已过窗口,不明实秋何出此言,困惑地再望实秋。

而吴扬站在一旁，将手中书卷着，用以撑着下颏，默默地、若有所思地凝视着闻一多和梁实秋。

梁实秋努努下巴，示意闻一多望门口。

闻一多向门口扭过头去，但见一男一女两名同学已然入门，他们在众目睽睽之下走至窗前，各自放下所抱书稿。

男生："闻先生，我代表一部分同学欢迎您任教青岛大学。这是同学们委托我带来让您签名的书。"

女生："闻先生，这些是同学们的习作，有诗、有小说和散文，还有戏剧剧本及理论探讨和评论文章，同学们都希望您看后能提出修改意见。"

闻一多："这，我看看同学们写的诗是可以的。对诗我起码有点发言权。其他，我认为应该请实秋先生指导，因为他钻研的是文艺理论和批评嘛！"

窗外传来一女生的喊声："同学们快来呀，闻一多和梁实秋两位先生在解惑呢。我们都听听去。"

默默望着他的吴扬。

梁实秋急中生智："同学们同学们，闻先生近来身体不太好，已说许多话，签了不少书，我们体恤他一下好不好？"

闻一多："实秋，不要下逐客令，我一点都不倦，愿意和同学们交流思想。"

梁实秋："我不是下逐客令的意思，虽然你无倦意，我看今天也到此为止吧。来日方长，现在我提议，愿意去吃夜宵的跟我走，我请客！"

一片呼应声：

"愿意！"

"愿意！"

"闻先生，那您也去吧！"

闻一多："好，我去，我去，实秋先生请客，我当然高兴去。"起身紧随学生们身后，离开客舱。

“闻先生！”

闻一多回首，见只有吴扬一人站在甲板上，并不跟随。

闻一多奇怪：“你不随大家一起去吗？”

吴扬摇头。

闻一多：“你今晚还有别的事？”

吴扬摇头。

闻一多走到他身旁，满怀希望地：“那么，还是一起去吧！”

吴扬：“人以类聚，物以群分。我和那些同学不一样，所以不与同流。”

闻一多：“他们，都有什么不好吗？”

吴扬：“他们是些只知道以己之忧为忧，以己之乐为乐的人。”

闻一多沉吟：“对于青年，这其实也不能算是多么不好。平心一想，这个世界上，时时刻刻都在忧国忧民的人，肯定是很少的。我主张宽厚看待别人。”

吴扬：“很少绝不等于没有。宽厚待人也不等于与浊同浊，与污同污。”

闻一多皱着眉道：“吴扬，你怎么能这样在背后说刚才那些同学们呢？”

吴扬：“先生是不是由于刚才被他们所围绕，所崇拜，而不辨良莠了呢？”

闻一多：“我越发不明白你的话了。”

吴扬：“他们居然还拿徐志摩的书让您签名，而您居然还照签不拒。徐志摩算什么？不过是用文字营造小资情调和风花雪月的老手。”

闻一多愠色：“住口！”

二人一时僵视。

闻一多：“你刚才想必已听我说过，徐志摩是我的朋友。而你却偏偏当着我的面诋毁他，是什么道理？”

吴扬张了一下嘴，欲言又止。

闻一多严肃地:“吴扬同学,你不要以为你对我的《七子之歌》公开发表了几句受感动的话,我也就必然会反过来在一切方面赞赏你、支持你。”

吴扬终于脱口而出一句话:“显然,闻先生您变了,您使我感到已经不是写《七子之歌》时的闻一多了。”说罢,拔腿便走。

闻一多转身望其背影。

吴扬走出数步站住,头也不回地又说:“闻先生,但我还是衷心地希望,在以后的日子里,您又变回到是我们心目中的闻一多。”

闻一多:“那要看你们又是谁了。”

吴扬仍一动不动地:“我们是先天下之忧而忧,后天下之乐而乐的一批热血青年;我们是一批敢于面对屠刀和枪口义无反顾的真的猛士;我们是一批为了所信奉的主义,即使倒在血泊里,牺牲了生命,面容上必定浮现着无怨无悔的微笑的人!”

吴扬的一番话说得悲壮慷慨,言罢,拔腿而去。

第十六章

国立青岛大学正式成立及开学典礼——礼堂中，学子莘莘，穿统一校服，皆端肃而坐。

主持人："下面，欢迎教授及中文系主任、文学院院长闻一多先生讲话！"

闻一多在热烈的掌声中走上讲台。

"我今年已经三十一岁了，自幼酷爱诗文。十三岁入清华初级班，数理化全未及格，但国文考了第二名，所以清华破格录取了我。此后十年中，一直到我留学美国以前，始终是清华的一名学子。我爱清华，像我爱诗一样。虽然我对清华的某些方面也公开表示过失望，但我的心底里，是爱我的母校的。有些人士留洋了，回到中国逢人便说自己是美国、英国或法国的什么什么大学培养的。甚而连去了几年日本，也似乎是终生的资本。留学美国的三年，的确开阔了我的视野，丰富了我的人文思想，提高了我的艺术见解，但我却仍要说——我是中国的清华培养的人。我并不以留学美国三年为什么高人一等的荣耀——没有清华培养我熏陶我的十年，便没有今天可以自信将对得起学生的闻一多！……"

掌声。

闻一多:“我由于爱诗,而写了一些诗,并且已出版了两本诗集,自然便获得了一些同样爱诗的人的勉励和称赞。其实,这没什么了不起。古今中外,写过几首好诗的人太多太多了。倒是,今后我宁愿少写诗,多做一些关于中外文化的学问方面的研究。因为只有如此,我自己才能提高在学识方面的研究。因为只有如此,我自己才能在学识方面丰厚起来,才能教出一批批优等的学生来!总而言之,我认为教育是一种诗性的事业!是完全值得我为之献身的一种事业,是今天之中国,我闻一多或能努力做好的事情!……”

夕阳西下时分。闻一多拄着手杖漫步于海滩。

在栈桥伸入海中的尽头,伫立着一位穿白色西服套装的女子的背影——她颈上的白色纱巾,被海风吹得向后飘扬;而她臂上的黑纱,望去那么醒目。

闻一多望着她的背影犹豫不前。

那女子手臂一扬——白色的花瓣如雪花在空中飘洒……

那女子听到了手杖点在石路上的声音后,缓缓向闻一多转身,闻一多跨前一步,低声地:“您是……”

女子认出了他,诧异地:“闻一多?”

闻一多:“您居然还记得我?”

女子嘴角微微一动,脸上呈现出一种凄美的微笑——她点了点头,将挎于手臂的小篮取下,把剩余的花瓣撒向海中。

闻一多:“您这是……”

“祭奠亡魂。”

“谁?”

“丈夫,还有女儿。”

“对不起……”

“没什么。如果我是你,也会忍不住问的。”

闻一多:“他们……不幸遭遇了海难?”

女子微微摇头。

闻一多和女子并肩地、缓缓地走在栈桥上。女子的纱巾一端被海风吹得贴在了闻一多胸前……

女子:“我们当年在船上相识,你才二十二三岁吧?”

闻一多点头。

女子:“那一年我刚过二十六岁。如果我记得不错,你当年是回家乡去完婚的。”

闻一多点头。

“时光荏苒,人生苦短,距今已经九年了……”

女子:“你为什么不说话,只点头呢?”

闻一多显得有几分局促地:“实在是……不知说什么好……”

女子:“无话可说?那为什么主动认我呢?”

闻一多:“不知说什么好,和无话可说,是两种并不一样的心情……”

女子:“算来你今年也不过才三十一岁,对吗?”

闻一多点头。

女子:“那你为什么拄起手杖来了呢?希望给人以名士印象么?果而被我说对就不是闻一多了。起码,我当年认识的那个二十二岁的、容易腼腆起来的清华学子闻一多,身上一点儿也没有日后打算向所谓名士靠拢的意味儿。”

闻一多:“我……一多如今也不打算向所谓名士靠拢……我只不过是……拄着好玩儿的……”

女子:“这话听来,像一个孩子说的话……”

闻一多:“如果你觉得我拄着手杖怪模怪样的……”

闻一多举起手杖,投标枪似的,将手杖扔入海中。

女子有些吃惊地:“你这又是何苦呢?我只不过是由于再次见到你心里高兴,打趣你几句罢了。你不至于生气了吧?”

闻一多一笑:“没有生气,但觉羞惭。因为你的话,也多少说中了我思想意识里若有若无的俗念。”

二人缓缓走在寂静无人的街道上。

“闻一多,你怎么会出现在青岛?”

“我刚受聘于国立青岛大学,教授中文及外国文学。”

“那么这也该是青岛近日的新闻了。不过,我已经好久不看报了。你父母两位大人还好吧?”

“谢谢你的关心,家父家母身体都较健康。这是我第三次见到你……”

“唔?第二次在哪里?在何时?”

闻一多:“在‘四一二’之后,在上海开往杭州的列车上……”

女子:“可是‘四一二’之后,我并没乘过那一条线上的列车。”

闻一多:“我在列车上;你在一个小站的站台上。我从列车上发现,你想要上车,却没有挤得上,我在列车上很替你着急……”

女子站住了,微眯双眼,凝视着闻一多回想。

闻一多:“你穿一件紫色旗袍。或者竟是我们初次相识那一天,你在船上穿的那件旗袍。只不过,肩上还裹着一条黑色披肩。车外下着小雨,我想你的毛织披肩一定是早已湿透了。我看得出你身上很冷,因为你双手紧抱着肩。你似乎病着,脸色苍白。”——微笑一下,不无自嘲地又说,“当然,那一定并不是你了……可笑我竟将另一个女子看成了你……”

女子眼中却已盈着泪光了。

女子声音很小地:“不,一点儿也不可笑,因为你并没看错。”

闻一多激动地:“果然是你么?”

女子点点头,泪已淌在脸颊上。

闻一多:“可是,你刚才分明说……”

女子向大海转过身去:“对我来说,那是些极其可怕的日子,我如惊弓之鸟。”

“我实在不能明白,究竟是什么人,怎样的一种恶势力,会迫害到你这样一个女子的头上?你这样一个与世无争的女子,又至于结下了什么仇敌?……”

“一言难尽啊!”

“一多愿闻其详,还请以实相告。闻一多虽一介布衣,亦无江湖之勇,但保护你这样一位弱女子,还是敢于挺身而出的!”

“谢谢你的正义,但我的仇敌,他们实在是太强大也太凶恶了……”

“中国虽然黑暗已极,但民众心中毕竟还有公理在,腐败的缝隙间毕竟还保留着几条摆摆样子的法律啊!”

“你别问了,什么都别问了!以后再碰到我,也别问……”

女子忽然双手捂脸,悲伤而泣……

“请原谅。”

“我们走吧,请送我回家……”

他们继续向前的身影,一路无人;暮色中,所经街道,寂寥得有些肃杀。

在一幢有院子的小楼前,女子驻足。

“这便是我的家了。欢迎你以后常来做客。”

闻一多低声地:“一多愿意。”

女子踏上楼前台阶,转身凄美一笑:“若来时,请带上你新出的诗集。闻一多的诗集,是我的枕边读物。”

“一定。”

女子望着闻一多,退隐于家门内。

闻一多望着那门,呆立片刻才离去。

天黑了。

闻一多的身影在一条街巷中,吴扬及几名学生与之擦肩而过;一名女生小声地:“好像是闻先生。”

学生们皆站住,望闻一多背影。

一名男生肯定地:“是他。”

另一名男生:“闻先生!”

吴扬不悦地:“你真是多此一举!”

闻一多却已站住,回头问:“是青大的学生们么?”

那名女生:“是……”

闻一多向学生们走来……

一名男生:“我们迎闻先生几步吧!”

于是学生们迎向前去。

吴扬:“都站住。刚才已然多此一举,现在更加没有必要。”

学生们站住,困惑地望着吴扬。

闻一多走到了学生们跟前,首先认出了吴扬。

闻一多:“吴扬,你们这是到哪里去了?”

吴扬:“学习并不是学生唯一之事。除了学习,我们自然还有另外的某些事要在一起讨论和商议。”

闻一多:“听说青岛的夜晚,目前也不是很太平的,最近就出了几个拦路抢劫的案子。我陪你们回学校吧,这样我放心。”

学生们一时你看我,我看你,最后都将目光望向了吴扬。

吴扬:“先生只管走自己的路吧,大可不必替我们的安全操什么心。”

一名男生:“是啊,我们这么多人一起走着,不会出什么事的。”

闻一多:“那么,你们就都回学校去吧,不要再到别的地方了。我呢,也不和你们多说什么了,该连夜判你们的第一批卷子了。”

闻一多说完,对学生们和蔼地笑笑,转身自去。

学生们你看我,我看你。

那名女生:“我想送送闻先生,否则我也有点儿不放心了。”

一名男生:“对,我愿意陪你送送闻先生。”

另一名男生:“莫如我们大家一起送送闻先生吧,一直将他送回住处,我们不是就都放心了么?”

吴扬:“你们送吧。我有事,要先回学校去了!”说罢,大步便走。

其他学生这边望望闻一多背影,那边望望吴扬背影,一时陷入两难之境。

那名女生:“这个吴扬,怎么今天变得阴阳怪气的!”拔腿跑向闻一多背影处。

其他学生犹豫一阵,也都跑向闻一多。

那名女生:“闻先生,等等!”

闻一多站住,转身:“你们怎么都追我而来了?”

那名女生一笑:“我们陪先生走回住处去。”

一名男生:“她反倒对先生的安全有点儿不放心了。我们都觉得,我们应该响应她的号召!”

闻一多问那名女生:“你叫什么名字?”

那名女生:“赵晓兰。拂晓的晓,兰花的兰。”

闻一多:“很好听的名字。”

赵晓兰:“可我自己觉得俗。一直想改,闻先生您以后替我改一个富有诗意的名字吧。比如徐志摩、梁实秋,再比如您的名字闻一多,听着,写着,看着,都不一般化!”

闻一多一边听,一边环视着同学们以问代答:“吴扬呢?”

赵晓兰:“他说他还有事,独自先回去了。”

闻一多:“你们……这多不好,怎么可以为了陪我,而让吴扬同学一个人走了呢?我不需要你们送!快都给我追上吴扬,和他一块儿回学校去!……”

学生们又是一阵你看我,我看你。

一名男生:“先生千万别生气,吴扬是青岛人,天黑以后也经常独自行动的。再说他也不是孩子了。”

闻一多:“难道我就是孩子么?”

赵晓兰:“难道先生就如此不理解我们敬爱先生的心情么?”

闻一多一时不知说什么好。

赵晓兰挽着闻一多,被学生们簇拥着行走。

赵晓兰:“闻先生,您是才离开学校吧?”

闻一多:“不是。我傍晚曾在海边散步,后来去实秋先生那里坐了坐。”

一名男生:“先生去海边散步,接着去梁实秋教授那里,想必都是为了思考和研究教学之事吧?”

闻一多:“这……倒也不是……”

另一名男生:“你问得好生冒昧!先生在开学典礼上讲的话,已经证明先生是何等谦虚之人,也证明了先生是多么热爱教育事业之人。可由你这么一问,叫先生如何回答呢?”

闻一多:“真的不是。初到青岛,自然和常人一样,想要四处走走,看看。去实秋先生那里,也纯粹是喜欢和他在一起闲聊的习惯使然。何况,我们多年不见,终于又在一起,更加有话可聊。”

赵晓兰:“闻先生,您和梁实秋教授在一起,都聊些什么呢?”

闻一多:“聊得最多的,是关于诗、文学和其他艺术门类的话题。自然,也聊我们和教育,教育和中国的关系……”

赵晓兰:“就根本不聊爱情么?”

闻一多脚步不由停顿了一下,再往前走时,沉默了。

赵晓兰敏感地:“对不起先生,也许我问得太无理了。可我是忍不住才问的啊。我想,能写出《红豆》爱情组诗的诗人,对‘爱情’二字,定有许多不同于俗见的理解……”

闻一多:“问就问了,别有什么不安,学生对老师,我以为,没有什么是不可以一问的。至于爱情么……”

学生们都不约而同地站住了,一个个将目光望在闻一多脸上,仿佛要听得道高人指点迷津。

闻一多微微一笑:“瞧你们,眼睛全都亮了起来。至于爱情,我觉得它的真相其实只有一点——古今中外,没有一个人,一生只爱过一次。只不过,在有些人那儿,爱是主体,情是影子。爱一旦泯灭了,情也就自然消亡了。爱情至上主义者们,也难摆脱此规律的控制。而在我这儿,恰恰反过来。情是主体,爱是情的影子。爱一旦被人生改变了形状,甚至缩小不见了,情还常在。日后还会生出另外的,对人性的意义。相比于爱至上主义者们,我倒宁愿做一个情至上主义者。‘心中藏之,何日忘之’,这是我对男女真情的态度……”

学生们皆表情困惑。

闻一多:“谢谢同学们,前边那一排平房中的一间,便是我的住处了。欢迎同学们常来常往。大家就此止步快请回去吧!”

闻一多转身自去。

赵晓兰:“你们听懂闻先生的意思了么?”

学生们皆大摇其头。

一名男生:“这真是,他不说,我倒还明白;他一说,我反倒一片糊涂了!”

青岛大学校园内。

一阵下课铃声后,学生们走出教室;闻一多最后夹着教材走出,梁实秋迎他走来……

梁实秋:“一多,请随我来,我有几件事跟你谈。”

英文系主任办公室。

二人进入后，各自坐在椅子上，闻一多习惯地掏出烟斗……

梁实秋将烟斗夺了去："你吸烟太凶，我有责任替嫂夫人也替朋友们限制你。"

闻一多又笑笑："那么我只有听凭制裁了。"

梁实秋："志摩托人今天给我捎来一封信，希望你能为他现在主持的《诗刊》写一首诗，我得当面念给你听听。"于是从抽屉中取出信念，"近年新诗，多公影响最著，且尽有佳者。多公不当过于韬晦，《诗刊》始业，焉可无多？即四行一首，亦在必得。乞为转告，多诗不到，刊即不发。多公奈何以一人而失众望？兄在左右，并希持鞭以策之，况本非驽，特赖恿耳，稍一振蹶，行见长空万里也……"

闻一多："想来已经一年多没写过一首诗了，真是愧对中国的新诗坛，愧对志摩主持的《诗刊》，愧对为新诗孜孜不倦的朋友们的期待啊。实秋，你替我先复志摩一信，就说我近日争取有诗寄他。"

梁实秋："我替你那么写了，你可一定要兑现承诺啊！"

闻一多值得信赖地点头。

"那么，我的任务算完成了。这第二件事么，我可预先请求你给我一个面子……"

"梁实秋要我做的事情，还需要'请求'二字？但愿是我能做到的事情。"

"绝对是你能做到的事情。而且，你若不给我面子，别人就都没有办法了。"

"既然如此，我就先答应于你。"

"我的英文系，有一名学生，多次申请转到你的中文系去。我也觉得他入英文系并非量才施教。所以，私下已同意他转往你的门下。"

闻一多："这……"

梁实秋："你看，你又'这'起来了不是？"

闻一多："实秋你有所不知，已有不少学生，以及他们的家长，通过各种各样的关系影响我，想让他们的孩子转到中文系来。并不是由于中文又在社会上吃起香了，也不是由于我闻一多这位文学院院长有多大的魅力，而是因为那些学生实在太平庸，又不用功，以为中文系最好混，好歹胡混几年，混到手一份大学文凭就万事大吉。但中文系和文学院，不能是那种平庸又胡混的学生们的游乐园……”

梁实秋：“这个道理，我是明白的。”

闻一多：“你先别打断我，让我把话说完。你还记得，我曾写信向你谈到过的两名学生么？”

梁实秋：“陈梦家和方玮德？”

闻一多：“正是他们。我在别的大学教过的两名学生。我曾对他们十分赏识，寄予厚望。陈梦家毕业后一时找不到职业，我还收留他在我的蕲水老家住过许多日子，每日格外加以指导。你我来青岛之前，他们分别将自己发在《新月》上的诗寄给我，才华显露，极受好评。我的中文系，更要有这等学生！哪怕我的门徒将来在诗坛上成了我的劲敌，我的畏友，哪怕他们将来以他们的才华逼迫得我再也无颜动笔写诗，我也是欣慰的。可是，若由于刚才我讲的那种情况才打算往中文系转的学生，我是不要的。”连连摇头，坚决地，“不要，不要！即或是梁实秋的面子，我也断然不给！”

梁实秋：“一多，先不必拒绝得这样干脆。我说的那名学生，其文学的，尤其中文的，尤其对于诗的才情，据我看来，当不在陈梦家、方玮德之下。尽管他考入青岛大学时，数学是零分……”

闻一多：“零分？”

梁实秋点头。

闻一多：“等等，让我想一想……你说的那名学生是……臧克家？……”

梁实秋点头。

闻一多态度顿变：“这名学生，我要，我要，我要定了！”

梁实秋：“果然不出我之所料。我就知道你会要他的，否则也不敢私下里答应帮助他。”

闻一多：“他数学虽然得了零分，但国文可是得了98分，126名学生中的头一名。这一届考生的国文卷都是经我判的，5分10分的很多，60分已算高分！他那篇杂感中有一句话，给我印象很深，写的是——‘人生永远追逐着幻光，但谁把幻光看作幻光，谁便沉入了无底的苦海。’我喜欢他这种永远追逐着幻光，并不把幻光看作幻光的学生！青年眼里的人生若没有丝毫的幻光，那还是青年么？”

闻一多说时，梁实秋沏了一杯茶。

闻一多说完，梁实秋道：“你先饮茶。”

敲门声。

梁实秋起身去开门，引臧克家而入……

臧克家深鞠一躬：“闻先生好。”

闻一多看着梁实秋问：“他是……”

梁实秋：“他就是臧克家。现在，我正式将这一名学生转到你的门下了！”

闻一多喜悦地：“臧克家，中文系要你这样的学生，闻一多收你这样的弟子。别将数学得零分当成一回事儿搁在心上，我十三岁考入清华时，数理化都不及格。只要你将来能为中国爱诗的人们多写出好诗来，就是对国立青岛大学的最好报答！”

梁实秋：“也是对闻先生的最好报答。”

臧克家又深鞠一躬：“闻先生，克家一定努力不让先生失望。”

梁实秋：“那么，你以后就是中文系的学生了。”

臧克家：“我可以离开了么？”

梁实秋、闻一多点头。

外面传来臧克家兴奋的声音，他对同学们说：“中文系收我了！闻先生收我了！”

闻一多、梁实秋相视一笑。

闻一多打趣地:“实秋不愧是我的知己,总是无私地赠我好礼品!”

梁实秋:“最后一件事,你听了,也许就不会这么高兴了。”

闻一多猜测地:“是朋友间的事?”

梁实秋点头。

闻一多:“饶孟侃和李泽之间的不快,你有所耳闻了?”

梁实秋:“不是有所耳闻,是他写给我的信中,已对李泽不无怨词了。这件事,纵使我写信两方相劝,那也是影响不了谁的。唯你亲自从中调解,才能起到促和的作用。否则,他们闹到不是朋友了,甚至彼此视为陌路之人的程度,朋友们看着,就心情不好了。”

闻一多深吸了一口烟斗之后回答:“孟侃,好友也。李泽,亦好友也。除了亲情和爱情,友情乃是人性所需要的第三种宝贵营养。太多人会得所谓营养过剩的病患;缺失,人性又将营养不良。友谊好比我们的孩子,我就再充当一回父母的角色,替朋友们的‘孩子’洗次澡吧!……”

闻一多在住处用毛笔写信。

孟侃吾弟,今去此信,非为他事,实因你与李泽之关系,每令我忧。李泽近来因些不足论道的名利得失,故态复发,很是浮躁。他对你的行为,自然是他不好。但我还是要以前信的态度要求于你——友谊也意味着是一种义务。别的朋友都不在他身边,只有你与他目前共事着,所以原谅他也就是你必须的宽宏大量,而帮助他摆脱浮躁,也就成了你的责任。这一种在身边的、共事中的帮助,比朋友们的相劝实际得多。他需要精神的抚慰和勉励,从而再度建立起人生的自信。我自然会经常给他写信,但总不及近在他身边的你所能给予他的帮助大。这一种人在颓丧之时所需的精神勉励和抚慰,你当问问自己,是否对他给予的还不是很够……

敲门声及女性的话语声:“闻先生! 闻先生!”

闻一多置笔开门——门外是赵晓兰。

赵晓兰急促地:“闻先生,出事了! 您一定得替我们的同学主持公道啊!”

闻一多:“进来,坐下,慢慢讲来。”

赵晓兰迈入,坐在一把椅子上,一边掏出手绢擦汗,一边微微喘息地:“我们的一名男同学,在海边沙滩散步时,看见一个日本富人的小少爷,往我们中国小女孩儿的身上撒尿,他呵斥了几句,不成想日本富人的小少爷,竟张牙舞爪地向他进攻,还用小刀子划伤了他的手臂。他忍无可忍,将那日本小少爷推倒在沙滩上,结果围上来几名日本浪人,光天化日之下,对我们那同学拳打脚踢,直将他打得口鼻流血,眼睛青肿,伏在沙滩上不能站起。那些日本浪人竟不肯罢休,还将他推搡到了警察局。咱们中国那位警察局长,低三下四地向日本浪人们道了歉以后,居然不听我们许多中国人的作证和抗议,反将我们被打得伤势很重的同学当即关押了起来。刚刚警察又通知学校,强迫学校马上贴出布告,开除那名同学……”

闻一多“啪”地一掌拍在桌上,愤怒地:“中国,中国,难道你已经亡了么?!”

学校会议室。

闻一多站立着慷慨陈词:“我敦请校长立刻代表全校师生前往警察局,要求无条件释放我们的学生! 如果您竟没有这一点起码的勇气,那么一多愿意率领学生前往警察局……”

窗外——一张张焦急的脸,学生们伏窗而望。

校长:“闻教授,您先坐下,您不要太激动,我这不是在听取大家的意见嘛! ……”

一位同事:“闻教授,凡事,我以为应以‘国家至上’为大原则、大立场。为了一名学生而伤当局与日本人的和气,难道是值得的么?”

闻一多正色道:“你这是什么话?这种在自己的国土上,自己的儿童受到外族欺辱,自己的青年受到外族伤害,都不能替之伸张正义,反而以一种不公平的态度对待,这样的当局,还配是国民的当局么?这样的中国,它虽然还没有彻底的亡,我闻一多也只有当它已经亡了!……”

气氛一时极为肃然。

闻一多:“看来,一多只有代表校方前往了……”

闻一多说罢,怫然离座而去。

校长:“闻教授!”

闻一多站住,转身道:“如果我领不回来我们那名学生,我将辞职。”随即走出会议室。

许多学生们嚷成一片:

“跟闻先生到警察局去呀!”

“走,我们都去!”

“不要回我们的同学,我们罢课!”

闻一多严厉地:“谁说的?谁说的罢课?”

学生们全体噤声。

闻一多:“动辄罢课,动辄学潮,大学还是大学么?以为凡事只要闹大,中国的情形就会好起来么?!……我独自去,谁也不许跟着我!”

闻一多大步走向校门,学生们望其背影,无敢相尾随之。

闻一多大步走在校外。

“一多!一多!”

闻一多站住,转身——梁实秋匆匆赶来……

梁实秋:“不必去了。校长与警察局通过电话了,他们心虚了,答应放人……”

闻一多激动地:“实秋你说,这样的国,她哪里配爱国的人爱她?!”

第十七章

教室里，闻一多在讲课。

闻一多："我们中国人最熟悉的，天天都离不开的一种东西那是什么？自然，谁都可以说出几种，但我要说的是——筷子。为什么我要在这一节讲诗的课堂上说到筷子呢？因为筷子像另一种我们同样熟悉的，大家以后也天天离不开的东西，那就是我们中国的文字。文字对于文盲只不过是语言。而怎样运用文字，对于文学家和诗人，乃意味着是语言的艺术，或者修辞的水平。筷子是分等级的。最高级的有金的、银的、玉的、象牙的、兽骨的，都是贵族用的筷子。常见的有竹的、木的；而流浪汉甚或乞丐，在路边折两段树枝，也是可以当作筷子来用用的。连树枝都没有，那么手指便是筷子了。文字和诗的关系也是这样。我主张尽量不以太贵族气太华丽的文字写作，因为那样的诗拒大多数爱诗的人于千里之外。但我也不支持以草率的文字来作诗。正如可能的情况之下，我还是要用筷子来吃饭，而不会鄙视筷子，偏要折两段树枝来当筷子。现在我提的问题是，哪些同学在写完这次交上来的诗作业后，自己看了一遍？"

除吴扬外，其他学生都举起了手。

闻一多:“哪些同学不但自己看了一遍,而且自己读了一遍?”

包括臧克家、赵晓兰在内的一些学生举起了手;吴扬仍未举手。

闻一多:“哪些同学自己朗读了一遍?”

包括臧克家、赵晓兰等少数学生举起了手;吴扬还是没举手。

闻一多:“哪些同学自己朗读了一遍之后,认为有值得修改之处,而且修改了?并且认为,修改后诗性更饱满了?”

只有臧克家和赵晓兰举起了手。

闻一多:“最后一个问题——哪些同学通过这一次的诗作业,觉得对我们中国的文字产生了类似初恋似的感情,因而获得了一种快意?”

臧克家和赵晓兰举起了手;有几名学生也随之犹犹豫豫地举起了手,但最终还是放下了。

吴扬脸上浮现着不屑的冷笑。

闻一多:“你们几位同学,举起的手,为什么又放下了?”

其中一女生:“其实,我们并没有对文字产生什么类似初恋的感情。”

闻一多:“很好。你的诚实应该表扬。我的问题,已经全部问完了。我为什么要问那一连串的问题呢?因为在我看来,对中国的文字要有起码的感情,这也是我对我们中文系的学生们的起码要求。倘学着中文,而对中国的文字缺乏起码的感情,那么不但以后将与写作这件事无缘,也将与一切文学的文本无缘,甚而不适合从事一切的文字工作。我对文字与诗与文学的关系,又有一比。比如吃西餐,文字是刀,是叉,讲究的是吃法,是要预先整齐地摆在餐布上,还要系上餐巾。有宗教信仰之人,吃前还要祈祷,吃法也要文明,比如说话时不该用刀叉指人。当然这不是一个好例子。我举这个例子所强调的是,一个人写诗的时候,以及进行一切文学作品创作的时候,对我们中国的文字,要有一种虔诚的感情。带着这一种感情运用文字,才能体会到由衷的快意。我想,臧克家和赵晓兰两位同学,一定是体会到了的……”

臧克家:“是的,我体会到了。”

吴扬冷笑。

闻一多:“吴扬,你为什么一直在冷笑呢?”

吴扬:“恕我直言,我觉得先生这一堂课上到这里,很有点儿演双簧的意思。”

闻一多:“你是说臧克家和赵晓兰两位同学,在故意配合我做戏给大家看么?可我与他们课前并没有串通一气过。”

吴扬答非所问地:“那么,您对我的诗具体是怎么看的?”

闻一多:“你还没有回答我的问题。”

吴扬:“您先回答我的问题。”

赵晓兰:“吴扬,你太放肆了!”

同学们不满地:

“就是,真不像话!”

“扰乱课堂!”

“他究竟想干什么呀!”

闻一多竖起一手,制止了议论……

闻一多:“同学们,吴扬在课堂上对我的讲课直面坦言出自己的看法,而且是我问了,他才说的,这实在是正当的,没什么不对。只不过当众玷污了两名同学的清白,有诋毁之嫌,我认为是不应该的。我说过学校当以学生为本,教师也以学生为本的话,所以吴扬要求老师首先回答学生的问题,我认为也是合情合理的。现在,我就来按照他的要求,评论一下他的诗作业。吴扬的诗作业,是同学中最长的,总计四十余行。我本人,至今也还没有写过一首单独的那么长的诗。吴扬的这一首诗,是对中国的现状进行强烈抨击的一首批判诗,证明他对现实的中国社会具有青年的使命感。与臧克家同学的诗之纯朴真挚的诗风相比,与赵晓兰同学的诗之婉约细腻的诗风相比,吴扬的诗有如带钩子的投枪,锐利而且气势勇猛。但全诗不用标点,我是不敢赞同的。诗不能没有节奏。标点的作用,不但断句,并且能示明节奏。用标点的理由如此,不用它的理由，我却想不出。另外，诗中‘生殖器的暴动’‘强奸似的快感’一类句子，不见得是表现社会骚乱不安的最佳的句子。若再想想，我觉得以吴扬的头脑，当会想出更强有力的比喻。总之，我主张诗还是要顾及诗性，可以追求痛快淋漓的表达风格，但赤裸俗态的比喻，于诗却是要不得的……”

吴扬打断地：“但先生自己的诗中，不是也有‘苍蝇似的思想垃圾桶里爬’这样的句子么？我看也不是有什么诗性的句子。”

闻一多：“是啊，我的诗，也每有只图明白，顾及不到诗性的地方。所以我希望你们不犯……”

吴扬又打断地：“那么先生反对鲁迅‘投枪和匕首’的说法么？”

闻一多：“我并没有说断然不可……”

吴扬：“先生作为‘新月派’诗人们的一员主将，对鲁迅究竟持何种立场呢？”

闻一多凝视着吴扬，沉吟。

臧克家愤而起身：“吴扬，我提醒你——这不是一堂讨论课，而是一堂诗作业点评课。还有许多同学期待着先生讲评到自己的诗作业呢！……”

赵晓兰：“吴扬，你收敛一点儿行不行？你今天是怎么了?！”

另一名男生：“他不是今天才这样，你该问他最近以来怎么了！……”

众同学亦表示不满。

闻一多又举起一手，于是肃静。

闻一多：“我加盟‘新月派’，实因我当年初到北京，受到过徐志摩等‘新月派’诗人的友好帮助，而我对他们在中国新诗发展方面的贡献，也是承认并且尊敬的。至于鲁迅先生，我与他至今没有见过面，也无任何过节。我认为……”

同学们一个个屏息敛气，看得出，其实也都极想亲耳听到闻一多谈鲁迅。

闻一多:“我认为鲁迅先生不是饭,而是药,有时甚至是猛药。那种将鲁迅先生的思想、观点、好恶,当成绝对真理的现象,我是不赞成的;将他的杂文当成代表文学唯一品质的现象,我更是不赞同的。我进一步认为,鲁迅先生又好比是一台放大镜,有时甚至像显微镜,一般人们观察不到,观察到了也无杂感奉献给我们的社会病症和历史褶皱里的丑陋细节,常是经由鲁迅先生指出给我们看的。所以鲁迅是犀利的、深刻的。但鲁迅是否便因而全对了呢?我以为不然。比如鲁迅先生说——‘汉字不灭,中国必亡’,我就是不能接受的。鲁迅先生将全部的中国文化史概括为‘瞒和骗’的历史,总结为‘吃人’的历史,这我也是不敢苟同的。鲁迅先生有时又是自相矛盾的,比如他连对明清艳情小说,都持宽容的看法,认为也有一定劝惩的意义,这不是就与他前边的一向态度不同么?再者,鲁迅先生是否定孔孟学理的,而我认为,孔子孟子实在够得上是中国五千年文明史中的大学问家、大思想家,鲁迅也没有比孔子孟子更加伟大。如此说来我闻一多,是否就与鲁迅先生的文学的和文化的主张毫无一致的地方呢?不,一致的地方也是有的。而且,特别一致。比如鲁迅先生谈到诗之诗性时,举了一个例子。他说——‘野菊性官下,鸣蛩在悬肘’,这从字面上看起来,读起来,毕竟还像诗,但如果干脆真的写成——‘在野菊花的生殖器下边,有两只蟋蟀吊膀子’,则就很难让人承认有什么诗性可言了。鲁迅先生似乎还说过,尽管文学什么都可以写,但至今还没有真的文学家细微地描写过大便、粪坑和粪坑里蠕动的蛆虫……”

吴扬突然站起,大声地:“我抗议!您这明明是在借鲁迅先生的话指桑骂槐,贬低您的一名学生的诗作业!……”

闻一多平静地说:“吴扬,你坐下。你误会了,我并没有丝毫贬低……”

下课的铃声骤响。

吴扬“哼”了一声,急赤白脸地离开了座位……

闻一多:“你站住。”

吴扬站住,回头瞪视闻一多。

闻一多:“你明明误会了,怎么连解释一下的权利和机会都不给我?”

吴扬:“误会?‘新月派’是专与鲁迅先生对着干的文人帮派,谁人不知,谁人不晓?你的朋友梁实秋攻击鲁迅,你和他既然是朋友,立场上当然也必是一伙的!而我,以前崇拜的是闻一多,现在崇拜的却是鲁迅!……”

闻一多克制地:“实秋先生与鲁迅之间文艺观点的争论、分歧,是古今中外很自然的现象。意气用事的也不仅仅是实秋先生单方面。就算实秋先生罪该万死,闻一多是他的朋友也不该同罪,怎么能以如此简单的方法对待某种现象?……”

吴扬:“又教诲起来了。您以为您是先生,便永远处于教诲别人的优势么?对不起,我不听了!……”

吴扬扬长而去。

闻一多愣住,同学们围住了闻一多……

臧克家:“先生,我不会计较吴扬对我的羞辱之词。先生也千万别生气,虽然这一堂点评课被搅乱,但我们毕竟还是另有收获的……”

同学们七言八语:

“是这样的,先生!”

“先生,我尊敬您的坦荡。”

“先生,我也比较同意您对鲁迅先生的评价……”

闻一多:“我哪里会生学生的气呢,我只不过难以理解吴扬罢了。没有点评到的诗作业,我以后还会陆续认真点评到的,同学们也不要埋怨吴扬什么,大家再见……”

闻一多走出了教室。

“先生……”

闻一多转身，赵晓兰跑来……

赵晓兰眼泪汪汪地说："先生，真是对不起。"

闻一多："为什么说这种话？"

赵晓兰："因为吴扬……"

闻一多："吴扬是吴扬，你是你啊。"

赵晓兰："您不懂……因为……因为……他再这么自行其是，我不爱他了……"

闻一多微微一笑："原来如此，我懂了。边走边谈好么？……"

赵晓兰点头，眼泪淌出，委屈揩之。

赵晓兰："先生，吴扬能上大学，主要靠我家的资助。他的父亲，替我祖父裱糊了几十年字画。他父亲去世后，我祖父赵孝陆继而雇用了他。因为他小小年纪，裱糊手艺不在他的父亲之下，所以每每获我祖父和我父母的夸奖。我自己也喜欢书画，常胡乱涂鸦了麻烦他给裱，送给女中的同学或自我欣赏，而他一厢情愿，照例替我认真裱了。所以我们渐渐有了感情。我父母发现后，坚决反对。幸而祖父反倒开明，不因他出身卑微就轻视他，为我做了我父母许多工作，父母才对我们的关系睁一只眼闭一只眼，妥协求全……"

闻一多："你刚才似乎说，你的祖父叫赵孝陆？"

赵晓兰点头。

闻一多："你的祖父字以行？祖上是山东安丘人？"

赵晓兰："先生怎么知道得这么清楚？"

闻一多打量赵晓兰，微笑地："原来你是赵老先生的孙女，难怪书卷气浓。我小的时候，我父亲就常对我提到你的祖父，盛赞赵老先生文才丰蕴、书画一流……"

赵晓兰不高兴地："先生，可是我在和你谈的是吴扬……"

闻一多一愣，随即双手抱肘，庄重地："对不起，我不打断你了，你接着讲。"

赵晓兰:“吴扬前几天对我讲了心里话,承认他对中文一点儿也没兴趣。”

闻一多:“可他在上海时读的是中文啊,转校以后,继续读的也是中文系啊!”

赵晓兰:“那是因为我痴迷于中文……”

闻一多凝视她片刻,低声地:“明白了。”

赵晓兰:“其实您还是不明白! 他到大学来是为了改写家族历史的。我不知道用个什么词才对。他对我说天下大乱也未必不是好事,乱世出英雄,富贫衰荣,正是在乱世中交替变更的。他说学中文有什么意思,毕业了无非一个小文人,依旧只能谋一个社会地位低微的小文职,因为做大文人大教授的机会,都快被先生这一批留洋回来的人占尽了……”

闻一多沉吟地:“如果他打算转到别的系去,我会同意,还会帮他周旋……”

赵晓兰:“他说这样一个时代,只有头脑死不开窍之人,才为了学什么知识到大学里来。他说看看这个社会,真正地位显赫的人们,哪里靠的是什么知识! 他说今天中国的任何一所大学,对于他都好比是苏联沙皇时代的斯摩尔德大学,是造就社会的颠覆者的地方,要么一脚迈出校门,准备去死,要么不死而从此一飞冲天,至于呼喊着为什么主义的口号,都是无所谓的……”

闻一多:“原来如此……”

赵晓兰:“先生,您真的有些明白了么?”

闻一多:“我的意思是,我只不过明白了你觉得他是怎样的;至于他自己究竟是怎样的,我还要继续看他的言行才能彻底明白。有一件事你也许不知道,他读过我的《七子之歌》后,曾经推荐在一份刊物上转载,而且很真挚地写了几句比我的《七子之歌》更感人的话。起码我自己认为是那样,证明他内心深处毕竟是忧国忧民的,同时也就证明他本质上是一个好青年,值得你继续爱着他。至于他对你讲过的那些话么,我认为你又何必太认真呢？青年嘛，有时会故意将自己的本意表述得偏激些。一偏激，当然容易给别人，包括爱自己的人另外一种印象啰。你出身于书香门第，爱他是你不随俗见的选择，也是他的幸运。我倒是衷心地希望，你不要因为他的某些偏激言行，而断送了你们难能可贵的爱情……”

闻一多发现梁实秋正向他走来。

闻一多：“实秋先生找我来了，我们暂且谈到这里？”

赵晓兰依然迷惘地：“那，好吧，谢谢先生的开导……”

赵晓兰低头想着心事离去。

梁实秋走到了近前……

梁实秋：“打断了你们吧？”

闻一多：“你猜她是谁？”

梁实秋：“那女生？”

闻一多：“她是前清进士赵孝陆老先生的孙女。”

梁实秋：“唔？赵先生才高八斗，学富五车，却已销声匿迹多年了，想不到隐居在青岛，改日有暇，你我登门拜访，请教学识如何？”

闻一多一笑。

梁实秋：“你笑什么？”

闻一多：“你的话使我想到鲁迅先生。”

梁实秋：“和鲁迅有什么关系？”

闻一多：“鲁迅先生若听说我们身为大学教授，却怀着敬意去拜见一位前清进士，不知又该有一篇多么刻薄的杂文发表了。那么，连我也将受你的牵连，中了投枪或匕首了。”

梁实秋：“那我梁实秋就没有纸笔了么？倘以‘前清遗老’一概蔑视科举过的当代人士，并且连同他们的学识也一概视如粪土，那么一部中国的文化史，就只有从现在起笔另写了！”

闻一多：“实秋啊，我也早想和你谈一谈，你和鲁迅先生之间的笔战，是不是可以从你这一方面，首先偃旗息鼓挂出免战牌呢？”

梁实秋：“为什么你认为不应该首先从他那方面有点儿姿态呢？我梁实秋和我们‘新月派’，从来也没打算将他当成过公敌频频挑战不休，这一点你是清楚的！”

闻一多又一笑：“瞧你，一谈到鲁迅，便意气不平起来。他不是前辈嘛！”

梁实秋：“是啊，他这位前辈，长我二十余岁，纵然我冒犯了他的威严，难道他不应该对我这晚辈多多包涵么？”

闻一多：“你这么坚持，那么你们之间，哪一天才是个了结呢？依我看来，你们之间的争论，根本就是两码事。他擎举的是‘文以载道’的大旗，你研究的是并不载道的那一类文学的经验和规律。你们再争论下去，谁都难免专执一词陷于片面……”

梁实秋：“他一向只载摧毁之道，但也应允许别人营造点儿什么纯粹文学的气氛吧？”

闻一多：“不谈了，不谈了。再谈下去，让崇拜鲁迅的学生听去了只言片语，说不定将会误以为我们凑在一起贬低鲁迅……”

梁实秋：“是你先跟我谈起的！”从兜里掏出了一封信，“志摩他又写了这一封信来催你的诗！你知他急成什么样了？”——抽出信纸，读，“多公的诗作，不知何时才能寄来？《诗刊》已万事俱备，只欠东风。我也是望眼欲穿，如盼……”

闻一多笑道：“好好好，别读了别读了。明天是星期日，我现在就回去，为他闭门造车吧！”

闻一多转身自去。

梁实秋望着他的背影大声地：“一多，你若及时交卷，我替志摩请你一顿！”

傍晚。海滩。

闻一多在漫步,走走停停,若有所思。

闻一多从兜里掏出笔和小本,记下什么。

闻一多将笔别在衣襟上,揣起小本,望海冥想……

乌云压迫着海面……

闻一多的目光望向栈桥——那不知名女子的洁白身影,仿佛又出现在栈桥上;白色的纱巾朝后飘扬着。

闻一多不禁晃了晃头,摘下眼镜擦拭。

闻一多戴上眼镜再望栈桥,哪里还有人的身影——栈桥如剑,刺入海中,天海苍茫。

闻一多发现自己的手杖被冲在沙滩上,被沙埋得几乎只露杖柄,他弯腰轻轻地从沙中抽出了手杖抚去了沙粒……

闻一多信步在街巷。

闻一多走到了那不知名女子的家门前,抬头矛盾地望着。

闻一多心声:"手杖,手杖,不知是我将你带到了这一扇院门前,还是你将我带到了这一扇院门前……"

闻一多的目光望着窗子;唯一一扇未垂窗幔的窗内,那女子的身影站立窗边,对他凄美一笑。

闻一多眼望着她,轻轻推开了美观的铁门,铁门旋即发出响声。

闻一多走入了院子,踏上了台阶,按门铃……

五十岁左右的女佣探头望外,打量着他问:"先生,你找谁?"

闻一多:"我想,我想……我是来造访你的女主人的……"

女佣:"你也得能说出我家女主人的姓名啊!"

闻一多:"这……我还真的不知道……我想,我想,她也不会反感我的造访的……"

女佣:"你连我家女主人的姓名都不知道,我怎么好请你进来呢?"

闻一多一时发窘。

女佣刚要关上门，里边传来女人的话声："请那位先生进来吧，我曾邀请过他。"

女佣闪身，让闻一多进入。

一楼客厅，不大，摆设也很朴素，但处处却不显山不露水地透着女主人的家居品位——那当然是文化而俭约型的……

不知名的女子站在复式的楼梯上，低声地："闻一多，很高兴你能来。"

闻一多有些局促地："但愿没搅扰你。"

女子摇头，缓慢踏下楼梯。

女佣端来两杯茶，摆放茶几两端。

"闻一多，请坐。"

闻一多坐下，女子才款款而坐……

女佣："太太，还有什么吩咐的么？"

女子："暂时没有了……"

闻一多脱口而出："我有……"

女子和女佣同时一愣，并同时将意外的目光转向闻一多。

闻一多大窘，失悔地："没有没有，一多失言了。"

女子："来都来了，坐都坐下了，你又何必客气呢？"

闻一多嗫嚅："其实，我……我其实只要一个烟灰缸。或者，类似的什么东西……"

女佣看女子："家中从不以烟待客，凡吸烟的客人，也尽量约束着自己，哪里来的烟灰缸呢？"

闻一多："这话听来，像是在批评我了。那么，我也要约束自己一时。"

女子微微一笑："大可不必。"转身对女佣说，"那就取个小盘儿来吧，把窗也打开。"

女佣开窗后，离去。

女子:“窗子为你打开了,你不该有什么顾虑了吧?”

闻一多:“那我就真的不客气了。”笑着掏出烟斗,一眼望见对面墙上有幅字,分明写的是:来者皆是清质之人,何必以烟待客;友情全系雅缘而定,包涵无酒助谈。

闻一多:“一多烟酒两样皆好,真是不配置身雅室。”

女子笑道:“闻一多,我听人讲,你在新婚的冰心与吴文藻上海家中做客时,因为主人们没有预备烟,转身便去买了一盒,回来后不但立刻就吸,而且批评主人们的待客不周。怎么在我这里,就拘谨得很,仿佛淑女子了呢?”

闻一多诧异地:“你怎么知道那件事?”

女子一笑,答非所问:“不要在意那条幅上写的什么,我丈夫在世时,只要他在青岛,家中每每客人不断,高谈阔论,要么烟气缭绕,要么以酒助兴。我亲笔写了那一条幅,无非是调侃他们的意思。我丈夫也是喜欢吸烟斗的,所以我早已习惯了烟味儿,你只管吸就是了……”

闻一多审视着条幅说:“你的字,真是写得很好。”

女子又微微一笑:“自幼近墨,不至于招人取笑就是了。”指着闻一多靠在沙发旁的手杖问,“又买了一柄?”

闻一多:“不是。今日在海边发现,我那天掷到海里的那一柄,被冲回到了岸上。”

女子:“送给我留作纪念可以吗?”

闻一多:“开玩笑了。”

女子认真地:“我是诚心诚意地要闻一多一样纪念之物,因为你是我喜欢的诗人。”

闻一多低下了头:“那么,我走时,留下便是。”

女佣送来一只小盘,离去时对闻一多悄语:“这家,对先生您太例外了……”

女子:“去吧,不要多嘴多舌……”

闻一多:“你刚才关于那条幅的话,原来有一半是骗我的。我也要做一个清质之人,不吸了,不吸了……”

闻一多将烟斗揣起。

女子:“别难为自己,一会儿又想吸了,就吸。”

闻一多:“可以告诉我你的姓名么?”

女子:“难道你是为此目的而来?”

闻一多:“我经过门前,忽然想来探望你。”

女子:“既然不是专程而来的,那么,你也没有给我带你的诗集了?”

闻一多歉意地摇头。

女子:“所以我今天就不告诉你我的姓名,对你没有给我带你的诗集来,算是一种制裁。”

二人都不禁相视一笑。

女子:“我第一次在船上见到你那一年,你是回家完婚的。那么,现在已经做父亲了吧?”

闻一多:“曾有过一个可爱的女儿。和我见到过的你的女儿一样可爱……”

女子:“为什么是‘曾’?”

闻一多:“因为……今年初上……死了……才四岁……当时我在上海吴淞大学任教,学校刚创立不久,我又是教务长,种种责任缠身。可怜女儿病死前,日夜唤我的名字,竟没能再见我这位父亲一面……”

女子微微俯身,将自己的一只手轻轻按在闻一多的一只手上,并且握了握,表示着一种无言的安慰。

女子:“你对国民党怎样看法?”

闻一多表情甚为疑惑,显然,不知她为什么话题陡转,而且一下子转向了政治方面……

女子却目不转睛地注视着他,仿佛他不回答,就会一直那么注视着他似的。

闻一多:“我小时候,由家父亲自送往武汉读国立师范学院的附属小学,亲眼目睹了辛亥革命的某些场面及辛亥革命志士被镇压时的宁死不屈。所以我对‘革命’两个字从小就是心怀敬意的。因为那对一个男孩子来说,起码是具有英雄主义之影响的。我十三岁入清华初级班后,不久还编写了一个剧本,组织同学们排演,内容就是讴歌辛亥革命志士们的英雄气概的……”

女子目不转睛地注视着闻一多,听得耐心而又认真。

闻一多:“清华是国立学校,它的办学经费,又是由庚子赔款保障的。所以,我能成为一名清华学子,极感光荣。并且,渐渐形成了这样一种思想——有孙中山先生,才有国民党;有国民党,才有中华民国;有中华民国,才有人代表它争取到了庚子赔款;有庚子赔款,才有清华;有清华,才有国家公派的留美学子闻一多。所以,当年我从美国写给父亲的家信中,曾有这样的话——不刻苦学习,勤奋上进,何以对得起国家的培养。国家公费培养一名留学生,那每年是要花费许多银元的……”

女子微微点头……

闻一多觉得被理解,不再心存什么顾虑,话也不再说得缓慢了:“所以,根本上讲,我是一个国家主义者。而国民党,是目前代表着中国的唯一一个政党。我既爱国,便自然不可与之发生冲突,尽管我常常痛心它对外的软弱和卖国求安,对内的腐败无能……”

女子:“你加入了国民党么?”

闻一多摇头。

女子:“以你的思想,为什么竟没有加入呢?”

闻一多:“家族有传统,凡闻家子弟,无一涉足政治。”

女子:“否则,便会加入了?”

闻一多又摇头:“那也不会,我承认它是目前代表着中国的唯一一个政党,并不意味着我认为它真的是一个能给中国带来光明与希望的党。我闻一多岂能加入一个腐败无能的党玷污家族清明?……”

女人:“你对共产党又是怎样看法?”

闻一多一怔:“这……”

女子:“也许,从没有人如此冒昧地这么当面问过你吧?我不是那种热心政治的女子,但因家庭由政治而遭遇不幸,使我一日之内惨失丈夫和女儿,所以,才希望听听我心仪已久的闻一多的见解,或能解开心中谜团……”

闻一多:“我从没接触过一个真正的共产党人,但我参与组织反对共产党的行动……”

女子正欲往闻一多茶杯里续水,持壶之手僵住,眉梢一耸,表情极为诧异。

闻一多:“我自己来……”

闻一多接过壶,一边往自己茶杯里续水,一边坦率地说:“我们一批当年的清华学子,在美国曾组织了一个‘大江国家主义’社团,那确乎是一个有政治主张的社团,我是它的骨干之一……”

女子:“那不是违背了闻家子弟不涉足政治的训诫么?”

闻一多端起茶杯饮了一口,放下茶杯,双手握拳,捶腿。

女子:“你怎么了?”

闻一多苦笑:“坐不惯这么软的沙发,腿有点儿麻了……”

女子站起:“那么,请跟我来。”

随后将闻一多引到阳台上。

那是可以望到海的,面积不小的阳台,但却空空荡荡,没有任何可坐之物。

女子:“以前这阳台上有小桌,有椅子。我最喜欢陪女儿在这阳台上玩,也喜欢独自从这里欣赏海,听潮起潮落。自从失去了丈夫和女儿以后,我就再没有往这阳台上站过,更不愿从这里望海……”

闻一多:“那我们还是离开这阳台……”

女子:“在这里你不是可以没有顾虑地吸烟了么?”

闻一多摇头:“你还想听我说下去?”

女子微微点头。

闻一多:“是的,我居然参加了一个有政治性质的社团,而且一度成为骨干,使我的父亲非常生气,我在北平艺专任教时期,我们的‘大江国家主义’社团,便在一次主要由北平的青年们参加的政治集会上与代表共产党一派的青年们唇枪舌剑,最后竟到了大打出手的地步,双方各有伤者……”

女子:“那是一次什么集会呢?”

闻一多想了想:“算是一次北平青年们发起的国事辩论活动吧。”

女子:“现在,作为著名诗人和教授的闻一多,还有所谓政治的立场么?”

闻一多:“我清华毕业之前,曾很信奉基督教,而且经过了正式的洗礼。之后,除了并不遵守那一套繁琐的祷告形式,其他方面,却是按照基督教义的思想来要求自己的言行的。后来,我成了‘大江国家主义’社团的一员,也无非是希望能在我们所主张的那一种‘国家主义’的旌旗之下,做一个有组织的爱国主义者。说到现在么,我的思想中,只有一种主义保留存在的空间,便是终生不悔的爱国主义。‘四一二’后,我对国民党企图靠血腥屠杀维护统治的行径,心生出极其强烈的嫌恶;而对于共产党及其所实行的暴力革命,我亦实难支持。爱国主义,唯有这一种主义,在我闻一多的心里,是神圣的主义,一种精神上很美的主义……”

女子:“我的父亲是国民党的地方元老,有幸多次见到过孙中山先生,也受到过蒋介石的召见,你对此会感到万分惊讶么?”

闻一多摇头:“不,一点儿也不。”

女子:“如果我再告诉你,我的丈夫,也就是曾经做过我父亲秘书的那个男人,是共产党的地下工作者呢?……”

闻一多惊讶地“哦”了一声。

女子:“看来,你吃惊了。”

闻一多低声地:“是的。”

女子:“我并不因我的父亲是国民党的地方元老,便对国民党有任何好感。可我怎么也不曾料到,在我至亲的两个亲人中,另一个还是共产党员!……”

女子脸上淌下泪来。

闻一多:“难道……他是被杀害的?”

女子:“由于他的公开身份是成功商人,在国内外的商界人士中,有着广泛的朋友,国民党没敢贸然公开杀害他,而是将他骗上了游轮,卑鄙地暗杀了他。可是几天后,他的尸体被冲到了岸上,身上有十几处之多的枪痕和刀痕……”

女子双手捂脸,两肩耸动,无声悲泣。

闻一多:“你还是不要向我讲这种悲惨的事情了吧,我已实在不忍听……”

女子双手捂着脸说:“闻一多,你就让我对你说说吧!除了你,我不知该向谁诉说我心里的悲痛。而我的父亲,对国民党特务们的预谋,其实是事前明了的。而我的女儿,不幸亲眼见着了她爸爸的尸体,从此不吃饭不喝水,日夜啼哭,几天后也死在我怀里,比你的女儿,死得还可怜啊!”

落日已然沉入海中,海面一片血色……

闻一多同情地:“我……我已不知如何安慰你。”

女子哭泣着说:“我恨国民党的凶残,连自己的亲人,都不网开一面!我有时候,也恨我的丈夫……他怎么可以一直不告诉他的妻子,他原来竟是共产党……”

闻一多张张嘴,却没说出话来。

月亮升起来了,那么圆,那么澄明。

闻一多已回到了自己的住地,用毛笔在灯下写诗。

……

我只要一个明白的字，
舍利子似的闪着宝光，
我要的是整个的，正面的美。
我并非倔强，亦不是愚蠢，
我不会看见团扇，
悟不起扇后那天仙似的人面。
那么，我便等着，
不管等到多少轮回以后——
我等，我不抱怨，
只静候着一个奇迹的来临。
总不能没有那一天，
让雷来劈我，火山来烧，
全地狱翻起来扑我。
但我只要一个明白的字，
舍利子似的闪着宝光。
我等，怀着美的梦想
梦想在下一个轮回里……

第十八章

轰然一声炮响，“九一八”事变震惊全国。

青岛大学会议室。

闻一多、梁实秋等教授在开会……

主持人：“中央当初批准之预算，迄今一文尚未发至我们青岛大学。虽地方协助办学之款项还算能按时拨给，但开资颇巨，杯水车薪，实难维持。长此以往，我们青岛大学，何谈‘国立’二字？……”

梁实秋：“不要说长此以往，即使短期打算，亦足令我校支撑乏术，一筹莫展啊！”

众教授频频点头，闻一多心事重重地吸着烟斗。

一教授：“可是学生们并不能理解这些啊。他们昨天开过了全体学生大会，强烈要求恢复旧学制，亦即将学制缩短为两年半……”

闻一多：“这怎么可以！两年半的时间里，我们又能系统地教给他们几多知识？他们又能学到几多？那还叫什么大学？不是等于不负责地发给他们一纸文凭了事么？难道他们不明白，我们遵照全世界多数大学的统一学制，归根结底是为了他们好么？”

那名教授：“这是我们教授们的道理。可学生们自有他们的一套道理……"

闻一多:"我受诸位委托,去北平劝阻杨振声校长辞职。对学生们最近的情况,有所不知。您若了解,请您说说,他们有一套什么样的道理? ……"

那名教授顾虑地:"真要我说,我反倒说不清楚了……"

闻一多:"在我们的校务会上,您还有什么话不便当众说么?"

梁实秋:"那就由我来说吧。青岛虽属山东省,但却与东北邻界。'九一八'后,学生们都不太能安心读书了。加之校内政治学潮不断,更使学生心里浮躁。大多数学生,只想提前毕业,早日获得文凭,早日迈向社会去谋生。站在学生们的立场,这也委实都是可以理解的……"

闻一多:"校规中不是有明确条文,要求学生在校期间,应以学为主,不得发展政治性质的组织,不得发动政治性质的运动么? ……"

另一名教授:"但是学运一旦和爱国连在一起,就置我们于无语之境了。我们劝阻,轻则意味着我们不爱国,每每将被归于……"

闻一多攥着烟斗的手往桌上一顿,正色道:"即使被归于反动,那也还是要力劝的! 救亡之事,非是几次学运所能达到目的之事! 青年人应该懂得这样的道理,没有政府,哪有国家? 没有统帅,又哪有政府? 现在,统帅是谁? 就是蒋委员长嘛! 蒋委员长强调攘外必先安内,是有一定道理的嘛! 今日学潮,明日学潮,乱上加乱! 是该有人对学生们讲讲此话的时候了!"

众教授一时沉默。

主持人:"好了,好了,我们的话题扯得太远了。一多先生,还是请您谈谈劝阻杨校长辞职的结果吧!"

闻一多:"我抵北平后,当天便去了杨振声校长在北平的家里,将我们众人挽留的诚意,向他作了由衷的陈述。他说国民政府教育部,为我们青岛大学的教育经费问题,正与财政部接洽之中。他因而乐观,有撤回辞呈之意。我也便在北平住着,与他一起期待结果。可直至返回青岛之日,仿佛泥牛入海,杳无消息。倒是财政部的朋友递出话来说,因财政吃紧,教育部那份报告,目前肯定不予考虑……"

众教授一时你看我,我看你,个个神情为之沮丧,叹气,摇头。

梁实秋:"那,杨校长的态度呢?"

闻一多:"杨校长自然辞意变得坚决。他让我转告大家,青岛,他是绝无心回来了……"

一名教授:"可以理解,巧妇难为无米之炊啊!"

两名教授起身离去。

主持人:"你们二位,怎么说走就走呢?会还没开完嘛!"

二人中一人回头道:"还有开下去的必要么?"

正在这时,会议室的门开了,赵晓兰闯入,慌慌张张地说:"闻先生!吴扬擅自带着一批学生要离校!而且,也鼓动我跟他们去!还说我如果不去,是一辈子的羞耻……"

众教授一时不明所以,又是一番你看我,我看你……

主持人:"你说清楚,他们要干什么去?"

赵晓兰:"要拦劫列车到南京去……"

闻一多:"到南京去干什么?"

赵晓兰:"到南京去请愿,要求政府出兵东北,驱逐日寇……"

闻一多站了起来,大步跨到窗前——但见校园里已集合了一群学生,正见吴扬挥舞着手臂说什么。

教授们也都纷纷走到窗前朝外望。

一名教授自言自语:"刚才还说话题扯远了,现在看,却是近在咫尺的一个话题了。"

另一名教授:"我们天真的一多先生,刚才不是还在发表高见,认为是该有人对学生讲讲什么话的时候了吗?"

第三名教授:"倘真有那样一个人,当然非闻一多莫属。也许,头脑简单行为冲动的学生,最能听得进思想天真自以为是的教授的话吧!"

闻一多手攥烟斗,一直在望着校园里开始群情激昂起来的学生。

“出兵东北!”

“驱逐日寇!”

“天下兴亡,匹夫有责!”

另一名教授:“我南京政府方面的熟人说,政府时下对学运的立场空前强硬,只有八个字——‘坚持镇压,绝不手软’……”

主持人:“唉,今日之中国学生中,不知还要死多少刘和珍!我们做教授的,又能怎么办呢?又能怎么办呢?真叫人左也不是,右也不是啊!”

闻一多:“赵晓兰,赵晓兰呢?”

会议室里不见了赵晓兰,教授们都茫然无措地看着闻一多,无人开口。

校工:“那名女生,她见你们都忘了她似的,就……失望地走了……”

闻一多愣了片刻,也向外边走。

主持人:“闻教授,您做什么去?”

闻一多驻足门前,缓缓回头,不动声色地:“我去做我认为自己应该做的事。”

主持人:“这……您……”

一位教授:“我们的会就先散算了,让他去吧。有一个人去做他自认为应该做的事,总比我们大家都一样地不知道自己该做什么事好……”

另一位教授:“是啊是啊,何况刚才那名女生,一闯进来开口叫的就是闻先生,并没叫我们别人。”——左右望着问,“诸位说对不对?……”

没人回答他,各有所思。

那教授没趣地白吟起来:“这才是——愁,愁,愁,‘才下眉头,却上心头’……”

在吴扬的率领之下,学生们雄赳赳地走来。

吴扬居中的第一排学生停住了——校门口那儿,攥着烟斗轻衔于嘴角的闻一多站在敞开的校门正中央。

吴扬跨前一步,以挑战的口吻问:“闻先生,您想怎么样?”

闻一多平静地:“吴扬,你要带同学们往哪里去?”

吴扬:“去南京,督促政府抗日!”

闻一多:“我们青岛大学全体教授及全体学生,不是和许多别的大学教授们学生们一起,公开发表了联合督促政府抗日的通电了么?那电文还是我参加起草和定稿的,你不知道?”

吴扬:“当然知道。但是政府军并没有抵抗,东北军已服从蒋介石的命令,放弃了东北。所以,前不久青岛的日本浪人,才敢在光天化日之下凶恶地殴打我青岛大学的学生。闻先生,这一点您不知道?”

闻一多:“我知道。”

吴扬:“知道您还企图阻止我们?”

闻一多:“闻一多虽不懂政治,但是和你们一样爱国。我相信,政府怎样做,自有政府战略上的考虑……”

吴扬身旁一男生振臂喊道:“国家兴亡,匹夫有责!东北沦丧,而我们青岛大学界邻东北,国家这个样子,政府这个样子,我们还读的什么书?!……”

另一名男生:“对!我们不怕死!‘国立’,‘国立’,国之不立,至今仍一文钱也没有拨给我们青岛大学,你们教授们已是人心涣散,我们学生对这里还有什么可留恋的?!迈向社会,分明也是找不到一份工作!您倒莫如让开路,任我们去以我们的胸膛迎着子弹!那我们也落个死得悲壮,死得光荣,死得其所!……”

吴扬冷笑地:“闻先生,您听到了吧?这便是我们的决心,您还是让开路吧!……”

闻一多反而走到了刚才那名学生面前,严肃地:“同学,请告诉我,你有父母兄弟姐妹么?”

那名学生:“这……”

闻一多:“请告诉我。”

那名学生:“我只有老父,他已经六十多岁了,还在农村务农……”

闻一多:“六十多岁了,还在务农。为了谁? 当然是为了你。你死了,你悲壮了,光荣了,自以为死得其所了,有替你的老父亲考虑过吗? ……”

吴扬:“同学们,不要听他这种懦夫哲学的说教! 他无非是想用人性情感的伎俩来瓦解我们的斗志! ……”

闻一多:“住口! 吴扬你太张狂了!”转对学生们语重心长地说,“同学们,难道你们真的不懂,闻一多是爱你们的!”

吴扬:“闻一多,我们的生命是不足惜的! 为爱中国,我们完全可以不爱自己的生命! ……”

闻一多猛地向吴扬转过头去,瞪视着他,猝然扇他一记耳光。

吴扬捂脸呆住,学生顿时鸦雀无声……

闻一多:“同学们,大敌当前,你们却只知对政府施压,岂非令亲者痛,仇者快么?”

“闻先生说的也不无道理……”

“我想,我们冷静冷静头脑也好……”

“即使我们要证明我们的爱国,似乎也应联合更多的学校,更多的学生……”

“是啊,那样才有影响政府的声势……”

一些学生开始议论纷纷。

吴扬:“同学们,现在大家应该看清楚了! 所谓爱国诗人的爱国,其实是假的! 只不过是爱在纸和笔上! 真爱国的,不要理他,跟我走啊!”

吴扬猛地将闻一多推开,从一名学生手中夺过大旗,擎举着冲出了校门。

虽然有一些学生站在原地没动,毕竟还是有一批学生跟随而去。

闻一多被他们冲撞得左右旋转着身子，赵晓兰被后面的学生拥着，从闻一多面前踉跄而过……

闻一多："赵晓兰！"

赵晓兰站稳，望着闻一多内疚地："闻先生，原谅我……我爱他……我得和他在一起……"

赵晓兰猛转身跑开。

闻一多扬了一下手臂，张张嘴，口中吐不出一个字来。

骚乱过去了，校园里平静了——经劝阻下来的学生，纷纷围向闻一多。

一名女生："闻先生，听了您的话，我们留下了；但是如果一些青年为中国的现在敢于赴死，活着的却说是为中国的将来活着，对于死者，这是不是有些太轻佻了呢？"——她双手一捂脸，哭了……

一名男生："闻先生，东北如此这般，青岛大学如此这般，中国如此这般，我们实在是不知应该何去何从啊，我们需要一种明白的指点啊！"

闻一多怅然地："我不知道，所以我不能，我不能……"

夜。

闻一多大睁双眼，彻夜难眠……

黑暗中，闻一多坐了起来，划火柴，吸烟斗……

门突然被撞开——男女学生一齐拥入。

闻一多吃惊地离开窗口："同学们，你们……"

一名女生的哭声："闻先生，出事了！……"

闻一多："哦？学校又出了什么事？"

一名男生："吴扬他们走到半路上，遭到沿途军警的堵截，发生了冲突……"

闻一多："快说，他们现在怎么样了？……"

那男生："都已撤回到学校了……许多同学挨了打，还有一名同学……”

闻一多:“说呀!……”

那名哭着的女生:“闻先生,赵晓兰她……她被军警从列车上推下,摔伤在铁轨上,恰巧有车头倒车,把她轧死了……”

学生们全都哭了。

在学生们的哭声中,闻一多颓然跌坐于椅,攥着烟斗的手,无力地垂放在桌上……

烟斗里的火星磕出在桌上,在没人注意的情况之下,燃着了桌上的纸。学生们七手八脚地去扑灭那些燃着的纸——混乱中,闻一多一动不动……

翌日。校长室。

代理校长,亦即主持校务会议者手持小喷壶浇花,并自言自语:“花啊,能开的话,就及早开几朵吧。开晚了,我这个天天给你浇水的人,怕是连看都看不上你一眼,就得灰心而去……”

敲门声。

代理校长:“进来。”

闻一多推门而入。

代理校长:“老闻啊,没想到结果会这样。赵晓兰这名女生,方方面面都好,让人心疼,让人心疼啊!……”

闻一多:“校长。”

代理校长:“别这么叫,别这么叫,杨校长坚辞不归,我不过受你们诸位教授的抬爱,临时代理几天嘛……”

闻一多:“我来……是向您辞职的……”

代理校长望着闻一多,呆住。

闻一多:“我以书面形式,正式辞去校务委员会委员……”

代理校长长出一口气:“你老兄吓了我一跳。你想减轻校务担子,专心致力于教学，也好，也好，我理解，理解……”

闻一多掏出辞呈放在桌上：“我并同时辞去校编务委员会委员、文学院院长、中文系主任及教授职务……”

代理校长望着闻一多又呆住。

闻一多：“我去意已定，不日将离开青岛，这就算与您面别了吧。”

闻一多说完，微鞠一躬，转过身。

代理校长：“闻教授……”

闻一多在门口站住，却没回头。

代理校长：“你……打算去哪里另谋高就？”

闻一多仰头长长叹了一口气：“还另谋高就，您真会开玩笑。今天的中国，财政缺的是钱，军队缺的是装备，知识分子缺的是言论自由，老百姓缺的是太平，孩子和青年缺的是学校，却似乎唯独不缺教授，仿佛大大地过剩了……我要回家乡去。我想家了，非常想……”

闻一多说罢，推开门走出去了。

代理校长手中的小喷壶，已经不再能洒出水来；而花盆里的水，早已溢出，顺着窗台淌了一地；而代理校长的长衫前襟，早已被水湿了一大片……

闻一多走在校园里，见一排男女学生，站在一间教室外边，默默望着同一个方向。

远远地，有一个人拎着皮箱走来，是吴扬——在闻一多和男女同学们注视之下，吴扬低了头，加快了脚步。他拎着的皮箱是那么旧，边边角角的皮子绽破着。

闻一多及男女学生默默注视着吴扬，看去没有一个人想和他打声招呼。

皮箱一下子开了，内中零乱之物掉了一地，吴扬蹲下捡……

闻一多的院长室。

闻一多从教案柜顶上取下了自己的一只皮箱，放在桌上，打开将里面的几样东西拿出，用手绢擦皮箱上的灰……

吴扬还蹲在那儿捣鼓皮箱，闻一多提着他的皮箱放在吴扬脚旁，吴扬抬头，闻一多面无表情地望他，吴扬站起，闻一多抓起他一只手将自己那只皮箱的钥匙轻轻放在他手心上……

吴扬不无悔恨地："闻先生……"

闻一多摇了摇头，意思是什么都别说了。继而转身大步离开。

吴扬呆呆地望着他的背影……

闻一多来到那位不知名的女士的家院前，有几个女孩在院前路上跳格子。

闻一多推开铁栅院门走入院子——满院落叶，显然已很久无人打扫了。

闻一多狐疑地踏上台阶，轻按门铃，门内经久没有动静。试探地一推，门无声地开了——竟然是人去楼空。

女孩们仍在跳格子；闻一多向女孩们走去……

闻一多："女孩们……"

女孩们停止了跳格子，目光一齐望向闻一多……

闻一多："女孩们，知道这一幢小楼里的人搬哪里去了么？"

女孩们个个摇头。

汽车喇叭声。前边一辆小汽车，后边一辆卡车徐徐开来，停在院门前。

小汽车的门一开，钻出一对日本夫妻和一个日本男孩——日本女人穿和服；留唇髭的日本男人及儿子穿西服。

而卡车上跃下几名中国青壮年，显然是被雇的搬运者。

闻一多和女孩儿们望着那一家日本人。

日本女人则望着小楼，双手一拍，眉开眼笑地用日本话对丈夫说："太好了，太好了，我喜欢！我喜欢它成为我们的新家！……"

日本男人得意洋洋地拥了他的妻子一下，并吻她——之后，转过身，用夹杂着日语的半生不熟的中国语，大声指示雇工们搬下车上的家具。

一只痰盂从车上掉下，一名雇工像救球的运动员似的，奋不顾身地去接……

痰盂还是掉在了地上；中国雇工也随之倒在地上。

日本男人见状，跨过去，飞脚狠狠向倒在地上的中国雇工踢去，并挥杖击打；中国雇工抱着头往车底下躲。

其他中国雇工们默默看着，不敢怒更不敢言。

那日本女人已不知何时跑到了露天平台上，朝她的丈夫用日本话喊："亲爱的，快来看！很大的平台，可以放许多花盆！……"

日本男人这才住手，用手杖指着中国雇工们吼了几句，一转身大步走入了院子。

日本男孩口中嚼着什么，朝跳格子的中国女孩们走来，且得意地一笑。

一个中国女孩勉强还以一笑。

另一个中国女孩："别冲他笑！我认识他！他坏！他就是在海边沙滩往我身上撒尿的那个小日本王八蛋……"

日本男孩瞪着中国女孩们，仍笑，却已掏出了"小鸡鸡"，向画在地上的格子撒尿……

中国女孩们抗议地：

"你干什么?！"

"你怎么这么坏？我们还玩呢！"

"你非坏不可，就回你们日本坏去！"

日本男孩竟用中国话说:“这是我家院子前的路,以后不许你们在这里玩!……”

一中国女孩:“你胡说!这是青岛的一条街!青岛的一段路!青岛是我们中国人的青岛!”

日本男孩傲慢地:“你们中国的东北,已经是我们大日本的了!要不了多久,你们中国的山东、青岛,也会成为我们大日本的!以后,你们全中国,统统都会成为我们大日本的!……”

“你做梦!早晚有一天把你们赶出去!”

“我们中国大着呢!你们占领了一处,占领不了全部!”

中国女孩们忽然都噤若寒蝉了——那日本男人从院子里出来了。

传来卖豆花儿的叫卖声。

闻一多:“女孩们,走吧,以后不要在这里玩就是了,我请你们喝豆花儿!”

闻一多左右各牵着一个女孩的手往前走,别的女孩跟随着。

一女孩:“先生,您怎么不替我们打那个日本小王八蛋出气呢?”

另一女孩:“先生,您是一个大人,还怕那个小日本崽子吗?”

闻一多苦笑地:“我从来没动手打过人啊,不会啊!……”

又一女孩“哎呀”一声。

闻一多站住,看她。

女孩捂着后脑,噙泪地:“他用石子打着我了……”

闻一多看看女孩后脑,低声:“没破。咱们快点儿走,追上卖豆花儿的!”

卖豆花儿的老人在盛豆花儿。

已经捧碗喝着的,和正等着接碗的女孩们,目光一齐望已经远去了的闻一多背影。

第十九章

日暮时分，故乡——望天湖。

满天绚色，映于湖面，使人联想到王勃的诗句——“落霞与孤鹜齐飞，秋水共长天一色”。

一叶扁舟，任漂湖上；闻一多背双手立于舟头，时而望天，时而若有所思。

船家问：“闻先生，天色已晚了，咱们往不往岸边靠呢？”

闻一多也不答话，钻入席棚坐下，端瓷壶倒水，却只倒出了几滴——放下壶，掏出烟斗，燃着后继续沉思地吸着……

船家：“闻先生，咱们清早上船，在这望天湖上待了一整白天，您就不饿？”

闻一多也笑笑：“心有所思，就忘了饿了。经你一说，这会儿才觉得有点儿饿。”

船家：“我可早就饿得肚子咕咕叫了。没想到你会在湖上待一白天，要不预先会买点儿吃的带上船的。”

闻一多：“早就饿了，怎么不说呢？”

船家：“见您丝毫也没有回去的意思，我怎么好意思说回去呢？”

闻一多笑道："这就叫死要面子活受罪啊！"——从兜里掏出一枚银元，"船家，我身上只有一枚银元，放在这船上，你想着收起，晚上，打几两好酒喝，也算我谢你陪我饿了一白天。"

船家："闻先生太大方了，倒是我要谢您。"

小船渐渐接近湖岸。

船家："闻先生，可以问您问题不？"

闻一多："问吧，但别问太难的。这么回答也行，那么回答也行的问题，我一向是答不出的，只有听别人回答的份儿。"

船家："这我从您脸上就看出来了。"

闻一多："噢？你从我脸上能看出什么来？"

船家："早年间，我跟一位相面先生学过相面，您天庭饱满，这是人有才学的面相；您鼻梁挺直，这是人正派的面相；您看人时，二目凝视，证明您是个很把别人当回事的人。只不过嘛……"

闻一多："若还是奉承我的话，那就别说了；若相反，我倒愿意听听。"

船家："我说了，您可别生气。"

闻一多："你说了那么多奉承我的话，也该说一句没有奉承意味儿的了嘛！"

船家："不过您整个面相中，有那么几分乐天安命而又天生命运多舛，心胸豁达而又天生多愁善感的相兆。总而言之，您的面相带着天生的几分悲苦，恐怕一辈子都将是个……"

船家又不说下去了，只管摇橹。

闻一多："说啊。"

船家："不说也罢。"

闻一多："你不说，桌上这一枚银元，我可要收回了。"

船家："好好好，我说，我说，以我相面的经验看，您恐怕一辈子都是个不合时宜的人。"

闻一多:“不合时宜,说得好,说得好。”

船家:“您听了还高兴?”

闻一多攥烟斗的手往桌上一放:“当然高兴!如此中国,合她的时宜的中国人,能有几个?谁真合了她的时宜,大约那灵魂,那心智也就只有与她一样了。你相出我不合她的时宜,证明我作为一个中国人还是有救的,我岂有不高兴的道理?”

船家:“真没想到您还会高兴!”

闻一多:“船家,你是读过几年书的吧?”

船家:“小时候读过三年私塾。”

闻一多:“让我也来为你相一面——我看,你原本非是一个穷家出身的人。小时候也被娇惯过,少年时想必也被称过少爷,后来不知为什么家道败落了,才与百姓归于一个阶级了……”

船家惊异地:“何以见得?”

闻一多:“我上船时,你正在仔细地擦桌上这只壶是不是?此壶烧制工艺考究,图案精美,显然非寻常百姓家所用之物。你看着它时那种眼神,就透着一种怀旧,证明它和你人生的从前是有关系的。而且,刚才你对我所用的那些词,也非是一般相面者惯用的话语……”

船家钦佩地:“闻先生真是眼里藏不住沙子。那咱们谁也不给谁相面了吧。我问您,您这一白天,都在冥思苦想什么?”

闻一多:“家事、国事、天下事,却哪方面也没想明白。”

船家:“闻先生,您对国事怎么看?”

闻一多:“何以不问家事,而问国事?”

船家:“嗨,租我这船坐我这船的人,都怕祸从口出,又都是小老百姓,所以我满耳听的都是愁苦不堪的诸家之事,不是典房押地,就是卖儿卖女。其实国事不关我什么,我一无房,二无地,也无妻儿老小,就这一条对别人没用的小破船。不过,国事有望好转的话,我的一双耳朵,不是起码也能听到一些不那么使人对世道丧气的话么?……”

闻一多低头沉默。

船家："您不至于也怕祸从口出吧？这船上不是除了咱俩没别人么？"

闻一多："中国，她也许只有置之死地而后生这一条出路了！"

船家一愣，竟停止了摇橹，呆呆地望着闻一多。

湖岸忽然传来喊声："一多！一多！"

高真跑来，闻一多钻出了席棚，船家这才又摇起橹来……

船刚一停靠，闻一多便跃到岸上。

高真将一封信交给闻一多："一多，清华大学给你来了一封信……"

闻一多拆信，看了几眼，望着高真说："我们又要离开家乡了……"

闻一多仅在家乡住了十余日，即被聘为国立清华大学中国文学系教授。起先，清华大学本欲聘其担任中文系主任，未获应允，时1932年8月，闻一多三十三岁。

几份翻开着的教授聘任证书叠放在一起，最上面一份醒目地写着"朱自清"。

老校工在第二份证书上也清楚地印上了图章印——而这第二份证书上，醒目地写着的名字是"闻一多"。

他正欲将这第二份证书放在第一份证书上，一名坐在他对面抄表格的年轻女人偶然抬起头，制止地："别，千万别……"

年轻女子起身走近他身旁说："别一份份压着，那会弄花了图章印的。"

老校工不高兴地："弄花了点儿又怎么样？我偏这么放！"说完，真那样放在一起了……

女子赶紧拿起，重新错开着放了说："这些人物，可都是国家的才俊，咱们清华的金字招牌。图章印弄花了，过几天开学典礼上发给人家，多不庄严！”

老校工更加不高兴地：“别教训我，我在清华当校工时，那个闻一多还是个半大孩子！”说着，“啪”地在第三份写有“俞平伯”名字的证书上盖下了章……

女子赶紧双手接过，好奇地问：“真的？”

老校工一边用印章蘸印泥一边轻描淡写地说：“那还有假！当年他数理化三科都不及格，第二年英语也跟不上，还留了一级……”

女子瞪大了眼睛，摇头表示不信。

老校工“啪”地在下一份证书上盖了章，继续说：“不过嘛，他的国文成绩一向是全校最好的，就冲这一点清华才要他的。没想到这小子十几年后回清华当教授来了，而我，还是名校工，真是人比人，气死人！”

那一份证书上写的名字是“陈寅恪”。

老校工：“对不起这一位了，图章盖歪了。”

市内，公园里，九龙壁前。

几位观看者中，有仍穿一袭长衫的闻一多和穿一套西装的朱自清。

二人错身而过，朱自清回望闻一多。

“先生……”

闻一多转身，见朱自清看着自己，亦打量朱自清，疑惑地：“可是叫我么？”

“您是……闻一多先生吧？”

“您是……”

“朱自清……”

二人同时跨向对方，同时伸出手，两只手同时握在一起，并且同时地：“想不到……”

闻一多：“您先说……”

朱自清：“您先说……”

朱自清:“想不到不是在学校里,而是在这里见到你。”

闻一多笑道:“这也正是我想说的。”

朱自清:“也想不到我心仪已久的闻一多,原来是这样子的。”

闻一多:“这还是我想说的话。”

朱自清也笑了。

闻一多:“我们清华大学的中文系,由你来当主任,是件使人高兴之事。”

朱自清:“而有闻一多、俞平伯、陈寅恪这样的人物来当教授,讲师中又有王力这样的后起之秀,我这个系主任才能当得无忧无顾啊!看来,我们在这九龙壁前巧遇,是一个好的征兆呢!”

闻一多:“自清,边走边谈。”

朱自清:“一多,清华的中文系怎么办才好,我想听听你的看法。”

闻一多:“我主张清华要着力培养学术研究的人才,以后,要力争把我们清华的中文系,办成中国国学研究的中心。我留美时,竟没得机会去参观一下哈佛大学,但是听梁实秋告诉我,哈佛大学的什么地方,刻着这样一段名言:‘哈佛是为培养这样一些人而存在的:他们的一生,不是为了追求权力,也不是为了追求金钱,而是为了致力于人类的科学和文明。’我们的清华,也应该成为中国的这样的一所大学。我们清华的中文系,要成为中国文化精神的育种之地!”

朱自清频频点头,指着一处说:“一多,请坐下谈。”

闻一多宽以袖子抚廊椅:“自清,你坐这儿!”

朱自清有点窘地:“一多一多,你这不是要折煞了我朱自清么!”

闻一多将朱自清拽过去,按坐下去,笑道:“反正我这件长衫该洗了!”说着,自己看也不看地坐在朱自清对面……

朱一清:“你不是瞧着我这一身西服别扭吧?我可刚从欧洲回来……”

闻一多:“自清,你想哪儿去了!我刚从美国回来时,一身西服也接着穿了好久么！不谈这个，不谈这个，还是谈我们的中文系！当年我在清华做学生时，大家举行过一次辩论，题目是《在当前中国科学家和文学家谁更重要？》。现在想来，这是好荒唐的一场辩论。对于一个国家，两者是它的两只翅膀嘛！……”

朱自清点头道：“两只翅膀，比喻得好。没有欧洲的文化启蒙运动，欧洲后来的科学不会发展得那么快！而没有它的科学的突飞猛进，它的文化就没有了今天脱胎换骨的新风貌。文化与科学，对于一个国家，一则似骨架，一则似血液。我们说文化负载着民族的精神，所指正是它像血的作用。血养骨，骨壮则血脉运行通畅……”

二人你一言，我一语，一见如故地谈着……

清华园，朱自清家。

朱自清在灯下写日记。

今于公园九龙壁前偶遇一多，彼此一见如故，相谈甚洽，由清华中文系之将来方针，而及新诗及古典文学，闻皆有见地。所留印象，胸无城府，其言诚恳，其性坦直。

又，一多讲授之杜甫诗课，已列国学要籍课程，且已被聘为清华出版委员会委员……

清华园内，闻一多伫立塘边，凝视着月下碧水荷花。

忽听有人低吟曰：“幽情苦绪何人见……”

闻一多转身——顾毓琇立于身后……

闻一多：“毓琇你也在清华?！”

顾毓琇：“比你晚来数日，母校聘我任工学院院长。刚才我去了你的家里，嫂夫人说你一定在这儿。我明天也会搬到这里来住……”

闻一多双手握顾毓琇一手：“太好了，太好了！清华，我们的母校，在中国，除了家乡，它就是最使我倍感亲切的地方！……”

顾毓琇：“还有让你高兴的事哪！我听说，母校正考虑将实秋和光旦也召回怀抱中来……”

闻一多兴奋地：“走，到我家去，到我家去，让人高兴之事接踵而来，怎么能不喝酒呢？”

顾毓琇：“今天就不打扰了吧。”

闻一多：“一定要喝，一定要喝！”拉着顾毓琇的手便走。

教室内闻一多在讲课：“诗须多样化，更须有严肃之目的。诗载道，以能言志为佳；诗言志，以能载道为佳。多样则总体浪漫，严肃则个别崇高。理智与理不同，亦高级情感，须含蓄。如做不到，宁有教诲，不可放纵……”

《北平日报》等各大报纸纷纷登出“日军前日攻陷山海关”“日军进攻热河”“热河失守，省主席汤某率部逃至滦东”“承德沦陷”“华北局势危急”等消息。

清华某会议厅。

包括闻一多在内的教授们济济一堂。主持人正在朗读《国立清华大学教授会致辞国民政府电》：

南京国民政府钧鉴：热河失守，渤海震惊，考其制胜之由，尤为痛心。昔沈阳之失，尚可诿为猝为不备，锦州之退，或可借口大计未决。今热河必守，早为定计，行政院宋代院长，军事委员会北平分会张代委员长，且曾躬往誓师，何以全省天险俱未设防，前敌指挥并不统一，后方运输一无筹划，统兵长官弃城先逃，以致敌兵长驱，境若无人。外交有利之局不复可用，前敌忠勇之士做无谓牺牲，人民输将之物，委以资敌，今前热河政府主席汤玉麟，虽已明令查办，军事委员会北平张代委员长虽已由监察院弹劾，但此次失败关系重大，中央地方均应负责，绝非惩办一二人员即可敷衍了事。又查全国军事委员会蒋委员长负全国军事之责，如此大事，疏忽至此，行政院宋代院长亲往视察，不及早补救，似应予以严重警戒，以整纲纪，而明责任。钧府诸公总揽全局，亦应深自引咎，矢志挽回，否则人心一去，前途有更不堪设想者。我等书生愚直，罔识忌讳，心系所危，不敢不言。伏乞鉴察。国立清华大学教授会叩……

主持人："凡赞同此电之教授先生，请即起立，以示态度。"

包括闻一多在内的教授们全体起立。

闻一多家。

闻一多在灯下时思时写。

当他又置笔沉思时，高真的一只手从背后轻轻搭在他肩上。

闻一多握住她那只手，低声问："孩子睡了么？"

高真："刚睡……"

闻一多："还记得我在家信中曾对你提过，我在青岛大学时，有一个很有诗才、人也很好的学生么？"

高真："记得，臧克家。凡是你对我提过名字的学生，我都记得。"

闻一多："他的第一本诗集就要出版了，我在为他的处女集写序。"

高真抽回了手："你继续写吧，我不打扰你了。"

闻一多："已经写完了。"

高真："那刚才还呆呆地想什么呢？"

闻一多："我在想，要不要在课堂上讲到臧克家的诗，怎么讲。"

高真："那我更不能打扰你了……"

高真转身欲去时,闻一多拉住了她一只手。

闻一多:“不想陪我到外边走走吗?”

高真幽怨地一笑:“想也白想!”

闻一多也微笑了,站了起来。

荷花塘边,高真依偎着闻一多的身影缓缓走来……

高真:“又想什么呢?”

闻一多:“该寄的钱,都寄出了么?”

高真:“给我家里寄了三十元,给你家里寄了四十元,家驷要从法国回来了,你嘱咐寄去二百元路费,我也寄了,住在这儿的每月三十八元房租,我也交了……”

闻一多:“这个月,竟还是比较拮据,是不是?”

高真默默点头。

闻一多:“再紧,你也要替我留出四十元来……”

高真疑惑地望着闻一多。

闻一多:“你还记得我有一位清华校友叫杨湘的么?”

高真:“当然记得。他刚从国外回国时,你在青岛大学,要推荐他到青岛大学去任教,他没去……是那位杨湘么?”

闻一多点头,凄然地:“他已经死了……”

高真一愣。

闻一多:“他自回国后,时乖运舛,人生一直不顺,精神渐至有点失常,所以谋职极难。前不久他从杭州给我寄来一张明信片,上面只有一句话——‘我来了杭州——靠作文支持这几个月的唯一的地方。’连语句竟也写不通了。可我由于忙,又知道他的一位二嫂在杭州,必会照顾他的,竟既没有给他寄些钱去,也没有给他回信,不料他在从上海开往南京的船上,投水而亡……”

高真安慰地依偎于闻一多怀中……

闻一多:“这几天我又想起,他还有一篇论我的诗的长文,曾寄给我看。我却让另一位朋友转告他,不同意他发表。若我当时同意了,他定会有一笔稿费的收入,也许还不至于……”

高真:“那就真是你做得不对了……”

闻一多:“可他那一篇长文,实在将我的诗和我这个人,摆在了太高的位置来评论,我看了心里别扭,又怎么会同意他发表呢?”长叹一口气接着说,“他的一个儿子,据说在到处流浪,我已委托朋友寻找。若找到了当鼓励他用功读书,报考大学。我要为杨湘补尽一些朋友在他身后的义务,你同意么?”

高真低声地:“难道我竟会反对么?”

闻一多:“他已经死了,我再怎么谴责自己也是晚了。由他,我不能不想到另一位待救的朋友,也是清华的学生,赴法国学习美术,回国后亦无生活着落。近来听人谈到他,说仍在失业中,穷到连从家乡到上海的路费都没有。我刚才说要你留出四十元,就是想一问清了他的具体地址,赶快给他寄去……”

高真:“我明白了,你放心就是。”

闻一多:“我近年来太自私,忙于自己的诸事,竟懒于像从前那样有信必复,每扪心拷问自己,很内疚于对不住许多朋友。北平现在又开始筹备艺专了,将来任校长的,很可能是我当年在艺专的一位同事,我打算先鼓励刚才那位校友办一次美术作品展,然后再介绍他到艺专去谋个教书的职位……”

高真:“办作品展,也是需要一笔钱的吧?”

闻一多:“是啊,他自己自是拿不出来的,我要帮他想办法……”

高真:“想听我说一句实话么?”

闻一多俯视着她的脸:“说吧。”

高真:“其实,刚才你讲那四十元,我还不知该怎样挪出来……”

闻一多:“真的?”

高真微微点头:“我骗你不成?”

闻一多："那……那……那我们回家吧……"

闻一多说罢，扯着高真的手大步往家里走，脚步快得高真有些跟不上。

闻一多扯着高真一回到刚才伏案那一间屋子里，立刻又坐到桌前拿起了笔，仿佛转眼间已根本忘记了高真的存在似的。

高真默默倒了一杯水放在桌角，默默退至窗前，倚着窗台有些疑惑地望着丈夫，张了一下嘴，却什么也没说出来，只那么又疑惑又理解地望着丈夫……

此时，闻一多正埋头快速地写着一封信。

孟侃文弟——杨湘死的消息，你肯定已经知道了。朋友死了，而且死得那样惨，心中哀情，难以形容。今去此信，是为我们另一位待救的朋友唐亮之事，我已实在不忍这一位待救的朋友再重演杨湘的悲剧。我这里将先给寄去四十元钱，以解燃眉之急。同时我想向你通挪四五十元，暂缓全家此月开销的窘况，等两个月后我的经济缓过气来再还你。倘你能力允许，希你也以自己的名义寄给唐亮一二十元，以备他来北平的零用，那便更好。他来后可住我家，食宿是无问题的了。但零用钱也是不能缺少的。在北平的朋友都很窘，何况我除了你们几位清华旧友，身边又少可通有无的知交，不得不求助于你。朋友们死的死，穷的穷，我这几年也南北颠沛，历经挫折，每心有余而力不足。几时你来北平，我要和你抱头痛哭一场。

……

新的一天又开始了——清华园里，闻一多匆匆走入一间教室……

"同学诸君，这一堂课我要和你们共同欣赏一位很年轻的诗人的诗作，他的名字叫——臧克家……

“近年涌现了一批新的诗人，比如除了臧克家，还有北大毕业的卞之琳。因为他曾是我的学生，我现在不妨明说，《生活》确乎不是一首精彩的诗，但却有令人不敢亵渎的价值。诗人在诗中写道：‘这可不是混着好玩，这是生活。’我以为这一句并不怎么像诗的诗句，它的直白是有些分量的。因为诗人作诗也应有此种态度，不是‘混着好玩’，而是当成为自己的‘生活’，所以我认为作一首寻常所谓的好诗，不是最难的事。但是，作一首有意义的，在生活上有意义的诗，却大不容易。克家的诗，没有一首不具有一种极顶真的生活的意义。没有臧克家的经验，便不知道生活的沉重……”

闻一多又在课上讲解古诗：

采采芣苢，薄言采之。
采采芣苢，薄言有之。
采采芣苢，薄言掇之。
采采芣苢……

闻一多感情极为投入地：“同学诸君，请你们再默默地把这首古诗背一遍，随我来共同感受那节奏。然后合上眼睛，揣摩那是一个采芣苢的妇人，满山谷响着歌声。这边人群中有一个新嫁的少妇，正燃那希望的珠玑出神，羞涩忽然浮上她的脸颊，一个巧笑，急忙地把它揣在心怀里了。然后她的手只是机械地替她摘，替她往篮中装着。她掩饰着自己的幸福，借歌声表达此刻的心情——一片不知名的欣慰，撞击心房的狂欢。不过，你瞧，在那山坳里，还有一个伛偻的背影，她也许是一个中年早衰的女性，她在寻求一颗真实的新生的种子，也是在给她的命运寻求救星。因为她急于要取得做母亲的资格以稳定她是妻子的地位，但是疑虑马上又警告她那是枉然的。她不是记起了以往连年失望的经验了吗？

失望的悲哀和失望的恐惧那时一下子攫住了她，动作、声音，一下子都凝住了！泪儿盈盈地满在她的眼眶里——‘采采芣苢，薄言采之！采采芣苢，薄言有之！’她听见山前那群少妇的歌声，像在梦中听到的天乐一般，美丽而辽远……”

闻一多讲解时，学生们沉浸的表情……

朱自清正在灯下校稿，听到脚步声，扭头见闻一多已进了房间。未等让座，闻一多兀自表情阴忧地落了座。

朱自清却没有看出闻一多表情有什么异常，陪坐一旁后，微笑道：“一多，你来得巧，我正在校对《中国新文学大系》的诗集部分，基本上将‘五四’以来诸派诸家诗人的诗都收齐了。目前共四十九人四百零八首诗作，其中收入你的三十首，数量占诸家之首。我又暂时将近年来的诗坛分为自由、格律、象征三派，自以为将你定位在格律诗首位代表诗人的地位似乎当之无愧。而且，我在导言中，又重点评价了你的‘爱国诗’，认为是一种大爱，具有异乎寻常的诗性审美价值。你既然来了，我很想当面听听你自己对自己的诗的定位……”

闻一多却低声说：“自清，方玮德死了。”

朱自清正端起茶壶要为闻一多倒茶——持壶之手不禁僵住。

朱自清：“就是你认为诗风体现了‘中国本位文化’风格的那位方玮德？”

闻一多点头道：“我在南京第四国立大学任教时，他是我的学生，很有才华的一名学生……”

朱自清放下壶：“怎么死的？”

闻一多：“贫病交加。他的几首好诗，就是在明知自己已经到了肺病晚期的情况之下写的……”

朱自清：“可我们读来，却毫无自怜自哀，依然充满着对生活的真挚的热爱……”站起，来回踱了几步，自言自语地又说，“你来之前，我还校过他的诗作。莫要说一所大学，就是一个国家，某一时期又能出几个方玮德啊！可惜，可惜……”

闻一多:“自清，我已写就一篇悼念他的文章，初定投给《北平晨报》。我来是想问问你，看可不可以将这一篇文章转载于我们中文系的系刊上，也算……”

朱自清打断地:“不必多说，当然可以。你以老师身份而悼念一名学生，我们清华中文系的系刊，不登这样一篇文章，岂非不仁不义了么？快请先读给我听听。”

闻一多擦擦眼镜，掏出文稿。

朱自清连忙调整灯罩，使灯光更偏向闻一多那里。

玮德死了，我今天不以私交的情谊来哀悼他。在某种较广大的意义上，他的死更是我们的损失，更令我痛惜而深思。国家的躯体毁到这样，国家的灵魂又在悠久的文化的末路上喘息着，一个孱弱如玮德的文化人是担不起操干戈以卫社稷的责任的，而这责任也不见得是从事文化的人们最适宜的任务。但是为延续那残喘中的灵魂的工作设想，玮德无疑是合格的一员。“本位文化”这一名词，我不知能否用到物质建设上，但谈到文学艺术，则无论新到什么程度，总不能没有一个民族的本位精神存在于其中。可惜在目前这文化西化的狂热中，许多人都正忙于赶着文化西化的时髦。一个作家非有对本国历史与文化的普遍而深刻的认识，与由这种认识而产生的热烈的创作的冲动，绝不足以为她的文化的代言者，又难称为真正的作家或诗人！玮德虽然已永别了我们，但中国的文化，正呼喊着要求有更多的方玮德！……

闻一多声音渐高，读到最后，已是泪流满面了……

朱自清:“一多,不必再读了。你我的心是相通的了。这一篇老师悼念学生的文章,它应发在我们清华中文系系刊的首篇……”

闻一多站了起来:“自清,感谢你理解我……”

朱自清:“别这么说,你我都是一样的人,我们并不比孱弱的方玮德强大一点点。我们虽不能操干戈以卫社稷,但传承中华民族的文化,确乎是我们的义务。我们生逢一个毁败的时代,文化又何尝不也在被毁败着?摧垮毕竟是容易的,也是痛快的,传承却是艰巨之事。尤其在此几乎一切毁败的时代,我们任重道远啊!……”

两个人的四只手,不由交错地叠握在一起……

夜。

军警突袭清华园,包围宿舍,搜查逮捕。

闻一多家。

闻一多、高真被敲门声从熟睡中惊醒;闻一多披衣下床,开了门,见门外是朱自清——在寒风中却仅穿睡衣,而且赤脚穿的是拖鞋,身后是几名神色惶惶的男女学生……

闻一多:“自清,你……”

朱自清:“一多,军警袭击了咱们清华,正在大肆搜查逮捕……”

“啪!”……“啪啪!”凄厉的枪声此起彼伏。

远处人声嘈杂,间或有狼犬的狂吠……

朱自清:“情况紧急,我不多说了,冯友兰教授家和我家里,都已躲着学生了。他们,我就只能带到你这儿了……我想,军警们大约还不至于逐一搜查我们教授的家……”

闻一多:“自清,你放心,你穿得太少,快回去。”

望着朱自清离去,闻一多推开了家门:“都进来,都进来!……”

高真也已穿上了衣服,下了床,一边扣着襟扣,一边多少有点儿不知所措地指着仅有的两把椅子说:“都请坐吧,都请坐吧……”

学生们望望两把椅子，自然没有一个人去坐，却有一女生低语：“先生请自己坐下吧……”

闻一多仿佛没听到，自言自语地：“半夜三更的怎么可以这样，怎么可以这样！……”看着高真又说，“你看他们是些孩子啊！……”

一男生：“先生，真对不起，给您添麻烦了……”

闻一多：“这也怪不得你们啊！这里是大学啊！这叫偷袭嘛！卑鄙！卑鄙啊！只是太委屈大家了，连坐都坐不开。”

两名女生闻言，相互一抱，无声地哭了。

闻一多：“不要哭，也不要怕，我是决不会允许他们当着我的面将我的学生们抓走的，虽然我并不赞同你们非得去激怒他们……”

一名男生：“先生，我们不是非得去激怒他们。若先生偏要这么认为，那么我……我只好走了……”

那男生一转身欲走。

闻一多：“站住！……虽然我们对爱国、对学运的看法有所不同，但为了让你留在我家里，我愿意收回我刚才最后一句话。”

其他学生将责备的目光投向那男生。

那男生低声地：“先生，请原谅我的冲动。”

在以上闻一多和学生们的对话中，军警的喝喊声，军犬的吠声，学生的抗议之声间或可闻，且似乎近了。

高真看着闻一多说：“还是把灯关了吧，他们会以为只有我们一家人在睡觉。”

床上，女儿醒了，望着满屋陌生人，哭了：“妈妈，抱……我怕……”

高真赶紧抱起女儿：“别怕，都是爸爸的学生，都是好人。”

闻一多决定地：“走，同学们，都跟我到书房去，书房宽敞些。”

闻一多指着书架说：“请每位同学取下一本书。”

学生们望望书架，皆不明其意。

闻一多便自己取下书,一一递给大家:“别管是本什么书,翻开看就是。都自己找地方坐,桌子、窗台、那张小床,都可以随便坐……”

于是学生们不再拘束,各处坐下。

闻一多:“现在,请同学们随我来读诗,就读我为你们讲解过的,《诗经》中的《芣苢》一篇……”

闻一多书房映出的灯光。

读诗之声传出:

采采芣苢……
薄言采之。
采采芣苢……
薄言有之。
采采芣苢……
……

没过几天,各大报纸登出了一个出人意料的消息——《中国新文化运动主将鲁迅先生逝世》。

闻一多画外音:

鲁迅先生死了,除了满怀的悲痛之外,我们还应以文学史家的眼光来观察他。鲁迅先生是除了文章以外,还要顾及国家民族永久的前途的人。有人不太喜欢鲁迅先生的文风,认为他经常是在骂人,而鲁迅先生,实在是在骂人,叫人不敢做坏事,因而他在中国这个几乎一切都毁败了的时代,是反抗的战斗的……

又过了一个月，大批日军及坦克部队通过北平市区，名曰到八宝山集中检阅，实则是在向北平市民及全体中国人示威。

清华园内，闻一多等教授及学生们仰头望一面国旗徐徐降下。

庄严的宣誓声：

中华民国二十五年十一月三日，大批日军以演习为借口，进入北平，向中国人民游行示威，飞扬跋扈，辱我主权，忍无可忍。我清华全体师生，愿以志诚，促成全民族大团结，保卫国土，维护主权，此誓。

北风朔朔，国旗颤抖而降；一些师生脸上已淌着泪……

数日后，日军强行侵占清华园之一部分，安营扎寨，并公然声称，决心将清华园改为永久的屯兵之所……连潜心教研如闻一多者，也再难以潜心了。中国之教育，在近在咫尺的侵略者的淫威面前，处于屏声敛气之境……

闻一多书房。

在日军的操练的口令声和脚步声中，闻一多“啪”地合上了书，烦躁地起身离开桌前，不停地大步走来走去，猛地扯了一下窗帘，仿佛那样就会将他与烦躁的声音阻隔了似的——但用力过大，窗帘被扯落半边……

闻一多将手中窗帘一甩：“可恶！……”

第二十章

文化的人士们如闻一多者，是那么真诚又是那么一厢情愿地，总想在自身毁败同时惨遭外强蹂躏的国家命运的褶皱里，寻找到哪怕是一小块民族文化得以传承的园土；那一种良好的愿望，正如鲁迅先生所言——"于绝望中看到希望，于无所有中看到光明"。然而现实考验他们的愿望，有如上帝一次次考验摩西……

震惊中外的"西安事变"又一次考验着闻一多那早已绷得过紧的神经。

清华园。

闻一多阴沉着脸匆匆走在校园里，几名男女生遇见他，向他鞠躬，问好。

闻一多视若未见，径直走向教室。

学生们悄悄议论："闻先生他今天是怎么了，以往从不这样的啊！"

"看来他心里正火着，我们今天还是小心点好……"

闻一多大步走进教室，"啪"地将教案往桌上一放——几名低着头正在看书的学生吃了一惊；一名正吃烧饼的男生，也不敢再吃，赶紧包起，端端正正地坐好，停止了咀嚼，蠕喉强咽。

踏铃声而入的几名学生，感到了气氛的不同寻常，一个个低了头溜向自己的座位。

闻一多严厉的目光扫视着学生们。

鸦雀无声。

闻一多："发生在西安的事情，你们都知道么？"

一片静默，无人回答。

"都说话啊！"闻一多声音中携带着怒气，并拍了一下讲桌。

全体学生为之一震。

闻一多情绪激动地："难道都变成哑巴了么？你们中某些人，不是对政治比学习还热衷的吗？不是三天五天不搞一次学运，兴一场风波，就觉得大学太平静了么？那么现在，怎么不搞了？再轰轰烈烈地搞它一场啊！怂恿和支持大敌当前时，由中国人自己来杀了自己的国家元首啊！"

气氛更加压抑，闻一多在轻轻吐气，似乎想调整一下自己的情绪。

"一位国家的将领，居然策动兵变，武力劫持国家元首，知道这叫什么吗？这叫武装叛乱！难道这是在救国吗？难道中国不是好不容易才统一起来，总算有了国家元首么？如果他死了，那么中国也就不必再想复兴，连在国际上争取外交同情的象征政权都没有了，那么我们统统都退回到民国二十年前的大混战局面中去吧！……"

又一名男生腾地站起来，抗议地："闻先生，难道蒋介石一心剿共，一心内战，致使大好河山一一沦陷的现实，不是中国人有目共睹的事实么？西安之事，不是兵变，而是兵谏，报上写得明明白白，您看清楚了么？"

闻一多："但是对于一心灭我中华的日寇，兵谏和兵变又究竟有什么不同？你问我看清楚了报上的文字没有，我倒要回答你，我清清楚楚地看到了，全部的日寇无一不在幸灾乐祸地笑！世界上另外一些敌视我们中国的国际政客，也都在窃笑，而这就叫作——亲者痛，仇者快！……”

像许许多多的当时的学院知识分子一样，闻一多以及他们的爱国，依然寄托在对于国民党蒋介石政府的希望之上。因为中国共产党对于他们实在是太陌生的一种政治力量，而且，超出了他们的一般爱国的理念。那希望，乃是他们的爱国之心所时常祈祷的最后的一丝幻想……

会议室。

闻一多在宣读《致中央政府电》：

此次“西安事变”，事出意外，举国震惊。同人等服务学校，对于政治并无党派之见，日夕所期望者，厥由国家之兴盛，民族之康乐。军变突起，举国复有陷于混乱之虞，长敌国外患之势，寒前线将士之心，事之可痛，无逾于此。统一之局成之甚难，毁之甚易，辛亥迄今二十余年，姑有今日之局，此局一坏，恐世界大势断不容我再有统一之机会……

在场教授，肃穆而听，其中亦有朱自清。之后清华大学教授会致电中央政府，力陈出兵西安，迅速平定变乱。

各大报纸的头条也登出了“中共委派周恩来斡旋‘西安事变’”“周恩来已到西安，与张杨两位将军会面”“蒋委员长不日即可获释、宋美龄亲往西安迎接委员长”的消息。

在家中看报的闻一多放下报，起身背手走了几步，站住后自言自语：“在中国，于政治方面，让我闻一多钦佩者，此前尚无。但是今天，事实摆在面前，我闻一多服气了……”

高真困惑地看他。

学生宿舍。

那名退出教室的男生，和那名起身辩论过的男生，二人也正在看报，一读一听……

读报的男生："……蒋委员长，昨日在夫人宋美龄及张学良将军陪同之下，从西安飞往南京……"

门一开，闻一多进入。

两名男生互相看看，但还是出于礼貌，先后站了起来。

闻一多："坐，坐。我来，是亲自向你们承认错误的。一个大事件的发生，原因往往是多方面的，偏激论其一点，殊不客观，亦欠公平。我希望，你们明天仍会坐在我的课堂上……"

两名男生对视一眼，不禁都微笑了。

闻一多也欣慰地微笑了。

教室。

闻一多环视着学生们，真诚地："同学诸君，我知道，在某些人士眼里，闻一多未免太是一个自命清流的人。对于政治和党派，我一向是敬而远之的。于是某些人士以为，闻一多变了，连国也不爱了，似乎连匹夫也不如了。许多同学，大约也是对我持此种看法的。我一向殊不介意。因为，对于中国之教育的事业，以及对于民族文化的传承之使命，我除了要求自己'春蚕到死丝方尽'，的确也不太明白，还应以另外的怎样的方式，来爱我们的国……"

学生们认真地倾听。

"但是今天，我要公开地说，中国共产党的领袖们，令我闻一多钦佩之至，实在是钦佩之至！我不是在替共产党进行政治的宣传。我至今没接触过一名共产党人，也不清楚他们的主张，究竟是否是拯救中国的最好的主张。甚至对于他们此前所表现的'枪口对外，一致抗日'的立场，也是不无怀疑的。但是'西安事变'的结局，出乎我的意料。无论从古今中外哪一个时代的政治斗争的事例来说,蒋介石的命运,总是凶多吉少的。可结局证明,他却安然无恙返回南京了,仍去当他的委员长!共产党人能不念旧恶,不趁机鼓动诛蒋,反而以德报怨,顾全国家大局,积极斡旋,竭诚保蒋性命,冲这一点,今后,倘有共产党人来访,闻一多当出门远迎,以上客待之!……"

学生们全体鼓掌。

翌年7月7日,日军一手策划了"卢沟桥事件",炮轰北平城区。

各大报纸也都纷纷印出了"日军首相近卫文麿召开内阁紧急会议,决定立即增兵华北""日军增调十五万军侵华""日首相会议决定再动员四十万军扩大侵华战争"的头条消息。

北平正阳门火车站。

闻一多抱着女儿,高真拎着行李,在争先恐后的人群中望着列车一筹莫展……

"闻先生!……"

闻一多循声望去,见是一名男生。

男生挤到了闻一多身旁:"闻先生,师母,你们这是……"

闻一多:"我已在清华执教满五年,学校按规定放我一年假。"

那男生:"回老家?"

高真:"是啊,可没想到这么多人,这我们怎么能上得了车呢!……"

闻一多:"你又怎么会在这里?"

那男生:"北平不太平了啊,我送我的姐姐也回老家……"

闻一多:"那你快去帮她上车吧!"

那男生:"她已在车上了。先生,师母,你们别愁,跟着我,我有办法……"

于是那男生在前"开路",闻一多及高真紧随其后……

那男生挤到一个窗口前，从窗口爬进了车厢，探出身来接孩子，接行李……

闻一多及高真已在车内，而那名男生在车下了。

那男生："先生的书箱在哪里？"

闻一多："都留在学校了，只带了一些重要的文稿……"

那男生："先生，无人保管会丢失的！"

闻一多："国家的土地一大片一大片地丢失着，教授的几本书丢失了又算得了什么。谢谢你帮我们上了车，我还要叮嘱你几句话。"

那男生："先生请讲……"

闻一多："时局险恶，望你转告同学们，各自珍重。你们青年人的生命，不仅属于你们，也属于你们的家庭和国家，无论任何情况下，逞一时之勇，做无谓牺牲，都是令人惋惜的啊！即或甘愿捐躯，那也要死得有价值！"

那男生："先生请放心，我一定如实转告先生的叮嘱！"

闻一多："我多希望一年后我返校时，我的学生一个不少啊！……"

列车鸣笛。闻一多与车下的学生握手。

列车已开出了很远，那学生还站在站台上望着；闻一多的手仍伸出车窗外，招摆着……

武昌磨石街。

臧克家走来……

高真端一盆衣服出来，预备晾晒，认出臧克家："克家？"

臧克家："师母，我来看闻先生。师母记忆性真好，在北平时，我只去过清华你们的家里一次，没想到师母就记住了我！"

高真："快请进！我也只对你们先生的学生有记忆罢了。他见到你，一定高兴极了。"

高真一边引臧克家进入阴暗狭窄的门道，一边大声地：“一多……”

没人应。

高真引臧克家走到一极小的房间门前 —— 有限的一点阳光下，闻一多身穿背心，背对房门，一手扇着破蒲扇，一手在写什么。

高真：“你看他，一在这儿落下脚，整天就这样。不催，连饭也顾不上吃一口……”

臧克家小声地：“我们先不打搅他……”

闻一多放下蒲扇和笔，拿起烟斗，点燃后吸起来。

闻一多听到响声，回头见臧克家正弯腰捡掉在地上的一本书……

臧克家直起身时，恰与闻一多的目光相遇……

闻一多惊喜地：“克家……”

臧克家微笑。

闻一多站起，轻轻拥抱臧克家：“克家，克家，我终于又能看到我的学生了，快坐下！”

然而小小的“书房”中，除了闻一多坐的一张破藤椅外，再无可坐之处——臧克家由于一时不知该坐哪里，竟反而拘谨了……

闻一多：“高真，快拿小凳来给克家坐！”又对臧克家解释，“从北方逃亡过来的人太多了，武汉这座城市，连租到一处房子也不容易。”

高真拿着一个小凳出现在门口，却说：“我看，你们师生还不如到吃饭的房间去坐，那儿怎么也比这儿宽敞点儿……”

闻一多：“说的是，说的是，有劳夫人前边带路……”

看得出，臧克家的到来使闻一多极为高兴。

三人下了窄而陡的楼梯，来到了吃饭的房间 —— 房间里有一张旧得不能再旧的方桌及两把同样的椅子，和两只高脚凳……

臧克家：“没想到，老师住在这种地方。”

闻一多：“战乱年代，能有这样一处房子住已经很不错了。比被日本人的炸弹炸毁了家宅，拖儿带女流落街头的老百姓，我实感幸运了。”

高真：“你们聊着，我去烧壶水，好为你们沏茶……”

高真离去，二人落座，臧克家注视着闻一多说：“老师清瘦了。”

闻一多摸摸脸颊：“是么？天热，出汗多，自然是会瘦一些的。”话锋一转，接着关切地问，“我们清华现在的情况怎么样了？我们清华的学生们还能正常上课么？”

臧克家：“自从日本人彻底占领了北平，我们清华和北大两校的学生，哪里还有心思上课呢？连天津的南开大学，也经常受到日军的骚扰……”

闻一多长长地叹了一口气。

臧克家：“听说，教育部已经决定，要由清华、北大和南开三所大学，组成临时大学，一道迁往长沙……”

闻一多：“自己的军队节节退却，百姓又怎么能不纷纷逃亡，大学又怎么能不转移，这也是权宜之计啊！”看着臧克家问，“克家，那么你到武汉干什么来了？”

臧克家：“许多同学都离开北平，打算等联合大学在长沙成立了再返校，我也就随波逐流了，希望能在上海谋一份赖以生存的职业。”

闻一多站起来，走到小窗口，默默吸烟斗。

臧克家：“不知老师对我有何嘱咐？”

闻一多：“克家，你是清楚的，我对于学生们动辄卷入政治的甚至战局的行动，一向是持保留态度的。但吉鸿昌将军的部队，正在与日军浴血奋战。当今之中国，军人需要楷模，英雄需要人民的支持。如果你有机会见到更多的学生，无论清华的，还是北大的，或别的学校的，请转告他们，就说闻一多拜托大家，去慰问一下为了我们中国的安危出生入死的将士……”

臧克家：“老师请放心，这件事克家一定能做到……”

高真复至，为二人沏茶。

闻一多:“午饭是不是该丰富一点啊?”

高真:“这还用你提醒啊?我已经着手准备了。”

臧克家:“老师,我就不留下吃饭了,那太给师母添麻烦了!”

高真:“不麻烦。再说他想他的学生,你不留下吃饭,他会生气的。你不怕你的老师生气啊?”

臧克家笑。

闻一多:“克家,不但一定要留下吃饭,我的一个侄女今晚结婚,你还一定要作为嘉宾参加我主持的婚礼呢!……”

晚。某酒楼。婚礼在进行中。

闻一多:“新郎新娘对拜……”

新郎新娘刚一转身面对,灯忽然全灭,一片漆黑,同时响起了凄厉的空袭警报。

人们顿时混乱。

黑暗中,闻一多大声地:“诸位,婚礼乃人生大事,不要因为小日本骚扰一下就慌张起来!纵使他又来轰炸,那也是警报响过半个小时以后之事,我们不是都有此经验了么?而本主持人保证,再有十分钟,再有十分钟,婚礼将顺利结束,请诸位镇定!……”

于是黑暗中,人影不复混乱。

闻一多:“请点一支蜡烛来,就一支,哪怕小小的……”

一支小小的蜡烛点燃了,经一只又一只手,传到闻一多手中……

闻一多擎举着蜡烛,从容不迫地:“婚礼继续进行,新郎新娘对拜……”

新郎新娘相向互拜……

闻一多:“新娘向新郎赠香帕。”

新娘将手帕赠予新郎。

闻一多和臧克家的身影走在武汉漆黑的街巷中——这儿那儿，逃亡的难民沿街露宿，情形令人同情。警报声中，有孩子在哭。

闻一多驻足，循声望去——见一孩子在衣衫褴褛的母亲怀中可怜地喃喃："妈妈，我饿……"

闻一多摸了摸自己的兜，什么也没掏出来；接着摸臧克家的兜，掏出一把糖。

闻一多走过去，将糖放在孩子的双手中："我们什么也没带，只有这几块喜糖……"

闻一多、臧克家继续往前走着，臧克家："老师，我兜里还有一块糖……"

臧克家转身跑回去……

江边。

臧克家："老师，有一件事，当着师母的面，我一直不便说出来……"

闻一多疑惑地望向臧克家。

臧克家："我动身前，见到了朱自清先生，他听我说要经过武汉探望您，让我转告您，请求您暂缓休假，准备前去长沙临时大学任课……"

闻一多："可……我的假期才刚开始……"

臧克家："朱先生还让我带来了清华大学校长梅贻琦先生写给您的一封信……"

臧克家从兜里取出信，双手呈递。

闻一多家。二男一女三个孩子并睡着。

高真亲了女儿的脸蛋一下，放下蚊帐，悄然离开。

"书房"内，闻一多在昏暗的烛辉下写作。

高真蹑足走至他背后，轻声地："什么事？"

闻一多头也不回地："书架上有一封信，是清华校长写给我的，克家带来的,你看看……”

高真转身发现了信,拿起,抽出信纸,凑近烛辉。

一多先生大鉴,敬启者:本校已由教育部决定迁往长沙,拟于11月1日正式开课,唯中国文学系教授随往者寥寥,恳请兄台暂缓休假一年,前来长沙任课,以利教务,以利莘莘学子,敬希察允,至为期盼……

高真将信一放:“不识的字多,看不懂。”言罢,转身离去。

闻一多停止写作,放下笔,缓缓回头——高真下楼的脚步声……

吃饭的房间。

高真托腮垂泪……

闻一多走到她身旁,将一只手放在她肩上。

两天后,闻一多离开武汉,前往长沙。

闻一多撩开帐子,深情地望着熟睡的儿女们,俯身一一轻吻儿女……

闻一多和高真的卧室。

闻一多蹑足走到床边——帐子悬挂着,闻一多同样深情地望着佯睡的妻子,俯身轻吻妻子,替妻子放下帐子,转身退开……

高真在帐中泪眼汪汪地望着闻一多离去的身影……

在国难当头、战乱不息、局面险峻的日子里,闻一多就这样,都没有和妻子儿女说上一句告别的话,连夜就离开了家……

长沙车站。

闻一多随旅客走出检票口。

朱自清看到他，迎上去。

朱自清："一多！"

闻一多："自清，你何必来接我！"

朱自清："不得已而缩短了你的假期，我心不安，也不忍啊！"

闻一多："清华的召唤，就是对我的命令。"

朱自清："一多，我替我们清华的学生们谢谢你了！"

闻一多："那么，谁又替清华的学生们谢谢朱自清呢？"

二人相互理解，相互勉励地注视着，都微笑了。

斯时，已是晚上十一时半。十月末的长沙，已显秋末的凉意。

武汉。闻一多家。吃饭的那间小屋。

高真在读闻一多的来信给三个孩子听。

……

教授们每天晚上吃完饭，便聚在一间屋子里，有的看报纸，有的像军事家一样看地图，谈论着关于战局和国家命运的各种问题。学校虽然天天在筹备开学，我们多数人自己却怀着另外一个幻想，希望能有机会直接上前线参加工作……

小女儿拍起手来："那才好，那才好，那样爸爸就有机会成为抗日英雄了！"

一个儿子："可是，如果爸爸牺牲了呢？那我们可就再也见不到爸爸了！"

年长几岁的儿子："别说话，听妈妈把信念完！"

或者,我们至少可在后方从事战时的生产,也可以在抗战宣传上尽一点儿力。但这个幻想终于只是幻想,于是我们的心思渐渐回到自己作为教授的岗位上。我们依然得准备教书,教我们过去所教的书……

小女儿失望地:“唉,还是教书! 爸爸这一封信真没劲儿! ……”

长沙南岳。闻一多住处。

闻一多在烛辉下写信……

我们现在所住的房子,曾经是蒋委员长住过的。但这房子,现在已不怎么好,冬天尤其不好。刮起风来,窗户板噼噼啪啪地响。跺一下脚,楼板就震动,天花板随之往下掉灰土。假使夜间你们住在这样的房子里,而且点的是煤油灯,你们怕不怕,但是这儿的风景却好极了。前天下大雨,一大朵云彩,远远飘来,竟然飘进了我的屋里,使我感到自己仿佛是神仙……

警报声。

闻一多放下了笔。

“一多……”

闻一多一回头,见朱自清已进了屋。

朱自清:“在写什么? 我没敲门就擅自闯入,不打扰你吧?”

闻一多:“坐,我只不过在给孩子们写一封信……”

朱自清将手中的一卷报递给闻一多。

只见其上“南京沦陷”“武汉危急”“日机频繁空袭长沙”的消息充斥着版面……

长沙临时联合大学，决定再迁往云南昆明。时已任教育部部长的老友顾毓琇再三恳请闻一多筹组战时教育问题研究委员会工作，该委员会之筹组备受最高当局重视。闻一多坚拒不就，言此生不做官，也永不离开清华，但有抗战心，哪里都一样。并决定与一批学生徒步入滇，于是参与了世界教育史上的空前绝后的一次大迁移。历时六十八天，行程三千三百余里。

雨中。闻一多和学生们行走在山路上 —— 闻一多脚下一滑，险些摔倒，被一男生及时扶住……

男生："先生，听说您是我们三百几十人中年龄最大的人？"

闻一多："不对，领导委员会中，还有一位年长于我的人。但不乘车，而宁愿和你们学生一道长途跋涉的人中，我才是年龄最大的一个人。"

男生："可您何必呢？这一路之上，前边不知有多少困难和辛苦呀！"

闻一多站住，一手撑伞，微微喘息地望着蜿蜒曲折的路径回答："国难当头，走几千里路算不得什么艰苦。我十五岁前，受着古老家庭的束缚，几乎阻断着和外界社会的联系。以后在清华读书，一读就是十年，接着出国留学，回国后又一直在各大学教书，所接触除了教授，便是学者，境况稍好，便过着假洋鬼子的生活，甚至自己以为理所当然。虽然也是一个中国人，对于中国社会及人民生活，却了解得太少了。现在，我应该真正认识认识我们的中国了。"

闻一多说罢又往前走。

男女学生却仍站在原地沉思着闻一多的话……

一名女生："咱们替闻先生轮流背他的行李吧！"

于是另一名男生赶上了闻一多："先生，让我们替您轮流背行李吧！"

闻一多："不必不必，薄薄的一床小被子，刚上路几天，我哪里就会背不动了！”

其他学生也赶上了，又一名拄杖的男生将手杖递向闻一多：“先生，您拄着我的手杖吧！”

那是一柄自制的手杖，闻一多欣赏地：“做得很好，又轻，手柄又光滑。”说完却还给了学生，“但是我不想拄它。”

那学生困惑地：“先生，为什么？”

闻一多一边向前走一边回答：“因为我曾对一位女士郑重地发过誓，我在真的成为老人、行动不便以前，绝不拄什么手杖……”

学生们你看我，我看你。

学生们又一起赶上闻一多。

一名女生：“先生，那名女士，是您的夫人吗？”

闻一多：“为什么非得是我的夫人呢？”

另一名女生：“那么，一定是先生的红颜知己？”

一名男生：“别瞎说，闻先生怎么会有那么俗的男女关系呢？”

闻一多站住，回头看着那男生问：“你为什么说那是很俗的男女关系呢？”

那男生：“我想，我的意思是，您自己肯定会那么看待的……”

闻一多：“红颜知己，我虽不曾有过；但一度令我魂牵梦萦的女子，我还是幸逢过的……”

闻一多说罢又往前走，而且越发走得快了。

一名问过话的女生自言自语：“看，闻先生一提到令他魂牵梦萦的女子，不但满眼深情，而且步子也大了……”

另一名问过话的女生：“令一个男人魂牵梦萦的女子，还不算是那男人的红颜知己么？”

一名男生：“当然是有些区别的……”

另一名男生：“非说有区别便是——虽非红颜知己，胜似红颜知己……”

又一名男生:“诸位,现在不是讨论出个结论的时候。但是我认为,这是我们一路上所获得的,对于闻先生的最新的个人资料,而且是闻先生自己亲口说的。所以嘛,这个资料,我们不可以自私地垄断了!……”

第四名男生:“别说了,明白你的意思了!”——转身对后面的人说,“向后传,关于闻先生的最新资料——他承认有一个女子令他魂牵梦萦过……”

“闻先生向一个姓‘钱’的同学承认,有一个姓曾的女子曾令他苦恼过……”

于是在口传过程中,话语遂遭误改。

于是有学生纠正:“不是姓曾的女子,我听是一个姓孟的女子……”

于是引起争执:“我怎么明明听的是一个姓曾的女子?是你听错了!”

于是有学生想当然地:“别争了,快走吧。你们两个的耳朵都有毛病,我听的是,那女子姓曾,叫曾梦魂……”

一条大江默默流淌……

学生们都已在船上了——有的站立,有的坐在行李上;有的吃东西,有的饮水。

逆水行舟,流急滩险。

一声苍凉的号子,接着响起亦哀亦壮的纤歌;江岸——纤夫们腰缠竹索,肩缚挂板,一个个伏地而行……

坐在行李上的闻一多,默默地吸着烟斗,看着,听着,表情渐渐地凝重。

闻一多磕灭烟斗,站起来,撩长衫下摆扎在腰间。

一女学生看着他,奇怪地:“闻先生,你要干什么?”

闻一多:“我自幼时起,出门便坐轿子,行李概由人挑。今日,我要下船去,体验一回当纤夫的滋味,也能减轻一点儿这船的分量……”

闻一多说着往船边接近，身子一晃，险些倒下……

那女生大声地：“同学们，闻先生要下去帮纤夫们拉船了！”

一时间，所有同学的目光都望向闻一多。

闻一多：“你们都这么望着我干什么？”

一男学生（就是希望闻一多接受他手杖那一名）站起，也大声地：“同学们，我们这么多人，难道还需要闻先生帮纤夫们拉船么？”

那男生说完，也不脱鞋袜，“扑通”一声跳入了齐腰深的江水中。

于是许多男生都跳下了船。

那女生：“先生，您看，完全用不着您再下船去了，快坐下，别摔倒了！”

闻一多感动地：“是啊是啊，这就完全用不着我下船去了……”

下雨了。

船上的女生们，有的聚在船篷里，有的在船头船尾撑着伞，遮罩着行李。

一名女生替站在船头的闻一多撑着一把伞；而闻一多挥动着双臂，大声地为岸上的纤夫和男学生们鼓劲。

虽然有那女生替他撑着伞，闻一多还是从头到脚几乎全被淋湿了。

脸上淌着雨水的闻一多继续忘我地挥动着手臂，大声地喊着什么……

船篷里的女生，包括撑伞遮罩行李的女生，也皆望着岸上伏地而行的纤夫和男学生们大声地应和着什么……

天黑了。

步行团的师生们踏着泥泞进入了一个小小的村子……

“大家听着，这一带土匪猖獗，警卫团已与土匪发生对峙，我们这些人绝对不能打手电……”

借着几道闪电的光亮，眼前呈现出小村荒凉贫穷的景象，房屋破败，家家闭户。

有人提议："大家可以请求这里的老乡留宿一下……"

"如果老乡不愿给我们开门呢？"

"那就只好各行其便，随地找个能避雨的地方熬一夜吧！"

又一道闪电，照亮了一户人家有草盖着却无墙的柴草堆。

闻一多指着对身旁的男女生说："我们也不必惊扰老乡了，就去那里吧！"

一名学生走来，对闻一多说："先生请随我来，有户老乡给我们开了门……"

闻一多："那，让这几名女同学随你去吧！"

女学生们：

"先生，我们不去。"

"先生，还是您去吧！"

"先生……"

闻一多："别说那么多了，让你们去，你们就去。既然我是先生，你们是学生，学生就要听先生的……"

闻一多说罢，大步朝堆柴草的地方走去。

闻一多已走到柴草垛旁，将一只手探入草垛中，又说："草没湿，挺干。我建议大家脱掉湿外衣，尽量往草垛里缩，或倒会暖一些……"

闻一多说完，脱去长衫搭在草垛上，坐于草中，身子往草里一拱，顺手扯了些草盖在身上。

几名男学生也便那样"睡"下了……

第二十一章

军号声……

小村渐现于晨曦之中，显见其房屋的破败和景象的贫困。夜降薄雪，这儿那儿，呈现着如细盐般的白色……

一扇歪斜而朽旧的木板门“吱呀”一声开了道缝，探出一个孩子的头，小脸脏兮兮的，像个大花脸。

孩子迈出了门，一步步走向柴草垛……

孩子站在柴草垛前，柴草中突然伸出一只手来，把孩子吓了一跳。

闻一多站起，推草垛中的同学们：“同学们，已经吹号了，该醒醒了……”

于是草垛一阵骚动，从中先后钻出几名男生。

闻一多和学生们在河边洗漱。一名妇女走到河边，就在闻一多身旁汲水……

闻一多从头到脚打量着妇女 —— 面容憔悴，衣衫褴褛，鞋上缝了片白布，鬓角插白纸花。

妇女担水离去，一步三晃，显然体虚质弱，力不能支。

一名男生望着妇女担水的背景，像是在告诉闻一多，又像在自言自语:“夜里,我们就是缩在她家的柴草堆。”

学生们在那妇女家门前集合整队。

一男学生向闻一多报告:“报告辅导委员,三中队人数清点完毕全部到齐……”

闻一多:“你留一步,其他同学先走吧。”

闻一多从兜里掏出一卷钱塞给留下的男生,指着那妇女的家门低声说:“去,送给这户人家……”

闻一多和那男生大步匆匆走向村口,追赶队伍。

一条狗冲向一幢没窗没门的房舍的残垣断壁吠叫不止,引起闻一多的注意。

“走,我们过去看看……”

二人进入了残垣断壁,见个角落铺满枯草,草上向隅蜷缩着一个人,身上蒙头盖一小片毯子。

闻一多走到那人跟前,蹲下,轻缓地掀开毯子一角——那人竟是吴扬。

男学生:“不是我们大队的同学。”

闻一多:“我认识他。虽不是我们清华的,却也许是北大的,或南开的……”伸手一摸吴扬额头,吃惊地,“他在发高烧。”

男学生:“先生,几个大队显然都向前开拔了,我们可拿他怎么办呢?”

闻一多:“反正无论如何也不能将他丢在这儿不管。”想了想,又说,“昨天有两辆载行李的卡车坏了,现在一定还在我们的后边,你快去公路上堵住一辆!……”

男学生:“这……”

闻一多:“这什么?还不快去!……”

男学生:“可我连样能自卫的东西都没有……”

闻一多:“你怕什么! 此刻天已大亮了,你又是名清贫学子,身上连一文钱都没有,即使真的出现了土匪,那也绝不会拿你怎么样的……”

那男学生“啪”地一个立正:“是,先生,我去了!”

男学生离去,闻一多将吴扬上身抱起,让他靠在自己怀中。

闻一多:“吴扬,吴扬!”

吴扬缓缓睁开了双眼。

吴扬:“闻先生……”

闻一多微笑了:“放心,我已经让人到路上截拦行李车去了。”

吴扬:“我从昨天早上就开始发烧了。本来是安排我坐在行李车上的,可昨天夜里我下了一次车,结果……我以为人和车都朝前去了……以为,我会死在这儿……”

闻一多:“别胡思乱想,缺了一个人,一经发现,必定会沿途往回找你的……”

吴扬微微点头,闭上了双眼……

闻一多:“吴扬,你看那儿,阳光照得挺温暖的,我要把你身下的草抱些过去,还要你撑着站起来,走几步,和我坐到有阳光的地方去……”

吴扬:“先生,我听您的……”

闻一多先让吴扬靠墙坐着,接着将草抱向阳光照着的地方。

闻一多架着吴扬一臂,助其站起,走到那儿,先扶吴扬坐下,然后坐在吴扬身旁。

闻一多:“吴扬,你烧得很高。别靠墙,墙太凉,靠我胸前……”

吴扬:“先生,那我就不客气了……”

闻一多扯了他一下,于是他顺势靠在闻一多怀里。

吴扬:“被阳光照着的感觉真好,学生靠着老师胸前的感觉更好……”

闻一多掏出烟斗叼在嘴角,接着掏出火柴,却没划火,犹豫一下,又欲揣起……

吴扬闭着眼睛说:“先生,您要吸,就吸吧。您上课时还吸过烟斗呢,我们都习惯了那一股淡淡的烟味儿……”

闻一多:“那,我不客气了。”这才划火点着了烟斗。

吴扬闭着眼睛又说:“先生,您怎么去了清华?”

闻一多:“你们青岛大学的那一批学生当年驱逐我,我只有败走清华了嘛……”

吴扬:“当年我们血气方刚,还没有学会正确地理解别人对我们的爱护。”

闻一多:“不说我了,说说你自己,后来又有了些什么经历?”

吴扬:“我后来流落天津,在南开当上了一名校工。不久,凭一篇文章,南开破例录取我成了中文系的一名正式学生。”

闻一多欣慰地:“唔,那是一篇什么内容的文章?”

吴扬:“我不说,您怎么也猜不到的……”

闻一多:“我有自知之明,所以问你。”

吴扬:“那是一篇分析屈原人格及《离骚》文学价值的文章,内中窃取了您在课堂上对我们阐述的一种观点。记得您曾对我们说过这样一段话:‘一个历史人物的偶像化的程度,往往是与时间成正比的。时间愈久,偶像化的程度越深,而离事实也愈远。’在今天,我们所言的屈原,已经变得和《离骚》的作者不能并立了。你若认为《离骚》是这位屈原作的,你便永远读不懂《离骚》。你若能平心静气地把《离骚》读懂了,又感觉《离骚》的作者不像是世人心目中的屈原了。你是因你自己的偶像崇拜的热忱困惑了。事实上,一部《离骚》,宣泄胸中块垒最合事实,洁身哲学也不悖情理,唯忧国投江之说牵强,然偏是此说流传最广,势力最大……”

闻一多:“吴扬,我们不谈这个话题了好么?”

吴扬:“是您对我写了一篇什么文章感兴趣的。”

闻一多:“谈不到什么兴趣,只不过想找话跟你说而已。”

吴扬:“难道您对我剽窃了您的学术观点就毫不在意么?”

闻一多:“你言重了。老师在课堂上讲的观点,如果学生听了觉得也有些道理,又经过自己的独立思考,最终接受了,那其实就已经变成了自己的观点。对于屈原及其《离骚》,我从不敢自认为我的研究便一定是正确的。文学的现象,本就是仁者见仁、智者见智的事。我倒是常常反躬自问是否言而有理,唯恐谬种流传。但对于历史中的某些人物和事情的真伪提出质疑的态度,我确乎是严肃的,认真的。我希望你们学生所接受的是这一点而已……”

吴扬:“先生,能够在这样的情况之下遇到您,我真是万万没料到啊!”

闻一多:“我也是。”

吴扬:“其实,我何尝又不想谈点儿别的呢?”

闻一多:“那就谈你最想谈的话题吧。”

直至此时,吴扬始终闭着双眼。分明地,他一边的眼角,流下了泪水……

而闻一多的目光,始终望着残垣断壁的外边,目光凝视之处,远远地有一株死树,可见枯干上挂着一串纸钱,随风招摇。

吴扬忽然一转身,抱住了闻一多,将脸埋在他肩上,哭道:“其实我最想谈的是赵晓兰……”

闻一多:“我也是啊!”

吴扬:“她是那么爱我!”

闻一多:“我知道。”

吴扬:“如果不是因为我,她就不会死……她竟死得那么惨……”

闻一多:“吴扬,别这么想了。归根结底,是我们所生逢的这一个苦难多多的年代害死了她……”

吴扬:“先生,为国家,为民族,为自己,我这样的青年,究竟该怎么做,做些什么啊!我不明白,我不清醒,晓兰她因为爱我而死了,我却直到现在还是不明白,不清醒。”

闻一多:“曾几何时,我也像你问我一样,问过别人。可是直到现在,我自己也还是不明白,不清醒。连对国家,对民族,对你们青年的爱,都是那么地矛盾,那么地冲突,却又那么地不情愿便自行泯灭了此一份真爱……”

外面传来汽车喇叭声。

“先生,我把行李车拦到了!”去拦车的男生随声而入,见了吴扬和闻一多在一起的那种样子,不禁一愣……

吴扬已经坐在行李车驾驶室里了。

闻一多叮嘱司机:“前边七八十里便是沅陵县城了,你要将这一名学生直接送到县城里的医院去,等他打了一针退烧药,再送他回他那个大队的驻地。这是我以辅导委员的身份交给你的一项任务,明白吗?”

司机:“闻先生放心,我一定完成好这个任务。”

闻一多绕过车头,走到了车门的另一边,语重心长地对吴扬说:“吴扬,你不是特别崇拜鲁迅先生吗?那就要记住,鲁迅先生之骂人,是为的使人不敢做坏事。在当今之中国,一个人即使刀架在头上,也不可做危害国家、危害民族、危害同胞的坏事。这是我们一个有民族良心的中国人起码应该做到的,也算是我对你刚才最后那番话的回答吧。再多么神圣的道理,连我自己的头脑里,现在也还是没有的……”

闻一多的话,说得特别诚恳。

吴扬点头。

闻一多:“你现在既是学生,那就暂且安心于学吧。或者你有一天会去前方直接保卫国家,但你那时将不同于别人,你将不但有勇敢,还有文化。你将不仅是一名士兵,还是一名抗敌救国的宣传鼓励者。中国尤其需要这样的士兵……”

吴扬:“先生,我一定铭记您的话。”

卡车开走，闻一多和那一名男生目送卡车转弯消失。

那名男生："先生，您教过他？"

闻一多："是的。"

那名男生："那，他一定是您的得意弟子了？"

闻一多不语。

那名男生："但愿我以后，也能成为您的得意弟子。"

闻一多自言自语似的："但愿我以后，知道怎么爱你们这一批中国苦难年代的青年，才算真爱。"

那名男生一时不解闻一多何出此言，疑惑地望着他。

闻一多："我们已是掉队之人了，得加快步子赶上去了……"

贵州省境内玉屏县。在县城的街道旁，他们看到了一则布告：

查临时大学近由长沙迁昆明，各大学之学生徒步前往者，今日可抵本县住宿。本县无宽敞旅店，兹指定城乡内外商民住宅，统为各大学之师生住宿之所。民众或商民，际此困难严重之时，对复兴民族之领导者——各大学之学生，务须爱护备至，将房屋腾让，打扫清洁，欢迎入内暂住，并予以种种之便利。特此布告，仰望商民一起遵照为要……

闻一多及学生们，在一县民的引领下，来到一处破庙宇前。

县民："先生，可住的民宅商宅，都有先到的学生住满了，就只能委屈您和您的这些学生们，今晚住宿此处了。"

闻一多："这已经很好了，你去吧。"

县民离去。

闻一多吩咐："大家去将各自的行李取来，看哪儿有稻草，最好弄来些。"

学生们四下望着,都没动。

一名男生忽然愤愤地:"凭什么先到的就可以住民宅商宅,而我们后到的就该住这破庙?怎么不替我们预留下几处好的住宿地方?"

于是,学生们七言八语起来:

"就是,我们还是清华的呢!没有清华,哪里还称得上什么联大?"

"入住民宅商宅,今晚就不必我们自己起火做饭了!"

"当然,布告上不是写了么?务须爱护备至,并予以种种之便利!"

"听说,别的大队的师生,还有被县里请去洗尘的呢!"

"我们不住这儿,住这儿我们清华师生也太没面子了!打听清楚县里在哪儿请客,我们都去骚扰一番!"

"对!对!……"

闻一多突然厉声地:"都给我住口!"

一时肃静。

闻一多:"刚才大家说的是些什么话?那布告上还写着,际此困难严重之时,我们在这个县的人民心目中,乃是复兴民族之领导者!我们竟说出方才那种话,我们像么?我们还配是么?说的人不应该自己感到羞愧么?……"

七言八语过的学生们一个个低下头。

闻一多:"县里为师生代表洗尘,那是一种热忱之表示,大家难道连这一点道理都不懂了么?难道这个县还该为我们数百人设下了桌桌宴席不成?别忘了我们一路上看到的是些什么景象,难道不是我们走到哪儿,日本人的飞机炸到哪儿么?我是五位辅导委员之一,我不是没被请去赴宴吗?我不是今晚要和你们一块儿吃在这里、住在这里的吗?!……"

学生们纷纷地:"先生,别真生气。"

"先生,我们知错了。"

"先生,您请先坐这儿休息,我们去取行李,我们去弄稻草,我们来张罗做饭……”

晚。一轮明月，悬于庙院当空。

庙内地上，庙外台阶上，横七竖八睡满了学生。

靠在庙中柱子旁的闻一多，借着手电光亮在写家信：

父母二位大人：

自桃源县舍舟步行，凡月余，今始达贵州境内玉屏一县，途中饮食起居，尤多此生从未尝过之滋味。每日六时起床，实则无床可起，天将亮未亮，草草盂漱，即进早餐。在不能下咽之状况下必须吞干饭两碗，因在晚七八点钟前，终日无饭，仅中途正午稍作休息，可吃块干粮，喝几口水而已。投宿经验，尤为别致，往往与家禽家畜同栅而卧，可见天上星月……

闻一多没有写完。手电筒掉在地上，仍亮着，它那微弱的光，照着乏极困极便那样子靠着庙中柱子和衣睡去了的闻一多。

军号声。

闻一多及学生们醒来。

一男生从地上捡起电筒递给闻一多：“先生，您的电筒……”

闻一多：“糟糕，昨晚没关，电都耗完了。”

一女生：“先生，您夜里打着电筒在写什么啊？”

闻一多：“给老父老母写一封报平安的家信。”猛然想起地，“咦，我写的信呢？”目光四下里寻找，并问，“谁看到我写的信了？谁看到一页写满字的纸了？”

一男生掀开被子起身，从被窝里发现了闻一多没写完的信，却已被他的身子压皱得不成样子，而且破了……

那男生不好意思地：“先生，这就是吧？不知怎么到我被窝里了，真对不起……”

闻一多接过信，垫抚平了，一边说：“不怪你，不怪你，怪我自己。”

闻一多说着，从兜里摸出笔，垫膝填上了一行字是：“又将前行，余言日后再禀。”

学生们已经整队在庙前。闻一多拿着信封高声问：“哪位同学有胶水？请借一用，人情后补！”

学生们摇头皆笑。

闻一多沮丧地：“唉，父母又要隔许多日子才能收到我这封信了。”

两名女生悄议：“闻先生可真是个大孝子，都快四十岁的人了，这艰苦途中，还每到一地就给老父老母写封信报个平安……”

一男生：“先生，胶水我们肯定是没有的了，糨糊行不行啊？”

闻一多一喜：“行，行！当然行，求之不得！”

那男生：“您等着！”跑出队列，跑入庙中。

闻一多：“请同学们陪我等一会儿……”

那男生从庙里跑了出来，径直跑到闻一多跟前，向他伸出一只手，掌心竟是一小撮米粒……

闻一多：“这……”

那男生：“我想从咱们做饭的灶炕那儿肯定能找到点儿，果然就找到了……”

闻一多：“可是……”

那男生：“这虽然不是糨糊，是米粒儿，但却可以自制成糨糊的……”

闻一多：“噢？怎么制，快教我。”

那男生：“伸出您的手来。”

闻一多乖乖伸出了一只手，那男生将米粒抹在闻一多手心上。

学生们望着，窃笑……

那男生：“先生，吐点儿唾沫！”

闻一多：“噢？”不禁抬头望学生们……

学生们一个个忍住笑，扭头不望他。

那男生："吐呀！"

闻一多转过了身，背对学生们，瞧着手心上的米粒，犹豫一下，吐了点儿唾沫。

闻一多向学生们转过了身，伸手给那男生看："吐了。"

那男生用自己的一根手指弄米粒，弄成糊状后，将手指在闻一多手掌上反复抹干净，之后郑重地："看，自制糨糊成功了！别忘了您当众说的话，人情后补！"

闻一多瞧着手心糨糊说："谢谢指教，我是不会食言的！"

那男生得意洋洋地归列。

学生们望着闻一多，一个个笑得不行。

闻一多及学生们走过县城，小街两旁站立着观望的商民。

闻一多在一邮筒前驻足，掏出信，看了看塞入邮筒，耳边同时听到了几声议论："这一批大学生真不错，虽然成群结队的，却不惊商、不扰民，蛮有纪律的嘛！"

"是啊，像当年经过的长征红军。"

"就是有一点不像红军……"

"哪点？"

"红军当年一开拔就唱歌，他们怎么不唱歌啊？"

闻一多若有所思地循声望去。

闻一多走向一个小铺子，问："老乡，有烟丝吗？"

柜台内的老汉回答："没有烟丝，有烟卷儿，先生买一包吧？"

闻一多："好，买一包。"

老汉找钱时，闻一多又问："红军曾路过此地？"

老汉："那是，对老百姓可好了，秋毫无犯啊！还在几十里外与国军打过一大仗呢！"

闻一多："噢？谁打败了谁？"

老汉："胜负乃兵家常事，莫以成败论英雄嘛！"用手一指，"那南郊青龙山下，后来还修了一座纪念塔，纪念国军第四军第五十九师的剿匪阵亡将士，但我们老百姓就偏在那塔基周围挖土，说是为脱坯、铺路什么的，其实，是因为看着碍眼，恨不得那塔哪一天倒了。有一天，果然就倒了……"

老汉将找的钱交在闻一多手中，笑了。

闻一多："老百姓为什么要那样呢？"

老汉："听您先生这一问，就知道您一点儿也不关心国事！成百万的国军不去打日本人，搞得中国今天丢一个省，明天又丢一个省，却整日整年地忙着打自己人，还要说是什么剿匪！红军怎么了？不就是主张抗日，减租减息，到了哪儿开仓济贫，斗争土豪劣绅、恶霸地主么？……"

闻一多又陷入了沉思。

老汉："先生，钱已经找在您手里了。"

闻一多猛醒地："哦，哦，老乡，后会有期，多谢你对我讲了一些我从前不知道的事……"

闻一多赶上了学生们的队列，与学生们一起走在山路间。

路两边，用油漆刷写于岩壁的红色标语，虽经风蚀雨淋，依然醒目。

闻一多及学生们，一边走一边新奇而肃然地望着……

"同学们，我们为什么一路只默默地走呢？为什么不唱歌呢？"

"先生，您可是叫我们唱什么呢？我们在北平听惯了的那些歌，能唱成行军的歌曲吗？"

闻一多一时语塞，不知再说什么好。行军的气氛，却更加沉闷了……

闻一多耳畔仿佛又听到了商民的议论及卖烟老汉对他说的话：

"是啊，像当年经过的长征红军……"

"红军一开拔就唱歌，他们怎么不唱歌啊！"

一名女生小声问："先生，我唱一首昨天刚刚学会的歌行么？"

闻一多:“行啊！快唱来让我们大家听！否则,都显得有些无精打采了似的……”

那女生,踏在一块大石上,高歌起来:

田里大麦青又青,
庄主提枪敲穷人;
庄主仰仗蒋司令,
穷人只盼老红军!

学生们一片呼喊声:“好！再唱一遍！”

山上大树青又青,
棵棵都像咱红军,
老蒋要伐伐不尽,
冬去春来树更青!
……

队列走向一个小村。

一农舍前的平地上,闻一多及学生们吃着干粮,听一位老乡在摆关于红军的“龙门阵”:“老天爷在上,我有一句假话遭五雷轰顶！红军那千真万确是老百姓的队伍！纪律严明,官兵平等,不拉夫,不抓壮丁,要不怎么叫秋毫无犯呢？他们在我家里打了一次尖,吃的那是什么呀！野菜汤糠窝窝,临走还非留下一块大洋！我这一辈子,那是第一次手里接过一块大洋！哪儿舍得花呀,舍不得花嘛！要传下个纪念性嘛！可是红军前脚走,老蒋的兵后脚就追到了,把我最后一个小儿子也抓了丁,把那一块大洋也抢去了,还说我通匪,把我吊起来毒打了一顿。”

学生们一个个听得发呆。

那一男一女两名记录的学生也忘了记录……

闻一多指着说:“记呀,记呀!世界上有另一种碑,那就是口碑!口碑是无形的,但却不会像有形的碑那样,说不定哪一天就会塌倒!口碑也是一种伟大的碑……”

安顺县城内的县立中学。

县立中学的一位老先生在向县中学的学生们介绍闻一多:“同学们,这位闻一多先生,现今是清华大学的中文系教授,如果不是清华迁校,我和你们一样,也就无缘见到他。将来,你们中有考入清华中文系的,那么就可以有幸做他的弟子了。今天本校长特将闻教授请来,为大家做一场关于诗文的报告,大家鼓掌欢迎……”

掌声中,随闻一多一道去的一名男学生站起,迫不及待地:“大家先不忙鼓掌,不忙鼓掌。刚才贵校长对闻先生的介绍,还远不够全面……”

闻一多愕然而又不满地望着他的学生。

老校长略显尴尬地:“闻先生,老朽口拙舌笨,必有言语不周之处,万望海涵……”

闻一多:“前辈,一多受此郑重礼遇,已觉汗颜至极了。”

那名男学生却自顾喋喋不休:“我的老师闻先生,他不仅是清华大学的著名教授,而且还是当今研究古典文学的大学者,还是当今无人不知无人不晓的大诗人!我这样具体一介绍,你们难道不该敬仰他么?如果你们中,竟然有谁还没读过他的诗,那么就应该赶快找到他的《红烛》《死水》两部诗集读一读,再不读可就是人生的大憾……”

闻一多突然生气地:“够了,你话太多了!”

那男生一时不知所措。

闻一多缓和了语气扯扯他又说:“快坐下,喝几口茶,吃块点心。我已吃了一块,这点心很好吃……”

那男生怔愣地坐下,抓起了一块点心。

闻一多站了起来:“不错,我曾写过一些诗,当年很沾沾自喜,自鸣得意。但是现在,我已经多年没写诗了。为什么呢? 因为我对自己写过的那些诗,都很不满意起来。也因为许多比我年轻而爱诗的人,他们写的诗更富有生活的气息,更富有叩问时代和人性的诗性。所以,我现在主张,困难期间,没有不甘屈服的号召力,没有催人奋进精神的诗,是不可以当成好诗介绍给青年的……”

掌声。

闻一多和那名男生行走在返回驻地的路上。

那名男生:“先生,刚才,您是否生气了?”

闻一多站住,坦率地:“是的。”停顿一下,又说,“不但生气,而且特别地生气。”

那名男生:“先生,那么现在我请求您的原谅。其实,我只不过是出于对您的……”

闻一多用手轻轻拍着他胸口说:“你的好意,我当然理解。但你不该当众将我的声望抬得那么高,我只不过写过一些诗罢了,有你说得那么了不起么? 在别人眼里,你我不仅一师一生,还代表着清华,明白么? 清华学子在公开场合当面谈到自己的老师时,得意之态溢于言表,人们或许会认为我们清华的学风轻佻浮夸的……”

那名男生:“先生,我再也不了……”

闻一多:“但我主要不是生你的气,听你那么一介绍我,我反而生自己的气了。困难当头,我本是应该更直接地为抗日救国做一些大声疾呼的事情的,可我却反而一头钻进了故纸堆里,个人境况稍安,便乐此不疲,以细琐之学问津津乐道。而这一路上才终有另一番所见所闻,所感所悟,真的想大声疾呼了,却被预先禁止莫谈国事,莫传播什么亲共的思想! 红军的巨大影响,早已像种子一样种在了老百姓心里,当局者怎么就不知反省,问自己一个为什么……”

那名男生大感意外,望着闻一多,自己一时反倒不知说什么好了。

号声传来，有人兴奋地大声宣布：“同学们！报告大家一个好消息——台儿庄之战，我们中国的军队胜利了！台儿庄守住了！……”

欢呼声骤起，一顶顶帽子飞上了天……

僵立着的闻一多，与周围学生们的兴奋形成对比，然而他脸上已淌下泪。

几名男女学生围住了闻一多，其中一名女生双手攥住闻一多的一只手，脸上同样淌着泪，却笑着，雀跃地说：“先生您听到了么？我们中国的军队胜利了，台儿庄守住了啊！……”

闻一多：“听到了，我听到了，我们中国的军队，终于也胜利了一次……”

篝火旁，男女学生们手拉手，载歌载舞。

《游击队之歌》《大路歌》《大刀进行曲》的歌声此起彼伏……

火光照耀着的闻一多，心情喜悦地吸着烟斗。

一男生：“闻先生，明天再行四十几里，我们就要到昆明郊外了，台儿庄又传来了抗战大捷，您的胡须，该刮刮干净了吧？”

闻一多笑道：“不到将日本军队彻底从中国赶出去那一天，我这胡须，是不刮去的！”

一女生扯闻一多一只手：“闻先生，起来，起来，我们跳嘛！”

闻一多：“好，和你们一起跳！”将烟斗塞给一男生，站了起来。

那男生吸了一口烟斗，呛得连连咳嗽。

闻一多瞟见，笑道：“自作自受！”

闻一多一边与学生们跳着，一边感慨地：“红军中，也有多么有才华的人物啊！这些歌，才是中国目前最需要的歌，不知何日方能有缘一见他们。”

与他牵着手的女生：“先生，我敢保证，那一天肯定离您不远！”

一户农家的牛舍内，牛在安闲地吃草，马灯照着几名学生酣然的睡姿，而闻一多在写信。灯光太暗，他的头俯得很低。

高真吾妻，见字如面：明日，我们就到昆明了，全程三千三百余里，徒步两千六百余里，经过三个省会、二十七县、数百村镇，算明日六十八天。这对我是最重要的一课，终生难忘。但并不像当初想象的那么苦，走累了之后，哪儿一倒都能睡……

湖北。蕲水老家。

高真又在读信给儿女们听："现在，一天走六十里路，对我已不算什么事。有时八九十里，也有时多走到一百余里，那就不免与学生们一样叫苦了……"

女儿："爸爸真是好样的。"

高真的目光离开信，望着女儿笑。

一儿："别打岔，听妈妈读！"

高真接着读：

我最挂念的是鹤雕二儿读书的情况，他们写信都有进步，我很高兴。我也很关心我们的女儿是不是生过了病……

儿女们彼此相视……

今天报载我们又打了胜仗，收复了郯城，武汉击落敌机二十一架，尤令人兴奋。这样看来，我们回北平的日子，或许真的不远了！……

儿女们欢呼起来：

“我们就要回北平啰，我们就要回北平啰！打败日本兵！打败日本兵！……”

高真笑望着儿女们：“小声点儿，小声点儿！……”

昆明，圆通寺。

学生们相聚的热烈情形。各大学校旗招展，清华校旗之下，闻一多与朱自清重逢。

朱自清：“一多！……”

朱自清不待闻一多说话，已紧紧拥抱住了他。

闻一多在朱自清耳边小声地：“自清，几回回梦见了你呀，有许许多多对我们中国的感受要对你说……”

朱自清双手扳着闻一多肩，端详道：“听说，你的胡须不到抗日最后胜利那一天，就不刮去？”

闻一多：“蒋介石终于也肯抗日了，我将下巴刮得干干净净那一天，大概指日可待了……”

朱自清：“到了那一天，我要亲自替你刮！”

闻一多：“那么，我的下巴就预订给你了！”

二人哈哈大笑。

第二十二章

一幅中国地图，其上标满日本太阳旗。

东北沦陷！

中原沦陷！

华北沦陷！

华东沦陷！

从地图上来看，几乎只有四川、云南等省是中国之安全省份了……

昆明容纳不了中国数所重点大学之师生，清华文、法两学院，无奈迁往小小边城蒙自，并于蒙自举行建校二十七周年纪念会。

天空阴霾重重，包括闻一多在内的教授及数百名学子肃立于操场。

两名女生走上会台向母校献旗，锦旗上写的是：

经兹国难

寄迹滇南

西山苍苍

永怀靡已

时清华校歌确立，师生齐唱，群情哀肃。

万里长征，
辞却了五朝宫阙。
暂驻足，
衡山湘水，
又成离别。
绝徼移栽桢干质，
九州遍洒黎元血。
尽笳吹，
弦诵在山城。
情弥切！

千秋耻，
终当雪，
中兴业，
须人杰。
便一成三户，
壮怀难折。
多难殷忧新国运，
动心忍性希前哲。
待驱除仇寇，
复神京，
还燕碣……

歌声中,一张张脸上流淌着泪水……

蕲水老家,高真正在读闻一多的来信:

武汉危急,时局险恶,家中人口众多,当早作疏散,事不宜迟。你们母子一窠,实在是家中之大累,且父母年纪已迈,我身为中年之子,何忍托劳?每想至此,只悔当初未能带你们出来。路费我立刻汇至武昌,款到后即可买车票南下,恐时局更恶,路又不通……

一节列车车厢里,高真及儿女们占据了一双人窄座——高真坐着,怀抱小女,另一女儿及小儿子内里挤坐;长子立鹤与次子立雕站立在她对面。由于对面座位还有人,他们实在难站稳,不得不将自己的双手撑在母亲座位的靠背上,四只手臂仿佛对母亲及弟弟妹妹们形成保护……

除了睡在高真怀抱的小女儿,高真及其他四个孩子,脸上皆呈现着疲惫与忧愁,好像闻一多的话,正一句句说在他们耳旁。

列车猛地一停,几枚炸弹自空而坠,车窗外爆炸的烟尘顿时四起,车厢内相应而群起尖叫,一片混乱。

长子立鹤、次子立雕立刻扑在母亲和弟弟妹妹身上。

立鹤:"妈妈别怕,弟弟妹妹们别怕,有我和立雕保护你们!……"

蒙自——闻一多及教授们的临时住所,一幢简陋单薄的小二层楼,楼门旁挂的木牌上写着"清华文法两院教授宿舍"。

闻一多在斗室内写信:

武汉又遭两番轰炸,心里着急,接到你们已到长沙的电报才稍稍放心,后来见报上说长沙也连遭轰炸,又急了好几天。

直到前天二次电报来了,才知你和儿女们已在路上,真是感天谢地!现在只希望路上不至多耽搁,孩子们不生病。这些日子一想到你和孩子们在路上千难万险,我就心痛。我生平未做过亏心事,并且说起来还算得一个厚道之人,上天会保佑你们!你来到后,我一定专心侍奉你,做你的奴仆,以补我这个丈夫和父亲的种种不称职处……

贵阳。

形形色色的人们拥出检票口。闻一多的目光在人群中寻找着,再也没有人出站了,却未见高真和儿女们。

检票员欲将矮门关上,闻一多:"等等!……"

检票员疑惑地望着他。

闻一多:"让我进去!"

检票员:"票。"

闻一多:"我不是上车的,我是从昆明来接我妻子和儿女们的。"

检票员不相信地:"那不行!下车的人已经走光了。"

检票员说着,又欲将矮门关上。

闻一多怒吼地:"你敢!……"

检票员:"这是我的工作,我怎么不敢?"

于是,一个门里,一个门外,推推搡搡起来。

推搡之中,矮门卡了闻一多的手一下,闻一多竟浑然不觉……

随着几声哨声,一名铁路巡警手拎警棍赶来,揪着闻一多衣领粗暴地将闻一多扯开。

闻一多:"放肆!……"

巡警放开闻一多衣领,从地上捡起证件,翻开一看,双腿一并来了个立正:"原来是清华的教授,失敬,失敬……"

"爸爸!"小女儿的喊声让闻一多心头一喜。

闻一多和巡警同时循声望去——立鹤背着小女儿，立雕搀扶着母亲，另一个儿子和另一个女儿手牵着手。妻子儿女六人已在检票口外。

小女儿在大哥背上向爸爸伸出双手："爸爸，爸爸！……"

闻一多大步奔过去，将小女儿从立鹤背上抱过去，紧紧搂在怀里。

手牵着手的一儿一女立刻一左一右偎在闻一多两旁。

闻一多目光望向妻子。

立雕："爸爸，妈妈离开长沙后，就一直头晕，路上还吐了几次……"

高真将头一扭，流下泪来。

立鹤吃惊地："爸爸，你手怎么了？"

闻一多低头看，满手的血。

闻一多将手上的血往地上甩了甩，不在乎地："没什么，许是被检票口的铁门夹的……"

高真急从兜里掏出手绢递向立雕："还不替你父亲包扎一下！"

立雕替父亲包扎手时，高真瞪着闻一多说："我一路都在恨你！……"

闻一多内疚地笑。

高真："恨你当初不带我们一起坐火车来昆明，偏偏要自己和学生一道走几千里……"

闻一多："可从那时到今天，我几乎天天都在心里对你说对不起……"

高真："那就行了么？"

闻一多将脸凑近妻子："那你打我吧！"

高真果然扬起手来，却当然地并没打下去，顺势抚摸在闻一多脸上，低声地："瞧你都瘦成什么样了，胡子也不刮……"

儿女们笑了。

在某旅馆的小套间里。

立鹤、立雕兄弟俩已在外间两张床上睡熟；另一儿一女脚抵脚睡在沙发两端。

里间——高真靠墙而坐,下身盖着薄被；被下的小女儿只露出头来,且在睡梦中时时一笑。

闻一多坐在桌旁椅上,借着昏暗的灯光捧看一部书。

高真凝望着闻一多,闻一多看得聚精会神……

高真轻咳一声,闻一多没有反应……

高真又咳一声；小女儿睁开了眼睛看母亲。闻一多的目光终于望向了高真。

闻一多温柔地:"要不要我明天带你到贵阳看看医生?"

高真摇头,反问:"你在看什么书?"

闻一多:"《诗经》。"

高真:"你当初怎么就不与《诗经》结为夫妇呢?"

闻一多意识到了妻子话中的不满,合上《诗经》,轻轻放在桌角。

高真:"再不,你当初就应该与清华结为夫妇。"

闻一多走到床边坐下,低声问:"是不是因为我当初拒绝顾毓琇的好意举荐,不肯留在武汉做一位政府里的文职官员,心里边一直恼着我?"

高真将身子一扭。

小女儿又偷偷睁开眼看了一下。

闻一多:"人各有志,我最不愿意置身于宦海沉浮,这一点不是我们结婚后就向你声明过了么?你怎么不能理解我呢?"

高真:"你怎么就不能替我和孩子们着想着想,自己改变一下呢?"

闻一多:"即使我违心当了那一种文官,现在日本人的飞机三天两日地轰炸武汉,我们一家人还不是得四处逃难么?"

高真:"谁偏稀罕你当的什么官了呢!不说这话了,我渴……"

闻一多:"我给你倒杯水。"起身去倒了一杯水,双手捧来。

高真:"那杯子也不烫一烫,肯定是干净的么?"

闻一多:“说的是。”转身离开,从桌上拿起另一只杯,接着脸盆,轮换地相互用热水浇烫,之后重新倒了一杯热水,依然双手捧来。

高真接过,咽了一口:“热……”

闻一多:“那我先替你放在桌上凉着,待会儿再喝。”

高真:“我现在就要喝。”

闻一多:“这……”想了想,二次离去,接着脸盆,对斟那杯水……

闻一多又将那杯水捧来道:“可以喝了。”

高真呷一口,蹙眉道:“又凉了,我怕喝了反而心口不舒服……”

闻一多:“你呀,成心支使得我团团转,是不是?”

高真:“‘我一定要专心侍奉你,做你的奴仆’,这话是谁在信里写着的?翻出给你看看?信上还问好不好呢!所以,我这方面的感觉,当然好得没比。”

闻一多:“可我记得,我信中也清清楚楚写了另一句话:‘只要你不气我,我什么事都愿意替你做。’”

高真:“不过要你倒杯不烫不凉的水来,就是气你了么?”

闻一多刚想说什么,四个儿女一齐跑入里间,跃上了床。

闻一多:“你们这是干什么?”

立雕:“我们睡足了。爸爸,你信上不是说蒙自历史上有希腊人住过吗?给我们讲讲希腊神话故事吧!”

闻一多与高真相视苦笑。

由于长子立鹤途中染病,贵州省教育厅又盛情请闻一多为当地中等学校教师在暑假时期讲解古代文学,闻一多一家团聚后,在贵州住了近一个月才到昆明。

昆明某巷。

闻一多与妻子儿女走入一处院子——院子二十余平方米,住宅是木结构的小楼，院中还有一大鱼缸，砖墙的上半部砌出了镂花。

闻一多问高真："满意么？房东是一位中医，我们租下了三间。"高真眼中脉脉含情，暗暗地握了一下闻一多的手。

孩子们却欢呼起来："噢，我们又有新家啰，全家又团圆啰！……"

闻一多和高真欣慰地望着孩子们跑上楼去。

晚。

除了小女儿，闻一多在指导另外三男一女写毛笔字。

每一个孩子在纸上写的都是"刚毅坚卓"四个字……

闻一多："立鹤、立雕的毛笔字很有长进，立鹏和立瑛，你们要虚心向两个哥哥学习。"

立鹤："爸爸，这'刚毅坚卓'四个字是什么人的话？"

闻一多："这是我们清华刚刚确定的校训。最初由爸爸提出了'刚毅坚勇'四个字，后来经几位教授在一起讨论，反复推敲，改为现在这四个字。你们虽然都还不是清华的学生，但在这国难当头的时代，我要你们也时刻牢记，做一个中国人，包括你们少年和孩子，要特别地具有刚毅坚卓的精神。只要我们中国人不分男女老少都具有刚毅坚卓的精神，我们中国才能打败日本侵略军，取得抗日的最后胜利。"

昆明街上，闻一多走入一家小院，见一女子的背影，正坐着小椅凳用木盆洗衣服。

闻一多四面望望，见院里除了那女子没有别人，遂走过去，略弯腰问："请问，吴晗教授住在这个院子吗？"

那女子抬起头，看着闻一多反问："您是……闻一多先生吧？"一边说，一边已站起。

闻一多："您怎么会认识我呢？"

那女子："您的胡子和您的眼镜告诉我的。在清华来昆明的教授中，戴眼镜的很有几位,蓄胡子的也很有几位。可是又戴眼镜又蓄胡子的教授,除了闻一多,再无第二位,这一点谁人不知,谁人不晓啊!”

闻一多奇怪地:“可是,这一点,又是谁告诉您的呢?”

那女子笑了:“吴晗啊!”

闻一多也笑了:“噢,明白了,您是他夫人!”

吴晗夫人在围裙上擦擦双手,大方地向闻一多伸出了一只手:“您和他虽然一个在中文系,一个在历史系,平时难得聚上一聚,可是我却总听他讲到你……”

闻一多握了她手一下,笑道:“文史不分家嘛!我和他都被嘲为钻故纸堆的。只不过,他钻得天经地义,而我就不太容易被理解了。”

吴晗夫人:“他理解您,所以我也理解您,快请进屋里坐!”

吴晗夫人引领闻一多进入家中,不过里外两间平房而已;但窗明几净,窗台上还用瓶子插着鲜花。

闻一多落座后问:“这院子里还住着另外一家清华的教授吧?”

吴晗夫人:“岂止一家,三家哪!”

闻一多吃惊地:“唔?……”

吴晗夫人:“两位历史系的,还有一位化学系的。”

闻一多感慨地:“想不到小小一处宅院,连你们家住了四户清华的教授。相比之下,我租的虽是郊区的房子,倒显得奢侈了。”

吴晗夫人:“不是战乱年代,清华怎么会搬到昆明来,历史系的教授又怎么会有缘和化学系的教授同住一个院子?相濡以沫嘛!有两位教授没接家眷来,一人只租了一间,所以住着还算清静……”

闻一多:“我原曾暗自以为,吴晗夫人一定是多少有点儿养尊处优的夫人,不想今天看到您亲自洗衣服。可见人是多么容易犯主观主义的错误啊!”

吴晗夫人笑了:“养尊处优虽谈不上,但在北平时,哪位教授家里没雇女佣呢?可昆明由于全国几所大学都迁来了,租到房子不容易,只两间，雇名女佣又叫她住哪儿呢？再说，昆明的物价贵得吓人，从长打算，该省处也得省啊！”

闻一多：“是啊，教授们的工资，只抵得上是北平时的一半了。”

吴晗夫人：“您看我，只顾陪您聊了，都忘了问您找吴晗有什么事儿了。”

闻一多：“没什么要紧的事，我来是为取我的书。一路上，有些同学自愿每人为我带一本书。一到了昆明，我又让他们分头替我寄放在几位教授朋友家里了……”

吴晗夫人手指着说：“那带门的书橱里都是您的书；书架上、桌上、地上都是吴晗自己的书。他曾嘱咐我说闻先生爱书如宝，宁肯自己的书放得到处都是，也要腾出那书橱专放您的书。有次连我想取出一本看，他都严肃地命令我放回去呢！”

闻一多感动地：“如此对待朋友的书的人，在这战乱年代，已经很少很少了啊！”

闻一多起身打开书橱门，目光深情地望着一排排自己的书，并用手深情地抚摸。

闻一多抱着一摞书走在清华临时校园里。

闻一多经过新生报到处门前，见一些男女学生围在一起，听到有嘤嘤哭声。

闻一多已走过了几步，又转身走回来，问：“怎么回事？”

学生们散开。闻一多看到一名女学生双手捂脸，哭得绝望无助。

闻一多：“这名女同学，你在清华受到了什么委屈，哭得这样伤心？”

旁边一名学生：“其实，她现在还不能算是我们清华的一名学生。”

闻一多：“唔？”

另一名学生：“应该算！既然考上了，名字又登在报上的录取名单中了，就应该算！”

那女生哭得更伤心了。

闻一多:“你叫什么名字?”

那女生只是双手捂着脸哭……

学生:“闻先生问你话呢,也许他能帮上你。”

那女生突然地:“我……我千辛万苦才……我谁也不求谁也不怨了,我不活就是了!”她一转身跑开了。

闻一多:“还不去追上她!”

于是有几名同学追去。

一学生:“她叫韩琳,考上了历史系,是锦州人。锦州沦陷,她就到乡下亲戚家避难去了。她是偶尔从报上发现了自己的名字,才知道自己考上了清华历史系,于是赶往长沙,可是清华已迁出了长沙……她几乎是讨着饭才到这儿的,一路上二十几天,还几次遇到坏人,多亏机警才逃避了伤害……可是,可是……”

一名女生:“可是里边我们那位负责登记的,说她超过报到时间半个多月了,无论她怎么哀求,他也不肯为她注册分班……”

闻一多将书递向那女生:“替我抱着!”

闻一多怒冲冲地进了报名处,负责登记注册的中年男人正在看报,立刻放下报站了起来,辩解道:“闻先生,您千万别听那些同学胡说八道。人心都是肉长的,其实我心里也很同情她的呀!可……可我们清华的规定是报到时间最长不可超过十天,十天后录取通知书宣布无效……”

闻一多:“你别说了!我问你,看过她的录取通知书了么?……”

对方:“看过了,看过了。那倒不会有错,当初都是我经手发出去的,我还能不认得我自己的字迹?”

闻一多:“给我看看。”

对方:“这……我已经撕了,无效了嘛……”

闻一多的目光望向了纸篓。

闻一多:“验过她的什么证件吗?”

对方："验过，验过，考上的学生肯定是她本人那是绝无什么问题的。可她毕竟晚了半个月才……"

闻一多打断："把新生花名册拿来！"

对方张了张嘴。

闻一多："你请坐下。"

对方默默坐了下去。

闻一多："翻开，最后一页。"

对方无言照办。

闻一多："现在，我要看着你，把她的名字登记上。并且，要把她分在吴晗教授教的新生班里……"

对方："这……这不是明明违反了……"

闻一多："我怎么说，你怎么做。"

对方："那……那也得先问问吴晗先生……"

闻一多"啪"地一掌拍在桌上："我让你照我的话做！如果你偏不，我明天将郑重向校方建议立刻辞退你！……"

对方掂量出了闻一多的话的分量，诺诺连声地："好，好，我听闻先生的……"

在闻一多的瞪视之下，对方登记完毕。

闻一多："将你撕了的录取通知书粘好，存入档案。"

闻一多走到门口，扭头又说："我怎么觉得你的心不像是肉长的？一个女孩子，明明考上了我们清华，在这战乱年代，一路困难、一路风险才找到我们清华，你却仅仅因为她的报到日期比规定迟到了十几天，就忍心陷她于无助之绝境，居然还认为自己的心也是肉长的！你想使我们清华蒙上不仁不义的耻辱么？……"

对方低下了头。

闻一多走在街上的背影，他身后跟着韩琳，然而闻一多并不知道。

闻一多走着走着，想起了什么，站住了自言自语：“书，我的书……”

闻一多一转身，这才发现了韩琳，奇怪地：“怎么……是你……”

韩琳：“先生，我真不知道用什么话语来表示对您的感激……请允许我替您把书捧回家去……”

闻一多：“韩琳，你完全不必感激我什么。你考的成绩很优秀，清华如果将你这样的考生拒之门外，那么清华就不配是清华了。”

闻一多一边说着，一边伸出双手欲接过自己的书。

韩琳后退了一步：“先生，我恳求您……”

闻一多：“那么，好吧。”

二人边走边交谈。

闻一多：“报考历史系的女生很少，能告诉我你为什么偏偏报考历史系吗？”

韩琳：“我……我……”

闻一多：“回答这样一个问题还会使你感到为难么？”

韩琳：“既然先生这么说，那我就实话告诉您……我上中学的时候，暗暗地爱上了我的历史老师……”

闻一多站住，一愣，有些惊讶地注视着韩琳。

韩琳目光坦率地望着闻一多。

闻一多：“对不起，我没想到……会一下问到你的隐私……”

韩琳嘴角微微一动，浮现一丝笑意：“也不完全是那一种原因。我的历史老师曾对我说——如果我想要明白中国为什么是现在这样子的一个中国，那就必须了解和研究中国的历史。而我想要明白。”

闻一多：“想要明白什么？”

韩琳：“想要明白中国为什么是现在这样子的一个中国。”

闻一多：“那么，你认为中国现在是怎样子的？”

韩琳：“腐败，加上独裁。因为独裁而腐败，因为腐败而独裁。”

闻一多深思着又向前走去。

韩琳捧书默默同行。

闻一多:“家中还有什么人?”

韩琳:“父亲、母亲和妹妹。哥哥曾是国军的一名营长,在台儿庄战役中阵亡了。父亲是县女中的校长。”

闻一多:“那你是抗日烈士的妹妹了。”

韩琳:“但是在我的家乡那个小县城里,更多的人却都用带有仇恨的眼光看待我……”

她的声音很小,语调那么平淡,仿佛对此一点早已习惯了。

闻一多不由得又站住了,表情更加惊讶。

韩琳:“因为我的哥哥毕竟是军校毕业后自愿投军的,不是被抓丁才被迫穿上军装的,而且是营长,而且我的父亲又毕竟是县女中的校长,学生们都是乡绅地主和商贾家的小姐,所以县里为我的哥哥举行了很隆重的追悼会,还立了碑,送了匾。可是那些被抓了丁的穷苦的农家子弟呢?他们就不是人了么?他们也同样在前方和日本人拼命,往往也是死得很惨烈的,却连尸体都没人替他们收。由于他们被抓了丁,他们家里的日子就更穷苦了,乡绅地主和他们的狗腿子,欺负起那些少了青壮男人的穷苦农户,更加地肆无忌惮为所欲为了,正是他们的家人,用带有仇恨的眼光看待我这个抗日烈士的妹妹。纵然清华不收录我,我也宁肯死在异地异乡,决不回家乡去了……”

闻一多望着韩琳,许久不知说什么好。

韩琳低下头小声地:“先生,我们走吧,别耽误了您回家。”

闻一多:“谢谢你告诉我这些。这些是清华许多教授不知道的啊。因为没有人对我们讲过。我想,以后我要创造一个机会,让我们清华的教授和学生都听你讲一讲。”

韩琳:“如果先生认为有必要的话,我服从先生的安排。”

闻一多:“有必要,有必要。韩琳,我觉得你是很有思想的女生。我已经自作主张,将你分配在吴晗教授的新生班里了。”

韩琳:“我听同学们说了……”

闻一多:“吴晗教授是我的朋友,我会请他特别关照你的。我也相信你会成为他出色的学生。”

韩琳:“多谢先生操心,韩琳一定会不辜负先生的期望。”

二人相视着都微微一笑,继续向前走。

突然响起警报,远处连续传来爆炸声……

喊声:“大家都快躲啊,西门外实验小学已经被炸了!”

闻一多:“上帝,我的儿子!你自己快躲一躲!”

说完,拔腿便往回跑。

警报继续,爆炸声不断……

闻一多跑入小学校;跑过空荡的操场;跑入教学楼,焦急地大喊:“立鹤!立雕!立鹤!立雕!……”

闻一多推开一间教室的门;又推开一间教室的门;再推开一间教室的门……

每一间教室都已空无一人;每一间教室的黑板上都写着文字或没演算完的算术题;课桌上,学生们的课本作业本翻开着……

闻一多:“立鹤!立雕!……”

一声爆炸,一间教室的门被炸飞,砸在闻一多身上。

警报和爆炸声平息了。

闻一多捂着头,血从指缝间流下,身子摇晃地出现在教学楼口操场上,操场上已聚集了一片学生和家长,呼儿唤女之声不绝于耳,或有家长在抱着孩子庆幸地流泪,或有孩子在抱着家长后怕地哭。

闻一多在家长和学生间用目光寻找着,喊着:“立鹤!立雕!立鹤!立雕!……”

立鹤搂着弟弟，立雕看见了他："爸爸，我们在这儿！"

闻一多奔过去，将两个儿子紧紧地搂在怀里；接着摸他们全身，急问："孩子们，没伤着吧？"

立雕："爸爸，我们好好的。警报一响，老师就带我们往地下室跑。学校预先演习过的，哥哥他也一直保护在我身边……"

闻一多伸手抚摸立鹤脸蛋，血染在立鹤脸上。

立鹤："救护队员快来呀，我爸爸受伤了！"

闻一多头缠药布，左右两手领着两个儿子往家中走。

在闻一多离开韩琳的地方，围了一群人。

闻一多有不祥之感地对两个儿子说："你们站这儿别动……"

闻一多分开人群，见韩琳倒在血泊之中，书也散乱在血泊之中。

闻一多急忙蹲下，抱韩琳上身于怀："韩琳！韩琳！……"

闻一多耳边听到议论声：

"不是炸弹炸的，是从飞机上用机枪扫射的……"

"救护队的人来看过了，说已经死了……"

"王八蛋小日本，你说一名女学生抱着书站在街上，犯得着也从飞机上用机枪对她扫射么？……"

车身漆有红十字的救护车开走了；那儿只剩下了闻家父子三人，目光都望着血泊中的书。

立鹤弯腰欲捡起一本书，闻一多扯住了长子，摇头。

父子三人缓缓朝家中走去……

夜晚。

闻一多在书房中吸着烟斗呆呆沉思。

立鹤轻轻走进，将自己写的"刚毅坚卓"四字呈给他看："爸爸，我这四个字是不是写得更好些了？”

闻一多心不在焉地扫了一眼：“嗯，是更好些。去吧。告诉弟弟妹妹们，包括你们妈妈，今晚谁也不许来打扰我。”

立鹤默默点头退出。

闻一多站起，缓缓踱步。

高真轻轻推门进入。

闻一多皱眉道：“看来我得将门闩插上了……”

高真：“吴晗先生给你送书来了……”

闻一多：“唔，快请……”

“我已经在你门外了。”高真一闪身，随着话音，吴晗进入，手拎一捆书。

吴晗：“可你要是将门闩插上，连我也都不想打扰你了。”

闻一多接过书放在桌上，连道：“坐，坐，你来得正好。我这满胸怀的郁闷，正不知该向哪一位明白之人诉说！”

二人说话间，高真替吴晗倒了一杯水放在桌上，笑笑离去。

吴晗：“但愿我是一位能够理解你的明白人。”

闻一多：“你是。你肯定是！对不起只能让你喝白开水了。昆明这一个产茶之省，一两茶居然已贵得等于几十斤米。家中以儿女们吃饱饭为第一要事，我这当父亲的也就只好戒茶了。”

吴晗喝了一口水后说：“君子之交淡如水嘛！不过茶与烟，你何以不戒烟呢？”

闻一多：“茶总是好戒一些的啊。再说，我吸的是自制的烟丝。”

吴晗：“你还会自制烟丝么？”

闻一多：“三分之一买来的烟丝，三分之二是孩子们帮我采集来的草叶、花叶、树叶，摊炉台上烘干，搓在一起……”

吴晗：“那怎么行！一多，你可不要胡乱吸出事来。那我们清华中文系,可就折失一位掌门人了啊!”

闻一多:“行的!我试吸过多次。现在已经确定下几种,吸起来感觉倒也可以。”

吴晗:“一多,既然你一时戒不了烟,过几天我一定买几条卷烟给你送过来。”

闻一多:“不谈烟,不谈烟!请你告诉我,我们中国究竟是怎么了?蒋介石为什么将百多万正规军的调遣大权控制在手里,逢敌便退,不多打几场像台儿庄那样的大战役,继续挫挫日军的威风啊!”

吴晗:“这还用问吗!他的军队,随时要用以专门剿清共产党的啊!台儿庄战役,那是由于全国抗战呼声强烈迫不得已他才下的一道命令啊!动用军队去与日军正面开战,简直好比剜他的心头肉一般!可是要用以剿灭共产党,他却是有点儿不惜血本的。”

闻一多:“数所大学为什么并迁到昆明来?不是认为昆明是中国一个安全的省份么?可是昆明真的安全么?今天你刚刚失去了一名新生你知道么?”

吴晗点头:“可惜我连见都没见到她一面。其实,给你送书是个借口。料你内心必然悲痛,想来劝慰劝慰你……”

闻一多:“一半多省份被日军占领了,四亿五千万同胞,已经快有三亿成了亡国奴,这样的元首,在西方是要被弹劾的呀!起码自己应该引咎辞职!……”

吴晗:“有一位叫卞之琳的青年你熟悉么?”

闻一多一愣:“他是我的学生臧克家的朋友,也是一位青年诗人,陪克家看望过我几次。怎么?关于他……有什么不幸的消息么?”

吴晗一笑:“那倒不是。你到贵阳接嫂夫人的日子里,他又专程来到昆明拜见你,结果愿望落空。临行留下两本书,嘱我一定当面交给你。经常遭空袭,人心惶惶的,我忘了。今天猛然想起……”

闻一多打断地:“晗兄,我们今天不谈诗,也不要谈任何的书,任何的学问……”

吴晗一笑，起身从桌上的书捆中抽出了中间的两本，递向闻一多：“但这两本书，是很值得一看的……”

闻一多接过书，颇觉奇怪地：“你怎么夹在那些书中间？”

吴晗：“卞之琳显然去过那边，他的书写的是那边的人、那边的事、那边对于中国的看法和对抗日的态度，所以是不能公开传阅的……”

闻一多：“延安？”

吴晗点头：“至于另一本，是一位叫田间的青年诗人的诗集。另一类诗。也许是你不喜欢的一类。但他很敬仰你，希望获得你的批评……”

闻一多：“我哪里还有心情看书和读诗啊！但既然是青年们写的书、青年们作的诗，我就当成义务看，当成义务读吧！”

吴晗：“那么，我不打扰了。”

闻一多送吴晗出了院门。月光下，二人走着，谈着。

闻一多在灯光下翻开了卞之琳的《慰劳信集》。

目录上赫然写着：

《论持久战》的作者——一位集团军总司令

课堂。

黑板上写着大大的一行字：“艾青和田间……”

闻一多真挚地：“首先我要说的话是，我很欣慰于我曾有臧克家这样一名爱诗的学生；经由他我认识了另一位青年诗人卞之琳；经由他们这样一些新诗人的介绍，我才会有幸读到如艾青和田间这样的诗人的诗作。今天这一节唐诗课，我们先不讲唐诗了。让我先和你们一起来欣赏田间的《呈在大风沙林里的岗卫们》；之后，我还要和你们一起欣赏艾青的《大堰河——我的保姆》……”

闻一多停顿片刻,激情澎湃地朗诵了起来:

啊,
歌唱!
啊,
舞蹈!
啊,
棒子!
啊,
刀子!
啊,
锄头!
啊,
枪!
啊,
人民!

闻一多:“我念不好……我有一个想象,倘若这教室里的光从黑色的、暗淡的,慢慢变到灰色、白色,一直到红色,是的,那一种战斗的红色,猛士的眼所见的红色……那会是怎样的一种感觉?当我第一次读这一种诗时,我不能习惯。‘这算诗么’,后来我问自己,这不是鼓的声音么?鼓的声音是庄严的,奋发的,激动的,男性的,勇敢的!鼓的敲击使我们想到战斗!两兵相接,敲鼓;胜利大会师,敲鼓;激流赛舟,敲鼓;金狮狂舞,敲鼓!我们的诗沉湎在软弱的弦调之中已经太久了,在这软弱的弦调之中,在日本军的轰炸声中,我们失城失地,连我们中国人的精神,也变得一天比一天软弱了!我们需要艾青!我们需要田间!我们需要这鼓一样的诗,唤起我们民族的血性!……"

闻一多再次停顿,接着更加激情澎湃地朗诵:

大堰河,是我的保姆。
她的名字就是生她的村庄的名字,
她是童养媳,
大堰河,是我的保姆。

我是地主的儿子,
也是吃了大堰河的奶而长大了的
大堰河的儿子……

第二十三章

一只女人的手，把着一轮小磨的手柄，转啊转啊，麦粉从磨眼缓缓而出……

高真在家中磨面，她身旁是大半盆麦子；她另一只手抓了一把麦子塞入磨眼……

闻一多回到家里，摘下围脖挂于衣架。

高真："回来了？"

闻一多："嗯。"走到火炉前烘手，拿起炉钳欲通火。

高真："别动炉子，火刚封上。"

闻一多："今天特别冷，为什么要把火封上呢？"

高真："省点儿煤呗，孩子们屋里的火没封。"

闻一多："孩子们呢？"

高真："立鹤带着，到河边洗脸去了……"

闻一多生气地："这么冷的天，真是胡闹！都冻感冒了呢？你怎么就会允许他们？"

高真："他说国难当头，家境拮据，入不敷出，这个冬天早晚得到河边去洗漱，多少也能为家里省下几个烧热水的钱。孩子们都愿意响应他，我有什么办法？”

一番话，使闻一多陷入了沉郁。

高真说时，却始终没看闻一多一眼，只管磨面。

那一刻极静，但闻磨声。

闻一多：“你在干什么？磨豆子？准备今晚做豆腐？”

高真：“瞧你问的，现磨豆子，今晚什么时候能吃上我做的豆腐？再说，我也不会做啊！”

闻一多：“那你在干什么？”

高真：“磨面。”

闻一多：“自己磨面？”走过去，从盆里抓了一把细看，见果然是麦子，不解地，“你怎么闲到这种程度，自己磨起面来？”

高真生气地一下子将他推开了……

闻一多：“过日子不是过家家，一时心血来潮想怎么就怎么是对的么？我要求你给我一个合情合理的解释。”

高真停了磨，瞪着他说道：“听着，那我就给你一个合情合理的解释——一等的面粉已经涨到一万多元一斗了；次等的也要六千元一斗；你的月薪，现在还不够买两袋子次等面粉的。而买麦子自己磨，则要便宜多了。孩子们正在长身体的时候，吃不好，也总得吃饱啊！这就是我给你的解释，合情合理么？”

闻一多一时哑口无言。

而高真一扭头，垂泪了。

闻一多将一只小凳放在高真身旁，坐下，接替她磨起面来，并且用一只手轻轻搂着她肩。

高真倒也没真生气，长叹一声，靠着闻一多。

闻一多：“我曾在给你的信中写到，保证你和孩子们到了昆明以后，从此过上不再担惊受怕、无忧无虑的好日子，现在看来，我的保证落空了啊！”

高真:“我又没埋怨过你,再说大学里日子贫寒的教授人家不止我们……孩子们出去半天了,我有点儿不放心,你快去把他们找回来吧!”

闻一多:“好,我去……”

高真:“你进屋半天了,身上怎么还这么凉?”

闻一多:“外边冷嘛。”说罢从衣架上扯下围脖一围,往外便走。

高真:“哎,你的大衣呢?你的皮帽子呢?”

闻一多回头道:“借给一位回北方探家的教授朋友了。”

高真:“那你这一冬天可怎么办?”

闻一多:“云南的冬天,终究不至于冷到哪里去。再说我是经过徒步转移锻炼的人,不再怕冷了!”

高真思忖地呆在那里……

闻一多急匆匆向前走去,暮色中,远远看见孩子们的小身影在河中捉鱼捉虾。

孩子们的声音:

“哥哥,我又捉到了一只虾子!”

“哥哥,我用毛巾兜着一条小鱼!……”

“在哪儿?我看看……”

“又跑了……”

闻一多走到河边,小女儿首先发现了他。

小女儿:“爸爸,爸爸你快来看,哥哥们捉到了好多小鱼小虾,说晚上让妈妈炖汤喝……”

闻一多抱起小女儿,看漱口杯,里边的小鱼小虾还在蹦。

河中的孩子们上到了岸上,见父亲表情阴沉,一个个犯了过错似的,不敢正视闻一多……

闻一多:“孩子们,都快穿上鞋,爸爸不说你们,咱们回家去。”

闻一多抱着小女儿和孩子们走在回家的路上。

孩子们兴奋地喋喋不休：

“水凉了，小鱼小虾快被冻僵了，一下子捉不到，两下三下准能捉到。”

“这一条河里要是有很大很大的鱼多好啊！”

“那得用网，咱们也没网呀！”

“就是有网咱们也不会用啊！”

“让爸爸教咱们！”

“爸爸不会！爸爸你会吗？”

闻一多：“爸爸不会。爸爸除了能教书，再就是一个无用之人了。不过爸爸向你们保证，春节时一定让你们吃到一条大鱼！”

“让妈妈红烧！”

“不，清蒸，我喜欢吃清蒸的！”

“我看，还是炖汤好，一条鱼一人一块就吃光了，可是一锅鱼汤呢？……”

立鹤：“爸爸，你不是无用之人，你是教授，你是学者，许多人都尊敬你，我也拿你当我的榜样。”

闻一多抚摸着长子的头说：“立鹤，那就好好学习吧，但愿你将来成为教授或学者时，中国不是现在这种样子。”

隔路已能望见家院了，然而闻一多和儿女们站在路边，没有跨过马路去。

一队押解壮丁的国民党士兵正从路上经过——那些兵们显得长期营养不良而又无精打采；那些“壮丁”，也个个形容憔悴，蓬头垢面，破衣烂衫，有的赤着双脚，且被绳子一个连一个地牵着。

闻一多怀中的小女儿：“爸爸，他们是犯人吗？”

闻一多摇头。

立雕:“他们是被抓去当兵的。”

小女儿:“让他们去打日本军吗?”

立雕:“嗯。”

小女儿:“这样对待他们,他们怎么会打得胜日本军呢?”

立雕仰脸看父亲:“爸爸,你来说。”

闻一多仿佛没听见,同情地望着“壮丁”们。

一名骑在马上的军官,挥鞭抽打“壮丁”们:“快走!快走!别他妈的装可怜相!”

于是兵士们也用枪托打“壮丁”们,吆喝快走。

小女儿害怕得双手搂紧闻一多脖子,背过了脸。

立鹤突然大声地:“中国人不许虐待中国人!”

立雕:“是好样的去打日本人!”

兵士及“壮丁”们的目光都循声望过来。

骑马的军官也策马冲过来,挥起了马鞭。

闻一多放下小女儿,伸展双臂,将立鹤立雕掩护身后,怒视对方……

对方慑于闻一多的凛然气质,马鞭在空中摇晃一下,“哼”了一声,调转了马头。

士兵中突发喊声:

“跑了一个!”

“连长,跑了一个!”

军官:“还他妈不开枪!”

军官说着,已率先拔出手枪射击。

兵士们纷纷举枪射击……

枪声中逃跑的“壮丁”一头栽倒。

闻一多转身将儿女们的头搂在一起,不愿让儿女们看到这一幕。

背后军官的声音:“去两个弟兄,带上锨,把那家伙就地埋了!”

“长官,要是还没死呢?”

“那也要当他是死了！……”

一家人在吃晚饭。桌上只有发黑的馒头，一小碟咸菜，一小碟腐乳，每人面前一小碗几乎清可见底的所谓“鱼汤”……

闻一多目光散漫地望着桌面沉思，儿女们则都望着闻一多发呆。

高真看着闻一多说：“你又想什么呢？吃饭啊！”

闻一多猛醒地：“哦，哦，吃饭，吃饭，吃饭的时候，谁也不许胡思乱想！”说罢，豪饮者进酒似的，端起汤，一饮而尽。接着，又陷入沉思……

高真：“有你这么吃饭的么？你今天这是怎么了呀？”

闻一多：“我怎么了？”

高真生气地：“你怎么了？我就是看着你不对劲儿！连孩子们也看着你不对劲儿！你使我们心里发毛！……”

闻一多：“你干吗非要在饭桌上找我的碴儿呢？”

高真：“你！……你爱吃不吃！我只能做出这样的饭！”

闻一多一起身，赌气离去。

高真抓起馒头，一一分给儿女们。

儿女们一个个默默咬着馒头。

高真问小女儿：“嫌妈妈做的馒头黑，不爱吃吗？”

小女儿含着一口馒头摇头。

高真：“我看你们就是嫌黑不爱吃！这馒头可是妈妈亲手用麦子磨了一下午面做的，黑是黑点，但是麦皮没筛尽的面粉更有营养，经常吃吃身体长得结实……”

高真一边说，一边从自己碗里夹出一只小虾，放在小女儿碗里。

小女儿却掉起眼泪来。

高真将筷子使劲一放：“哭什么？都很饱，都不吃了是不是？那就给我走，我可收拾桌子了！……”

立鹤：“妈，你错怪我们了……”

高真的目光望向长子。

立鹤:“我们不是嫌馒头黑不爱吃……我们在回家的路上,看到一队兵押着抓到的壮丁经过。”

立雕:“那些壮丁也不壮,一个连一个用绳子捆着,兵们还嫌他们走得慢,用枪托打着他们……”

高真的目光又望向了立雕。

立鹤:“立雕弟弟喊了一声‘中国人不许虐待中国人’,一个当官的就骑着马向我们冲了过来,爸爸将我们护在身后,那当官的挥起马鞭想抽爸爸……”

高真声音极小地:“抽了么?”

立鹤摇头:“见爸爸的样子很愤怒,没抽……”

立雕:“他们还开枪打死了一个逃跑的,爸爸怕我们看见,用身体挡着我们,可我们都看见了,我们都吓坏了……小妹当时吓得脸都白了……”

小女儿嘴一咧,哭了。

高真默默将小女儿抱在怀里,安抚着。

高真:“那,也要吃饭。都给我吃饭……”

闻一多作为书房的小小房间里,没开灯。闻一多在黑暗中坐着,仍呆呆沉思。

门轻轻一响,闻一多一动不动……

高真的双手从背后揽住了闻一多的脖子,闻一多仍一动不动……

高真的头俯下来,将自己的脸偎向闻一多的脸。

闻一多还是一动不动……

高真:“孩子们都告诉我了……”

闻一多:“二十年前,我就在一首诗中写到——我胸中有一座火山,它不知为什么总要爆发。我忍了二十年,不使它真的爆发。因为我始终企盼着,中国会渐渐好起来。可是现在,不见它有什么好的转机,却见它一天天更加腐朽下去……如果我胸中的火山哪一天终于爆发了,你怕不怕?……”

高真:“为了我和孩子们,为了这个家,你还是得忍啊!你一个教书的,不忍又能怎样呢?……”

闻一多固执地:“告诉我,你怕不怕?……”

高真:“我……我不知道……”

高真低泣。

闻一多一动不动,如雕像。

晨。

立鹤、立雕手牵着手,离开家院去上学。

他们一出院门就跑了起来。

背后传来病弱的唤声:“立鹤……”

立鹤没听到。

唤声大了些:“立……雕……”

听出已用尽了气力。

立雕:“哥,有人叫我……”

弟兄二人相距数步同时站住;同时转身——院门旁,一个披着破麻袋片的人倚墙蜷缩着,有气无力地向他们招手。

立鹤一步步走到了弟弟身旁……

立鹤:“是个乞丐。”

立雕:“可他怎么知道我的名字呢?”

立鹤:“过去看看。”

立雕:“哥,咱们小心点儿……”

立鹤四下看看,发现了半块砖,捡起。

立雕也捡起半块砖。

弟兄二人小心翼翼地向那人走去……

当他们走近，那人将蒙在头上的破麻袋片往下扯扯，露出了全部的脸——是韦奇。要是没有那破麻袋片，他就几乎接近着赤身裸体了，他的两只脚肿胀得不成样子……

砖从弟兄二人的手中掉下……

立鹤蹲身抓住韦奇一只手，哭道："韦师傅，你怎么会在这里？你怎么变成这种样了？谁把你搞成这样的？"

立雕拔腿跑入院子，喊："爸爸！爸爸妈妈快来呀！……"

闻一多和高真的卧室。

韦奇已被安置在床上，闻一多和高真一人一条毛巾，轮番浸着热水替他擦脸，擦身。儿女们一溜站在床前，无不流泪。

韦奇挣扎欲起："我怎么能躺在你们的床上呢，不行，不行的，看我脏得还是个人嘛……"

闻一多："别动，别说话。"

高真手中的毛巾触到韦奇胸前伤处，韦奇疼得皱眉呻吟。

高真放下毛巾，转身双手捂脸，呜咽了。

闻一多："立鹤，立雕，你们上学去，路上请一位医生立刻到家里来……"

弟兄二人点头，噙着泪，一步三回眸地离去。

闻一多又对高真说："你快去做碗面汤来……"

高真轻推着另几个儿女离去。

闻一多坐在床边，攥着韦奇一只手问："韦师傅，实话告诉我，你究竟经历了什么事？"

韦奇："实不相瞒，我是开小差，从部队上逃跑的。"

闻一多吃惊地："你……你也被抓了丁？……"

韦奇："你知道的，家乡也是兵荒马乱的了。我随老先生老夫人们疏散乡下后，有一天村里来了放电影的，老夫人说家中那些孩子们一日三怕，受了不少惊吓，看场电影高兴高兴也好，就命我带着去了。可不成想那是军人们的一个计谋，放电影的人是他们脱下军服扮的。放到一半，军人们突然出现，一个个荷枪实弹，团团包围了村民，接着就开始抓丁。全村青壮年一个也没剩，都被五花大绑地抓走了，一片声地呼妻唤子，喊爹叫娘，情形那个惨。结果，我也没逃得了，连请求和老先生老夫人告别一下都不许……"

闻一多站起，来回踱着，愤怒地："这种手段！这种手段！这算什么事情！可你已经六十多岁了啊！……"

韦奇："我也这么说，却挨了几鞭子，说我起码还可以为长官喂马。那哪儿像部队，当官的简直不拿士兵当人对待，开口就骂，举手就打，动不动就关禁闭，饿上几天，连口水也不给喝。还克扣军饷，用士兵拿命换来的钱嫖女人、吸大烟。仗我倒是参加打了几场，可不是和日本人，我连个日本人的影儿也没见着。是这一伙中国人的军队和那一伙中国人的军队打。当兵的受了伤，也没人管，更没人治。部队一开拔，就丢下伤兵任凭他们成要饭花子。有的伤兵歪在路旁等死，蚂蚁和蛆虫在伤口里钻出钻入，叫人不敢看一眼。一多，我是不怕死的，但我想死得明白，死得光彩点儿。我虽然六十多岁，给我支枪，或一把大刀，我是敢为了咱们中国去和日本人拼命的。但我不愿打咱们中国人，更受不了那份气！所以我就逃。一次没逃成，抓回去没打死，二次还逃！我不愿意再回到老先生老夫人身边牵连他们，我是逃兵啊！知道你在昆明，我就一路躲躲藏藏地往昆明来。一多，我几乎是爬到你家院门外的呀！可我成了这副样子，还能为你一家做什么呢？不成了废物成了累赘么？还不如死了算了。没寻死，只不过因为想……无论如何死前再见上你们一面，也算做人做得有个交代……"

韦奇泣不成声。

闻一多泪如雨下……

闻一多跨到床边，俯身紧握韦奇一只手，发自内心地：“韦师傅，别那么想，从此你是我家中一口人！有我闻一多吃的，就有你吃的！有我闻一多穿的，就有你穿的……”

高真端面汤进入，坐床边，一勺勺喂韦奇吃。

门外传来问话：“这是闻先生家么？”

闻一多走了出去，见是医生。

室内。

高真继续喂韦奇面汤，听到外边闻一多和医生的对话：

“医生，能不能……容我拖几日再付医药费？”

“闻先生，不是我驳您一位大学教授的面子，可我一家人也指靠我行医吃饭啊！没现钱，我走人……”

“别走别走，您先看看，看完了耐心等着，就依你的要求付现钱好了……”

高真听不下去，放了碗，走出望着闻一多和医生嗔怪：“你们就不能小点儿声么？叫韦师傅听着还怎么咽得下面汤？！……”

闻一多将高真扯到一旁，压低声音：“一会儿，你去吴晗先生家借些钱吧……”

高真面呈难色。

闻一多：“他是我们朋友，你就别顾虑什么了！”说罢，复进屋里，俯身对韦奇说，“韦师傅，这里是咱们共同的家啊，你就安心将养吧，我今天还要去上课……”

韦奇：“我听你的，你去吧。”

吴晗家院。吴晗夫人送高真出院门。

吴晗夫人：“朋友间，一切都是分内之事。要是还不够，再来告诉我，等吴晗从学校回来，让他帮着筹借……”

高真:“我还从箱底翻出了一副手镯,总能当几个钱的。我想,差不多够了……”

吴晗夫人忽然想起地:“你等等……”说罢转身入院去。

高真来回走动着等。

复出,将一个小小布包递给高真:“这是别人给吴晗寄来的一盒咸菜,是特产呢!他本想亲自给你们送过去的,你正好捎回去晚上吃……”

高真感激得一时不知说什么好……

当铺。

手镯放在柜台上。

老验物人拿起看看,放下,摇头:“这不是什么好玉石的,不值几个钱。”

高真:“你看着给就是了。”

老验物人:“等会儿,我得去跟掌柜的商量商量。”转身进入后间。

高真焦急不安地搓着手,目光四望——她发现了闻一多的皮领大衣和皮帽挂在柜台内……

高真目光呆住。

高真眼中渐渐盈满泪水……

老验物人出现,自己也觉着高兴地:“这位女人家,我们掌柜的同意收下了……咦,你这是怎么了?”

高真急侧身拭泪:“没怎么,没怎么。”

老验物人:“这是钱,您点清。您是因为家中有病人,所以我替你在掌柜的面前争取了一下,千万别嫌少……”

高真接过钱:“谢谢老先生。”

老验物人:“这个年月啊,你还算是有东西可当的人家,还有没东西可当的人家呢!这么一想不就心宽了么?”

高真噙泪报以苦涩的一笑。

课堂的黑板上这样写着三行字：

《致蒋委员长的一封信》

《祖国》

《伤兵》

闻一多："我给大家出的这三道题，诸位任选其一。关于第一道文题，我要说的是，我从青年时起就信赖这一位委员长是能够带给中国一线光明和前途的。因为他自诩为孙中山先生的学生。而孙中山先生，在我心目中是一位伟大的人物。他逝世之一周年祭，我正在其他大学执教，代表全校的祭文，是由我写的。崇敬悲哀之情，此不赘述。如今二十余年过去，中国在这位蒋委员长一向的独裁统治下非但未见一线光明，灾难反而更加深重。若说蒋委员长无能，我以为倒也未必。无能之辈，焉能对中国进行独裁统治至今？他的能量，只不过并不真正发挥在抗日救国的方面。如今国土沦丧几近三分之二，四亿五千万同胞已有大约三亿成了亡国奴。我对他已是无话可说。为什么还要出这一道文题给大家？因为同学诸君中，或有如我当年一样信赖蒋委员长者，此题带有谏言的意思。关于第二道题，我想，已不需要我说什么了。由凤子女士们演出的话剧《祖国》，首场不就是演给我们联大师生的么？许多同学不是都被剧中一位中国知识分子的爱国之心所深深感动么？那么就请把自己的感动记录下来吧！感动倘不亲自用文字记录下，是会像水汽一样蒸发的。在亲自记录的过程中，感动会生出比感动更有价值的东西，那就是思想……"

闻一多说到后几句，声音沙哑了，紧接着咳嗽起来。他掏出手绢掩住口，背转身去，然而咳嗽却不能止住，以至于咳得弯下了腰。

学生们表情不安了，有的欠起了身……

闻一多终于转过身，攥着手绢又说："关于第三道题，我今天尤其想说两句。几年前，我的一位北平艺专的朋友留法归国，我有机会看到他的一幅画作，那是他的一幅战地写生作品，我虽然特别欣赏他现实主义的追求，但心中不免存疑——难道我们那些在前线与日军浴血奋战的兵士，就是那样一些骨瘦如柴、形容憔悴之人么？而就在前几天，我亲眼看见了兵士押解壮丁的情形！农民的儿子被抓壮丁时，就要遭到兵士的殴打；而一旦成了兵士，又得在长官的迫令之下，去抓别的农民的儿子；长官令下，也要像当初自己遭到殴打一样，去殴打别的农民的儿子；长官令下，要他们枪杀别的农民的儿子，他们也是不敢抗命的。而他们一旦成了伤兵，哪怕是为了国家而负伤的，也只有沦为乞丐；有的歪在路边，蚂蚁和蛆虫在伤口里爬。如果兵都是被这样对待的，中国又怎么能不亡?！……"

警报声。日机掠过的呼啸声……

爆炸声，课堂立时骚乱起来……

闻一多镇定地："大家赶快分头隐蔽起来，男同学照顾女同学！"

在学生们撤离课堂时，又是几声爆炸。

教室里只剩下闻一多一人时，他才缓缓迈下讲台，刚走到门口，又咳嗽得弯下腰去。

闻一多止住咳嗽，朝自己写在黑板上的三道文题深深地回望了一眼。

闻一多出现在操场上。

学生们议论纷纷：

"有三名学生受伤了……"

"日机这一次是存心炸我们的大学！……"

"华罗庚教授的家被炸毁了……"

闻一多急切地："华教授怎么样？"

“只受了一点儿轻伤……”

闻一多:“他的家人呢? ……”

“幸而躲避得及时,都平安着……”

天黑了。

闻一多回到了家里,家中静悄悄地。

闻一多:“高真!”

无人应。

闻一多:“立鹤! 立雕! ……”

无人应。

闻一多推开自己和妻子房间的门,不见妻子,床上也不见韦奇……

闻一多推开儿女们房间的门,不见一儿一女……

闻一多疑惑,忽闻哭声——循声推开了自己书房的门,接着拉亮了灯,发现小女儿躲在写字桌底下哭。

小女儿:“爸爸,我怕……”

闻一多拉出了小女儿,抱起,问:“妈妈呢? 哥哥姐姐们呢?”

小女儿:“找韦师傅去了……”

闻一多:“那么,韦师傅呢?”

小女儿:“不知道,爸爸我饿……”

闻一多抱着小女儿来到作为厨房和饭厅的小房间,东翻西翻,没找到可给小女儿吃的;见桌上罩子罩着一个盆,刚一掀开,一只青蛙蹦了出来……

闻一多生气地问小女儿:“哪一个哥哥干的?”

小女儿:“哥哥们放学路上为韦师傅抓的,说吃了有好处。”

闻一多一时望着桌上那只青蛙发起呆来。

小女儿:“韦师傅要是不爱吃,我爱吃,哥哥们烤田鸡腿给我吃过,可香了。”

闻一多抱着小女儿伸手捉那只青蛙；青蛙蹦到了地上。

小女儿:“妈妈！……”

闻一多转身,见高真和另外几个孩子回来了。

闻一多:“找到了？”

高真及孩子们摇头。

闻一多严肃地:“怎么回事？”

高真:“日本人的飞机来轰炸时,我带着孩子们跑到后山去隐蔽。等我安顿好他们,回到屋里来想搀着韦师傅离开时,他就不见了……”

立鹤:“爸爸,别责怪妈妈,妈妈没什么错……”

立雕:“妈妈和我们分头到处找,找了一个多小时,妈妈心里可着急呢！……”

闻一多颓然地坐在椅子上,自语地:“我怎么能责怪你们的妈妈呢……”

高真:“要不,明日登报寻人？”

闻一多缓缓摇头:“没用的,他又不识字。他的性格我最清楚。何况,也不能使军方引起对他这样一个人的注意。军方成立了缉查队,往往不问青红皂白,就地正法……”

高真和儿女们互相望望,都心情沉重地低下了头。

闻一多懊悔地自言自语:“我应该料到他会这样的,我应该料到……”

华罗庚一家六口失去了住房,一时难以租到；闻一多将自家住房腾出了一间半,诚邀华罗庚一家为邻……

高真在厨房切豆腐,华罗庚夫人进入,见高真在,欲退出。

高真:“别走,别走,想做饭是不是？我们晚上不做什么了,只不过拌两块豆腐,您只管做好了。”

华罗庚夫人:“我们晚上也不做什么了,再说也没有可做的……有酱油么？……”

高真:“有,有,在这儿……”

华罗庚夫人:“有现成的开水,我想,兑点儿酱油,不也就算是汤了么？……”

高真:“那倒是。我这还有切好的葱花呢,您也拿去撒上点儿……”

华罗庚夫人拿起酱油瓶,看了看,放下说:“不多了,我们喝白开水算了,还是您留着拌豆腐吧！”

高真:“我拌豆腐够用,够！您别客气嘛！”说着,将酱油瓶硬塞给了华罗庚夫人。

华罗庚夫人羡慕地:“豆腐可真是好东西,上到达官贵人,下到老百姓,都是餐桌上一道菜……”

高真叹口气道:“平常哪儿舍得花钱买了吃呢,今天是我们小女儿生日,一狠心,才去买了两块……”

华罗庚夫人:“今天的米价,又涨了。教授们一个月的工资,将够买七八十斤米！这样下去,莫说老百姓了,连我们教授人家,也要勒紧腰带过日子了……”

高真又叹口气:“是啊,幸亏清华有时补助补助我们,否则,简直就过不下去了。家中再也没有什么可当可卖的了。”

华罗庚夫人也叹气道:“有时禁不住这么想,丈夫还当的什么教授呀,干脆带着妻子儿女回家乡种地去算了！遇到好年景,种点儿什么还不够吃大半年的啊？……”

高真苦笑:“你们先生和我们先生,天生就是爱教书的人,要是让他们离开学校离开学生,他们还不得疯啊？……”

华罗庚夫人:“不疯也得自杀！不过心里那么想想罢了。果真回家乡,他们那样的男人,又怎么当得好农民呢！……”

两位夫人对视一眼,都苦笑了。

闻一多一家在吃饭；餐桌上除了比往日多一盘拌豆腐，照例只有黑馒头、一小碟咸菜和小碟腐乳……

闻一多用小勺亲自往小女儿盘里拨豆腐，一边说："今天是我小女儿生日，我们都是沾光的，所以我小女儿理所当然应该多吃些……"

闻一多刚放下盘子，高真又拿了起来，往一只小碗里拨。

其他儿女都眼睁睁看着。

闻一多："你这是要拨给谁？别拨给我啊，我可不享受什么特权……"

高真："那屋也有孩子呢，我给他们送点儿去……"

闻一多："对，对，还是你想得周到。"环视着儿女们又说，"住在我们对面的一家，是我们中国大名鼎鼎、在我们清华备受尊敬的华罗庚教授一家。他青少年时期是店铺里的学徒，刻苦自学，现在已经是国际知名的数学家了。你们，包括爸爸在内，都应该向他学习是不是？……"

儿女们默默点头。

立雕："我们现在可以吃饭了么？"

闻一多："当然，吃吧，吃吧……"

顿时地，儿女们筷子勺子齐下，盘中剩下的豆腐转眼一干二净……

闻一多和高真相视苦笑。

高真端着一小碗豆腐撩开两家过道之间相隔的布帘，正巧华罗庚夫人也端着一只小碗要往外走，两位夫人几乎撞了个满怀……

华罗庚夫人："哎呀，您这是……"

高真："给你们孩子送点儿拌豆腐尝尝。"

华罗庚夫人："我们还有点儿中秋节吃粽子时留的砂糖，也正想给你们孩子送去点儿，不是可以蘸馒头吃么？……"

高真："那，咱俩就在这儿交换了碗吧！……"

于是两位夫人笑着交换了碗。

夜。

闻、华两家，各亮一个窗口。

闻一多的身影，在斗室中踱步；华罗庚的身影，在斗室中伏案演算。

两家共出共入的过道，闻一多和华罗庚各自挑开自家门帘，同时出现在过道里。

华罗庚："想出去走走吧？您先请。"

闻一多："看来您也是，您先请。"

华罗庚退后一步："还是您先请。"

闻一多："一起，一起……"

闻一多挽住华罗庚手臂，迈到外边。

两位学者，两位教授，离开了小院，在沉静无人，也没有一盏路灯的小马路上散步。然而却有那么美好的月光……

闻一多："竟与您成了近邻，想想，岂不缘中注定？"

华罗庚："您为什么这样说呢？"

闻一多："我十三岁考入清华时，数学不及格；二十四岁清华毕业，也干脆拒绝数学考试；同年留美，三年中还是拒绝学数学。现在，却与中国最杰出的数学家仅隔布帘而居，儿女说笑之声相闻，不是缘中注定，又该怎么解释呢？"

华罗庚："数学中有反推算，我想，所谓人间缘分，大约也有这种情况吧？"

闻一多："华先生，请点拨我，数学和一个国家的关系有多重要？"

华罗庚："如果没有数学，那么先就没有了计算的算盘；也就没有了年、月、日、钟点的分法；我们也将不知我们中国究竟有多少人口，不知今年今月今日此时，是何年何月何日此时。最重要的，没了度量衡单位，进而一切方面的科学无从下手……"

闻一多:“惭愧啊! ……”

华罗庚望定闻一多,不知他何出此言。

闻一多:“有时候,我认为,我们钻研的中国文学史,也像您的数学一样,对我们中国是有重要意义的。而且,我也能从理念上,说服自己和说服别人,重视我的钻研成果的意义。可是近来,每至深夜,我总不免躺在床上自问,消耗了我二十余年心血的这种事情,到底有什么意义,是不是我太过迂腐,太一厢情愿执迷不悟了……”

华罗庚:“闻先生,我最近看到一篇郭沫若先生评论您的钻研成果的长篇文章,想必您自己也看到过了吧?”

闻一多:“沫若先生,一直对我鼓励多多,这是我十分感激的。但是,我其实已经有很长的时间不再能自慰于别人对我的肯定了……”

华罗庚:“我不太懂得文学,尤其文学史方面的事,但我相信郭沫若先生是极有思想的人。故也相信他对您的评价 —— 他说,闻先生虽然在古代文献里游泳,却不是作为鱼而游泳,是作为鱼雷而游泳的。他是为了要批判历史而研究历史,是为了要扬弃古代而钻进古代里去剖它的肚肠的。他有目的地钻了进去,没有忘失目的地又钻了出来,这是另外一些钻进古籍中的鱼们所根本不能想望的事……”

闻一多:“知我者,沫若先生啊!”

华罗庚:“不唯沫若先生,现在不是又多了一个搞数学的华罗庚么?”

警报。

闻一多:“又来了!”

华罗庚:“我们快回去保护家小吧!”

他们看见一些人们仓皇地扶老携幼纷纷从家院中跑到街上。

二人刚欲转身,一辆车头漆着红十字的卡车出现,车上人手持话筒高喊:“百姓不必惊慌,百姓不必惊慌,刚才是警报误响,今夜平安无事,今夜平安无事!”

人们如释重负，议论纷纷：

“这才前半夜，还有后半夜呢，怎么就敢保证平安无事！”

“胡来，警报也是可以随便响的么？”

“要骂，该骂的首先是日本鬼子！……”

“误响一两次也好，咱们百姓不至于睡得太死，后半夜也保持着点激灵……”

有的老人，已坐在路边的什么东西上喘息了。

闻一多：“那么，我们还往前走么？……”

华罗庚：“走，怎么不往前走！”

两位学者又向前走出的背影。看得出，他们边走边讨论什么。

然而，闻一多胸中的爱国热忱仍如永不熄灭之烛，举凡关系到民族和国家命运的事情，都可见到他的身影，都可听到他那激动人心的铿锵演讲……

大雨中，闻一多面对着一张张年轻的脸。

演讲台上，闻一多的长衫早已和士兵们的军服一样湿透……

闻一多：“同学们，昨天，你们还是我们的学生；今天，你们已经是中国的士兵了！明天，你们将奔赴前线英勇杀敌去了。也许，有人觉得，誓师之际，天降大雨，不是吉兆。但我不这样看！我认为，这雨下得正是时候！在古代，这叫‘天洗兵’！‘天洗兵’是什么意思呢？是上天它被你们报效国家的耿耿忠心所感动了，上天它落泪了，哭了！‘天洗兵’，天洗你们这些昨天还是学子的兵！你们被上天的泪水洗过，你们就将是以一当十的兵！”

雨中，新兵们一次次举枪高呼。

第二十四章

由于昆明粮价暴涨不止，吃饭已成问题，房租更是负担，闻一多一家三迁其址，越住越小。最后一次搬家，连辆脚车也舍不得花钱雇了。

一家人扛的扛，背的背，挽的挽，大包小包，如逃荒之家，由远而近，又由近而远……

立雕突然站住，望着路边的田地说："哥，蚂蚱！好大的几只蚂蚱！……"

立鹤："别看蚂蚱了，快走吧！"

小妹妹："我要一只！给我捉一只！"

立雕将肩上的包袱交给立鹤拎着："我去捉一只给小妹玩儿！"

立雕跑入田地，东扑西逮，几只蚂蚱惊飞起来。

高真回头看了一眼，生气地："这些孩子，就不知道个愁！"

闻一多："孩子嘛，随他们慢慢走吧，我倒宁肯我们父母自己暗暗愁在心里，不影响孩子们的乐观天性……"

高真欲言又止，默默前行。

闻一多："累不累，我们也歇一会儿？"

高真:“走吧,搬过了还得收拾一阵……”

新址院中。

闻一多推开一扇房门:“这间做我的书房,晚上立鹤立雕也可以睡在那张床上。”

高真:“这也太小了,光线又暗,你整天待在这里,不成了关禁闭么?”

闻一多一笑:“小是小了点儿,可我已很满足了,就叫它‘眸子斋’吧!我要在这里,用我的眼,将中国从古到今的历难参个透彻!”

晚饭桌上。

高真和儿女们已坐成一圈,闻一多姗姗来迟。

闻一多坐下后,看了儿女们一眼,问:“立鹤呢?”

高真:“心疼你今天辛苦,替你到城里买报去了。”

闻一多吸吸鼻子,盯着桌上用盘子扣住的小盆问高真:“你做了什么好吃的东西,这么一股香味儿?”

小女儿抢先开口:“爸爸你猜!”

闻一多:“肉?”

高真:“也算是肉吧……”

闻一多:“‘肉’字真是一个久违的字了,我口水都快流出来了!”忍不住掀开了盘子。

“这是什么?”

立雕:“我们捉到的蚂蚱!妈妈用油炸了!……”

闻一多瞪着高真埋怨地:“这也能算是肉?真是浪费油!”两根手指捏起一只,犹犹豫豫地看了会儿,终于还是一闭眼放入口中。

闻一多:“嗯,香,香!好吃,好吃极了!”一边说,一边又抓了一小把。

高真笑打他手:“没出息!看你那馋样儿,等会儿立鹤……”

闻一多:“你已经说我没出息了,那就没出息到底了!”

闻一多一只接一只津津有味地吃着……

小女儿庄重地:“我有出息,所以我不像爸爸那么馋!”一边说着,一边却在咽口水。

小儿子立鹏:“不许说爸爸馋!”

小女儿:“妈妈先说的!”

立鹏:“妈妈可以说,你不可以!”

立鹤忽然气喘吁吁地跑回来了。

闻一多打趣地:“你怎么跑成这样呢?难道我们竟会一点儿也不给你留么?”

立鹤用衣袖擦了擦脸,喘息未定地说:“爸爸,我们中国内部又出大事件了!……”

闻一多、高真愕然,两只手同时去接立鹤递给的报。

报上通栏大标题是:

千古奇冤,江南一叶;周恩来就“皖南事变”发表强烈抗议!

“睟子斋”内。

闻一多的背影,弯着腰,在刻印章……

高真推开门说:“一多,来客人了……”

闻一多放下手中的刻刀和印石,站起,转身,吴晗与楚图南进入。

吴晗:“事情紧急,原谅我们突然就来了……”

楚图南:“一多兄,早就想来与你聊聊的,可是又怕你……”

闻一多:“图南兄,吴晗兄,我这儿只摆得一张椅子,就请坐床吧!……”

吴、楚二人坐下后,闻一多望着楚图南又说:“我知道图南兄及某些朋友对我曾是‘新月派’,对我又一头钻入故纸堆是有些不以为然的,但那我也不至于就将您拒之门外啊!”

楚图南:“一多,我们从前是有些误解你了,所以,我今天一定要陪着吴晗兄来,也是要当面向你……”

他一时不知怎么表达好,站起伸出了一只手。

闻一多便也伸出了一只手。

两只手紧紧握在一起……

楚图南:“一多,我们今天来,是有事相求的……”

闻一多:“图南兄,你的手,你的话,都使我内心温暖!那么,你坐椅子,不许推让!”

楚图南:“好,我就不推让!”

于是楚图南坐于椅上,闻一多与吴晗并坐床上。

吴晗:“看了今天的报么?”

闻一多点头道:“从前,我每对自己所信赖和尊敬的朋友发问——我能为我们的中国做些什么?可是没有人能解我心中迷惘。现在,我也要对你们发问,我能为我们的中国做些什么?”

楚图南:“一多,今天‘皖南事变’的发生,说明蒋介石又要在中国对自己的同胞大开杀戒了。学校里的某些师生,不得不暂避一时,以躲血腥之灾。但有三名我们最关心的学生,不知应将他们安排到哪里去好……”

闻一多:“让我想想……”

闻一多起身从桌上拿起烟斗,点燃,推开小窗,吸着,吸着……

吴晗、楚图南默默望他。

蟋蟀在窗外轻吟浅唱……

闻一多终于转过了身:“清华、北大的书库离我住的这儿不远,我又是两校联合主办的中文研究所所长,所址就设在书库二楼。可以在楼下屋角搭上三张临时铺位,让他们住到那里去。书库还设有我的一张床,一张桌子，我会时常陪他们住住，对外就说我这位所长需要他们当助手，以掩人耳目……”

吴晗：“好，能这样，我们就彻底放心了！”

楚图南：“也可让他们在你的指导之下，深入学习一些宝贵的知识。”

闻一多：“我那些所谓的知识，哪里谈得上‘宝贵’二字啊！”

楚图南：“为着中国的将来设计，总是该有几所一流的大学，该有一流的中文系，该有批一流的中文研究学者的。一多，你的指导对他们将是幸事，将是机会，你就索性严格要求他们，让他们真的去过一段‘两耳不闻窗外事，一心只读圣贤书’的日子……”

吴晗：“图南兄说得有理，我赞同。”

闻一多：“那么，我就也一并当成你们托付于我的事了！不过……”

楚图南：“一多，你有什么话尽管直言。”

闻一多难以启齿地：“实不相瞒，他们的饭食，我是没法供得起的……”

吴晗：“一多兄勿虑，其余的事包在我们身上……”

书库。靠窗一角，置一用缝纫机板改成的“书桌”。

三名学子围着那“书桌”议论：

“想不到，这就是我们中国今日之中文研究所所长的书桌。”

一名学子翻桌上的书稿，叹服地：“你们看，闻先生的书稿誊得多么清楚啊！真是字字隽秀！”

“别动乱了，闻先生会生气的！”

另一名学子坐下，双脚踏动缝纫机踏板：“真有意思，不是很像在健身么？”

脚步声响起。

“先生来了！”

于是，三名学子肃立桌旁。

闻一多抱一摞书走来，将书放在桌上，从一本书中抽出一页纸说："这是我为你们开的书目。"一只手按在那摞书上又说，"你们先看这些，每人都要看，而且要记笔记。有不懂处，随时问我。另外，还要尽一项义务，将周围几架书，分门别类规整一番……"

三名学子望望"桌"上那高高的一摞书，望望周围的书架，认真地点头。

夜晚。

三名学子踏着田埂归来，远远望见书库一窗仍亮。

一名学子："闻先生还在钻研。"

另一名学子："已经快半夜了，我们回去了也千万别惊动他……"

晨。

一名学子伸着懒腰大叫："郁闷啊郁闷！不是在郁闷中爆发，便是在郁闷中死亡！……"

另一学子一下子推开了窗，刚探头向外一望，立刻又趴下了，并将手指压在唇上，轻轻发出嘘声。

另两名学子探头外望——闻一多在树下持卷而读。

还是那一张缝纫机板改成的"书桌"旁，三名学子肃立着，桌上有两个用牛皮纸捆成的大稿捆。

闻一多坐着，手攥烟斗，望着他们和蔼地说："你们在这样的情况下，还能安下心来读几本书，还能认认真真写出几篇心得，令我对你们刮目相看！我应该虚心向你们学习……"

一名学子："先生，我们的确是在您的指导之下才……"

闻一多摆了摆攥烟斗的手。

闻一多攥烟斗的手又指向两个稿捆："那里面，凝聚着我多年潜心钻研的心血,你们带走吧,也许以后用得着……”

“先生,这怎么可……”

“先生,我们不能……”

闻一多又制止了学子们的话。

“中国的将来是你们的;你们的将来是中国的。我已经为那里边的东西付出得太多,也钻研得太久了。我已经有些累了,该轮到你们了。”

闻一多站起,目光充满深情地望着一排排书架,语调缓慢地:“我想,我该为中国做些别的事情了。是的,那些更急迫的事情,我想,我是应该去参与着做了……”

闻一多伸手抚摸书架上的书。

三名学子互相看看,不约而同地一起深深鞠躬,又鞠躬,连鞠三躬……

闻一多一转身发现了,略显一愣,接着微笑了,轻扬攥着烟斗的手道:“你们这是干什么?别在我面前装调皮相,快走吧,否则接应你们的人会等得不安的。”

学子们拎着稿捆才走几步,闻一多唤道:“等等!”

学子们一齐转过身……

闻一多嘱咐地:“要注意安全,遇到情况,千万不能凭一时的血气行事。如果走不成呢,就再回到这里来,明白么?”

闻一多伫立窗前,望着外面,三名学子踏着田埂,走过一片田园,越走越远……

三名学子在远处,一起转过身,向书库,也是向闻一多挥手作最后的告别……

1944 年 5 月,西南联大历史系举行“五四”二十五周年纪念座谈会,它建立了西南联大民主运动的基础。

闻一多在台上演讲:“你们都知道我没有参加过这样的会,从前更不愿在这样的会上讲话。我今天来,只是想呼吸一点新鲜的空气。在这样的会上,对于像我这样长期钻在故纸堆里的人,是没有什么发言权的。如果要说几句,也只能是以被审判的资格,讲讲自己的心情。这些年来我是太落伍了……”

台下,两名学子在议论:

“闻先生怎么作起自我检讨来了?”

“他没想明白的事,他是绝不会轻易当众检讨的;而他一检讨,他可就要洗心革面地变了……”

“我预感,我们将失去一位从前的闻先生,并同时拥有另一位闻先生了!……”

后排有人制止:“嘘……认真听……”

“我认为,‘五四’的人物们,是没有完成‘五四’的任务的。‘五四’以后,有些人摇身一变,竟站在反民主的立场上了。另一些像我这样的人,说起来,搞了许多年的学术研究,自然多少算是做了一点事情。可是在一个没有民主的国家里,人民在腐败政治造成的痛苦中挣扎喘息,连我这样的一个人,也无心再搞什么学术的研究了!闻一多曾是学者,闻一多不想再是从前那样一位学者了!……”

片刻的肃静,继而掌声四起。

“学生是国家的年轻主人,有权过问国家的大事,但一个国家若到了竟要学生前仆后继地过问政治,就是不幸的事情!那么,我要问问,为什么会发生这种不幸的事情呢?还不都是由于腐败太甚而又没有民主么?我在故纸堆里钻研太久了,‘古代’二字侵蚀了我多少生命!现在我总算从历史中摸清了一点儿中国的底细,明白了中国的今天何以会是这样!我愿意和大家联合起来,参与到大家中间去,把那一套封建的底细来拆穿!我们要将'五四'没有完成的任务继续完成!我们要一起用民主去扫荡封建!打倒封建!"

掌声。

抗日战争七周年座谈会,由西南联大壁报协会及云南大学、中法大学、英语专科学校三校学生自治会联合举行,听众达三千余人。

潘光旦演讲:"现在的中国,国难当头,却几乎只剩两种人是不开小差的了——工人和农民!我们这些人都是开小差的!因为我们为国难当头的中国所做的事情太少,太少!……"

罗隆基演讲:"所谓民主宪政,乃是民主包括宪政,而不是宪政赐给民主!所以我们今天大可不必太强调宪政,但却一定要为民主大声疾呼!而我们若要争民主,首先便要争法制,任何人都不可以凌驾于法律之上!……"

掌声。

闻一多演讲:"今天晚会的布告,写得非常清楚,这是一个纪念抗日战争七周年的时事报告晚会。我对政治经济问题懂得很少,所以愿虚心向诸位有研究的先生请教。大家心里都非常清楚,有人不喜欢这个会,不赞成谈论政治。据说,那不是我们教书人的事情。而我,修养非常不好,说话也容易得罪人。今晚演讲的人,都是我的老同事、老朋友,如果我的话冒犯了谁,先请原谅。但是吃饭的问题,与我们教书的人有没有关系?但是吃饭的问题,对于一个国家,是不是政治问题?昆明的物价,不是已经比以前涨了一千多倍了么?难道所谓教书的人,天经地义就应该是些只要自己一日三餐吃饱了,就漠视天下饿殍遍野的人么?国家已糟到这般田地,我们再不出来说话,还要等到什么时候?!我们再不管,还有谁们管?!有人自己不说,还反对别人说;自己怕说,别人说了,也怕得要命,怕影响了自己的地位和自己的前程,这是多么可耻,多么自私!我今天站在这儿,说这些话,都是经过自我反省的话!如果天下人只有闻一多一家忧烦着吃住的问题,那么我也不会说!可现在是几乎天下的人都吃了上顿愁着下顿了,所以,我才说。如果这是罪,谁来砍我的头?我引颈以待!头被砍下之前,我还是要说一句——中国糟到这般田地,有些人的罪,不是更大更大吗?!"

经久不息的掌声。

散会时的情形——闻一多被学生们围住,一只只拿着小本子的手伸向他:

"先生,请给我签名吧!"

"先生,您讲得何等地好啊!"

"先生,请为我写上您最后所说那一句话!"

闻一多严肃地:"同学们,这样不好,我不高兴你们对我这样。"

一只只拿着小本子的手或垂下了,或收回了——学生们不解……

闻一多:"正如你们所知道的,从前我一头钻进故纸堆,听任丑恶开垦现实,看它造出一个什么样的中国!结果呢,明哲可以保身,却放纵腐败者把国家弄成现在这样糟糕、落后、惨不忍睹!我今天只不过说了几句内心里的话,反省的话,开始觉悟的话,你们对我的话报以热烈的掌声,我已很是感动。但是你们切莫将我视为什么政治的明星、民主的斗士。我实在是不配心安理得地接受你们如此的厚爱……"

忽然,一个声音在学生们背后大声问:"请问闻先生,有人说您近来一反常态,判若两人,是因为穷疯了,对此您有何回答?"

闻一多目光咄咄地循声望去,学生们闪开,一名胸前挂着相机的男人出现在闻一多面前……

闻一多:"看来,你不是学生,而是记者啦?"

对方:"不错,本人是《生活导报》的记者。"

闻一多:“那么,请记下我的话回去发表:第一,你是我生平第一次正面所对的记者,我感到非常地荣幸。我们的报上假话大话太多了,粉饰太平的文章太多了,颠倒黑白的文章太多了,对当局讨好卖乖的文章太多了,男娼女盗的报道也太多了……”

对方:“闻先生乃中文系教授,不应该不知道——中国自古有‘男盗女娼’一词,而没有什么‘男娼女盗’一词吧?”

闻一多:“不是我说错了,是你的理解能力稍微差了一点儿——男盗女娼的现象虽然令人不耻,但毕竟还不算令人绝望的现象。今天的中国现实已太令人绝望,所以男娼女盗与男盗女娼的现象都开始大行其道了……”

对方停止了记录,抬头挑衅地:“您还没有正面回答我的问题呢!”

闻一多:“不错,与从前相比,我一家现在的确过的是穷日子了。从前我每月有四五百元的月薪,所以我的眼看不到人间的种种不平等和百姓的种种苦难,虽然身为大学教授,并被尊为学者,其实对于中国,是根本没有什么发言权的,偶尔写写文章或高谈阔论,也只能以其昏昏,使人昏昏罢了。所以我倒有几分感激我一家现在过的穷日子,它使我从故纸堆里跌到了现实中,于是使我的眼看到了现实中的眼泪、血和水深火热,使我的耳听到了诅咒、哭泣和哀号,而我也于是获得了对中国的发言权!我死之日,我将有幸对自己说,我不是一个一生麻木不仁的中国人!我的儿女们,也会不再从小是少爷和小姐,他们将对中国具有比我更清醒的认识!……”

对方:“昆明学生组成劳军服务队,慰问国军第五军。据说几天以后,邱清泉军长将举行座谈会,与大学教授及社会名流共议国事,若邀请了先生,先生会赴会么?”

闻一多:“我生平从未与军人打过什么交道,但是今天的闻一多,恰有许多困惑要当面请教于军方的人士,那便当然会去……”

国民党第五军军部。

军长邱清泉："诸位都对我们军方提出善意的询问，兄弟我也做了回答。如果诸位再无话说，兄弟是否可以宣布开饭了呢？"

"我还没说话，我有话说！"

闻一多站了起来，一时文武双方的目光，都集中在他身上。

闻一多义士般的向邱清泉一抱拳："既然邱军长以'兄弟'二字自谦，那么闻一多便斗胆也以兄弟身份放言无虑了！"

邱清泉："久仰闻先生清明，有什么话但讲无妨，这里毕竟只是昆明，还非重庆。"

闻一多："兄弟不过一介布衣，不懂军事。以前我们还以为国军的节节败退，总有些战略上的考虑在其中。现在听了各位长官的报告，似乎听出战略上其实也是毫无办法的，败退原已是纯粹的败退，而且敌我双方的伤亡为一比六七，大多数军队不能获得营养和给养的供给，战死之兵还远不如死于军队黑暗情形和疾病瘟疫的人多，所以我只差要在街上号啕大哭！于是兄弟不免作如是之想——那么除了革命这唯一的一条路，中国还剩下另外的什么路可走了呢？……"

满堂寂然。

闻一多还欲继续说下去，邱清泉忽然站起，大步走向闻一多。

邱清泉走到闻一多跟前，举起了一只手："端茶来！"

下级军官充当的戎装侍者用托盘端着一杯茶迅速走至邱清泉身旁。

邱清泉："两杯嘛！"

于是又有戎装侍者端来了一杯茶。

邱清泉擎起一杯，注视着闻一多大声地："闻先生年高德劭，爱国热忱真诚可嘉。来，让我们以茶代酒，干此一杯！"

闻一多犹豫一下，也擎起了另一杯茶，二人轻轻碰杯，各自一饮而尽。

邱清泉放茶杯时小声地："既然已是兄弟相称了，还望闻先生之言语，能够多少照顾在下的身份。”

闻一多轻轻放下杯道：“闻一多德并非劭，年亦不高，只不过近来胸积块垒，想说真话而已。但邱军长希望兄弟照顾一下他的特殊身份，考虑到蒋委员长对于昆明的民主空气已大为紧张，且心怀恨意，甚而多次指责龙云主席怂恿赤化学运，兄弟也就只有点到为止，话到唇边留三分了！……”

昆明街头的报童奔跑叫卖：“看报看报！清华闻一多、潘光旦等教授严厉批评时政！”

重庆。

臧克家在给闻一多写信。

近重庆传闻，我师公开话语，文辞激烈，矛头直指当局，我心悬甚……

闻一多的回信。

克家，你们那边在盛传我被教育部解聘，此不属实。你在诗正文里赞我的话，我只当是策励我的。我当不辜负朋友们的期望，此身别无长物，既然有一颗心，有一张嘴，头脑里还有思想，那么讲话定要讲个痛快。但也不希望朋友们替我过事渲染，我并不怕闯祸，但出风光的观念我却痛恨！……

闻一多家——“睟子斋”。

闻一多一手拿着馒头啃，一手在磨石章。

敲门声，很轻的敲门声……

闻一多没听到。

门开了，进来二男一女三名学生；屋子太小，他们只有站在门口，望着闻一多背影。

闻一多未觉，啃一口馒头，不停止地磨着，桌角放着十几块待磨的印石……

那名女生：“先生……”

闻一多这才转身，意外地：“同学们……你们，找我有事么？”

一名男生：“先生，许多同学委托我们来看看您，并要求我们转告您——要求您爱护自己一点儿，因为今天讲真话的人太少，我们实在是经不起敬爱的长者的损失……”

闻一多望着诚挚的学生们呆住，缓缓放下了手中印石。

“人无论对他人还是对国家，总有心有血。我不懂政治，可我懂得，做人在必要之时要有起码的态度和立场。中国已成这样，我已经活了四十六岁了，还须处处谨小慎微地考虑个人的安全么？谢谢同学们，但也请你们转告大家，我已没什么可怕的了……”

印石在磨石上磨啊磨。

门又“嘭”地开了，立鹤闯入。

闻一多吃惊地：“立鹤，你怎么不能轻轻地开门？”

立鹤将一份报“啪”地往桌上一拍：“你自己看！”

闻一多拿起报看。

立鹤：“居然登报替自己大做广告，刻一枚印章也要索价数千元、一万元！”

闻一多：“一万元也只能买二斤次米！”

立鹤：“可你别忘了你是大学教授，不是什么小手工业者！”

闻一多：“这是我的正当副业，我并不以此为耻！”

立鹤：“但你这就不算是发国难财么?！”

闻一多:“放肆！别忘了你在跟你父亲说话！”

立鹤:“我学你,直言不讳！”

闻一多“啪”地扇了立鹤一耳光:“你！……”

高真闻声赶来:“立鹤,是你不对！你不问个明白,怎么可以这样对待你父亲？……”

立鹤:“报上的广告白纸黑字写得清清楚楚,还用再问吗？同学们嘲笑我是小工匠的儿子！……”

立鹤一挥手,将桌角印石全部扫在地上。

闻一多又“啪”地扇了立鹤一耳光。

立鹤瞪父亲片刻,转身欲跑,被高真扯住。

高真:“你爸爸也不只是为解决咱们家的吃饭问题,他也是为了响应中华全国文艺界抗敌协会的紧急号召,一心赶快刻出这一批印章,早点换成钱,好捐了援助那些贫病交加的作家、诗人们。其中还有写过不少童话的张天翼啊,你不是读过他的小说么？……”

立鹤一时自悔不已。

闻一多一指:“立鹤,我忘不了你今天怎么对待我！”

高真:“哎呀,你不是已经打他了么？你们父子俩平时那么互亲互爱的,你真往心里去呀？……”

立鹤弯腰一枚枚捡起印石,整齐地放在桌上……

立鹤:“爸爸,原谅我。”

闻一多转身。

立鹤从背后搂住了闻一多的腰:“爸爸,求你原谅我……”

闻一多不说话,眼角溢出了泪；但他的双手,握住了儿子搂在他身前的双手……

晚。

“眸子斋”的小窗口亮着昏暗的灯光,映出闻一多在灯下制印的身影——由于近视，他的头伏得很低，那样子确乎地如一位一丝不苟的老工匠……

“眸子斋”传出闻一多越来越剧烈的咳嗽声……

卧室。

闻一多的咳声惊醒了高真；高真坐了起来，咳声继而也惊醒了她身旁的两个小儿女。

高真：“爸爸咳得这样凶，我去给送杯水……”

高真离床，倒了杯水，双手捧着往“眸子斋”走。

高真在“眸子斋”门口碰到了已候于此的立鹤、立雕……

立雕埋怨立鹤：“都是你把爸爸气的！”

立鹤：“妈，我替你给爸爸送去吧……”

高真：“你们睡去吧，都睡去吧！我一个人照顾他就行……”

“眸子斋”内，闻一多咳得放下了印章和刻刀，伏在桌上。

高真捧杯进入，置杯于桌角，柔声地：“一多，喝杯水休息吧，明天再刻……”

闻一多端起杯一口气喝光了水，放下杯说：“明天还有明天的事，再说募捐的朋友们等着这批印章早日刻定呢……”

闻一多又拿起了印章和刻刀。

高真望着丈夫，明知劝止也是徒劳，无奈地轻轻叹了口气，扯下披在身上的衣服，轻轻披在丈夫身上。

闻一多头也不抬地：“我只不过咳了几声嘛，没什么事的，这不是喝杯热水压压就好了么？”

高真：“我想陪你待一会儿……”

闻一多仍头也不抬地：“这屋子太阴太凉，你把衣服披给我了，自己会感冒的。听话，快走吧……”

高真欲离不忍。

闻一多:“听话啊,你站在我身边,我还怎么刻得下去呢? ……”

门开着一道缝,立鹤、立雕的头探入,目光心疼地望着他们的父亲。

李公朴家。

楚图南、李公朴、张光年等在李公朴家举行“文艺的民主问题座谈会”……

李公朴:“遗憾的是,一多因病没有参加我们这一次座谈会。图南兄,光年兄,会后我们一道去探望探望他吧,并且要把他的意见记录下来……”

楚图南、张光年点头。

闻一多家。

闻一多坐卧在床上,怀抱着一块用毛巾包着的什么东西。

李公朴:“一多,你宝贝似的抱着不放的那是什么啊?”

闻一多苦笑地:“身子发烧,胃也疼,高真她就烧热了一块砖让我抱着,一来可以发发汗,祛祛寒,二来也可以暖暖胃……”

楚图南:“嫂夫人真是智慧之人啊!”

闻一多:“她哪里有这等高级的智慧,还不是向街坊百姓们请教来的法子!”

张光年:“这法子虽然好,但还是不可以替代了药。一会儿我们去给你抓几服药。”

闻一多:“大可不必。省下那点儿钱,还莫如捐给其他贫病待救的朋友们。”

李公朴:“一多啊,你自己何尝不是我们这样的一位朋友呢,这一点我们心里都是一清二楚的。”

楚图南:“而且是我们全国鼓呼民主反对专制的知识分子们,最倚重又最不可或失的一位朋友。”

张光年:“一位肝胆相照的朋友。”

闻一多:“不要再赞许我了,我是很听不得别人当面赞许的。”盯着桌上的小纸包,话锋一转,孩子似的,“你们带给我的是什么好东西啊?也不打开让我看看!”

于是李公朴起身走过去,将三个小纸包拿到床边,一一打开——一包蛋糕,一包红糖,一包茶。

闻一多惊讶地:“上帝啊,果然样样是好东西!”捧起包茶的纸包,闭了双眼深闻一下,“好香!都快忘记世上有茶这种珍贵的东西了!”

楚图南、李公朴、张光年皆笑。

闻一多放了包茶叶的纸包,又拿起一块蛋糕塞入口中,边吃边道:“这真是幸福的时刻啊!小病上身,有朋友来看望,且带了诸样久违又好吃的东西,不亦说乎?”

三人又笑。

李公朴捧起了包蛋糕的纸包相递:“一多,再吃一块!”

闻一多舍不得地:“不吃了,解解馋就行了!”大呼,“高真!高真!”

高真进入,对楚图南们说:“瞧你们来了他这高兴劲儿!”

闻一多:“我之高兴,还因朋友们带来了这些好东西嘛!快拿去收好!蛋糕要对孩子们进行分配;红糖要留给小女儿每天喝粥时加点儿,她需要补补血气;茶叶嘛,咱们自己别享用了,留着招待客人们吧!”

高真诺诺连声,一一包起纸包带出。

李公朴:“一多,关于文艺的民主问题,我们想把你的看法整理一下,传播给更多文艺界的朋友们!”

闻一多:“公朴,你所说大家的发言,我大体上都是同意的。谈到文艺家和民主运动的关系,我认为,一个文艺家应该同时是一个优秀的中国人。就目前中国的情形来看,恐怕做一个优秀的中国知识分子,比做一个出名的文艺家更重要。在根本没有什么民主的现在,一名文艺家或一名中国的知识分子,有意或无意地逃避了鼓呼民主的使命,恐怕无论如何也算不上是名真正的中国人的……”

三人频频点头。

闻一多指指桌子,楚图南回头望了一眼,问:“什么?”

张光年:“还能是什么? 烟斗呗!”

李公朴起身去拿。

楚图南:“别给他! 嫂夫人惯着他,我们可不能惯他!”

张光年:“同意!”

李公朴止步,望着闻一多不知如何是好。

闻一多:“我不真吸,只是叼着嘛!”

李公朴:“他只叼着,就依了他,也不能算是惯他。”拿了烟斗递给闻一多……

闻一多:“还是公朴兄厚道。”

楚图南看着张光年说:“看,我俩倒显得不厚道了!”

二人摇头而笑。

闻一多:“没有民主运动的实践,一定创作不出民主主义的作品;在没有民主的时代,从知识分子的文章中和文艺家的作品中,竟丝毫也看不出对民主的期盼和向往,那么全部拉倒去吧! 假使在民主的国家里,我们自己如果不做民主的战士,由于社会周围充满了民主的空气,文艺家也还可以用观察来弥补。在中国没有这种空气,所以,如果我们自己不投身到争取民主的大运动中去,我们的文章,我们的文艺作品,就不可能真正具有民主的思想! ……”

第二十五章

楚图南、李公朴、张光年三人仍围坐床边，倾听着，记录着……

张光年："一多，过些日子，那边有朋友，想来看望你，不知你……愿不愿一见？"

闻一多："你不就是那边的诗人么？我们不是已经成为坦诚相待的朋友了么？田间不也是那边的诗人么？而且，据说还是一位共产党吧？我不是已在课堂上讲过他的诗了么？"

楚图南："你们听，他其实什么都心里有数。"

闻一多："光年，你也是吧？"

张光年："不错，我也是那边的一位诗人，这你早就知道的嘛！"

闻一多："不止是那边的一位诗人吧？"

张光年以笑作答……

李公朴："一多，我可不是共产党啊！我和那边也没有什么特别的联系……"

李公朴目光望向楚图南。

楚图南："一多，不必再隐瞒你了，我，公朴，还有吴晗，隆基，潘光旦兄，我们都是中国民主同盟的成员。我们民盟的旗手，是张澜先生。"

闻一多："辛亥之前保路风潮中铁骨铮铮的巴蜀秀才对吧？他是我所钦佩之人。"

李公朴："在国民党和共产党之间，民盟决心选择共产党做政治上的朋友。"

闻一多："在国民党和共产党之间，我对国民党的了解，比对共产党的了解多得多。而我对共产党的了解，最初是在清华迁校的途中，真正从老百姓那里感觉到的。后来是国民党从反面向我证明的——那边的那一位朋友，我极想认识他！其实，如果不是家庭羁绊，我真想亲自到那边走走，看看……"

张光年："那边的那一位朋友，可是受命而来啊！"

闻一多："何人之命？"

楚图南："周恩来，董必武。"

闻一多激动地："你们快作安排，我已经不能久等了！……"

李公朴："看他急的！"

闻一多："但是你们应该预先告诉那边的朋友们，我由于从前对共产党缺乏认识，青年时期曾将共产党视为异端分子激烈反对过……"

楚图南："周恩来同志写给我们民盟诸朋友的亲笔信中却说，闻一多先生从青年时期就是具有爱国思想的人，我们共产党人早就应该和他做朋友！……"

闻一多："若论诸位带来的最好的东西，那么蛋糕加上红糖加上茶，也不及周恩来先生的这一句话。"

于是四人都微笑了……

1944 年秋，中共地下党员高浩在张光年陪同之下看望闻一多。

"眸子斋"窗上映着两个促膝相谈的身影。

闻一多："我在黑暗中探索了大半生，因现实的腐败也曾苦闷过彷徨过，也曾迷惘过，也曾自命清流过。从现在起，我这样的人，有责任为了中华民族的命运大声疾呼，要像孙中山先生讲的，为民族、民权、民生，唤起民众。我的余生，除了奉献给中国的教育，愿为此奋斗不息……”

不久，在罗隆基、吴晗介绍之下，闻一多正式加入中国民主同盟。

“眸子斋”内——一根火柴划着，点燃了几页纸……

罗隆基：“一多，为了你今后的安全，你的誓词和入盟表格不得不当着你的面烧掉。民盟对每一个入盟者都是这样做的。这一做法还是张澜先生提议的……”

闻一多默默望着当烟灰缸的盘子里渐燃成灰的纸。

吴晗向闻一多伸出了一只手：“一多，从此以后，我们就不但是挚友，而且是志同道合的盟内同志了！”

罗隆基待二人握手后，也向闻一多伸出了一只手：“一多，我为自己高兴，因为我青年时期的朋友，在我中年时又和我走到一起了。我为你高兴，因为你盟中的同志，多是你青年时期的好友。我更为民盟高兴，因为民盟有了闻一多，更加不愧是中国进步文化知识分子的同盟组织！”

闻一多握了罗隆基的手一下，却表情沉郁地缓缓转过了身……

吴晗、罗隆基不禁对视。

吴晗：“一多，你怎么了？”

闻一多背对着他们说：“我想起了我们清华的一位同学，和我有过深厚的友谊。他为什么入山念佛了？是爱国之心哀久而死了么？对于中国的知识分子，念佛与革命，都是现实所压迫的。念佛看似通脱，却实在是通脱不了的啊！革命虽然危险，其危险却是很值得的……”

闻一多猛一转身，双手分别执吴晗与罗隆基手，噙泪道：“想到他，是感奋中有悲伤。我想写一封公开信致我那遁入空门的老友。”

吴晗：“一多，为了你的安全起见，此事还须慎重考虑……”

罗隆基：“对。你现在已经不但属于夫人和你的儿女，而且属于民盟了啊！”

日军为挽救其太平洋战场的不利局面，沿中国平汉、粤汉两线，又一次发动了大规模的战略攻势。国民党数月内又失地千里，郑州、洛阳、长沙、衡阳等大小数十座城市接连沦陷；桂林、柳州、南宁等城市亦危在旦夕。民盟云南支部在云南省政府主席龙云默许之下，决定于“双十节”召开群众大会，号召动员民众保卫大西南……

罗隆基、李公朴、楚图南、吴晗纷纷走上街头向群众演讲。

闻一多：“诸位，昆明在抗战中的重要，无须我讲！保卫昆明即所以保卫云南！保卫云南即所以保卫大西南！保卫大西南即所以保卫全中国！以人民的血汗养育着的军队，为什么要牢牢控制在某一个人手里，不遣以抗敌?！以人民的子弟组成的一支斗志旺盛的军队，为什么要将它围困于延安，而不给他们保卫人民的正当权利？我们要抗议！我们要呼喊！我们要愤怒！现在，许多人又要从云南逃难去了！无人抵抗敌人是逃不过的！我们要拿出勇气来战斗！我们要组织起来！我们要团结！团结就是力量！……”

“袁世凯没有死，今天的袁世凯还活着！”

“从前我们所要的是民主，现在我们所要的还是民主！因为我们要民主，所以要打倒独裁！”

“纲纪废弛，贪污成风，这就是我们的政治！富人的黄金一批批存在国外，通货却以几何的级数膨胀，这就是我们的经济！一味地奴颜婢膝、摇尾乞怜，这就是我们的外交！借党化之名，行奴化之实，这就是我们的教育！……”

“今天我们郑重地提出下列三项要求：结束一党训政，化一党的国家为全民的国家，以期实现全民的爱国总动员！……”

“砰！砰！”突然响起了枪声。

群众混乱了……

李公朴：“大家不要害怕！我们今天的会，是有龙云主席的宪兵保卫秩序的！……”

闻一多长须飘然，一脸正义，一脸悲愤，手臂朝台下一指："特务！你们躲在哪里？是好样的站出来！我用我的胸膛向你们的子弹挑战！……"

吴晗、楚图南、罗隆基三人亦一脸正气，岿然不动地站立在闻一多、李公朴身后……

国民党组织部部长陈果夫为1944年10月10日昆明集会事呈军事委员会办公厅函：

> 演讲人闻一多、楚图南、吴晗、李公朴、罗隆基等，大放厥词，演讲内容均系反对本党及攻击政府之话语，极尽狂妄……

是年底，闻一多、潘光旦、吴晗等三位民盟中坚，协助将濒临关闭的昆明护国中学改为建国中学，三位大学教授分别担任该乡村中学的文学、优生学、历史学教师。沈从文及夫人张兆和，亦受感召自愿担任现代文学及英文教师……

"眸子斋"纸字皆已褪色，而且"斋"字已被风撕去，门楣上只剩下了"眸子"二字。

这是傍晚时分，闻一多在刻钢板。桌上摆着一册简装的小册子是《民主周刊》。

立鹤进入，将一份报放在桌上："爸爸，这是今天的报。"

闻一多："嗯，去吧。"

立鹤："妈妈问你吃不吃饭？"

闻一多："你们和妈妈先吃吧。"

高真推开了门："一多，来客了。"

闻一多："唔？"——谨慎地将《民主周刊》和钢板等收入抽屉，刚一站起,客人已被高真让入。

客人:“想不到,闻教授住在这样的一个小院子,又在这样的一个小黑屋里做学问。”

闻一多:“我们,此前见过么?”

客人:“我们此前没见过,我是慕名而来的。”说着,双手递上名片。

闻一多亦礼貌地双手接过,看。

客人:“鄙人是经商的,买卖不大,与本家兄弟们合伙开了一家布衣店……”

闻一多:“先生是想要我刻一枚章吧?”

客人:“不,不,虽然久闻先生印章刻得极好,但我今来,实在是另有别事。”

闻一多望着高真说:“你带立鹤吃饭去吧!”

客人:“夫人和令公子听听我的来意也好。欣闻令公子已考上了清华附中,我和我的本家兄弟们就想,闻先生为中国命运奔走呼号,我们能为闻先生做些什么呢?我们的铺子虽小,但信誉好,生意还行,我们想吸收闻先生入股,做我们的股东……”

闻一多苦笑:“我哪里有钱入什么股呢?再说,我也从不与商人有什么牵扯……”

客人:“所谓入股,也不过就是要您象征性地投点股本,但我们却要真正月月为您分一份红利的……”

闻一多:“这不成剥削了么?谢谢您的好意,但您的好意我却无论如何也不能接受!”

客人看看立鹤,又说:“那,就请让我们来负责令公子以后的学费吧!我是诚心诚意的。我是个无党无派的人,想这样做绝非受任何方面指使。闻先生若不信,可按名片上的地址去暗访一下,我在那条街上开布衣店已十几年了,都知道我是个正派的生意人……”

闻一多沉吟。

客人:“请闻先生不要拒绝……”

高真:“一多,看来这位先生是实心实意,咱们商议商议,再给这位先生一个回话,行么?”

闻一多作出决定地:“不用商议。先生,我现在就可以当面给您一个态度,您的好意,我代表全家深谢了,但我们却不能真的同意你们为我们那样做。”

客人:“看来,闻先生还是信不过我。”

闻一多问立鹤:“儿子,你信得过么?”

立鹤犹豫之后点点头道:“信得过。”

闻一多:“先生,连我儿子都信得过您,我还有什么信不过您的?孩子的感觉,有时反而是比大人还准确的啊!但,我不能,我不能,反正我不能……”

客人:“那,我只好告辞了。也不算白来,见到您,和您说话了!闻先生请多保重……”

客人摘下礼帽,鞠一躬,走向门口。

闻一多:“先生请留步!”

客人转过了身。

闻一多上前执住客人手,将其引到桌前,指着桌上竖立的几方印章,恳切地:“是几枚趣味之章,请先生挑选一枚吧!”

“送我?”

闻一多点头。

“多谢闻先生美意!”

闻一多微笑地:“是谢意。建议您选这一块,石质比较好些。”

“那我就选它了!”拿起看看,高兴地,“‘无欲则刚’,我喜欢这句话!”

高真:“来,我替先生包上。”于是用纸替客人包好。

客人:“闻先生,我的想法,您还可以与夫人商议商议吗?”

闻一多庄重地："先生，您的美意，我确实是只可心领，不可接受的。而我的谢意，则是任何人都完全可以接受，不必太看重。不过就是块印石，不过就是雕虫小技罢了！"

晚饭桌上。

闻一多一手拿馒头，一手拿报边看边吃。

立鹤："爸爸……"

闻一多："说吧，儿子，我听着呢。"

立鹤："你的一枚章子可是一万元，你就不心疼？"

闻一多转移目光看着儿子说："立鹤，你什么意思？讽刺我？"

高真制止地："立鹤！"遂对丈夫说，"他因为你拒绝了人家的好意，不理解，我看人家的确是番好意。"

闻一多："你也不太理解吧？"

高真不语，表示默认。

闻一多放下报，严肃地："我当然也看出了那一点，否则能送印章谢他么？我们的日子确实很清苦，但学校里毕竟稍有能力，就不忘补助我一点儿。何况我会刻图章，时而能挣点儿菜钱。只要我们的儿女们都争气，有出息，我就一定要靠自己的正当收入供他们上学受教育！……"

高真："别说了，我理解就是了！"

闻一多又拿起报看，气氛一时沉默……

闻一多忽然将报往桌上一拍，生气地："这个公朴，怎么可以这样！"往起一站，"不行！事关我们民盟的政治原则，我要去质问他！"

全家一时愕然。

昆明"北门书屋"。

闻一多推开门，一步踏入，却见李公朴的夫人张曼筠正在整理靠门最近的一排书架。

张曼筠:“这么晚了,一多也来了?”

闻一多板着脸问:“曼筠,公朴在么?”

张曼筠:“在楼上会客室和吴晗谈话,我在这儿给他们望风。”

闻一多:“难怪你说我也来了!吴晗在,正好……”

闻一多说罢,撩起长衫下摆便上楼……

张曼筠:“一多,他们不知为什么在吵架,而且吵得还挺凶,你要劝劝他们火气都小点儿……”

闻一多在楼梯上转身道:“曼筠,不瞒你说,我也是带着火气来的,也是要和公朴他吵上一架的。不吵个水落石出,我是决不肯罢休的……”

张曼筠惊讶又困惑地:“噢?……”

闻一多:“曼筠,那么你还得继续在这儿望风!”迈了两阶,站住,转身将手中的报朝张曼筠一递,“嫂子请自己看,公朴兄他大错特错了!”

张曼筠接报在手,刚看一眼,闻一多的身影已上楼了。

闻一多走至会客室门口,内中传出吴晗的质问声:“公朴,你如果是问心无愧的,为什么自己看了报以后,不主动向盟里的朋友作一番解释?……”

李公朴的声音:“正因为我是问心无愧的,所以没必要主动解释什么……”

吴晗的声音:“我们民盟成员的政治立场是,无论威胁利诱,也绝不出任国民党政府的官职,难道这一点你忘了?”

闻一多推门而入,同时大声地:“问得好!”

吴晗和李公朴都意外地一愣。

李公朴:“一多,你不会也是来和他一样……指着我脸质问我的吧?”

闻一多:“公朴,你就别巴望我会替你辩护了!我问你,重庆方面派刘健群来昆明游说你去重庆,做教育部的官员,可有此事?”

李公朴:“有,就是前天的事,那又怎样?”

闻一多拍了一下桌子:“而你欣然表示愿意去重庆效劳,是这样吧?”

李公朴一指吴晗:“这话他刚才已质问过我了,我不再回答!”

闻一多:“事情首先是见之于一家中性政治立场的报纸,这一点你也得承认的吧?”

李公朴坐下了,扭头不理闻一多和吴晗……

吴晗:“如果是一家专事造谣的报,如果你主动向我们作出了可信的解释,我们也决不会来质问你!”

闻一多:“公朴呀公朴,你好糊涂!我们这些人如果稀罕他国民党政府的官职,还会等到今天么?……”

楼梯上,张曼筠在倾听,表情焦急不安。

楚图南出现在楼梯口。

张曼筠:“图南先生,您来得正好,您听他们!……”

会客室传出李公朴拍着桌子的声音:“你们侮辱我的人格!你们给我出去!……”

楚图南微微一笑:“果不出我所料,我来得可真是时候。”指指店门,张曼筠会意离去。

楚图南刚走到门口,但见闻一多和吴晗被从室内推出;二人见了楚图南刚想说什么,楚图南竖掌制止,接着推门,门已从内关上。

闻一多生气地:“这就越发地……越发地……”

他一时竟寻找不到一个恰当的词说出口……

吴晗:“图南兄,您也看了今天的报了吧?”

楚图南:“我分别到你们二位的家里去过了,就是为报上的那条消息,没想到迟了一步。事情我和张光年同志是清楚的。公朴他立场坚定,态度平和,这是目前可取的政治策略嘛。你们误解他了……”

闻一多和吴晗不由得你看我，我看你。

楚图南："收买一份报的一名记者，造一条看似真实的谣言，对于他们，那还不容易么？"

闻一多："公朴，公朴，请开门，我们向你道歉！"

室内没有反应。

吴晗也推门："公朴，图南兄来了！"

室内仍无反应。

楚图南："连我的面子都不给了，看你们怎么办？"

闻一多对吴晗悔之莫及地："唉，我和你，遇事都未免太冲动了啊……"

楚图南："还是让我来面授机宜吧！"——对闻一多耳语。闻一多脸上渐露笑容，连连点头……

闻一多："我去搬救兵，不怕他不开门！"言罢下楼去了。

吴晗莫名其妙地望其背影。

楼下，张曼筠坐在椅上看书。

闻一多没话找话地："嫂子，看书呢？"

张曼筠："明知故问，你们终于吵完了？"

闻一多："嫂子，你说在朋友间，是不是我对你格外地尊敬呢？"

张曼筠："别绕弯子，是不是你俩将公朴这个老实人惹火了，他不理你们了，所以你来求我去替你们搭台阶？"

闻一多："嫂子真不愧是眼明心亮之人。"

张曼筠："奉承我也没用，我不去。"

闻一多："嫂子，这可是有关我们民盟中坚的团结问题，兹事重大，您可不能袖手旁观啊！"

张曼筠终于笑了："一多，你呀，入盟之后简直就像变了个人，竟也学得善于逗人乐了！"

闻一多亦庄亦谐地："人生有了方向，乐观发自心底嘛！"

张曼筠站起道："随我来，看我怎么让他开门的。"

闻一多跟在张曼筠身后，又来到会客室门前。

张曼筠轻敲门道："公朴，公朴，是我。我的胃又疼起来了，找不到药，你替我找找……"

门几乎立刻开了，李公朴一步跨出："曼筠，疼得很么？"

张曼筠一闪身，对闻一多等三人说："我的任务完成了！"微微一笑，转身径自下楼而去。

李公朴一转身跨入屋里。闻一多和吴晗无奈地对视……

楚图南："愣什么啊？他又没关门！真是两个书呆子！……"

楚图南率先而入，闻一多和吴晗急随其后。

楼下，看书的张曼筠听到楼上一阵阵亲密无间的笑声，自己也不禁摇头微笑。

1945年10月2日午夜，昆明防守司令杜聿明接蒋介石密令，调动邱清泉部第五军包围云南省政府驻地五华山和省主席龙云的威远街住所，与龙云留在昆明的少数警卫部队交战至五日；龙云警卫部队不敌，龙云被迫离昆明去重庆就任军事参议院上将院长之闲职。从此蒋介石全面控制云南，昆明一时黑云压城，国民党特务活动彻底公开化，昆明民主运动经受严峻考验。

被第五军占领的龙云住所内，双方兵士的尸体由街上卧陈于院内、台阶上下以及大厅各处……

龙云自台阶跨尸而下，身后仅随数名端枪于胸前的警卫，一个个皆准备捐躯成仁的样子。

第五军军长邱清泉一摆手:“退下!”

他的兵士皆退了开去,但仍杀气腾腾。

邱清泉上前两步,“啪”地立正:“报告龙主席!”

龙云冷冷地:“你又不是我的属下,是杜聿明的属下,装腔作势地向我报告什么?”又转身对自己的警卫们说,“今后,我管不了你们了,你们也保卫不了我了。放下枪,都自求生路去吧!”

警卫们不动。

龙云:“怎么,都听不懂我的话了么?”

警卫们一齐声泪俱下地:“我们愿与龙主席共生死!”

龙云:“胡说,量蒋介石他也不敢轻易对我下毒手,言的什么生死?还不都给我速速离去!”

警卫们个个放下枪,挥泪而别。第五军的兵士们却欲阻止。

龙云拔出手枪,愤怒地:“混蛋,谁敢阻拦我毙了谁!”

邱清泉:“不许阻拦,任这些弟兄们去吧。”又对龙云说,“龙主席,您看,搞成这一种局面,您这又是何必呢?”

龙云:“蒋介石先是调走我的部队,现在又命你们正规军袭击我云南省政府,攻打我龙云私宅,你不去问你的蒋委员长何必呢,倒好意思问我?!”

邱清泉:“昆明赤色活动猖獗,委员长他也是为您的安全考虑嘛。”

龙云:“你倒真会替他辩护!你此时打算将我如何发落啊?”

邱清泉:“杜将军早已设下宴席为您压惊,您立刻随我去见杜将军吧!”

龙云:“杜聿明,杜聿明,你如此死心塌地追随你的蒋委员长,只怕到头来也未必有什么好下场!前边带路!……”

此后,特务们在街上搜查行人,随意开枪,兵士们搜查学生宿舍,逮捕学生……

“西南联大”解体了,原址北平的各大学开始返迁。这些大学中的中共地下党员和民盟中坚,亦随各校从昆明转移向北平。白色恐怖的猖獗,民主力量的薄弱,使昆明一地也变得像国统区一样风声鹤唳、人皆不安了。

然而,闻一多为了民主之声不致在昆明中断,毅然决定推迟返回北平的日子,以便继续开展他在民盟执委的工作。此时的闻一多早把个人的得失与安危置于脑后。

1946年7月11日,深夜。

南屏电影院。

李公朴及夫人张曼筠与经理告别。

李公朴:“募捐之事,还望陶经理多多费心。”

陶经理:“为苦难百姓募捐,人人有责,我一定在商界竭力呼吁。”

张曼筠:“请回吧,我们走了。”

李公朴及夫人行走在街上。

枪声突起,李公朴双手捂胸,倒于夫人怀中……

云南大学附属医院。

闻一多抚尸痛哭:“公朴!公朴啊!民盟一定要为你讨回公理!闻一多一定要为你伸张正义!……”

民主周刊社门前,特务们在监视……

闻一多拄杖走来,怒视特务们,特务们避去。

闻一多拄杖进入,青年们围上来,七言八语:

“先生,特务们从早到晚在门外监视我们!”

“他们随时会进来搜查……”

“他们还公开扬言,四十万元要您的脑袋!……”

闻一多缓坐椅上,双手拄杖,环视着青年们问:“印刷厂已经不再印我们的《民主周刊》了,是吧?”

片刻沉寂之后,青年们默默点头。

闻一多:“你们《学生报》,冒着重重危险,将这一期的专号出来了?”

青年们又默默点头,一名青年从怀中取出一份递给闻一多……

闻一多接过,展开,上有李公朴像;醒目大字是“李公朴先生死难专号”;其下一行字是“反动派,你看见一个倒下去,也看得见千百个继起的人!闻一多”。

闻一多抬头望着青年们,低声地:“为了大家做的一切,我感谢你们!中国,以后也将感谢你们!”

一名青年:“先生,我们起先为了您的安全考虑,本不打算把您演讲中的话印上去的……可是,我们自己又实在想不出比您说得更好的话……”

闻一多:“你们替我考虑得太多了。”

另一青年:“我们清楚,特务们的枪口,已经在暗处随时随地瞄准着先生,我们分分秒秒都替先生担忧……”

闻一多:“你们怕不怕?”

一青年:“先生不怕,我们也不怕!”

其他青年皆点头。

闻一多:“一个国家,竟到了要学生们来参与拯救她命运的地步,真是国家的悲哀,真是学生的悲哀,也真是我们中年人的悲哀……”

青年们一时默然。

闻一多:“这个编辑《民主周刊》的地方,你们以后不要再来了;你们的《学生报》,我也建议你们暂时不要再出了。现在,是需要我这样的中年人,为了中国,做最后的一搏的时候了……你们,都从后门离去吧!”

青年们沉默。

闻一多轻挥手:“听话,都去吧,啊?”

青年们:

“先生,只要您还在这儿,我们也要在这儿!”

“先生,我们要和您在一起!”

“先生,您的处境不是比我们更危险么?”

闻一多:“都不要多说了,我留下,是要处理一些只有我知道该如何处理的事情。”发现有特务向内探头探脑,连连顿着手杖催促,“快去!快去啊!……”

青年们犹犹豫豫地离去……

闻一多独自又坐片刻,起身整理各处文稿,而后在一只脸盆里烧文稿……

烟从门窗冒出,门外两名特务对视一眼,冲了进来。

一名特务:“不许烧!”

闻一多镇静地:“我真不明白,你们也是青年,可为什么偏要死心塌地当特务呢?”

两名特务被问得一怔。

闻一多用手杖搅搅盆中未燃尽的纸片,两眼盯视着,表情极为庄严地:“替我捎个话给你们那些杀害了李先生的同伙们,就说闻一多说的,暗杀能吓住一些人,但吓不住所有的人。”

闻一多家,夜晚。

闻一多夫妇坐卧床上,身旁是熟睡的小女儿。

高真:“一多,明天的会,你就不要去了吧!”

闻一多:“李先生被杀害了,但是中国民主的大事情,需要有人继续做下去。”

高真:“这几天,常有人问院里的孩子,闻一多啥个样子?闻一多的胡子有多长?今天中午,还有一个歪戴着帽子、满脸横肉的汉子,挑着挑子一直往屋里闯……”

闻一多一臂搂住妻子,目光注视着熟睡的小女儿,语调平静又充满温爱地:“‘我们要参加民主斗争,就必须备有死的精神,否则就不能坚持下去。’这是公朴生前说过的话,说得多好啊!像马寅初那样的老先生,都在重庆准备好一口棺材,随时准备为民主而死。我们中年人,还怕什么死呢?”

高真偎在闻一多怀里哭了……

闻一多:“别哭,别哭,看哭醒了我们的女儿。如果,有一天我真的遭到了李先生一样的命运,你要带着立雕几个年小的儿女,躲回乡下老家去。立鹤毕竟已是大学生了,我相信,他已能自己照顾自己。”

高真咬着闻一多衣襟,已哭得无法言语。

晨。

一青年朝闻一多家走来,四周望望,见无可疑之人,迅速进入院子。

屋里。

闻一多穿一袭洗得灰白的长衫,从桌前站起,拎起手杖,望着面前青年说:“咱们走吧。”

闻一多与青年先后出了院门——刚才还无人的对面墙角下,已站着一个穿西服、戴礼帽的大汉了。闻一多鄙视地扫了一眼……

青年:“先生,要不,您还是请回吧……”

闻一多镇定而坚决地摇头。

街巷口。

闻一多和青年大步走着。

青年回头看了一眼,见有两名特务跟着……

青年:“先生,他们跟着我们,两名……”

闻一多站住,注视青年。

闻一多:“你要离我远一点,不要和我并排走。你要走到我前边去。如果听到枪声,千万不要回头看我,你要一直朝前猛跑,跑到行人较多的街上去……”

青年:“先生,请您赶快走到前边去!我是民盟派来接您到会场的……”

闻一多严厉地:“我是民盟云南支部的执委,请你服从我!”

青年:“先生!……”

闻一多:“否则,我不往前走了!”

青年无奈,只得走向前去。

闻一多驻足注视青年的身影。

两名特务驻足,注视闻一多身影。

“李公朴死难真相报告会”会场。

闻一多与青年在肃穆的气氛中步入会场;青年一直将闻一多陪行到讲台口。

闻一多走上台;台上的张曼筠站起,迎向闻一多。

张曼筠:“一多,想不到你竟还是来了,但是我请求你今天什么都不要说了,你看看台下,我想公朴若地下有灵,也会像我一样请求你,民盟不能再失去你了啊!……”

闻一多扶张曼筠回到她的座位,并扶她坐下。

闻一多:“如果我不说话,我还来干什么呢?我明白民盟对我的限制是对一多的爱护。但现在对于我闻一多是一将在外,君命有所不从!……”

闻一多毅然走向话筒,扫视台下——这儿那儿,可见特务们的嘴脸。

闻一多:“这几天,大家晓得,在昆明出现了历史上最卑劣、最无耻的事情!……”

极静的气氛;历史在那一时刻屏息着……

于是,闻一多开始了他不朽的最后一次演讲:

“……李先生究竟犯了什么罪,竟遭此毒手?他只不过用笔写写文章,用嘴说说话,而他所写的、所说的,都无非是一个没有失掉良心的中国人的话!大家都有一支笔,有一张嘴,有什么理由拿出来讲啊!有事实拿出来说啊!为什么要打杀?而且又不敢光明正大地来打杀,而偷偷摸摸地来暗杀!这成什么话?

“今天,这里有没有特务?你站出来!是好汉的你站出来!你出来讲,凭什么要杀死李先生?杀了人,又不承认,还要诬蔑人,说什么‘桃色事件’,说什么共产党杀共产党,无耻啊!无耻啊!这是某集团的无耻,恰是李先生的光荣!李先生在昆明被暗杀,是李先生留给昆明的光荣!也是昆明人的光荣!……”

《民主周刊》编辑社内闻一多、楚图南等面对许多记者。

楚图南:“先生们,记者招待会就此结束吧!我们是些生命随时处在危险之中的人。我们这么快就匆匆结束此次记者招待会,也是为诸位的安全着想!……”

记者们纷纷散去,其中有人与闻一多等握手,表达敬意。

楚图南:“为了防止特务将我们民盟云南支部的负责人一起暗杀,我建议诸位要分头离去。”

闻一多:“图南先生先走。”

楚图南:“不,一多,还是你先走。特务们还不至于赶来得这么快!”

一名民盟云南支部负责人:“那我们赶快一起走。”

楚图南:“大家先走,我还有事。”

闻一多:“我陪你!”

闻一多、楚图南的身影,在二楼窗前,望着同志们的身影消失在街巷的两端……

楚图南:“这,我就放心了……”

闻一多:“图南兄,你也走吧!你在我眼前也安全地走了,我才更加放心。你若不走,我是不会先走的!”

“爸爸!”闻立鹤出现。

闻一多:“看,我的儿子已经长得这么高了!”慈祥地看着立鹤,转对楚图南又说,“我有儿子来接我,所以,你先走。”

立鹤:“楚伯伯,还是您先走。我来时,还没发现街上有特务……”

楚图南注视着闻一多,想说什么,却只张张嘴,什么话也没说出。

楚图南拥抱闻一多,离去。

闻一多凭窗注视楚图南走在街上的身影。楚图南驻足,转身,向那一扇窗口招手。

闻一多和儿子的身影走在回家路上。

“立鹤,学习成绩还好么?”

“爸爸,我的英语不错,国文也很好,只是数学成绩差些……”

“真像我的儿子啊!”

“爸爸,您这是表扬的话呢,还是批评的话呢?”

“两者兼而有之。你英语成绩也不错,所以比我当年强。所以表扬的成分居多……”

父子的身影已快走到家门口。

枪声……

闻一多愣了愣,一手捂头,血从指缝流出。

闻一多倒在地上。

“爸爸!”立鹤奋不顾身扑在父亲身上……

枪声……

立鹤被子弹打倒一旁。

红烛啊，
这样红的烛！
诗人啊，
吐出你的心来比比，
可是一般颜色？
……

红烛炸碎的星屑，最后一次纷落，凝聚成的不再是一支燃烧着的红烛，而是一尊闻一多的胸像——但却像蜡雕的一样。而且内中仿佛有一颗心在燃烧，使之红彤彤地透亮着。

它化成为各地的闻一多纪念碑和巨幅油画《红烛颂》……

关于闻一多

闻一多,1899 年 11 月 24 日生于湖北省蕲水县。1912 年入清华学校,1922 年毕业留美,专攻美术。1925 年归国,曾先后在北京艺术专科学校、吴淞国立政治大学、国立第四中山大学(后名中央大学)、国立武汉大学、青岛大学、清华大学、西南联合大学七校任教。1932 年秋后,闻一多回到了离别十年的母校清华大学,任中国文学系教授。抗战开始后,随清华大学南迁昆明,任西南联合大学教授、中文系主任。1946 年 7 月 15 日,在昆明的翠湖之滨,他横眉怒对国民党特务的手枪,用鲜血和生命写下最壮丽的一页,时年 47 岁。

闻一多的一生集诗人、学者、民主斗士三重人格于一身。

他是一个诗人。“五四”前后开始进行新诗创作,早期诗集《红烛》《死水》,以诗的意象再现生活的美,表现了诗人强烈的爱国情感,奠定了他成为著名诗人的历史地位。

他是一个学者。1932 年到清华任教后,他潜心钻研古籍,从唐诗、楚辞,到庄子、诗经、周易、神话,进而金石、甲骨,在中国古代文化领域中尽情遨游,先后有《天问疏证》《离骚解诂》《诗经新义》等多部著作问世。他在学术研究上敢于突破陈说,提出了不少有价值的创见。

他是一个战士。1944 年以后,面对国民党政府日益腐朽,发动反人民内战,闻一多拍案而起,走出书斋,投身到反对国民党统治的革命洪流中去,并为之付出了生命。

抗战以前,他也许是唯一的爱国新诗人。

你是一团火,照见了恶魔,烧毁了自己!遗烬里爆出了新中国!

——朱自清

一多不仅是诗人,他是最有兴味探讨诗的理论和艺术的一个人。我想这五六年来,我们几个写诗的朋友多少都受到《死水》作者的影响。

——徐志摩

我相信他是对于现代中国诗的开展,已有并将有最大贡献的少数大匠之一。要在中国现代诗人找出能像他这样联结着中国古代诗、西洋诗和中国现代各诗派的人,并不是很容易的……

——乔木

他正直,他热情,他豪放,他热爱他的祖国,热爱他的亲朋,热爱一切值得他爱的人和物。他是一团白热的火焰,他是一束敏感的神经。

——冰心

后记

两年前我创作了电视连续剧《闻一多》。这从根本上说是一次任务性质的创作,对于任务性质的创作,一向是再三畏退的。更何况闻一多其人,所历时代,血雨腥风,波诡云谲。所蹈命运,潮推沙掩,一波三折—— 自忖非我所能把握。

然各方热忱人士,还是一致认为编剧重任非我莫属。而我委实是盛情难却,也就只有从众所爱。一经承诺,竭力以匮乏之才情,求非分之成果。及完成,觉得自己差不多是半个闻一多研究的专家了。

我认为,闻一多的一生可划为三个阶段 —— 诗人闻一多时期;文学学者闻一多时期;民主志士闻一多时期。

而不管哪一个时期的闻一多,都首先是一个爱国者闻一多。强烈的爱国情感,不管在哪一个时期的闻一多身上,都体现得真挚而又饱满。即使在他面对尖锐国是和复杂时局无所抉从的情况之下,亦然。

这是我极敬闻一多其人的一点。

而不管哪一个时期的闻一多,都一直是个诗心不泯的闻一多。即使在他成为民主志士那些凶险四布的日子里,他也仍然同时是一个诗人。他在那些日子里为中国之民主前途所作的多次演讲,都更意味着是一个诗人为国家兴亡所发的呼号。

政治上的闻一多,始终是一个天真的闻一多。

但是古今中外,又有哪一个诗人在政治上不是天真的呢?

屈原是天真的;李白是天真的;杜甫是天真的。

闻一多的灵魂中,有屈原的孤哀;有李白的清高;也有杜甫的悲悯。

这是我极爱闻一多其人的一点。

电视剧总是要具有一些虚构成分的。此乃电视纪实片对电视之剧难免要做出的妥协。

我也不得不这么做。但落笔时,心中总是特别惶惶不安,唯恐虚构而造成对真实的不敬。

好在,我笔下的闻一多,毕竟是有几分形似也有几分神似的。

我对闻立雕和闻立鹏两位长者感激至深。他们作为闻一多的儿子,对我信任且宽容。岂止他们两位长者,有时闻家三代,都那么友善地来做我的创作顾问和参谋。我和他们结下了良好的情谊。他们帮助我的诚意,每思每慰,百问不厌,实可亲也。尤其立雕前辈,亲笔所写供我参考的文字,足三五万矣!

由于经费的原因,剧本没有拍摄。现在,我斗胆将它印成书,权作最后的了结。在我,实在是为闻一多这一值得以文艺形式再现的人物,以及与他同时代的他的朋友们心存一份侥幸 —— 或许有水平远在我之上的人士,裁随料而成裳,并有能力促使它的拍摄……

那么,我将无私奉献这一点点素材。

我想,所有我的闻家的朋友们,也是愿意这样的。

梁晓声

2005 年 11 月 30 日于北京

图书在版编目（CIP）数据

缪斯之子 / 梁晓声著 . — 青岛 : 青岛出版社 , 2014.12
（梁晓声文集 . 长篇小说 ; 11）
ISBN 978-7-5552-1319-2

Ⅰ . ①缪… Ⅱ . ①梁… Ⅲ . ①长篇小说－中国－当代
Ⅳ . ① I247.5

中国版本图书馆 CIP 数据核字（2014）第 283747 号

责任编辑　　石相杰